데뷔 못 하면
죽는 병 걸림

13

1판 1쇄 발행 | 2025년 12월 08일

펴낸이 | 권태완 우천제
펴낸곳 | (주)케이더블유북스
편집자 | 한준만, 이다혜, 박원호, 이고은

출판등록 | 2015-5-4 제25100-2015-43호
KFN | 제3-39호

주소 | 서울시 구로구 디지털로31길 62 에이스아티스포럼 201호, KW북스
E-mail | paperbook@kwbooks.co.kr

ⓒ백덕수, 2021

ISBN 979-11-415-3823-1 04810
　　　979-11-415-3820-0 (set)

데뷔 못 하면 죽는 병 걸림

⑬

백덕수

안녕하세요. 백덕수입니다.

퇴고를 하며 문대와 친구들을 다시 만나 무척 즐거웠습니다.
이 친구는 어떤 마음으로 이런 이야기를 했는지, 이런 행동을 했는지
다시 한번 걸어가는 기분이라고 할까요.

단행본을 통해 처음으로 이 이야기를 만나시는 분들도, 다시 만나시는 분들도
문대와 친구들과 함께 즐거운 경험을 하셨으면 좋겠습니다.

신나고 만족스러운 탐독이길 바랍니다!

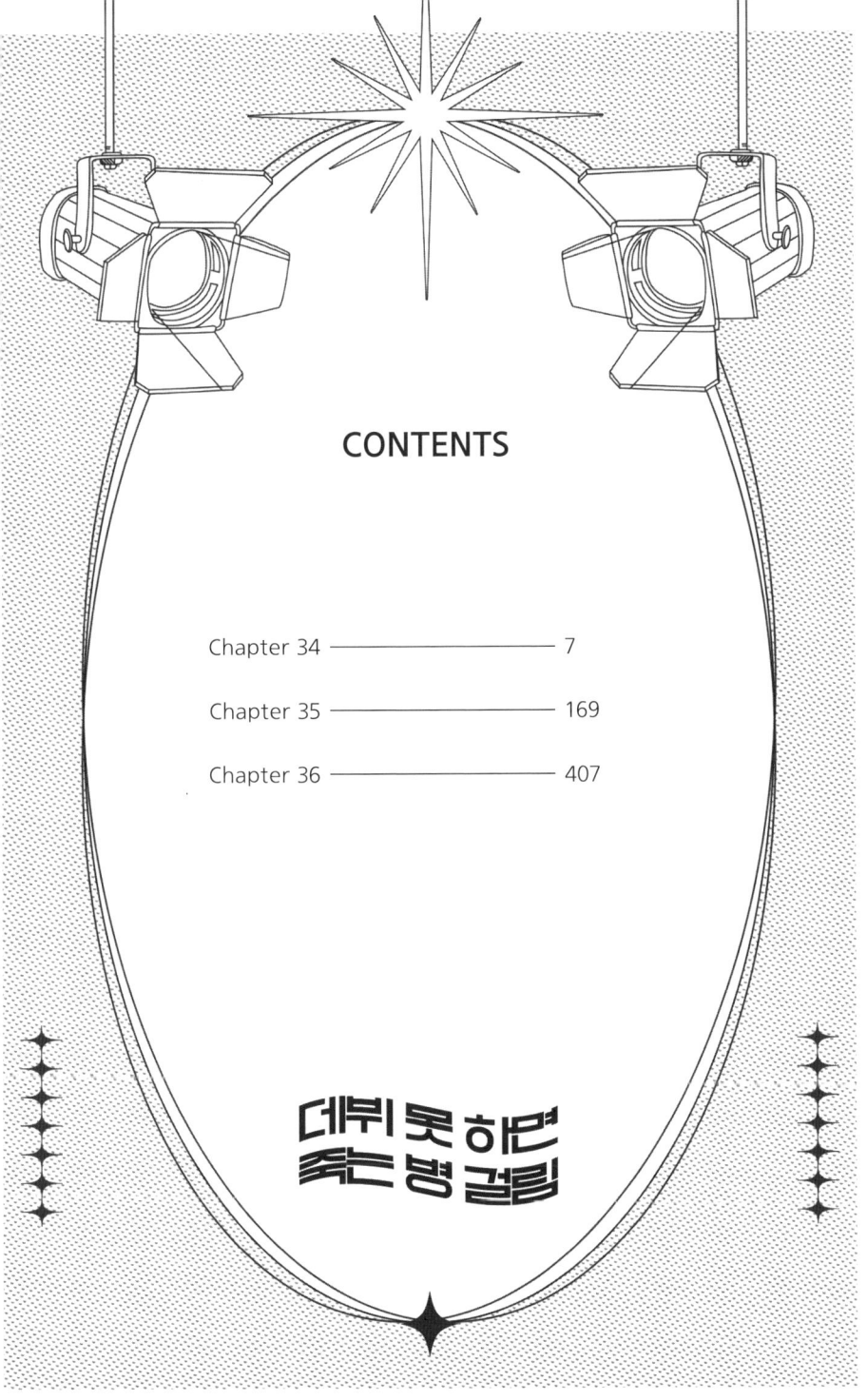

CONTENTS

데뷔 못 하면
죽는 병 걸림

데뷔 못 하면
죽는 병 걸림

램프의 반짝이는 조명과 스탭이 켠 무대 조명 아래로 밤의 풀밭이 빛났다. 어둑어둑한 배경 위, 익숙한 인트로가 깔리면.

[아아!]
[아, 이거 너무 좋아!]

뛰쳐나온 아이돌들로 신나고 경쾌한 스탭이 엇갈렸다.
그리고 떼창처럼 도입부가 울린다.

[Hey partner!
내 생각을 하고 있나 궁금해]

〈Night Sign〉.
테스타의 데뷔곡과 같은 시기 발표되었던 VTIC의 불후의 명곡이 앞마당에 깔렸다. 어둡고 나른한 섹시 컨셉의 곡이라 기부 콘서트 세트리스트에서 제외했던 곡이지만 여기선 다르게 작용한다.
히트곡이 주는 강력한 힘 덕분이다.

[또 기억하는 거야
Night after night]

다 같이 아는 곡이 주는 공감, 그리고 그 공감에서 오는 신남!

콘서트에서, 파티에서 뛰는 사람들처럼 분위기가 들뜨자, 이 곡마저도 히트곡의 장점을 뽐낸다. 원래 그런 느낌의 안무가 아니었던 곡이었는데도 불구하고 말이다.

두 그룹은 웃으며 섞인 채, 몇 명씩 돌아가며 앞으로 나와 안무를 따라 췄다. 때때로 약간 물러서서 일부러 후배가 나설 곳을 주는 VTIC과 최선을 다해 선배의 곡을 선 넘지 않으며 즐기는 테스타의 그림이었다. 이미 서로와 지내본 적 있는 멤버들이 섞인 덕에 그 균형이 더 쉽고 자연스럽게 보였다.

그리고 후렴이 되자.

[이 밤의 끝까지
내 눈을 기억해]

그들은 즉석에서 대형을 맞춰서 대표 안무를 펼쳤다. 직전의 즉석 파티 같은 분위기로부터 나왔기에, 그 딱 맞는 움직임이 더 근사해 보였다.

[Um, Um]

카메라 워크가 멤버 개개인이 웃거나 즐기는 얼굴을 잡았다. 곡에 걸

맞지 않을 만큼 신난 움직임이었으나, 희한하게도 어울렸다.

[Like a night sign]

제스처와 근사한 즉석 안무 개인기가 빠른 템포로 곡을 꽉 채웠다.
하지만 풀 때는 확실히 풀었다.

[우!]

단체로 감탄사 같은 그 음을 따라 하며, 아이돌들은 안무를 풀고 활
짝 웃었다.
"아…."
"저 때 너무 재밌었어!"
그 화면을 보며 리액션을 찍고 있던 VTIC 멤버들도 당시를 생각하
며 호들갑을 떨었다.
그리고 주단은 고개를 돌리다가 보았다. 청려도 희미하게 웃고 있었다.
"그래."

[Night sign!]

떼창하듯 외친 마지막 구절 다음. 멤버들이 서로 농작을 확인하며
몇 배나 커진 엔딩 대형으로 포즈를 취했다.

휘이익– 팡!

그리고 그 위 하늘에서 폭죽이 터지며, 즉석 무대가 끝났다.
웃음소리와 함께.

[와!]
[감사합니다!]

손을 흔드는 얼굴 뒤로 물드는 폭죽의 빛깔이 감성적으로 잡혔다.
벅찬 여운을 주는, 기부 콘서트에 딱 맞는 중간 피날레였다.
시청자 반응도 걸맞았다.

-ㅜㅜㅜ
-보기 좋았음 되게 뭉클해지네
-이렇게 참여할 줄은 몰랐음 잘 넣은 듯
-우리나라 아이돌들 진짜 대단하다 어떻게 저런 식으로 바로 맞춰서 하지
  └ㄴㄴ브이틱 테스타가 대단한 거임

다만 두 팬덤의 머릿속에는 풀리지 않을 의문이 하나 남았다.

-쟤네 왜 친함?

"아~ 재밌었다!"

"즐겁게 놀다 갑니다!"

VTIC 놈들이 급습해서 펜션 마당에서 공연 영상을 찍고 난 후.

콘서트 막바지라 바쁜 VTIC은 즉시 떠날 준비를 시작했다. 그리고 테스타는 후배답게 성의 있는 배웅 중이며… 나는 그와 동시에 방금 무대를 복기 중이었다.

'괜찮았지.'

그렇게 선곡을 즉석에서 처음 들은 것 같이 사기 친 건 오랜만이긴 했는데 다 경력직이다 보니 썩 자연스럽게 나왔다. 굳이 VTIC 곡 중에 선곡하자면 테스타 데뷔 전 히트곡을 고르는 게 더 안전하긴 했지만, 사실 뭐… 별문제는 없을 것이다.

'쟤네 군대 가잖아.'

아이돌 그룹 관계에 연애가 아닌 모든 문제는 경쟁심에서 나온다. 공백기라 더는 경쟁자가 아니게 됐으니 팬들도 좀 더 너그럽게 반응해 주겠지.

그때였다.

"문대 씨!"

"네."

"에이 우리 다시 존댓말 쓰는 사이가 됐네!"

옷을 갈아입은 진채율이 빙긋 웃었다.

"휴가 나오면 연락해도 돼요? 우리 그래도 얼굴 자주 봐요. 그럴 땐 전처럼 말도 놓고!"

"저야 언제나 좋습니다."

물론 문제가 생기면 바쁠 예정이다.

아무튼, 채율은 열심히 고개를 끄덕인 뒤, 살짝 고개를 숙이더니 속 삭이듯 작게 말했다.

"그리고 우리가 다 입대하고 나면 재현 형 혼자잖아요. 심정적으로요."

입대하기 전에도 별로 다르진 않았을 것 같다만.

"형이랑 콩이, 계속 연락하실 거죠? 전에도 말했지만, 워낙 산신령 같은 사람이다 보니까 저러다 밥도 안 챙겨 먹을 것 같기도 해서요!"

아니, 청려는 아마 단백질과 섬유질 위주로 잘 챙겨 먹을 것이다.

하지만 나는 고개를 끄덕였다.

"노력하겠습니다."

"그래요!"

채율은 밝은 얼굴로 (굳이) 포옹 후 자리를 떴다. 그리고 듣고 있던 주단이 슬그머니 다가와 오묘한 얼굴로 입을 열었다.

"채율 형이 감성적이고 비합리적인 부분이 다소 있습니다. 대인관계 에 지나치게 큰 의미를 부여해서 그렇죠."

"……."

"그래도 사회적으론 저 형의 말을 더 쉽게 받아들이곤 합니다. 놀랍죠."

아니.

아무튼, 나는 채율의 말을… 잊어버리진 않기로 했다. 그 정도만.

그리고 며칠 후, VTIC의 기부 콘서트는 성황리에 끝났고, 청려를 제 외한 나머지 멤버들은 정말 그달에 입대했다. 깜짝 이벤트로 때깔 좋 은 팬송 MV까지 발표하며.

기사 사진을 보니 기분이 좀 희한하긴 했다. 얼마 전까지만 해도 20살 이하의 어린 그놈들과 같은 그룹을 해봐서 그런가.

["충성! 다녀오겠습니다." VTIC 신오의 경례 <한성스타포토>]

"우리가 갈 때쯤이면 대중문화도 병역 대체 법안이 통과되어서…."

"형, 기대가 크면 실망도 큰 법이에요."

"……."

우리 차례도 곧 돌아오긴 하겠다만, 아직 몇 년은 남은 일이다. 그 전에 입대 연기가 가능한 국가 훈장을 탈 수도 있고.

'다음 목표는 그걸로 해야겠군.'

나는 고개를 끄덕였다.

"왜 고개 끄덕여요?"

"좋은 곡이 나올 것 같아서."

나는 작업실 한가운데에서 하던 스마트폰을 내려놓았다. 긴장한 얼굴로 부스에서 녹음 중인 선아현이 보였다. 그리고 다음 타자인 이세진은 내 스마트폰 속 VTIC의 소식을 힐끗 확인하더니, 눈이 마주치자 흘리듯 말한다.

"음~ 1월 컴백?"

"1월 컴백."

국가 훈장을 타는 조건?

KPOP이라면 그간의 선례가 확실히 남아 있다. 글로벌 인지도와 평가. 단순히 잘나가는 걸로는 안 된다. 이 장르에서 최고여야 한다. 지금까지 VTIC이 완전히 꽉 틀어쥐고 있던 탑티어 말이다.

'군백기 동안 다 처먹어주마.'

VTIC이 사라진 올해 시상식 특별 무대부터 꽉 잡고 시작할 것이다.

"얼마 안 남았어."

우리는 산뜻하게 빈집털이를 준비하기 시작했다.

그렇게 연말이 왔다.

데뷔 후 연말을 맞는 것도 벌써 5년이 넘었다. 이쯤 되면 다들 시상식과 연말 가요 프로그램을 준비하는 패턴이 생긴다.

1. 여유롭게 준비하는 타입

다년간의 경험으로 마음의 여유를 가지고 몸은 빡세게 굴리는 타입이다. 혹은 몸을 빡세게 굴리기 때문에 여유가 생기거나.

"후우, 이다음 동작은, 좀 더 시간을 두고 익혀도… 괜찮을 것 같아."

"오케이~ 그러면 넘기고 B파트부터 오늘 하는 걸로 픽스할게. 청우 형, 괜찮죠?"

"응. 그럼 연습 시간을 좀 늘릴까?"

"그러죠."

제일 다수가 속해 있군, 다음.

2. 초조하게 준비하는 타입

실수에 대한 걱정, 근심, 불안이 많아 다양한 경우의 수를 고민하느라 몸 편할 때마다 고뇌에 잠기는 타입이다.

"…시간을 두고 익히려는 건 나 때문인가? 아니, 대답하지 마. 어느 쪽이든 열심히 하면 되겠지. 그래, 시간을 많이 줬으니까…."

"형, 제 생각엔 브릿지 동작에 그렇게 많은 시간을 배당한다면 그쪽으로 안무 포인트가 옮겨간다는 뜻 같습니다! 그렇다면 제 사전 편곡이 부자연스럽게 들릴……."

"그만."

…적당히 끊어주면 1번 놈들에게 감화되어 진정한다.

"쉴 땐 아무 생각도 하지 마."

"그렇지만…."

"하지 마세요."

나는 놈들의 쉬는 시간을 쉬는 시간답게 만들어주었다.

그리고 가장 소수가 속한 다음 타입은….

3. 여유롭게 노는 타입

"형도 알죠? 벼락치기는 일종의 치팅 같은 거나 다름없잖아요."

"알겠냐?"

"히히!"

동료가 하자니까 연습은 하지만 사실 군무 각을 맞추는 것 외에 동작과 제스처는 그대로 무내에 서노 끝내줄 수준인 놈 하나가 해당된다.

"원래 자신의 실력이 중요해요!"

"…그거 못하는 사람은 연습해 봤자 의미 없다는 뜻이야?"

"Nope! 노력이 원래의 실력이 될 거예요."

"흠흠."

입은 잘 터는군.

아무튼, 이놈들이 모여서 연말 준비는 언제나처럼 삐걱거리면서도 잘 굴러가고 있다.

"그만해!"

"김래빈 먹어!"

나는 차유진이 김래빈에게 던진 고구마말랭이를 피하며 방금 찍은 연습 영상을 돌려보았다. 괜찮군.

"……흠."

그리고, 사실 이대로 분류한다면 마지막 번호도 있긴 했다.

4번. 바로 초조하면서도 노는 타입이지.

다만 이 그룹에는 그런 놈이 없다. 이게 시험 준비하면서 다들 한 번씩 경험해 보는 상황이긴 하다만… 돈 받게 되면 자연 치유되는 증상이거든. 즉, 돈 받는 우리는 해당 사항이 없다.

다만 돈 안 받는 다른 분야의 내가 해당되긴 한다. 초조하면서도 손을 못 쓰는 정황이 있기 때문이다.

"설마 국가 훈장을 타는 게 다음 상태이상인가."

─예?

연습이 끝난 주말 밤. 나는 차가운 무알콜 맥주를 마시며 욕조에서 중얼거렸다. 물론 미친놈처럼 혼자 이러는 건 아니고 방수 스마트폰을 들고 있다.

"군대 면제도 아니고 그냥 몇 년 연기할 수 있게 해주는 훈장에 이렇게까지 내가 신경을 쓰는 게 이상하지 않냐."

―아니라니까요, 형, 정말 아니에요!

전화기 너머의 큰달은 거의 절규를 했다. 오랜만에 육성으로 소통하는 중인데, 확실하게 채팅 팝업과는 다른 점을 느끼게 해주는군.

아무튼 이놈의 의견은 한결같다. 아무리 뒤져도 나한테서 이상한 낌새는 보이지 않는다는 것이다.

그리고 내가 국가 훈장에 집착하는 이유는….

―…원래 군대는 다들 가기 싫어하잖아요.

"……."

―시일이 다가올수록요.

그건… 그렇지. 심지어 나는 두 번 가니까 어쩔 수 없는 생리현상처럼 시간이 다가올수록 집착하게 되는 것이다. 원래 해본 놈이 더 X 같은 점을 아는 법이다.

그런데 말이다.

"넌 이제 안 갈 놈이 뭘 그렇게 잘 아냐."

―죄송합니다.

죄송하긴, 나이 든 몸이랑 바뀌었는데 군 면제 정도는 얻어야 수지타산이 맞지.

그리고 이놈이 잘 아는 것은 군대가 아니라는 점도 안다.

"아니. 그냥 내 상태를 잘 살펴봐서 네가 확신하는 거겠지."

―네! 그거죠!

큰달이 숨도 안 쉬고 설명했다.

─제가 진짜 거의 또 상태창이 될 것 같은 수준으로 몰입해서 제대로 샅샅이 살펴봤는데 시스템 1/4 흔적 같은 건 형한테 없어요! 진짜!

"그래, 알았다고."

벽 무너지겠다. 나는 통화 볼륨을 줄이며 인정했다.

"그럼 미션 실패는?"

─…아니라고요.

알았다니까. 나는 큰달이 내 상태창을 정기 점검하겠다고 랩이라도 하듯이 말한 후에 더는 이 주제를 꺼내지 않기로 결정했다.

'혹시라도 지난번처럼 느낌이 안 좋으면 무조건 사람 없는 쪽으로 튀어야겠군.'

그리고 이 과정이 다 지나며 드디어 신나는 연말 정산 기간이 왔다.

"문대문대~ 우리 12월 20일이 3분기 정산 입금일이지?"

"어."

아니, 이 정산 말고. 우리가 지난 한 해 동안 해온 것들이 정량 수치인 성적과 정성 수치인 인지도로 평가받는 시기가 말이다.

그래. 드디어 시상식이다.

"올해의 아티스트상은… 테스타!"

"축하드립니다!"

"음반 대상, 테스타입니다."

"마지막 대상, 올해의 가수는… 축하합니다. 테스타."

퍼퍼펑!

수많은 폭죽, 드럼롤, 호명, 그리고 환호와 배경음으로 깔리는 테스타의 올해 대표곡까지.

"감사합니다! 더 열심히 하겠습니다!"

"저희 곧 컴백해요!"

비명과 박수, 환성.

참석하는 시상식마다 다 깔끔하게 대상 항목을 하나씩 얻어갔다. 이 회사가 대상 안 주는 시상식은 내보내지 않았기 때문이다. 음, 효율적이긴 하군.

그리고 복귀한 회사에서는 트로피를 진열하는 홍보 사진을 찍기 위해 이동하면서 같은 회사 사람들의 인사를 줄줄이 받기도 했다.

"형! 이야~"

스페이서, 새로 데뷔한 신인 여자 아이돌, A&R팀 직원들, 매니지먼트 팀장… 그리고 미리내까지.

"축하드려요!"

"축하드립니다…."

경쟁자가 네놈 대가리를 깨부수고 그 대상 트로피를 내 것으로 하고 싶다는 눈으로 쳐다봐도 입은 축하를 하는 놀라운 업계다.

"…저 후배분, 성하린 씨? 우릴 싫어하나?"

"그렇겠지."

아무튼, 연말은 특별한 이변 없이 꽤… 재밌었다.

그래, 잘해서 상 받는 걸 싫어할 사람 있냐. 특별 무대도 준비한 만큼 호평을 받았고 말이다.

-테스타 세이버 무대 미쳤다

-저거 뭐라고 함? 검무? 보다가 침 흘릴 뻔했음

-현재 실시간 인기동영상 붙박이 중인 테스타 티원에이 무대

고난과 역경의 끝 같은, 전성기의 맛이었다.

…물론, 안타깝게도 우리가 모든 대상 분야에서 대상을 받았다는 것은 아니다. 음원은 영린, 음반은 VTIC. VTIC이 군대에 간 후에도 이 구도는 아직 견고했다. 왜냐하면 리더가 남아서 시상식을 참석했으니까.

"감사합니다."

청려는 올해 연말 중 가장 권위 있는 시상식에 무대 의상이 아닌 시상식 레드카펫용 남색 세미 정장을 입고 왔다.

"주어진 의무를 성실히 수행 중인 고마운 멤버들에게 모든 축하와 수상의 기쁨을 돌리고 싶습니다."

놈은 홀로 참석한 것에 대해서 조금도 머쓱하거나 서툴러 보이지 않았다. 대신 언제나처럼 조금도 긴장한 것 없이 적절하며 한 점의 빈틈도 없어 보였다.

그리고 이런 힌트도 던졌고 말이다.

"내년에도 기대하시는 모습 보여 드리겠습니다."

와아아아!

"감사합니다."

살짝 고개를 숙이는 청려를 향해 박수가 울렸다. 존경 어린 미소를 짓던 큰세진이 웅장한 BGM을 믿고 속삭였다.

"솔로 앨범 내겠다는 거지?"

"응."

또 개싸움하겠군. 게다가 저놈이라면 VTIC 완전체를 암시하거나 나중에 그룹 곡으로 어레인지할 곡도 빌드업으로 슬쩍 끼워 넣는다는 것에 이⋯ '컬러풀케이팝스타상'을 걸겠다.

나는 테이블 위 엉성한 생김새의 상패를 쳐다보았다. 무려 후원기업 달래기용으로 올해 갑자기 생긴 항목이다. 우리가 아무 이유도 성적도 없이 받았다.

'이런 걸 만들 시간에 신인상이나 세분화하지.'

그래도 아마 내년엔 없어질 테니 희소성은 있지 않은가.

"상이네요. 축하해요."

"예."

마침 백스테이지에서 만난 청려도 이 상을 칭찬했거든.

나는 상을 챙기는 스탭에게 얌전히 그 상패를 넘겼다. 그러자 그것을 별 동요 없이 지켜보던 청려가 입을 열었다.

뜬금없는 말을.

"좋은 소식 듣지 않았어요?"

뭐?

"혹시 선배님 반려견이 새끼를 낳나요."

"음, 후배님. 혹시 과학 시간에 졸았나요?"

무슨 개소리냐는 뜻이군. 이쪽도 마찬가지의 심정이다.

나는 제대로 말하라는 뜻에서 놈을 쳐다보았다. 청려는 잠깐 생각이라도 하는 것처럼 나를 응시하더니, 곧 살짝 웃었다.

"음, 상관없나."

"예?"

"아니. 좋은 소식이 생기면 나도 알려줬으면 좋겠다는 뜻이에요."

왜.

"궁금하니까."

놈은 그 말을 남기고 차를 타고 시상식을 떠났다. 그리고 짧은 동영상을 문자로 보냈다. 메시지와 함께.

[생일 축하해요. (동영상)]

"……"

동영상은 웬 개가 망가진 방석 대신 새로운 방석을 선물 받는 내용이었다.

'무슨 뜻이냐'

물론 물어보면 재밌어할 것 같으니 내버려 뒀다. 뭐든 날 X 되게 만들면 본인도 X 된다는 것을 이쯤 되면 학습했겠지.

아무튼 그렇게 상 나눠주기를 위해 투입된 수많은 임시 상을 남기고, 그해 치르는 마지막 뮤직어워즈가 끝났다.

남은 건….

"우리 컴백한다!!"

그렇다. 새해, 새로운 활동기다.

우리는 다가오는 1월, 모든 성적이 완전히 반영될 수 있는 그 시기에 컴백할 것이다. 그리고 일반 음악 방송보다 훨씬 더 주목도가 높으며 시간을 길게 쓸 수 있는 방식을 쓸 예정이다. 바로.

"우린 1월 시상식에서 컴백할 거야."

"예에에!"

이미 아는 사실인데도 반응이 뜨겁군. 다들 간만의 컴백이라 들뜬 게 분명했다.

사실 12월에 하는 ToneA에서 컴백해 달라고 본사에서 거의 압력 수준으로 오퍼가 들어왔긴 했다. 그게 본인들 시상식이니까.

하지만 우리는 그 의견을 꺾었다.

"그때까지 무대 퀄리티 못 뽑아낸다고 반발하길 잘했어!"

"정확한 판단이셨습니다!"

"Happy New year Comeback? 최고예요!"

…좀 과하게 들뜬 것 같기도 하지만, 그래도 벌써부터 승리의 맛에 취한 놈들이 흥얼거리며 밤샘 연습을 하는 꼴이 대단하긴 했다.

"…좋아. 그래, 무조건 잘될 것 같아!"

"형! 저 그거 징크스 있어요!"

"…?!"

"농담이에요."

"야!"

그리하여 1월 9일 월요일, 우리는 컴백 직전에 한 신년 기념 심야 라디오 스케줄에 나가게 된다. 물론 다 계산된 행동이다.

"진짜 홍보는 아니고, 일종의 바이럴 같은 거죠."

"지나치게 과감하지는 않으면서도 약간의 변칙성을 가진 게 마음에

듭니다!"

토크가 주 컨텐츠인 곳이니, 우리가 말하고 싶은 만큼만 말할 수 있어서 말이다. 이젠 라디오에서 쫄릴 연차도 아니지 않나.

그리고 팬들이 어떤 앨범이 나올지 추측하고 짐작하는 즐거움을 주고 싶거든. 제한된 매체이기 때문에 홍보 효과가 거기서 다 소비될 염려도 없다.

'일종의 전야제지.'

나는 웃으며 라디오 부스 앞 미디어실에서 인사를 했다.

"잘 부탁드립니다."

"와아아! 네!"

작가진과 스탭들은 생각보다도 반갑게 그룹을 맞아줬고, 모든 게 순조로웠다.

"테스타분들께선 16분 뒤에 투입 예정이세요!"

"넵!"

우리는 외곽에 마련된 소파에 앉아서 입장을 기다리기 시작했다. 깜짝 등장이니만큼 난입하는 것처럼 느껴지게 할 예정이었다.

"문대야, 이거…."

"아, 고맙다."

나는 선아현이 내미는 스트레스볼을 주물렀다. 그리고 느리게 눈을 깜박였다.

'이렇게 기다리는 시간이 제일 할 게 없단 말이지.'

딴생각하다가 타이밍을 놓칠 수도 있으니 정신은 차리는 동시에 아무것도 안 하는 이때 말이다. 할 만한 건 라디오에서 무슨 이야기를 할 건지 머릿속으로 다시 한번 정돈하는 정도다.

깜박.

'일단 인사하고, 오디오 안 물리게 관리하고….'

깜박.

'김래빈이 흥분해서 곡에 대해 너무 스포일러하지 않게 확인하고.'

깜– 박.

'마지막으로 인사할 때는 배세진이….'

깜박.

어두운 천장이 보인다. 나는 눈을 다시 감았다 떴다.

깜박.

그대로다.

"……."

잠깐, 어둡다고?

"…‼"

나는 몸을 일으켰다. 그리고 내가 누워 있었다는 것을 깨달았다.

'뭐?'

침대였다. 아니, 침대? 이게 뭐야.

나는 손을 더듬어 침대 아래로 내려갔다.

'불.'

삑. 벽의 버튼을 누르자, 불이 들어온다. 그리고 안락한 침실의 풍경이 드러났다.

"……!"

테스타의 포스터가 붙은 방.

구조가 어디서 본 것 같은데, 아니, 일단 그것보다 우선 생각할 건…. 내가 갑자기 다른 곳에서 눈을 떴단 말이다.

"후우."

나는 심호흡했다. 솔직히, 이제는 별짓을 다 겪어서 웬만한 미친 짓이 벌어지더라도 놀라지 않을 것 같았는데… 아무리 그래도 무슨 일이 이렇게 징조도 없이 터지냐. 팝업도 상태창도 심지어 아무런 심리적 징조도 없었단 말이다!

'일단 그래도 상태창부터….'

그때였다.

[형!]

"윽."

머릿속에서 소리가 울렸다. 진동 같은 소리가 의미를 담고.

'진동?'

그리고 나는 의미가 전달되는 진동이 이미 경험해 본 일이라는 걸 깨달았다. 류건우의 몸으로 공시 공부를 하는 큰딸이 가끔 주도권을 잃고 내가 몸을 썼을 때.

"…설마."

야, 이거 설마.

나는 침음을 참으며, 이 머릿속의 소리에게 답신하고 싶다고 생각했다. 그러자.

휘익.

이상한 계산과 과정 같은 것이 머릿속에서 순식간에 지나가더니, 이윽고 눈앞에 팝업이 뜬다.

[_____]

이게 뭐야.

[이게 뭐야_]

그만, 알겠다.

'이거 채팅 팝업이잖아.'

큰달이 나에게 보내곤 하던 것 말이다. 그리고 그 말뜻은 하나다.

"망할."

나는 내 목소리가 다른 의미로 익숙하다는 것을 깨닫고, 그다음으로 스마트폰을 들어 전면 카메라로 내 얼굴을 확인했다.

"……."

류건우 맞네 X발….

"망할."

[형? 설마 형이 지금 제 몸이에요?]

"그래!"

야, 나한테 남은 시스템 없다며!

방금 저 생각도 팝업 채팅으로 간 것 같지만 일단 넘기고… 생각하지, 네가 뭘 할 수 있지?

'접속!'

큰달은 박문대의 상태창 접속을 할 수도 있다! 시야를 공유하면서 말이다. 내가 할 수 있을지는 모르겠다만… 시도는 하자.

'그게… 내가 상태창 부르는 방법이면 되나?'

나는 생각을 집중했다. 박문대, 상태창, 시스템, 접속, 연결….

연결.

[−CONNECT−]

머릿속에 시야와 감각이 떠오른다. 라디오 스탠바이 중인 박문대의 감각이었다. 큰달이 말한 감각 공유를 쓸 수 있는 게 맞았다.

'후.'

다행히 통했다고 안심한 것도 찰나였다.

…공유받은 박문대 시야로 홀로그램이 하나 뜨더라고. 낯익은 상태창 팝업 말이다.

[돌발!]

상태이상 미션 실패 : 원상 복귀

−모든 것이 없던 일처럼 원상으로

: 종료까지 23:59:59 (1day)

"……"

[진짜 죄송해요, 이게 무슨 일인지 모르겠어요! 여기 그냥 미션 실패가 어쨌다는 소리밖에 안 뜨는데….]

그리고 이게 무슨 일인지 본능적으로 깨달았다. 아 X발.

"너한테 있었네."

[예??]

"너한테 있었다고."

이 빌어먹을 시스템 1/4 상태이상이 내가 아니라 저놈한테서 터진 것이다. …그것도 라디오 스탠바이 10분 전에 몸이 바뀌는 걸로!

[으아아악!]

그게 시작이었다.

"흡."

나는 숨을 크게 들이켰다가 내쉬었다. 스마트폰 화면에 비친 허여멀건한 류건우의 얼굴이 따라서 움직였다.

…침착할 수 없는 상황이다만, 최대한 침착하게 정리해 보자.

1. 박문대(나)와 류건우(큰딸)는 몸이 바뀌었다.

2. 박문대는 1군 아이돌 그룹의 메인보컬이며, 컴백 직전이다.

하지만.

3. 박문대의 몸에 늘어간 류건우(큰딸)는 컴백이고 나발이고 아이돌 경험이 없다.

그리고 여기서 화룡점정이 나온다.

4. 박문대의 라디오 생방송이 10분 후다.

"……."

돌았군. 제정신 아닌 상황을 한두 번 겪어보는 것도 아니지만 이건 진짜 미친 상황이다.

'생방 스탠바이 10분 전 실화냐.'

그나마 큰달이 그랬던 것처럼 나도 박문대 시야를 공유받을 수 있다는 게 유일한 희망인 수준이다. 일단 상태이상이고 나발이고 이걸로 생방부터 어떻게든 해야… 잠깐.

'……박문대 시야가 흐려지는데?'

라디오 대기실이 뿌옇다. …느낌이 안 좋다. 혹시 원래 상태창이었던 큰달이 아니라 문외한인 내가 연결해서 문제가 생긴 거라면?

'X발.'

생방송 나락 가는 소리가 들린다. 나는 황급히 채팅을 띄웠다.

"너 괜찮냐? 시야에 연결 문제……."

[누, 눈물입니다…….]

"……."

[죄송해요.]

이해한다.

그러나 그놈의 눈물이 차올라서 뿌연 시야를 뚫고, 저기 라디오 부스 앞에서부터 종종걸음으로 걸어오는 몇 사람이 등장했다. ……작가진이다!

[형!! 형! 사람들이 저 들어오래요!]

"잠깐."

감상에 빠져 있을 때가 아니다.

"너 스마트폰 잠금 패턴 불러!"

[어어어, 데뷔일! 테스타 데뷔일!]

남돌 데뷔일로 패턴? 더럽게 비직관적인 걸로도 해놨군! 어쨌든 재빨리 머리를 굴린다. 키패드에는 '0' 표기가 없으니 제외. 하지만 패턴이 겨우 세 자리면 너무 적으니 연도까지 추가하면….

'다섯 자리!'

다섯 숫자의 점 위치를 연결 후 손가락을 떼자, 쓱 화면이 열렸다.

'그래야지!'

나는 즉시 방송사 라디오 앱부터 다운로드 받기 시작했다. 이걸로 박문대의 청각을 대체할 생각이었다.

'박문대 몸이랑 청각까지 공유 시도하다가 생방 중에 실수하느니 이게 낫지.'

솔직히 시각 공유도 지금 어떻게 하고 있는지 모를 지경이었다. 당장 작업 들어가자. 나는 다운로드가 완료된 라디오 앱을 열었다. 그 짧은 수초 간, 계획을 세우고 폐기하고 검토하는 것을 동시 진행했다.

그리고 침대에서 일어섰다.

"잘 들어."

[예!]

"컴백 직전 깜짝 라디오 출연이야. 대본은 기껏해야 대여섯 줄 정도고 실시간으로 확인 가능해. 인원이 많으니까 박문대한테 직접 질문이 들어올 때만 대답하면 돼."

그 외에는 다 같이 대답할 때만 입을 열고, 되도록 내가 채팅으로 신호를 줄 때만 천천히 말을 한다. 그때는 내가 대답을 보내주는 동안 감탄사를 섞으며 살짝 시간을 끌어서 공백을 메꾸는 것이다.

하지만 하나가 중요하다.

"대답 전 감탄사에 긍정이든 부정이든 뉘앙스는 담으면 안 돼. 그건 신경 써서 조절해야 해."

자칫 비꼬거나 부적절한 느낌으로 실수하는 순간 X 된다. 방송은 한번 송출되는 순간 끝이다. 긴장감은 필수다.

[으으흐윽…]

큰달이 단말마 같은 걸 채팅 팝업에 띄웠다. 나는 한숨을 참았다.

'너무 조여도 안 되겠지.'

지나치게 부담을 줘도 망할 것이다.

"반사적인 리액션 정도는 너무 고민 안 해도 괜찮을 거다. 네가 성격이 공격적인 것도 아니니까."

그러나 채팅이 울부짖었다.

[제발! 그냥 절 조종해 주세요! 리액션도 그냥 시키는 대로 다 할게요! 그냥 형이 적어주는 대로요! 네!?]

그렇게 필사적일 수가 없었다. 하지만 누이 좋고 매부 좋은 그 건을 채용해 줄 수가 없다.

"그렇게는 안 돼."

[예…?]

나는 소파에 걸터앉아서 머리를 숙였다.

"그거 보이는 라디오야."

[……]

안면근육도 제어해야 한다는 뜻이다. 모든 리액션을 포함해서.

[살려주세요.]

살려주려고 이 짓을 하고 있는 것 아닌가. 나는 한숨을 쉬었다.

"정 못하겠으면 방송 자체를 피할 방법이 있긴 한데,"

[뭔가요!?]

"그냥 지금 바닥에 쓰러져라."

스케줄이 취소되는 가장 확실한 방법이다. 앰뷸런스에 실려 가기.

"……"

잠시 침묵이 흐른 후.

[죄송합니다, 못하겠어요……]

그래, 그럴 줄 알았다.

벌써 테스타는 부스 문 앞에서 마지막 브리핑을 듣는 중이다. 이 와중에 맨정신으로 쓰러질 만큼 뻔뻔한 놈이었으면 날 살리겠답시고 여기까지 안 왔지.

"죄송할 건 없고. 아무튼, 지금 네가 혼자 감당하기 힘들겠지."

[……예.]

"좋아."

안 그래도 생각은 했다. 방송해 본 적 없는 아마추어가 다짜고짜 생방송에 투입된다? 혼자 부자연스럽게 템포가 튀면서 도드라질 것이다.

'원래 내가 보여줬던 방송용 박문대랑 비교될 테니 더 문제고.'

저 녀석을 보조해 줄 사람, 현장에서 맞장구쳐 줄 놈이 필요했다. 그러나 당장 7명에게 전부 공유했다가는 대파란이 일어날 것이다. 그러니까… 답은 결국 하나다.

나는 볼을 누르며 입을 열었다.

"딱 한 놈한테만 말하는 거야."

〈SBC 한밤의 라디오〉 부스 앞은 과하지 않은 적당한 긴장감으로 쫀쫀했다. 테스타가 방송 활동을 시작한 지도 벌써 5년이 훌쩍 넘었으니 당연한 일이었다.

다만 예능에 자주 출연하는 멤버라고 해서 특별히 더 풀어지진 않았다. 가령…… 이세진 말이다. 그는 이미 머릿속으로 대본을 반복 리딩한 뒤 본인의 파트를 체크했다.

그리고 다음 순서도 중요하다.

'음, 여기도 괜찮겠네.'

그는 자신이 명시적으로 배당받지는 않았지만 '얻어갈 수 있는' 파트를 기억해 두었다. 데뷔 서바이벌부터 지금까지 사라지지 않은 버릇이다. 자신의 몫 챙기기.

테스타는 이미 그룹으로서 논쟁의 여지가 없을 만큼 컸다. 그러나 서바이벌 출신답게 그룹 안 개개인을 비교하고 줄 세우는 풍조가 사라진 것은 아니다. 게다가…….

'굳이 안 할 필요는 없진 않나?'

무대, 화보, 프로듀싱, 인터뷰… 어디서든 두각을 나타내는 멤버는 있었다. 단언컨대 이 팀에선 무슨 활동을 하든 '점수를 따는' 멤버가 있다. 그런데 남들이 뛸 때 걷는다? 그건 쉬는 것과 다름없었다.

이세진은 자신이 포인트를 가져갈 수 있는 지점을 놓치는 한심한 짓은 하지 않을 것이었다. 은퇴할 때까지 영원히.

"혹시 따로 더 필요하신 건?"

"아이, 괜찮습니다~"

게다가 이제는 이세진 외의 다른 멤버들도 제법 이런 토크형 방송에 익숙한 상태다. 더 잘해야 했다.

'뭐, 멤버들이 든든한 건 좋아.'

이세진은 직전의 대기실을 회상했다. 다들 알아서 긴장감을 관리하며 능숙히 대기하고 있…….

그때, 이세진의 귓가에 기어가는 듯이 작은 속삭임이 들렸다.

"저, 저기."

어딘지 울음기가 있는, 필사적인 소리.

참고로 두 수식어가 절대로 안 어울릴 만한 인물에게서였다. 덕분에 이세진은 거의 척수 반사적으로 고개를 돌렸다.

"……?"

그리고 거의 눈물이 그렁그렁한 상대와 마주쳤다.

박문대였다.

이세진은 소름이 끼쳐서 자리에서 뛰어오를 뻔했다가 참았다. 그리고 다음 말에는 정말 그럴 뻔했다.

"저, 문대 형 아닌데요……."

"…!?"

"갑자기 몸이 바뀌었어요. 저 그, 큰달이에요."

"……."

예?

"그 있잖아요. 건우 형 몸에 있는……."

그는 박문대가 생방송을 4분 50초 앞두고 이런 장난을 칠 가능성에 대해서 짧게 고민을 시작하자마자 즉시 쓰레기통에 처박았다. 그 와중에도 박문대─의 몸을 하고 있지만 사실은 다른 사람이라고 주장하는 사람─는 열심히 사정을 떠들었다.

그 말은 자신이 무슨 마법 같은 방법으로 '문대 형'과 지금 소통 중이라는 설명으로 끝났다.

"어, 어떻게 라디오에서 말하는지는, 그러니까 문대 형이 알려주신다고는 하는데요…."

'텔레파시…….'

몇 가지 유치한 영화나 드라마가 빠르게 두뇌를 치고 지나갔다. 그래도 지난 몇 번의 비현실적인 경험이 충격 흡수에 도움이 되긴 했는지, 이 말도 안 되는 상황에 대한 의문보다 먼저 치고 나온 게 있다.

바로 걱정이었다. 지난번 '말도 안 되는 사건'은… 건물 붕괴였단 말이다. 등골이 서늘해진 이세진이 입을 열었다.

"걔 상태는 괜찮아요?"

"네 그럴 거예요! 저는 자려고 침대에 있었거든요…."

짧은 안도가 스치고 지나갈 무렵.

"그리고… 아, 이렇게 전해달라고 하시는데요……."

"…?"

국어책 읽는 듯한 문장이 따라붙었다.

"일단 아무한테도 말하지 말고 너만 알아라. 생방 망하면 무슨 꼴 날지…?"

"……."

멀쩡하네.

'저거 박문대 맞네.'

눈앞이 아찔해졌다.

그리고 큰달의 간절한 모기 소리 스피치는 이렇게 끝났다.

"살려주세요. 문대 형이 라디오에서 세진 님만 믿으면 된다고……."

……박문대!! 이세진이 표정 변화 없이 내적 고함을 질렀다.

그때, 저 앞문에서 류청우가 고개를 돌렸다.

"무슨 일 있어?"

이세진은 짧게 갈등했다. 그러나…….

"…아~ 아니요! 들어가야죠! 자자, 우리 라디오도 제대로 가봅시다~"

박문대가 옳았다. 이건… 공유해서 대화 템포 꼬이는 순간 지옥이다. 그는 이를 악물고 웃은 뒤, 박문대 몸의 뒷덜미를 잡고 쾌활히 부스에 입장했다.

다만 이세진과 박문대가 모두 놓친 점이 있었다. 그들 옆자리에 선아현이 대기 중이었다는 것이다. …대화 내용을 얼추 들을 수 있을 정도로 쐐 *가까이*.

생방송과 괴현상이 맞물려 만든 빈틈이었다.

"……."

"아현 형? 부스 입장 시간입니다."

"으응!"

선아현은 침을 꿀꺽 삼켰다. 그리고 새하얀 안색을 한 채, 그렇지만 단호한 걸음으로 부스 안으로 따라 들어갔다.

……그리하여, 1월 9일 월요일 23시 47분. 사람들이 정신없이 새해와 한 주의 시작을 갈무리하며 현실을 사느라 바쁜 그 밤.

"쏭DJ의 한밤의 라디오. 월요일의 명물이죠. 〈위클리 럭키〉 코너로 돌아왔습니다."

〈SBC 한밤의 라디오〉는 이제 막 마지막 월요일 코너로 들어갔다.

"오늘은 아주 특별한 초대 손님들을 모셨는데요."

장년의 라디오 진행자는 우르르 들어오는 7명의 훤칠한 아이돌을 보며 미소 지었다. 부드러운 목소리로 차근차근 하루를 위로해 주는 것으로 호평 난 그녀의 라디오에 이런 소란스러움은 오랜만이었다.

'젊구나.'

테스타는 부스 밖 연출들의 인사에 적극적으로 살갑게 화답해 주며 들어오는 중이었다. 그래도 몇 년째 잘나가는 톱스타들답게 다들 능숙하고 자연스레 자리를 찾아 앉으며 기분 좋게 웃는다.

"아마 청취자분들께서 많이 놀라실 것 같습니다."

그녀는 찬찬히 테이블을 보며 얼굴을 확인했다. 물론 게스트의 이름은 다 숙지하고 있었다. 놀랍게도 7명 모두 그녀가 따로 익히지 않아도 될 만큼 명성이 있었지만 말이다.

'저기 금발 청년이 차유진 씨, 꽁지 머리를 한 삐쭉한 청년이 김래빈

씨, 후드를 쓴 예쁜 청년이 배세진 씨….'

그리고 자신의 바로 오른쪽 옆에 앉은 이 귀여운 친구는, 평정심 좋기로 유명한 박문대… 인데. 왠지 손이 모터보트처럼 떨리고 있다.

'…??'

진행자는 순간 눈을 비빌 뻔했다. 하지만 숙달된 입은 예정된 소개말을 했다.

"며칠 전 골드디스크어워즈에서 올해의 가수상을 수상한, 명실상부 케이팝의 왕입니다, 테스타!"

그리고 다시 본 손은 어느새 테이블 아래로 사라져 있었다.

'잘못 본 걸까?'

당연하지만 이세진이 팔꿈치로 밀어냈다.

그렇게 살 떨리는 라디오 생방송이 시작되었다.

나는 소파 팔걸이를 두드렸다. 동시에 손에 든 스마트폰 라디오 어플에서 쾌활한 인사말이 흘러나왔다.

[안녕하세요! Take your star, 테스타입니다~]

그리고 몇 초 후.

-방금 테스타

-??

-지금 당장 SBC 라디오 틀어

-라디오?

-테스타가 라디오 왜

인터넷 페이지가 쭉쭉 갱신되었다.

나는 이마를 짚었다. 차라리 라디오 출연을 사전 공지했다면 관심을 덜 받았을 것이다. 보통 위튜브를 보지 굳이 라디오 찾아서 안 듣는다고.

'기껏해야 나중에 클립이나 좀 돌아다녔겠지.'

그런데 '예고 없는 깜짝 등장'이라는 속성이 붙으니 오히려 언급량이 생긴 것이다. OTT 서비스에서 직접 찾아서 트는 영화보다 우연히 채널 돌리다 나오는 영화가 더 재밌게 느껴지는 것과 비슷한 현상이다.

'바로 그걸 노린 건데 X발······.'

업보로 돌아왔다.

그리고 내 대가리가 아프든 말든 라디오 진행은 인사 후 근황 토크까지 쭉쭉 나간다. 그리고 인터넷 페이지도 쭉쭉 갱신되고.

[테스타~ 올해도 멋진 계획이 있을 것 같은데요. 가요 대상 그룹과 한자리에 있으니 많이 떨리네요.]

[하하, 초대해 주셔서 저희가 더 감사하고 떨립니다. 그리고··· 예. 올해 더 자주 뵙기 위해 최선을 다해 준비 중이죠.]

[맞아요! 저희 좋은 모습으로 팬분들 뵈러 올 거예요. 그리고 오늘도 그래서 왔어요. 잘하겠습니다, DJ님!]

[어머~]

류청우야 이런 유의 대담에는 이골이 났을 것이다. 차유진도 이제 자기 필요할 때는 말을 잘한단 말이지. 분위기는 웃음소리로 화기애애하다.
문제는 이다음.
'…대본상 내 차례.'

[어휴, 감사합니다. 그럼 저희 코너 시작해 볼까요? 아, 혹시 저희 한밤의 라디오 들어보신 적 있으신지…?]

나는 혹시 몰라 채팅도 띄워주기로 했다. 직접 말하면 되겠지.
"저희가……."
그리고 내가 내는 류건우의 목소리와, 라디오 속 큰달의 소리가 겹친다.

[…저희가 차를 탈 일이 많다 보니까 자연스럽게 들었는데요. 나중에는 주파수 돌려서 찾아들었습니다. 좋아서요.]

침착한 목소리.

[정말?]
[진싸요~ 서희가 다 애청자라 직접 요정해서 나왔습니다, 송DJ님!]
[맞아요!]

"……후."

나는 소파에 등을 기댔다.

좋아. 합격점. 큰달은 의외로 내 말투를 제법 그럴싸하게 흉내 낼 줄 알았다.

'그렇다는 건, 저놈 대체 얼마나 테스타 컨텐츠를 자주 본 거지…?'

[형! 저 어땠어요??]

"잘했어. 똑같더라. 이대로 간다."

[네!]

…잠깐. 그렇다고 갑자기 눈에 띄게 고개 치켜들면 안 되지!

"너…."

다행히 라디오 어플 화면 속 박문대가 모가지를 세우려던 순간, 누군가 어깨동무를 했다. 큰세진이다. 놈이 박문대의 대가리를 누르는 것이다.

"……."

고맙다.

'젠장.'

나는 눈을 눌렀다.

"자리에 굳어 있을 필요는 없달 필요는 없지만, 내 팝업에 반응해서 움직이면 이상하지."

[그, 그렇죠. 네!]

이해는 한다. 갑자기 진행자 말에, 카메라에, 대본에, 내 팝업까지 보려니 머리가 터질 지경일 것이다. 나도 보이는 라디오에, 시야 공유에, 시청자 상황까지 보려니 눈이 돌아갈 것 같은 판이니까.

'하지만 다른 수는 없으니 해야지.'

그리고 할 거면 제대로 해야 한다.

-이거 컴백 시그널인가
-그냥 나온 것 같지는 않지?
-완전체 라디오? 헐ㅋㅋ
-새삼 테스타 말 잘하네

나는 재빨리 우호적인 시청자 반응을 확인 후 라디오를 청취하며 박문대 시야로 주변 분위기를 살폈다. 가끔 큰세진이 눈깔에 경련이 일어날 것 같은 웃는 표정으로 박문대를 보는 것 같지만 괜찮다. 이해해 주겠다.

그리고 드디어 본론으로 들어간다.

[돌아온 월요일. 〈위클리… 럭키〉!]
[와아!]
[일상과 달라진 이번 주의 특이한 월요일 사연들을 들어보는 코너죠.]

라디오에서 자주 하는 두 가지가 있다. 사연 읽기. 콩트.
여기선 뭘 하나고? 설명은 간단하다. 둘 다 한다.

[오늘은 고등학교에 재학 중인 한 음악 동아리 친구들이 사연을 읽어줄 예정입니다. 우리 친구들, 인사해 볼까요?]
[넵~]

[엄마, 나 라디오 나왔어!]

……무려, 테스타가 같은 동아리의 고등학생인 척하면서 사연을 읽어주는 것이다.

참고로 방금 대사는 배세진이다. 얼굴색도 안 변했다. 손발이 오그라든다고? 원래 콩트가 의식하는 순간 그렇다. 참아라.

[주말부터 사흘이나 잠을 못 주무시고 계속 프로젝트 중이시라니, 그럼 정말 힘들고 소진되는 느낌을 받게 될 수도 있죠……. 저희도 직업상 보내주신 사연에 공감이 되네요.]
[고등학생이신데 직업상 공감이요?]
[앗.]
[아~ 앗?]
[…그럼요~ 세진이가 고등학생이라서! 꿈 많은 청소년이니까 상상과 공감 능력이 좋은 거잖아요~]

-ㅋㅋㅋㅋㅋㅋㅋㅋㅋㅋㅋㅋㅋㅋ
-신들린 수비
-이걸 아이돌 자아가 이겼다고 봐야 하냐 고등학생 자아가 이겼다고 봐야 하냐
  └콩트 자아가 이김

사연이 한 바퀴 돌 때까지 별일 없었다. 가끔 아이돌 자아를 웃기게 주체 못 하면서 튀어나오는 것도 괜찮았고, 가장 중요한 박문대 몸의

큰달도 무사히 본인에게 배당된 사연을 넘겼다.

'자, 감탄사로 시간 끌고.'

[음…. 9503 님은 사이가 나쁜 친구가 오늘 전학을 갔다고 하시는데 요, 저희 중엔 전학생은 없지만…….]

큰달은 내가 보낸 팝업을 무사히 읽으며, 대본 없는 가장 긴 상황을 넘겼다. 말도 더듬지 않았다.

'후.'

"잘했다."

[네!!]

나는 미간을 눌렀다. 큰달도 약간은 초조함과 긴장 수위를 낮췄는 지 아까보다 시야가 안정되었다.

'좋아.'

이제 이 살 떨리는 짓도 거의 끝나간다.

곧 라디오에선 약속된 시간이 주어졌다. 바로 게스트 어필 분량이다.

[오늘의 마지막 사연은… 바로 고등학교에 다니는 우리 친구들이 직 접 가지고 온 사연입니다.]

[와아아!]

[예! 저희가 오늘까지 경험했던 독특한 사건을 청취자 여러분들께 말 씀드릴 수 있어서 대단한 영광입니다….]

김래빈의 말투가 고등학생이라기엔 지나치게 각이 잡혀 있다만 저놈은 고등학생 때도 저랬을 테니 고증 오류는 아니다.

그리고 테스타는 학교 기숙사에서 일어난 기묘한 사건에 관해 이야기하기 시작했다.

선아현이 차분히 말했다.

[저, 제가 지난주에, 책상에 뒀던 물건을 하나, 버리기로 마음먹고 정리했었거든요……]

[그러셨군요. 그런데요?]

[자꾸, 돌아와요.]

[…네?]

[책상 위로, 돌아와요.]

[……]

[오늘, 월요일까지 계속.]

침묵이 흐른다.

-????

-갑분 괴담

-아현아?

대충 요약하자면 버려도 버려도 돌아오는 선아현의 아로마 석고 인형 괴담이다.

[…형 저거 지진짜예요?]

"어."

고등학교 버전으로 재구성한 거다. 실제로 얼마 전에 숙소에서 일어난 일이거든.

[실화입니다, 여러분.]

[그렇습니다. 아현 형과 룸메이트인 제가 직접 목격했습니다.]

-아니 콩트라고 해줘

-이런데서 리얼리티 살리지마라

-ㅋㅋㅋㅋㅋㅅㅂ반응봨ㅋㅋ

제법 센 스토리에 반응이 술렁인다. 물론 오늘 일어난 테스타 충격 실화를 제보하자면 1위는 단연 나겠지만.

'몸 바뀐 걸 누가 이기냐.'

하지만 말해봤자 아무도 안 믿거나 기절할 테니 넘어가자고. 어쨌든 놈들은 짬이 찬 방송인답게 제법 그럴싸하게 분위기를 끌고 간다. 그리고 진행자가 부드럽게 라디오다운 분위기를 조성했다.

[지금 청취자분들께서 많은 의견을 보내주고 계세요. '설마 귀신?', '무슨 모양의 인형인가요?', '출처가 있나요?']

[아, 사슴 모양입니다.]

다만 김래빈이 여기서 돌발 발언을 했다.

[문대 형께서 투어… 가 아닌 수학여행 중 함께 고르시던 모습을 목격했습니다!]
[그랬나? 문대야, 언젠지 기억나?]

박문대한테 갑자기 말이 넘어온 것이다. 젠장!
'당황하지 마라.'
나는 재빨리 팝업을 띄우려 했다. 하지만 놀랍게도, 차분한 박문대의 목소리가 먼저 라디오에서 흘러나왔다.

[맞아요. 작년에 일본에서 아현이가 직접 샀죠. 간판 없는 중고 소품점에서….]

"…!"
더 무서워졌다며 멤버들과 진행자가 호들갑을 떨고 인터넷 반응이 쏟아진다.
나는 입을 열었다.
"어떻게 알았냐"
…놀랍게도, 한 치의 오차도 없는 진실이었기 때문이다.
자랑스럽게 팝업이 떴다.
[흐흐후후후…. 작년 투어 비하인드 영상에 있었잖아요! 형이 사슴 뿔 모양이 곧은 거랑 갈라진 것 중에 곧은 거 골라줬었죠!]

이런 디테일은 나도 기억 못 한다. 대체 어디까지 뭘 본 거냐.

"…그래. 침착하게 잘했어. 기대 이상이야."

[진짜요?! 헤헤, 네…….]

아무튼 큰달은 자신감을 찾았는지 이제 시야가 흔들리지 않는다. 예상치 못한 득점이었다.

'제법.'

나는 피식 웃고, 다시 모니터링에 집중했다.

[…그래서! 그 사슴 인형을 아현이가 처음 다시 본 게 언제였다~?]

[으응, 그날 자정이었어.]

어쨌든, 그렇게 으스스하게 야밤 분위기를 제대로 살려주던 사연은 쭉쭉 잘나갔다. 그리고 적당히 코믹하게 마무리되며 콩트의 본질도 살렸다.

[Yeah, 사실 모든 사람 범인이에요!]

[…?!]

사건의 정황은 이렇다.

선아현이 버리는 줄 모르고, 룸메이트 아닌 놈들이 현관문 앞에서 석고 인형을 발견할 때마다 번갈아 가며 친절하게 책상에 도로 가져다 준 것이다. 심지어 당사자인 선아현은 겁이 없어서 의아하면서도 그러려니 했다고 한다.

덕분에 룸메이트인 김래빈만 고통받았다는 훈훈한 이야기다.

[숙소… 아니, 기숙사의 착공 연도까지 확인했었습니다.]

진행자가 빵 터졌다.

[왜요, 지어지기 전에 무슨 사연이 있었을까 봐요? 세상에나!]
[그래서 어땠지 래빈아?]
[평화로운 논두렁에 소가 살고 있었습니다….]

-ㅋㅋㅋㅋㅋㅋㅋㅋㅋㅋㅋㅋㅋㅋㅋㅋ
-우리 토끼 무슨 죄임
-위톱각이다

주거니 받거니 신나게 흐름을 잡던 놈들은 이윽고 진짜 중요한 파트로 슬슬 이야기를 끌고 간다.

[왜~ 녹음실에 귀신 나오면 잘된다는 속설도 있잖아요!]
[으응, 진짜 귀신이 나온 건 아니었지만, 비슷한 일이었으니까…!]
[예. 비록 저희가 아직 학교 동아리지만 좋은 음악 활동을 할 수 있다는 신호로 생각하려 합니다!]

그 말에 배세진이 (왜 콩트로 이런 캐릭터를 선택한 건지는 모르겠지만) 발랄한 목소리로 대답했다.

이게 본론이다.

[맞아! 아, 그거 알아? 테스타도 올해 초에 컴백한대.]

-???
-ㄹㅇ?

물 흐르듯 갑작스러운 선언에 인터넷 페이지 갱신이 또 폭주한다.

'그래. 테스타 컴백 곧이다.'

사실 뻔한 이야기다. 앨범 안 낸 지 꽤 지난 데다가 SNS로 은근히 말을 흘려서 팬들은 다들 예상하던 계획이기도 하고. 그래도 기사로 듣는 것보다 예고 없는 라디오 출연으로 깜짝 발표하면 재밌지 않은가.

나는 피식 웃으며 스마트폰을 고쳐잡았다.

그리고 처음으로 박문대의 시야가 색다르게 흔들렸다. 긴장한 것보단… 마치 숨이 가쁜 것처럼 말이다.

'놀랐나?'

음, 그리고 보니 큰달도 이 소식이 처음이겠군. 아무튼 여기선 박문대는 대사가 없으니 편하게 테스타 소식이나 들어도 괜찮다. 나는 다리를 폈다.

[내가 듣기로는 뭘 훔친다더라.]
[와~ 괴도 컨셉인가요?]

그리고 여기서 류청우가 아니 '팬들의 마음을~' 같은 대답을 하면서
마무리될 예정이었으나.

갑자기 말이 튀어나왔다.

[테, 테스타 이번에 괴도 컨셉이에요!?]

박문대였다.

…큰달이, 급발진한 것이다. 합의 없이.

[……]
[……]

잠시, 숨 막히는 정적이 흘렀다.

큰달은 입을 틀어막았다.

'하지 마.'

그게 더 이상해.

김래빈이 귀신이라도 본 것 같은 표정으로 박문대를 보며 입을 열었다.

[예?]

나는 미간을 눌렀다.

'망했다.'

그 순간.

[으응. 문대는, 테스타한테 관심이 많구나.]

"…!!"

[그, 혹시, 팬… 이야?]

선아현이… 받았다?
'어떻게?'
그러나 그 의문을 오래 생각할 틈도 없이 당장 시청자 반응부터 눈으로 훑는다.
그건…….

-그런 상황극임?ㅋㅋㅋㅋ
-문대 연기 무슨 일이야 왜 잘해
-순간 진짜 모르는 줄
-배세랑 특훈했나ㅋㅋㅋ

의외로 좋다. 워낙 앞에서 말도 안 되는 고등학생 설정으로 콩트를 해댄 탓에 그 일부로 받아들여진 것이다. 그렇다면… 잠깐.
"…!"
나는 턱을 만졌다.
'이거…… 오히려 이득인가?'

[…그러게~ 문대 테스타 좋아하네! 야 나도 노래 다 알잖아~]

라디오에서는 절찬리에 큰세진이 상황을 수습 중이다. 잘 맞장구만 치면 자연스럽게 원래대로 흐름이 넘어갈 수 있도록 말이다.

'그렇지만…'

흠.

[형 죄송해요 이거 어떡……]

"아니."

[예?]

나는 소파에 도로 앉았다.

"이대로 간다. 너 편하게 반응해."

[…?!]

그리고 잠시 후. 보이는 라디오 속 박문대는 진지한 얼굴로 입을 열었다.

[맞아. 사실 나는… 테스타 완전 팬이야.]

[…??]

[테스타 진짜 팬이라니까.]

뒤를 맡긴다, 큰세진.

아이돌들의 일상 W앱, 라디오 같은 삼삼한 맛의 떡밥에는 공통점이 있었다. 라이트 팬들은 실시간을 놓치면 잘 안 보게 된다는 것이다. 어지간한 레전드로 입소문이 나지 아니고서야 말이다. 기껏해야 웃기게 편집한 하이라이트나 보면 모를까.

그런 의미에서 지금 테스타가 하고 있는 것은….

-다들 뭐 보는 거야?
-으악 테스타
-빨리 SBC 라디오ㄱㄱ

예외 사항이었다.

갑작스러운 깜짝 출연에 컴백 예고까지. 그냥 들어도 만만찮은 괴담 사연 콩트 때부터 이미 한 건 했다 싶었는데 이쯤 되니 팬들의 SNS는 좋은 의미로 흥분 상태였다.

그리고 그 한복판에서 갑자기 박문대가 자신이 테스타의 하드코어 팬이라고 강력히 주장하기 시작한 것이다.

[난 있지… 얼마나 팬이냐면, 테스타 수록곡도 알아.]

-???
-박문대 갑작스러운 남고생 러뷰어 선언
-이 콩트 컨셉이 대체 뭐임

어디로 흘러가는지 알 수 없는 콩트 컨셉과 길 잃은 컴백 떡밥에 다들 혼란스러워할 때 라디오에서 맑은 웃음소리가 흘러나왔다. 선량한 멤버들이다.

[맞아, 테스타 괜찮지. 문대야.]
[저 KPOP No.1 Fan이에요!]
[아 테스타 노래는 나도 들어! 무대도 리스펙이지!]

-마지막 배세냐
-배세진 급식 캐릭터 아직도 적응 못 함 대체 몇 년도 인싸 급식인 거임

환상적인 연기력의 소유자 한 명까지 더해지며 훈훈히 다시 콩트가레일 위로 오르나 했지만.

[아니, 형. 저는 그 무대를 하나하나 다 챙겨본다는 뜻이에요.]
[…??]
[그리고 저는 테스타 예능 영상도 다 봤어요. 완전 팬이에요. 제 삶의 활력소예요.]

박문대가 다시 미친 방향으로 끌고 가기 시작했다. 흐름 탈주다.
'야!'
그러자 큰세진도 운전대를 다시 틀어잡았다. 그는 속으로 박문대의

큰 그림과 현 상황에 대한 무수한 추측과 욕을 우선 미뤄뒀다. 그리고 순식간에 임기응변으로 가장 그다운 대처법을 가져왔다.

그건 바로….

[아! 나도 테스타 시상식 무대 봤어! 그 검무~ 너도 그거 봤지?]

[어… 그렇긴 한데.]

[아, 그리고 그 티벳문대? 그 멤버가 예능에 나와서 부른… '꽃그믐'? 그것도 수록곡 맞아?]

[마, 맞는데.]

[어 나 그거 알아! 쏭DJ님 혹시 아세요~?]

[어머, 당연히 알죠~ 다 알지 않나?]

물타기다.

테스타는 대중적으로 히트한 활동이 유별나게 많았다. 대목마다 머리 빠지게 고민하며 핫한 화제성 거리를 반드시 하나 이상 던진 탓이었다. 그 말뜻은….

[그리고 예능은… 와 테스타 솔직히 그 PD랑 한 건 다 웃긴 것 같아~ 너희 그 당근 코인 알아?]

[Of course~!]

[으응! 기억나!]

[하하. 맞아, 호떡 팔았던 것도 재밌었지.]

대충 유명한 곡과 예능을 비비면, 웬만해선 말만으론 덕후 인증이 안 됐다. 다들 아니까!

　-오타쿠가 갑분싸를 조장하려고 하지만 통하지 않는 이상한 상황
　-이게 뭐얔ㅋㅋㅋㅋㅋㅋㅋㅋㅋㅋㅋ
　-오ㅋㅋ 추억 여행됨

여기저기서 호응이 나온다. 진행자도 맞장구를 치며 타 방송국 이야기가 너무 나오지 않고 적당한 선에서 마무리되도록 이야기를 화기애애하게 끌고 갔다.
그래도 청취자들 반응도 빠짐없이 챙긴다.

[아, '5226' 님이 이렇게 보내주셨네요. '저도 기억나요~ 테스타 조난당했던 것도 정말 온 가족이 웃으면서 봤었네요.']
[어…….]

졸지에 지난 테스타의 활동을 돌아보는 알찬 홍보 시간을 챙겼다.
'계획대로.'
류건우 몸속 박문대 1승이었다. 사태를 파악하지 못한 큰달은 얼이 빠졌다가, 겨우 다시 입을 열었다.

[아니, 저는 정말 팬.]
[테스타 이번에 대상도 받았잖아. 올해는 전국민을 팬으로 만드는

게 목표래!]

　[올해 나오는 앨범으로? 대박!]

　[아하하하!]

　[⋯⋯.]

　침몰당했다.

　처음에는 덜덜 떨면서 박문대의 부추김에 호응하던 큰달도 이쯤 되
니 오기가 붙었다.

　'⋯그렇지!'

　그래서 가장 확실한 인증 방법을 순간 생각해 낸 것이다. 그는 반말
하는 것을 잊어버렸다는 것 자체도 까먹고 화끈하게 외쳤다.

　[저 콘서트도 갔었어요!]

　남자 아이돌이 아무리 대중성이 있어도 팬이 아닌 이상 콘서트까지
는 무리라는 계산!

　그러나 상대는 테스타였다.

　[진짜? 우리도 갔었어~]

　[⋯⋯.]

　그렇지. 당사자니까⋯ 갔지. 심지어 지금은 본인도 공연한 당사자였다.
　콩트를 떠나 사실에서 완벽히 패배한 큰달은 비틀거리며 넋 나간 얼

굴로 고개를 기울였다. 그는 그렇게 팬 인증에 실패한 현실에 순응할
수밖에 없었다.

어딘가 쓸쓸하면서도 그렇게 웃길 수 없었다.

-얘 왜이랰ㅋㅋㅋㅋㅋ
-박문대 라디오 자폭 중임ㅋㅋㅋㅋ미쳤나봐개웃곀ㅋㅋㅋㅋ
-큰세 타율 ㅅㅂㅋㅋㅋㅋㅋㅋㅋㅋ

어딘가 향수를 불러일으키는 것이, 일반인 마이페이스 또라이 캐릭
터로 먹히던 박문대의 〈아주사〉 시절과 느낌이 비슷했다.

하지만 이건 뭐랄까, 같은 계열이긴 했지만… 느낌이 좀 달랐다. 약
간 편안해 보인다고 할까. 좀 더 자연스럽고 인간적인 맛이 묻어났다.
〈아주사〉 시절에도 없던 생활형 개그였다.

진행자는 웃음을 참으며 프로페셔널하게 시간을 배당했다.

[그래서, 테스타 올해 앨범이 곧 나온다는 소문을 들으셨다고요?]
[아, 그렇죠. 그래도 문대가 가장 관심이 많은 것 같으니까, 먼저 하
고 싶은 말이 있을 것 같은데요.]

그리고 류청우는 '문대가 라디오를 위해 정말 준비를 많이 했나 보
다'라는 선량한 생각으로 기꺼이 첫 발언을 양보해 줬다.

[…저요?]

[응.]

큰달은 당황했으나, 곧 박문대의 '괜찮아'라는 팝업을 보고 정신을 차렸다.

절반만.

[다음 앨범… 정말 너무 기대돼요. 아, 부담 드리려고 드리는 말씀은 아니고, 그냥 제가 정말 테스타만의 정교한 타임 SF 세계관과 독특한 연결 대형 퍼포먼스를 응원하고 있다는 말을…….]

[말씀을?]

[…이 라디오를 통해서 테스타 님들께 꼭 말씀드리고 싶습니다!]

정말 간절하고 진심 같았다.

사실 진심이 맞았기 때문이다. 안에 든 게 큰달이었으니까.

-곰머야…?

-이렇게까지 그룹 과몰입 티 내는 남돌은 처음

-빠들아 곰머가 셤별 무조건 완전체 재계약 책임진대

-박곰머 그룹자아 왜 이렇게 비대해 너 찐으로 진심이냐? 음습댕 비즈니스 어디 갔냐고 뭐짐?

이쯤 되니 물밑에서도 이런 반응이 나올 지경이었다.

[…그, 네, 고마워요.]

[잠깐만요, 왜 아현 씨가 감사 인사를…?]

[…! 저희가… 테스타 컴백 소문을, 알려드렸으니까요…?]

[맞다~ 우리 그 이야기 하고 있었지!]

그리고 결국 컴백에 대한 이야기는 훨씬 더 유머러스한 분위기에서 '덜 홍보스럽게' 진행될 수 있었다.

[저기, 혹시요…. 마법소년 트릴로지랑 연결돼서 테스타가 마법 쓰는 괴도로 컴백하나요?]

[…! 한 번도 생각해 보지 않았습니다만 정말 괜찮은 발상이라고 생각합니다. 숙소로 귀가한 뒤에, 아니, 그, 기숙사로 돌아가서 다음 앨범… 이 아니라 다음 동아리 활동을 위해 회의를…?]

[김래빈 고장 났어요!]

분위기가 이러니 도리어 멤버들도 부담 없이 컴백에 관한 이야기를 진실과 거짓을 섞은 채 고등학생의 탈을 쓰고 신나게 떠들 수 있었기 때문이다.

그렇게 테스타의 컴백 컨셉 떡밥은… 수많은 가능성과 그럴싸한 망상들을 남기며 폭소와 함께 끝났다.

-솔직히 사이보그는 좀 설득력 있지 않았냐

-일단 마법 쓰는 괴도는 절대 아니구나 알았어

-ㅋㅋㅋㅋㅋㅋㅋㅋㅋ

그리고 같은 시각.

"훌륭해."

류건우의 몸에서 박문대는 그 모든 반응을 모니터링하며 만족스럽게 고개를 끄덕이고 있었다. 마침 리프레시 해줘야 할 타이밍이라고 생각했는데 오히려 좋았다.

'박문대의 이미지가 최근에 좀… 무거워져서 말이지.'

최근 무대 사고 문제도 있고, 그간 누적된 '지나치게 여론 파악을 잘하고 대처를 잘하는 프로 아이돌'도 마이너스다. 모든 것은 밸런스가 중요했으니까.

'이걸로 좀 가벼워졌겠어.'

그러니 이건 정신 승리가 아니라 진짜배기 이득이라고 생각하면서, 그는 고개를 꺾었다.

'이제 돌아갈 방법만 제대로 찾아내면 돼.'

물론 그 전에 챙겨야 할 것도 잊지 않았다.

"괜찮냐?"

[네!]

"고생했다."

확실히, 큰달도 후반에는 꽤 상황을 즐긴 덕인지 대답은 씩씩했다.

게다가 그가 공유받는 중인 박문대의 시야 분위기도 좋았다. 테스나는 진행자와 웃으며 인사를 끝낸 상황이었으며, 살짝 애드립을 한 큰달을 지나가듯 가볍게 타박하면서도 큰 소란 없이 부스를 빠져나오는 것 같았다.

'저 녀석들 충격이 덜하게 잘 설명해야겠지.'

라디오 생방송에 비하면야 이다음 단계는 차라리 계획할 시간이라도 있어서 나았다.

그는 고개를 끄덕였다.

"이제 멤버들한테 설명할 타이밍을 잡아줄 테니까 걱정하지 말고…."

[저… 그거 말인데요.]

왜.

[아현 님이 이미… 아시는 것 같은데요?]

"…??"

뭐… 라고?

그때. 그는 공유된 큰달의 시야를 통해, 물끄러미 이쪽을 쳐다보는 선아현의 시선과 마주쳤다. 표정이 없었다.

"……."

[…….]

"바로 간다."

[네.]

류건우는 즉각 콜택시를 불렀다.

그리고 30분 후 테스타의 숙소는 비명과 독백으로 가득 차게 된다.

"또??"

"OK, 진지하게, 우리 비밀기관 같은 뭔가라도 찾아봐야겠는데요?
이건 무슨 넷플러스 드라마의 시즌4 같아요."

─어머, 멤버가 몸이 바뀌었어요!

사태를 파악하자마자 경악─분노─혼란─타협─체념의 다섯 단계를
순식간에 거친 놈들이 고함을 지르기 시작했다.

나는 무표정으로 고개를 끄덕였다.

"좋은 소식도 있어요."

"뭔데."

"일단 확실히 누구 죽을 일은 없다는 거죠. 최악이라도 몸 바뀌는
게 끝입니다."

"야! 그럼 은퇴잖아!"

"그러니까 정말 최악의 경우에만."

지난번에는 건물 붕괴로 죽는 거였는데 이 정도면 좋은 소식 맞지.
나는 목에 핏대라도 설 것 같은 배세진에게 양손을 들어 보였다.

"그리고 가장 위기 상황은 넘겼잖아요."

"뭐!"

"생방 라디오요."

"……."

진심이다.

'뒈지는 줄 알았네.'

그리고 모두가 직전 라디오에서 일어났던 일을 복기하는 듯 잠시 말

이 없어졌다.

"그럼 설마 세진이랑 네가 그런 게…"

"예."

자연스럽게 큰세진에게 시선이 돌아갔다. 나는 자진 납세했다.

"미안하다."

"어~ 그래야지."

큰세진은 상당히 꼴 받은 것 같았다. 하지만 분위기 파악을 잘하는 놈답게 당장 내 멱살을 잡고 정신적 피해보상을 요구할 생각은 아닌 것 같았다.

'당근부터.'

나는 당장 엄지를 들었다.

"훌륭했다."

"……"

"다 네 순발력을 믿으니까 시도한 거 아니겠냐."

"말은 잘해요, 말은…"

그러나 본인도 자신이 오늘의 MVP였다는 것을 부정할 생각은 없군. 다 안다.

'결과도 솔직히 저놈도 이득 봤고.'

그리고… 나는 두 번째 슈퍼 세이브에게 고개를 돌렸다.

"……"

"……그때, 들렸었냐?"

"으응."

다행히, 선아현은 그냥 걱정 어린 얼굴이었다.

"괘, 괜찮아. 말 안 해줬어도. 내가 원래 예능을, 잘하는 멤버도 아니잖아……."

"아냐, 도와줘서 덕분에 넘겼다."

"감사합니다…."

큰달도 엉거주춤 다가와서 고개를 푹 숙였다. 그러나 선아현은 기쁘긴 한데 어쩔 줄 모르겠다는 표정으로 나와 큰달을 번갈아 보았더니, 삐걱삐걱 인사한다.

"아, 아냐…."

그러고 보니 애초에 모든 멤버가 오묘한 표정으로 큰달을 보고 있긴 하군. 그러니까, 큰달이 들어간 박문대 말이다. 평소랑 분위기가 좀 다르긴 한가 보다.

차유진이 숙덕였다.

'형 얼굴로 저거 이상해요.'

'조용히 해.'

원래 저놈 거라고.

배세진도 오묘한 얼굴로 중얼거렸다. 다만 다른 주제다.

"…라디오는 나한테 말했어도 괜찮았을 텐데. 아니, 내가 더 잘했을 거란 뜻은 아닌데."

"그랬겠죠. 형이 연기를 잘하시니까."

사실 배세진뿐만 아니라 류청우도 괜찮은 후보다. 상황판단력이 좋고 침착하고, 리더니까.

"하지만 라디오는 지금 들어가는데 더 공유했다가 래빈이가 얼결에 듣기라도 하면……."

"으음…."

"큼, 그렇지."

—1. 거짓말 잘 못 함.

—2, 이해할 수 없는 상황에서 넘치는 탐구심과 질문을 주체하지 못함.

그 인간상의 상징 같은 멤버의 이름이 나오자 모든 멤버가 고개를 끄덕였다.

그리고 김래빈은 큰 충격을 받았다.

"제, 제가 그렇게 신뢰를 주지 못하는 부류의 사람입니까?"

"음~ 아니. 생방송 토크쇼에서 거짓말할 때만."

"괜찮아. 래빈아. 네 인성이 좋다는 뜻이니까."

"…??"

어쨌든, 충격이 약간 지난 뒤에는 브레인스토밍이 시작되었다.

"음, 일단 둘이 무슨 시도라도 해봐야 하지 않을까?"

"아까 유진이가 뭐라고 했었죠? 아! 넷플러스. 그 드라마 같은 곳에서는 보통 몸 돌아올 때 어떻게 하더라."

"……키스? 살인?"

"형님 양쪽 다 너무 끔찍한데요."

"아니! 하라는 게 아니라 그냥 생각나는 걸 말하다 보니까……."

배세진이 보는 드라마 장르를 알게 되었다. TMI였다.

'어쨌든 초반 권유는 쓸 만하군.'

나는 우선 박문대… 그러니까, 큰달의 팔을 잡았다.

"그럼 일단 둘이 상황 정리 겸 빠르게 이야기 좀 하고 오겠습니다."

"알았어. 문제 생기면 바로 공유하고."

나는 류청우의 확인하에 즉각 내 방으로 이동했다.

벌컥.

"고생했다."

"아뇨…."

그리고 앉자마자 우선 상태창부터 살피기 시작했다.

[돌발!]

상태이상 미션 실패 : 원상 복귀

－모든 것이 없던 일처럼 원상으로

: 종료까지 21:26:43

"흠……."

생각이 많아지는군. 모든 것이 없던 일처럼… 이라. 나는 '박문대'를 쳐다보았다.

그래. 아까도 생각했지만, 사실 저 몸은 원래 큰달 저놈 것이다.

"너도 알겠지만, 내가 아이돌을 하고 네가 공무원을 하는 이 상황 자체가 내가 니랑 바뀌면서 생긴 일이야."

"그, 그렇긴 하죠?"

이놈은 아이돌이 될 마음이 없었고, 나는 공시에 떨어졌었다. 한마디로 지금 이건 각자 이룬 자신의 삶을 잘 사는 중이었다는 소리지. 그

런데, '원상 복귀?'

나는 무표정으로 중얼거렸다.

"24시간 후에 둘 다 뒈졌던 이전 삶으로 '원상 복귀'된다는 뜻일 확률은?"

"그, 그렇게까지?!"

기겁하는군.

큰달은 홀로그램에 삿대질했다.

"보, 보세요! 미션 실패잖아요! 상태이상이 아니에요! 페널티가 그렇게 강하진 않을 것 같은데요?!"

"음."

'그렇게 극단적인 가정은 하지 말자'라며 꽥꽥대는 놈을 보며, 나는 턱을 문질렀다.

"그, 그리고… 아까부터 생각한 건데, 이전에 형에게 떴던 것과 단어가 좀 다른 것 같거든요."

'음?'

그러고 보니 확실히 다르다. 나는 지난번 건물 붕괴 당시 내게 떴던 문구를 떠올렸다.

: 마지막 재난까지 00:29:59

"그때는 명칭이 '재난'이었지. 지금은 '종료'고."

"네. 그리고 그때는 상황이 좀 특수했잖아요. 실패 페널티를 막 피해 다니던 상황이었으니까…"

그렇지. 그때는 상태 이상 실패 페널티인 돌연사가 닥치는 것을 어떻게든 간발의 차로 피하던 상태였다. 그러다가 미션 실패로 바뀐 거였으니까… 흠.

"그럼 지금은 이미 미션 실패 효과가 발동한 상태다?"

저놈과 내 몸이 바뀐 것 자체가 '미션 실패 효과'라는 거다.

"네. 저는 그런 것 같아요. 그래서 그 실패 효과가 종료할 때까지 음… 이제 21시간이 남은 거죠."

과연. 그럼 하루만 버티면 되니 할 만했다. 설득력 있으면서도 유리한 해석이군.

하지만 그래도 질문은 남는다.

"그럼 네가 무슨 미션에 실패한 걸까."

"그건…."

큰달의 얼굴이 흐려졌다.

"저도, 잘 모르겠어요. 저한테 상태창이 있던 건 아니니까…."

"……."

나는 몇 가지 가설을 떠올렸으나, 당장 되는 대로 떠드는 건 그만뒀다. 우선순위를 혼동하는 건 일 그르치기 딱 좋았다. 급한 일부터 처리한다.

"좋아. 어쨌든 가장 설득력 있으니, 이 가설을 바탕으로 하루 행동하자."

나는 팝업을 띄웠다.

[24시간이 지나면 온전히 다시 몸이 바뀐다.]

"네!"

건물 때 경험을 생각해 보자면, 물론 오늘 하루를 잘 버텼을 때의 이야기겠지. 나는 곰곰이 생각하다가 고개를 끄덕였다.

"우선."

"…?"

"너 당일 연차 괜찮은 분위기냐?"

"그…… 음."

안 되나 보군.

"병가는?"

"그건… 되겠지만, 자료 제출해야 하는데요."

나는 웃었다.

"상관없어. 연차 하나 소진해도 괜찮은 거면."

"…?? 그거야 괜찮지만……."

그럼 됐다.

"직속 팀장이 이 사람 맞냐."

나는 녀석으로부터 스마트폰에서 연락처를 하나 확인했다.

그리고 다음 날 아침.

"저, 팀장님. 병가는 되도록 안 써보려고 합니다. 인사고과 문제도 있고… 그렇죠. 연차를 써서라도 팀장님 말씀대로 근태 관리하는 게 맞겠다는 생각이 들어서요."

큰달이 입을 벌리고 있다. 박문대가 턱이 튼튼한 편이라 별문제는 없을 것이다.

"정말 죄송합니다. 제가 혹시 폐 끼치는 건 아닌지⋯⋯. 아뇨, 식당 잘못이지만 그래도 이 아침부터 식중독이라니요."

"⋯⋯."

"넵! 그러면 출근해서 뵙겠습니다! 큼, 정말 감사합니다. 네, 따로 인사드리겠습니다."

삑.

나는 전화를 끊었다. 그리고 고개를 돌렸다.

"괜찮았냐."

"⋯⋯예."

"오후에 내가 이분한테 음료수 하나 보낼 건데 놀라지 말고."

"괘, 괜찮⋯⋯. 감사합니다."

"그래."

아무리 공무원이라도 월급 받는 놈이 아프다고 병가 자주 쓰면 인사고과에 불이익 있는 건 당연한 일이다. 그러니까 그걸 역발상으로 틀어서, 인사고과를 신경 쓰느라 병가 대신 연차 쓴다고 생각하게 만들면 그만 아닌가.

'뭐, 구청에서 일한다고 했으니 다른 7급들처럼 미친 듯이 갈리고 있지는 않겠지.'

아무튼, 이놈 근무도 처리했겠다.

"너도 이제 알겠지만, 테스타가 곧 컴백이라 우리가 할 일이 많아."

"네넵."

"그러니까⋯ 특이사항 없어 보이게 오늘 테스타 스케줄에 박문대로 동행 가능하냐."

"…??"

"걱정하지 마. 촬영 스케줄은 없어."

라디오 때처럼 마음 졸이면서 할 만한 일은 없다.

"그리고 내가 따라갈 테니까."

"네?! 지, 진짜요?"

"어."

"어떻게요?"

류건우가 괜히 연차를 낸 게 아니다.

"일일 로드 매니저로."

"허어억."

나는 자리에서 일어났다. 바로 처리해야 스케줄에 따라붙을 수 있을 것이다.

오늘 아침, 테스타의 한 매니저는 뜬금없는 군식구를 맞이하게 됐다.

─문대가 상태가 조금 안 좋아서요. 청우가 친척을 불렀나 봐요. 문대랑 거의 가족 같은 사이래요.

'멤버 가족과 같이 스케줄….'

평소 성실히 FM대로 근무하는 것으로 이름난 그에게는 다소 벅찬 일이었지만 어쩔 수 없었다. 테스타는 지금까지 수십, 수백억짜리 이름

값의 연예인치곤 무리한 요구를 한 적이 거의 없었다. 그럼 아주 드물게 나온 이런 억지를 들어줘야 하지 않겠는가.

적어도 그게 회사의 생각이었고, 아랫사람인 그는 까라면 까야 했다.

"휴…."

그는 체념한 상태로 멤버들을 만나러 나갔다. 명칭이야 '일일 매니저'지만, 쉽게 대할 수도 없으면서 챙겨야 할 문외한이 하나 생긴 복잡한 하루를 각오하면서.

그리고 드디어 문제의 그 군식구를 만났는데….

"안녕하십니까. 류건우입니다."

"아, 예."

그건 류청우를 도서관에 한 오 년쯤 넣어두고 채식만 먹인 것처럼 생긴, 아무튼 친척이라는 티가 나는 잘생긴 사람이었다.

여기까지는 좀 놀라긴 했지만 이상하진 않았다.

"인원 체크 끝났고 따로 특이사항 있는 멤버 없습니다. 아, 문대는 따로 회사에 말씀드린 상태입니다."

"아, 예."

여기서부터 이상했다.

사람이… 너무 빠릿빠릿했다.

"수외… 잘 부탁드려요 형~"

"어."

"이, 이거! 마시면서, 가는 게 어떨까요…."

"고맙다."

게다가 멤버들이 스스럼없다. 누가 보면 한 칠 년쯤 동고동락한 사람인 줄 알겠다. 매니저는 머릿속에 물음표가 떠올랐으나, 몸은 스케줄을 위해 착실히 움직이기 시작했다.

하지만 차에 도착하자 류건우가 손을 들어 제안했다.

"제가 운전할까요?"

운전대를? 물론 제일 짬이 안 찬 사람이 고된 일을 하는 게 맞긴 하지만, 지금은 케이스가 좀 다르지 않은가.

매니저는 잠시 고민했으나, 곧 순순히 고개를 끄덕였다.

"아, 흠… 예. 감사합니다."

"당연한 일이죠. 저야말로 감사합니다."

자기가 하겠다고 고집을 부리다가 혹시라도 괜한 실랑이가 생기느니 차라리 넘기는 게 시간상 나을 것 같았다. 어차피 회사는 이 근처고, 바로 내비게이션으로 찍어주면 되니까 말이다. 그다음엔 바쁜 스케줄로 변명하며 운전대에 먼저 앉으면 그만이었다.

'시행착오 몇 번 겪으면 자기가 알아서 운전석을 내줄……'

그러나 류건우는 운전석에 타자 물어보지도 않고 능숙하게 내비게이션을 찍었다.

"…??"

"그럼 우선 회사로 가겠습니다."

"아, 네."

그리고 자연스럽게 이후 스케줄을 체크하며 도로를 달리기 시작했다.

"오전 스케줄은 회의 끝나면 샵 들렀다가 상담받고 오후 1시쯤 끝날 거다. 점심은… 먹고 싶은 곳 있으면 말해."

"저 닭고기!"

"거수로 하자, 괜찮은 사람? …좋아. 대신 활동기 직전이니까 삶은 걸로 한다."

조수석에 앉은 매니저에겐 이유 없는 휴식이 주어졌다.

"…?"

류건우는 그 와중에 룸미러로 뒷좌석을 체크하며 조언까지 하고 있다.

"래빈아, 머리."

"헛, 감사합니다!"

유치원 선생님과 다년차 매니저 사이 어딘가로 보이는 그 모습에서는 어딘가 짬에서 나오는 바이브가 느껴졌다.

매니저가 자기도 모르게 입을 열었다.

"저, 원래 하시는 일이?"

"아, 행정직 공무원입니다."

"…?!"

상상도 못 한 정체가 나왔다.

그 와중에 차는 회사에 도착했다. 류건우는 묻지도 않은 채로 인 포켓의 ID카드를 이용한 진입까지 수월하게 넘기더니, 주차를 마치자마자 멤버들의 입장을 확인했다. 그러니까, 따라 들어가진 않았다는 말이다.

"저… 안 들어가십니까?"

"…? 저는 커피 사 와야죠. 신입이니까요."

그건 대체 어떻게 알고 계세요.

"아, 제휴 할인되는 곳에서 사 오겠습니다. 아이스 아메리카노 디카페인 네 잔, 캐모마일 두 잔, 핫초코 1잔."

"……."

"아까 차에서 내릴 때 들어봤습니다. 실장님께선 어떤 걸로 드실 건가요."

매니저는 생각을 포기했다.

참고로 몇 시간 후, 큰달도 비슷하게 생각을 포기하게 된다.

"죽을 것 같아요."

"에이, 안 죽어요, 안 죽어~"

이세진이 웃으며 물을 넘겼다. 큰달은 간신히 그것을 받아다 덜덜거리며 꿀꺽꿀꺽 삼켰다.

'으아악!'

미친 강행군이었다.

박문대는 거짓말을 하진 않았다. 정말로 생방송 라디오처럼 살 떨리는 대중 스케줄은 없었다. 이미 테스타는 컴백을 위한 앨범 녹음과 사전 컨텐츠 촬영도 다 끝났기에 다른 부담도 없었고 말이다.

하지만 트레이닝 스케줄이… 관리 스케줄이!

'여기가 어딘지도 모르겠어요…'

회의실, 샵, 보컬 트레이닝실, 접골원… 눈이 돌아갈 정도로 바쁘게 움직이는데, 그 이동 시간 중에도 인터뷰 사전질문지를 나눠줬다.

[안 읽어도 돼. 오늘 할 건 아니니까.]

운전대를 잡고 있던 류건우, 그러니까 그 속의 박문대가 보낸 팝업이었다. 하지만 그 질문지 안 읽어도 된다고 쉴 시간이 생기는 것도 아니었다. 5분 뒤, 차가 다시 회사에 정차했기 때문이다. 목적지는 지하 1층의 안무 연습실.

"지난번에 너희가 말한 브릿지 구간이 수정은 됐는데요. 조금 까다롭거든? 괜찮지?"

"넵~"

"아휴 언제나 믿음직해요."

레이블과 전담 계약한 안무가는 예닐곱 가지의 시안을 조합해 만든 최종 픽스 안무를 40분간 잡아줄 예정이었다.

시작 전, 류청우가 부드럽게 특이사항을 전달했다.

"아, 문대는 부상으로 오늘만 안무 연습 제외입니다."

이건 합의된 사항이었다. 아무리 그래도 큰달이 배우지도 못한 안무까지 출 수는 없으니까.

"아, 그래? 그럼 빠지고 시작할게요."

그리고 걱정과 안부를 물어볼 시간도 없다는 듯이 바로 '박문대'가 열외되고 안무 수정안이 시연된다.

'와…'

큰달은 이걸 계 탔다고 좋아해야 하는지 숨 돌릴 시간을 받았다고 좋아해야 하는지 혼란스러워하며 의자에 주저앉았다.

그리고 그 모든 걸 곧 잊어버렸다.

'우와.'

─다시!

브릿지 파트만 반복 연습하는데도 근거리에서 목격하니 박력이 보통이 아니었다. '미공개 신곡을 보고 있다'라는 사실까지 더해지니 손이 떨릴 지경이었다.

게다가 고개를 돌리는 순간.

"…!"

문 바로 옆, 벽에 기대어 선 류건우가 빠르게 눈으로 안무를 훑는 것이 보였다. 정확히는, 류건우의 몸을 가진 테스타의 박문대가.

'머리로 기억하시는 거구나.'

같은 몸을 쓰는데도 누가 들어 있느냐에 따라 인상까지 달라진다는 게 다시 한번 실감이 났다. 그리고… 사실 지금 저 형이 이 몸으로 연습을 하고 있어야 할 시간이라는 것도.

"……."

'안 되겠다.'

큰달은 나름대로 상태창으로서의 자신의 업적(?)에 묘한 자부심이 있었다. 그래도 문대 형의 아이돌 길에 지금까지 큰 도움만 줬는데… 이 내가 차질을 주는 상황이라니!

'이건 아니야.'

그래서 다음 스케줄이 됐을 때, 이렇게 생각한 것이다.

"이제 9시 10분까지 트레이닝룸에서 PT인데."

'이거다!'

"저, 형!"

"음?"

큰달의 부름에, 벽에 기대서서 전반적인 상황을 지켜보던 류건우가 부름에 고개를 돌렸다.

"운동 정도는 그냥 해도 되지 않을까요? 몸은 그대로잖아요!"

"음…."

"아, 해보시게요? 꽤 재밌긴 한데."

옆에서 류청우가 흔쾌히 반응했다. 큰달은 그 반응에 용기를 얻어, 기꺼이 PT에 참가하기로 다시 한번 결심했다!

"네!"

그러지 말아야 했다. 그때 류건우의 표정을 확인해야 했다….

그러나 독수리의 340도 시야각을 가지지 못한 죄로, 큰달은 지금 흐늘해진 채 트레이닝룸 바닥에 뻗어 있다. ……상급자용 코스는 초급자가 결심만으로 도전하면 안 되는 마굴이었다.

'이러고 사셨구나….'

긴 고문 끝에 휴식을 맞이한 기분이었다. 그나마 몸이라도 익숙해서 버텼을 뿐이었다.

'크흐흡….'

그는 이세진이 건넨 물을 생명수처럼 빨아 마셨다. 하지만 그 휴식도 바로 끝났다.

"저희 이동 시간이요!"

'아악!'

그렇다. 아이돌 활동기 직전 스케줄은 휴식도 분 단위였기 때문이다……. 그때, 누군가 큰달이 일어날 수 있도록 손을 뻗어 지탱해 주었다.

“…!”

배세진이었다!

“어, 감사합니다.”

“…별거 아닌데요.”

배세진은 중얼거렸다. 그리고 약간 머뭇거리다가 말을 덧붙였다.

“원래 처음 하면 힘든 게 정상이니까, 괜한 생각 안 해도 돼요.”

“…! 네, 감사해요!”

배세진은 무뚝뚝하게 고개만 한번 끄덕이고 다시 갔지만, 큰달은 그가 꽤 친절한 성품이라는 것을 다시 깨달았다.

아니, 사실 테스타 대부분이 그렇긴 했다. 바쁜 스케줄 와중에도 낯선 자신에게 특별한 텃세 없이 담백하게 친절했다. 경계하거나 비아냥거리는 사람도 없었다. 특히 외향적인 멤버들은 오며 가며 말을 붙이며 불편한 점이 없는지 신경 써주기까지 했다.

“Hey.”

“헛, 넵.”

가령 지금 같은 상황에서 말이다. 거의 모든 스케줄이 다 끝나고 해가 다 저물었을 무렵, 차가 숙소에 도착했을 때 차유진이 말을 건 것이다.

“반말해요! 저 어려요. 괜찮아요!”

“어, 음, 그래.”

몸이 지쳐서 편안함에 굴복한 큰달은 순순히 말을 놨다. 그리고 이 둘이 떠드는 것을, 류건우는 운전석에서 내리며 확인했다.

'음, 괜찮게 넘겼다.'

나는 고개를 끄덕였다. 큰달이 좀 고생은 했다만, 별문제 없이 깔끔히 마무리되는 중이라 다행이었다.

"흠흠, 오늘 고생하셨습니다."

"아닙니다. 저야말로 감사합니다."

매니저와도 상투적인 인사를 했다. 참고로 류청우와 이세진이 보증인으로 붙자마자 류건우의 일일 로드 매니저 면접은 고속으로 통과되었다.

'혈연이 최고긴 하군.'

박문대가 상태가 좀 안 좋은데 케어할 직계 가족은 없는 상태. 그래서 류청우가 박문대와 친한 자신의 친척 형을 불렀다는 변명이 먹힌 것이다. 평소와 달리 좀… 어벙하고 해맑은 큰달 버전 박문대가 회사 직원들이 보기엔 약간 상태가 안 좋아 보였나 보다. 덕분에 류건우가 순조롭게 멘탈 케어 명목으로 비빌 수 있었다.

운전도 뭐… 간밤에 몇 번 타니까 감 잡았다. 자차 있는 류청우 도움을 좀 받았지. 조수석에서 꽤 잘 봐주던데.

─형, 문대로 돌아와도 면허 시험 보는 게 어때요? 이건 좀 아까운데……

그 권유도 기억해 둘 만했다.

'아무튼, 이것도 오랜만이군.'

다행히 몸이 잊지 않았는지, 오늘 내내 별문제 없이 서울 시내를 주행해 나갔다. 혈연 빨로 붙은 일회용 인력인 데다가, 운전대 번갈아 가며 잡는 무보수 노동을 해줘서 그런지 기존 매니저의 쓸데없는 군기 잡기는 없더라.

나는 오늘 하루를 복기해 본 뒤 고개를 끄덕였다.

'책잡힐 일은 안 한 것 같군.'

이대로 바로 숙소로 들어가 오늘 하루 죽은 듯이 마무리할 생각…….

"문대 형!"

"……"

야.

차유진은 다행히 바로 호칭을 고쳤다.

"Oh! 건우 형! 우리 아이스크림 사러 가요! 나랑 김래빈이랑 BM!"

"BM?"

"그가 말하길 '큰달'이 특별한 애칭이라던데요? 힙하게 바꿔줬죠."

'설마 Big Moon이냐.'

이해할 수 없는 감성이었다. 어쨌든, 큰달도 제안 자체는 꽤 솔깃하긴 했는지 밝은 표정이긴 하다.

다만 김래빈은 진지하게 속삭였다.

"형, 상황이 특수한 만큼 이대로 귀가하는 편이 안전할 것 같다고 생각합니다만…"

"Nooo! 김래빈이 배신했어! 아이스크림 먹고 싶다고 말한 김래빈이 없어졌어!"

"…! 배신이라니! 먹고 싶다는 말은 직접 사겠다는 의미를 내포하고 있잖아! 지금 차유진은 논리를 비약하고 있습니다!"

"알았다. 알았어."

그래. 김래빈 말대로 사실 이대로 숙소에 돌아가는 게 베스트긴
하지만….

'당근을 주긴 해야지.'

솔직히 보자. 큰달 저놈은 오늘 스케줄 내내 고문당하는 느낌이었을
테니 말이다. 나는 매니저에게 눈인사를 한 후, 차를 바꿔서 다시 운전
대에 올라탔다. 매니저는 숙소로 돌아가는 놈들을 챙길 것이니, 이놈
들한테는 잠깐 내가 붙으면 되겠지.

"가자. 바로 앞 편의점도 괜찮으면."

"Yeah!"

"앗, 넵!"

"마스크 쓰고."

그대로 차가 출발했다.

운전은 순식간에 끝났다. 나는 편의점 앞에 차를 대고 내린 후, 녀
석들과 편의점 안에 같이 들어가는 대신 그 앞에 서서 대기했다.

"형! 안 들어가요?"

"피곤해서. 너희끼리 골라라."

"OK~"

나는 편의점 문이 닫히는 것을 확인하고, 시선을 도로로 돌렸다.

저 택시.

"……"

사실은, 방금 차에 저 꼬리가 따라붙는 걸 봤기 때문이다.

'하필 지금 걸렸나.'

음, 업계 전문용어로 사생. 스토커들 말이다. 연예인 사생활에 일거수일투족 따라붙는 인간들, 뭐 역사와 전통을 자랑하는 스토커 라인 아닌가.

나야 〈아주사〉 때부터 원룸에서 등본 초본까지 털려봤으니 이젠 새삼스럽지도 않은 일이고 이 숙소가 있는 단지 내에서야 보안이 좋아서 괜찮지만, 거길 벗어나면 여전히 가끔 이런단 말이지.

문제는 지금 박문대 안에 든 놈이… 내가 아니라는 건데.

'타이밍 한번 끝내주는군….'

빌어먹을. 한숨을 참았다. 그리고 고개를 들었다. 한 무리의 사람들이 택시에서 내려서 편의점 안으로 우르르 들어가려는 중이다.

나는 그 앞에서, 문을 등지고 섰다.

"……."

몇몇 얼굴들은 알아볼 수 있어서 일반 손님으로 오해할래야 오해할 수가 없군.

"저기요?"

"뭐 하세요? 비키세요."

처음에는 내가 관계자인지 깨닫지 못한 듯 말을 걸었지만, 곧 상황을 파악한 것 같았다.

"아 뭐야, X발."

그 후로는 나에게 말도 걸지 않고 스마트폰 카메라를 든 채로 편의점 안을 향해 질문을 하기 시작했다. 저런 타입인가.

"뭐해? 왜 나왔어? 어디 가는 중이야? 문대야? 문대야?"

"김래빈~ 래빈이 뭐예요? 뭐 샀어? 혹시 멤버 줄 거야? 여자친구

줄 거야?"

'오.'

이걸 제3자 눈으로 다시 보게 될 줄은 몰랐는데. 역시 문외한이 당사자로 처음 당하면 꽤 쫄리겠다는 게 새삼 느껴진다. 나는 〈아주사〉 당시 원룸 침입 사태를 떠올리며, 바로 편의점 안 녀석에게 팝업을 띄웠다.

[밖에 사람들 일반 팬 아니다.]

[고개 인사만 하고 지나가면 돼. 못 하겠으면 못 본 척해도 괜찮고.]

큰달은 잠깐 움찔했으나, 곧 계산대에서 아이스크림을 든 봉투를 들고 문으로 향해 걸어왔다. 그러자 다른 두 녀석이 아무렇지 않게 붙어서 같이 걸어 나왔다.

나는 셋에게 팔을 붙인 후 벌리는 형태로 간격을 확보한 뒤, 즉각 차로 인도했다.

"야!"

"유진이 왜 이렇게 못됐어요? 러뷰어가 부르는데 대답도 안 해줘요?"

역시 시간이 지날수록 태도가 점점 과격해지는군.

'이거 혹시 몸싸움이 되면 곤란한데.'

류건우 몸이라 다시 바꾸면 큰달이 계속 써야 한단 말이다. 최대한 빨리 해결해야겠군.

보자….

'차에 붙은 사람은 없고.'

나타난 인원이 많지 않아서인지 전부 멤버 쪽에 붙었다. 일부러 차에 와서 대기하는 용의주도한 타입은 보이지 않는다.

'그렇다면.'

나는 차까지 거리를 가늠한 뒤, 차유진에게 속삭였다.

'신호 주면, 뛰어가서 차 타.'

단.

'반대쪽으로.'

'Got it.'

그리고 몇 초 후.

차유진이 갑자기 튀어 나가서 질주하기 시작했다. 차를 돌아서.

"어."

그리고 사람들이 반사적으로 차유진 쪽으로 엉거주춤 시선이 돌아가거나 몸을 돌린 순간, 나는 나머지 둘을 데리고 재빨리 차 뒷문을 열었다.

달칵.

그리고 밀어 넣으면… 됐다.

"아!!"

'차유진도 탔고.'

먼저 튀어 나간 덕에 거리가 벌어져서 너끈했다.

멤버 전부 차에 탑승 완료. 차는 선팅이 되어 있어서 안은 무슨 짓을 해도 못 본다. 창문을 두드리고 질문해도 거기서 끝이다. 상황 끝.

"악!"

순간 닭 쫓던 개 상황이 된 사람들이 빡친 것 같았지만, 곧 즉시 목표를 선회하고 차에 집중하기 시작한다. 저 기력을 다른 곳에 쏟았으면 벌써 한자리 해먹었을 것 같다. 왜 굳이 돈 안 되는 불법 행위에 쓰는지는 모르겠군.

"문대~ 문대 오늘 뭐 해요?"

매니저 합니다.

나는 차를 치려는 사람을 일부러 살짝 걷어내며 운전석으로 향했다. 어쨌든 더 큰 상황으로 번지는 일 없이 상황이 종료되었다.

"흠."

굳이 따지자면 데이터팔이부터 아이돌로까지 관찰자와 참여자로 다년간 축적된 경험의 승리겠다.

'매니저 역할은 처음이었다만.'

탁.

나까지 운전석에 탄 뒤, 차 문이 닫혔다. 방음이 잘 되는 차 안은 제법 조용했다.

"……."

"출발한다."

나는 바로 차 시동을 걸어 도로로 빠져나왔다.

숙소 아파트 단지에 들어오고 나서야 큰달은 입을 열었다.

"사, 살벌하네요…."

김래빈이 즉시 대가리를 박았다.

"언제나 이런 것은 아닙니다만 드물게 가끔 일어나는 일입니다. 불편한 상황에 말려들게 하여 정말 죄송합니다…."

"헉, 아닙니다! 저야말로 아이스크림 사겠다고 나와서 죄송…."

"Umm? 아이스크림 내가 산다고 했어요! 하지만 아무도 안 다쳤고, 문제없어요. Mission complete!"

차유진이 해맑게 외치며 아이스크림 포장을 하나 깠다. 그저 멜론 맛 아이스크림에 행복해 보인다. 과연 파파라치의 나라에서 온 놈다운

배포다.

큰달은 차유진이 건네는 아이스크림을 얼결에 하나 받아 들었다. 그리고 침을 삼킨 뒤, 작게 물었다.

"어, 음. 싫지 않아?"

"Well,"

차유진이 어깨를 으쓱했다.

"모든 직업이 좋은 거, 나쁜 거 둘 다 있어요. 내가 운전 잘할 수 있는 재밌는 직업 하면 돼요!"

"……."

"그리고 난 이걸 운전할 수 있는 사람이에요."

어쭈.

"저 역시 앞말에는 동의합니다."

이젠 대가리 박던 김래빈도 제법 진지하게 고개를 끄덕이고 있다.

"최근 이직한 누나와 대화를 하면서 더욱 느꼈습니다만, 어느 직업이든 각자의 고충이 있습니다."

큰달이 작게 고개를 끄덕였다.

"그러니 단점은 부정하기보단 장점을 감사히 여기고, 개선해 나가는 것을 목표로 하고 싶습니다!"

"……! 네!"

박문대의 모습을 한 녀석은 눈을 반짝이며 고개를 끄덕였다.

긴장감은 어느새 풀려 있었다.

'…괜찮군.'

나는 두 녀석도 그제야 아이스크림을 입에 넣는 것을 확인한 뒤 룸미러에서 시선을 뗐다. 그리고 잠시 후 차가 지하 주차장에 도착했을 때, 큰달이 팝업을 보냈다.

[형.]

왜.

굳이 말로 하지 않은 것으로 보아 좀 진지하고 사적인 대화를 하려는 의도가 아닐까 예상했다. 그러나….

[테스타… 테스타 진짜 미쳤나 봐요 천년만년 잘 활동할 것 같아서 너무 좋아요. 정말!]

"……"

…아니, 이렇게까지 감격에 찬 메시지를 예상한 건 아니었다만. 그 일을 겪고 감상이 이거냐. 라디오 때부터 느꼈지만 이놈도 보통 놈은 아니었다. 하지만….

나는 결국 그냥 피식 웃었다. 저 녀석에게 나쁜 기억으로 남지 않았다면 그것도 괜찮았다.

'그래. 그러면 좋겠지.'

[네!!]

뭐, 그리고 정말 저 두 놈이 이걸 오래오래 해 먹을 만한 녀석들이긴 하지 않은가.

"차유진 잠깐, 그건 문대 형이 선호하시는 맛이니까 남겨둬!"

"Umm… OK!"

새삼스럽지만, 내가 이전 삶에서 괜히 스티어를 눈여겨본 건 아닌 모양이다.

나는 안정적으로 주차를 끝마쳤다.

"내리자."

"넵!"

그렇게 아이스크림과 세 녀석은 무사히 숙소에 도착했다. 공식적으로, 모든 스케줄의 종료였다.

"고생했다. 이걸로 끝이야."

"……."

"이제 돌아가길 기다리기만 하면 돼."

"…네."

나는 운전대에서 내리며 마지막 점검을 마친 뒤, 큰달을 돌아보았다. 녀석은 여러 생각이 드는 듯한 표정을 짓고 있었다.

나도 마침 생각난 게 있다.

"그러고 보니, 너한테 일 끝나면 말해줄 게 있긴 했는데."

"…! 넵. 어떤 건가요?"

나는 진지하게 입을 열었다. 큰달이 침을 삼키는 것이 보였다.

뭘 기대한 건지는 모르겠다만, 중요한 말이긴 하다. 그건…….

"너도 알겠지만, 공무원은 복무 규정상 겸직이 안 된다."

"……."

"매니저 수익 신고하지 말라고."

공무원이 허가 없이 나만의 소중한 투잡으로 돈 받으면 징계행이다.

'기껏 연차 써났는데 X 되는 수가 있다.'

무급 봉사 처리하고 나중에 나한테 따로 정산금 받아 가라.

"……."

애 왜 대답이 없냐.

그때, 뒷자리에서 차유진이 손을 들었다.

"형, 5분 전까지 형은 액션 영화 주인공 같았는데, 지금은 시트콤 조연이 됐어요."

현실 직장인이라면 징계 받는 액션 영화 주인공보단 근태 관리 잘하는 시트콤 조연이 낫다.

나는 큰딸의 등을 두드렸다.

"넌 오늘 식중독으로 쉰 거다. 알았지."

"예……."

그렇지.

그렇게 파란만장한 큰딸 미션 실패의 24시간은 별 탈 없이 종료되었다.

…종료될 때까진, 그랬다는 뜻이다.

나는 눈을 떴다. 주변에 쌍쌍의 눈알이 내려다보고 있었다. 익숙한 모양새들이었다.

그리고 약간 긴장한 질문.

"문대문대야?"

나는 입을 열었다.

"어."

"휴우!"

"Oh~~ Welcome home, bro~!"

그제야 긴장이 풀린 듯 주변에 서 있던 멤버들이 온갖 호들갑을 떨었다.

나는 고개를 들며 손도 들어 올렸다. 시야에 익숙한 하얀 손이 보였다. 박문대의 손이었다.

짧은 안도감이 스친다.

'후.'

주먹을 쥐었다.

옆에서는 류건우의 몸으로 돌아간 큰달도 깊은 안도의 한숨을… 내쉬는 것 같았지만, 그렇지만 말이다.

"……."

나는 표정을 풀지 않고 허공을 보았다.

"…?"

"문대야?"

내 기색을 눈치챈 주변이 소란을 멈추고 슬슬 조용해진다.

선아현이 동공을 떨며 물었다.

"서, 설마…."

"음."

나는 상태창을 올려다보았다.

[돌발!]

상태이상 미션 실패 : 원상 복귀 ⑵

−모든 것이 없던 일처럼 원상으로

: 다음 시작까지 D−??

그래. 또 떴다.

'어쩐지 쉽더라. X발….'

둘이 바뀌었다고 세트로 묶어버리기라도 한 건지, 이젠 아예 큰달 저놈 미션 실패를 친절하게 내 상태창으로까지 띄워주는군.

'참 고맙다고 할 줄 알았냐?'

다만 이번엔 힌트가 있긴 했다. 하단에 이어지는 내용이 있었거든.

[목표 대상 '박문대 (1 / 2)' 상실]

[해제 진행 중]

[남은 목표 : 류건우 (2 / 2)]

바로… 우리 이름이다.

'딱 몸이 바뀐 둘이지.'

이건… 분명 짜낼 수 있는 정보다. 여기서 힌트를 찾아내야 한다. 분명 큰달의 미션과 관련이 있을 텐데.

"……"

일단 미션의 정체를 알아내야 해결을 볼 수 있다. 그러니 빡세게 대가리를 굴려서 가설과 검증을 해봐야 했지만… 문제는 내 뇌를 지금 여기에만 쓸 수 없다는 점이다.

나는 한숨을 참으며 미간을 눌렀다.

'2주 남았는데.'

컴백이 코앞이었다. 빡세게 준비해야 했다.

물론 활동기에 무대에서 몸이 바뀌는 대참사가 일어나는 지옥은 방지해야 한다. 그렇다고 컴백 준비를 때려치우고 이 미션 실패 대비와 클리어에 뇌 활동을 올인한다?

'활동기 말아먹을 일 있나.'

안 되지. 차라리 내 대가리 용량이 부족하면 다른 놈 대가리라도 써야 하는데… 문제는 끌어다 쓸 수 있는 뇌가 한정되어 있다는 점이다. 지금 사정 알고 있는 다른 놈들도 다 나랑 같이 컴백하지 않는가.

당장 상황 공유 받고 긴급회의 들어간 테스타도 나처럼 머리 쓸 시간 없고 급하긴 마찬가지다.

"또, 또 몸이 바뀔 수 있어…?"

"활동기랑 겹칠 것 같다는 거지? 알았어. 그럼 대책을 세워놓으면 돼. 아니면, 우리 컴백 일정을 조금 조정하는 것도 고려할 수 있으니까……."

"세진아 잠깐만. 그건 제일 마지막에 이야기해도 괜찮을 것 같다. 일단은 문대 상태부터 체크하자. 문대야, 어때?"

"저야 멀쩡합니다. 문제는 활동기에 몸이 바뀌는 건데요."

"그래도 건강하시다니 다행입니다…."

이런 상태거든. 그리고 큰달은….

[형 제가 무대를 하는 건 진짜 안 돼요, 정말 안 돼요.]

뭐, 이 상태고.

"알아."

시킬 생각도 없다. 진정해라. 나는 패닉 상태에 빠질 것 같은 팝업을 진정시키며 모여 앉은 놈들과도 이야기를 적당히 마무리했다. '여차하면 독감 같은 사유로 하루 정도는 활동기라도 빠질 수 있다'라는 모호한 미봉책이긴 했지만.

'별수 없지.'

끝장 토론해서 가설을 있는 대로 다 시도해 볼 수 있는 시기가 아니니까. 그냥 혼자 앉아서 헛소리처럼 고민하기 시작했다.

'어디 지금 컴백 안 하면서 특이한 발상하는 놈 없……'

"……"

있긴… 하군.

다음 날.

나는 고민하다가, 적당한 시간을 골라 한 사람에게 연락했다.

─이런, 안녕하십니까.

바로 VTIC의 주단. 지금은 이미 군대에 있는 그 희한한 놈에게.

[저 형, 그런데 왜 주단 님이세요?]

갑자기 왜 뜬금없이 이놈이 사용할 뇌 리스트에서 튀어나왔냐고?

'솔직히 말하자면… 후보가 별로 없다.'

[……앗.]

애초에 내가 사정을 여기저기 떠들고 다닌 것도 아니지 않은가.

몸이 바뀌어서 과거로 돌아오고 시스템이 어쩌고…. 이 정신 나간 말을 여기저기 떠들고 다닐 만큼 내가 멍청한 놈도 아니고. 사건에 휘말려서 어쩔 수 없이 약간 상황을 공유한 놈들만 소수 있는 것이다.

'그리고 개중에 이런 쪽에 가장 거부감 없어 보이던 놈이지.'

좀… 특이한 놈이긴 하지만 그게 오히려 도움이 될 수도 있을 것 같아서 말이다. 밑져야 본전이라는 생각으로 주단에게 연락해 봤다는 거다.

나는 우선 예의상 근황을 물었다.

"군 생활은 어떠십니까, 선배님."

-징병제의 효율성 문제로 할 이야기가 제법 있긴 하지만 생략하겠습니다.

"……음, 예."

저놈이 과연 부대에서 어떤 취급을 받고 있을지 슬슬 궁금해지는군. 하지만 내 문제나 신경 쓰기로 했다. 어디 보자….

'생활관일 테니까 주변에서 엿듣고 있는 녀석들이 있겠지.'

연예인 통화, 안 그런 척해도 누구라도 들리면 관심 가지 않겠는가. 주제를 오해하게 만들어야 한다.

"사실 '게임'을 하다가 이 '시스템' 관련해서 조금 여쭤보고 싶은 게 있어서 연락드렸는데요."

나는 몇 번 더 '취미 생활 때문에 가볍게 연락함, 심리 테스트 같은 가정법임' 밑밥을 깐 다음에야 시스템 문제를 꺼냈다. 대충 요약하자면 미션 실패로 몸이 바뀌고 이러이러한 상태 문구가 떴다는 건데… 몇 가지 질의문답을 주고받던 놈은 결국 이렇게 반응했다.

-바디 스위칭… 로맨틱코미디 클리셰군요. 제가 정통한 유는 아니죠.

"……."

끊을까?

'참는다.'

이놈 뇌를 써야 하니 한 번은 참는다.

"제3자의 독특한 입장이 듣고 싶었던 거니 오히려 좋습니다. 혹시 어떻게 생각하시나요."

잠시 침묵이 흘렀다.

그리고 주단은 대뜸 말했다. 상상도 안 해본 발상을.

─혹시 애당초 미션 자체가 없었을 가능성은 고려해 보셨습니까?

뭐?

그 후 며칠.

테스타의 컴백 막바지 준비는 큰 잡음 없이 순조롭게 흘러갔다. 원래는 간만의 앨범이니 힘 빡줘서 세게 가려고 했지만, 지난 앨범도 상당히 강했던 〈Savior〉였던 것을 감안해서 마니악한 농도는 낮췄다.

'해태 컨셉이었잖아.'

그런 걸 또 들고나오려면 한번 템포 조절이 필요하지. 미니 앨범 볼륨으로 대중성 있는 스타일리쉬한 곡, 그래서 컨셉은….

"미국 공립고등학교풍 하이틴!"

아이돌의 정석이다.

…그래, 거짓말하진 않겠다. 아직 안 뻔뻔하게 할 수 있을 나이일 때 해야겠다는 마음으로 했다.

"아~ 우리도 이런 걸 자연스럽게 소화할 나이가 얼마 안 남았나. 흑흑, 너무 슬프다. 관리 더 잘해야겠어요~"

"30대 배우들도 고등학생 배역 잘만 하잖아. 너무 극단적으로 생각하지 마."

"아아… 음, 넵. 그렇죠."

참고로 이 티키타카 안 되는 상황은 선아현이 수습했다.

"다, 다들 의상도 잘 어울리고, 고등학생 같았어요…! 무대도, 멋질 거예요."

"아~ 맞아, 그거는 장담할 수 있지!"

그래. 제대로 만들긴 했거든.

"오… 이렇게까지 유치할 필요는 없는데."

뮤직비디오와 무대 고증에 차유진 선생을 모셨다. 아주 배역까지 신나서 정해주더라. 그렇게 모든 것이 일정대로 착착 진행됐었고 지금도 그러는 중이다.

"문대문대, 그 바뀌는 문제는…."

"지금은 신경 안 써도 돼. 조금만 기다려."

"…오케이."

그리하여 컴백 준비는 매끄럽게 잘 흘러가 아무런 문제도 없었다.

하지만 나는 상태창을 잊지 않았다.

그리고 며칠 후 이것을 본 날.

[돌발!]

상태이상 미션 실패 : 원상 복귀 (2)

-모든 것이 없던 일처럼 원상으로

: 다음 시작까지 D-?

나는 정보를 깨달았다.

'큰달.'

[네??]

나는 심호흡했다.

"바뀌는 날짜 알았다."

[…!!]

"상태창 봐. 'D-??'이 'D-?'로 변한 거 보이지."

나는 손가락으로 집었다.

하나씩 카운트다운 되는데 두 자릿수가 한 자릿수로 변했다는 뜻은 하나다. 10에서 9로 넘어온 것.

"9일 남았다."

그리고 지난번과 비슷한 시간대라면….

"아마도… 그날 밤 11시 경일 확률이 가장 높겠지."

1월 21일 밤. 다행히 아슬아슬하게 컴백 무대를 하기 전인 시기였다. 나는 열심히 당일 스케줄을 머릿속으로 돌려보았다.

[그러면… 그때 맞춰서 스케줄을 빼주시는 건가요?]

"……."

여기가 어려운 부분이다.

"아니, 그러면 안 돼."

[……!]

"나는 류건우로 출근하고, 너는 박문대로 스케줄을 소화한다."

나는 천천히 밀했다.

"그게 우리가 당일에 해야 할 일이야."

[왜, 왜요?]

"그게 미션 실패 효과를 끝낼 방법 같으니까."

나는 며칠 전 주단과 했던 대화를 떠올렸다. 그 뜬금없는 말을.

―…미션이 없다?

―예. 원흉을 제거하려고 했더니 사실 원흉이란 없었다는. 공허한 서사죠. 이젠 너무 흔해서 클리셰를 깨는 클리셰가 되어버리긴 했습니다만.

솔직히 그… 괴랄한 논리는 동의 못 했다. 그러나 그 문장 자체는, 듣는 순간 갑자기 어떤 생각을 번뜩 떠오르게 했다.

"네가 내 상태이상 실패를 미션 실패로 바꿔줬었지. 그러니까, 시스템은 애초에 미션이라는 걸 고려한 적이 없어. 원래는 그냥 상태 이상이었지."

그리고.

"본래 '미션'이란 건… 내가 보상 타 먹으려고 내 마음대로 상태창을 통해 정하는 목표를 의미하는 거야."

이놈이 준 특성, '미션 체질'을 통해서 말이다.

"그런데 너는 애초에 그걸 만들 수가 없잖아."

팝업이 잠시 멈췄다.

"넌 상태창이 없으니까."

그러니까, 큰달에겐 미션이란 있을 수 없는 개념이다.

[그러니까… 미션은…… 없는 거네요.]

그래.

'미션 자체가 없다가, 미션 실패가 뜨는 순간 억지로 있었던 게 되어버리는 거지.'

무작정 대체하다 보니까, 알고리즘 꼬인 것이다. 그러니까.

"이제 무조건 미션 실패는 발생하는 거야."

없는 미션을 해결하는 대신.

"실패 효과가 발생했을 때, 목표 대상을 해제하는 식으로 접근해야
한다."

─⋯선배님 이론대로라면, 결국 건물 탈출 게임 때 했던 게 맞는 공략
법 같습니다.

내가 무너지는 건물에서 탈출해서, 시스템의 '목표 대상'이 상실됐던
것처럼 말이다. 애초에 없는 미션을 추측할 게 아니라, 미션 실패 이후
에 벌어진 일들을 중점으로 놓고 생각해 보는 것이다.

'그러면 굉장히 뻔하게 정황이 딱 드러나더란 말이지.'

나는 피식 웃었다.

"우리가 몸 바뀌고 뭘 했는지 기억해?"

[어, 저는 테스타로 지내고, 형은 로드 매니저로 따라 와주셨고⋯.]

"그렇지."

그러니까, 이걸 다시 설명하자면 말이다.

"너는 '박문대'의 원래 일상을 제대로 살아낸 거고, 나는 '류건우'의
원래 일상에서 탈주한 거지."

[⋯!]

"그래서 박문대만 목표 대상에서 해제된 것 같아."

이렇게 말이다.

[목표 대상 '박문대 (1 / 2)' 상실]

[해제 진행 중]

[남은 목표 : 류건우 (2 / 2)]

그럼 이제 목표는 뻔하다.

"우리가 안 바뀐 채로 각자 삶을 제대로 살고 있다고 착각하게 만든다. 그래서 목표 대상을 잃게 하면 돼."

큰달은 잠시 답변이 없었다.

그리고 곧 팝업이 떴다.

[그럼 저는 한 번 더 테스타 박문대로, 형은 공무원 류건우로 지내는 걸로요…!]

그렇지. 나는 고개를 끄덕였다.

'이게 맞다.'

완벽한 결론이 나오니 후련했다. 시기도 딱 잡혔고. 이제 제대로 수행만 하면….

[와, 형이 주단 님께 연락한 건 진짜 현명한 판단이셨던 것 같아요! 주단 님 좋은 분 같아요!]

"……."

흠. 그건… 좀.

나는 그놈에게 괜찮은 답변을 들은 후, 제법 호의적으로 '요새 군대에서 어떤 걸그룹이 인기 있냐'는 질문을 했었다.

그리고 이런 답을 들었다.

–모르겠는데요. 일과 후 각자 스마트폰으로 현대문명에 접속할 수 있는데 굳이 TV 같은 매스미디어에 다 같이 몰두할 일이 없는 거죠.

–…….

–물론 보안을 위해 쓸 수 있는 범위를 통제당하긴 합니다만.

–예.

스마트폰을 써서 개꿀이라 전처럼 TV로 보는 걸그룹 자체가 대세가 아니라는 말을 이렇게 하는 놈이 있다니.

–아, 재현 형에게 안부 전해주시죠.

게다가 이건 나한테 왜 말했는지 모르겠다. 너희 그룹 리더 아니냐. 아무튼, 뭐… 청려야 굳이 연락 안 해도 어디서 보게 될 것이다. 시상식 시즌이니까.

나는 주단과 했던 말의 회상을 끝내며 한숨을 참았다.

"…도움이 됐지. 그래. 그래서 21일 밤에 우리가 바뀌면, 내가 22일에 출근해서 할 일에 대해서 좀 이야기를 해줘야 할 것 같은데."

[아, 저 그날은 출근 안 해요!]

"…? 아, 그렇겠지."

21일이 토요일이니… 다음 날이 일요일이겠군. 나는 고개를 끄덕였다. 일이 훨씬 쉬워지겠는데?

"그럼 원래 네가 그날 하려고 했던 걸 그대로 이어서 할 테니까, 뭘 하려고 했는지 말해봐."

[음… 일요일에는 다른 일 없이 쉴 생각이었어요!]

왠지 그럴 것 같았다. 그러나 다음 말은 의외였다.

[그런데 토요일 밤 말이에요…. 아마 제가 그때 밖일 것 같아요.]

이놈이 밤 11시에?

"그래. 무슨 일인데."

그리고 전혀 예상치 못한 답변이 돌아왔다.

[사실… 저 형 팬사인회 가요!]

"……"

네가 거길 왜 와…?

'아니, 잠깐.'

그래, 내가 토요일 날… 팬사인회 스케줄이 있긴 하다. 정확히는 테스타가 말이다.

―오성 AI 비서 '큐리어스 베가' 광고모델 테스타, 팬사인회 응모 이벤트!

기업에서 하는 광고 모델 팬사인회다.

'그런데 공무원이 거긴 왜…'

[그, 당첨됐으니까요…?]

아, 사인을 받으러…….

"……"

후. 나는 고개를 숙였다.

[죄, 죄송합니다! 당일에 깜짝 놀라게 해드리려야지 생각했는데 제

가 생각이 짧았던 것 같아요 형ㅠㅠ 취, 취소할까요?]

"아니."

웬만하면… 앞으로 뒤로도 영향을 주지 말자. 그대로 살아야 한다. 굳이 위험을 감수할 건 없다.

'오히려 좋다.'

그럼 바뀌기 직전에 편하게 얼굴도 보는 거니까. 팬사인회는 저녁에 시작하니 혹시 모를 특이사항을 확인하기 딱 좋지 않은가.

"좋아. 그럼 그때 귀갓길에 택시를 타는 걸로 부탁한다."

[예!]

큰달과의 대화는 그렇게 깔끔히 마무리되었다.

그러나 시간이 흘러 팬사인회 당일, 그다지 깔끔하지 않은 사건이… 발생한다.

"숙소에 돌아가서 큰달로 바뀔 거라는 거지? 11시에서 자정 사이 정도에."

"예."

"그래. 혹시 몰라서 한 번 더 확인했어."

속식인 류청우가 어깨를 한 번 두드리고 지나갔다. 나는 대기실에서 물을 마시며 의상을 갈아입었다.

'이상은 없다.'

하지만 직후, 그놈의 '이상'이 발생했다.

"그, 주최측 문제로 한 시간 반 정도 딜레이가 생길 것 같다고…."

"……."

"저희 뒤에 스케줄이 없기는 합니다. 조금만 쉬면서 컨디션 조절하는 방향으로 어떨지……."

매니저가 말을 흐렸다. 사실 말이 좋아서 '컨디션 조절'이지, 그냥 퇴근 늦어지는 거니 빡쳐도 어쩔 수 없는 문제라서 말이다. 심지어 광고주가 오성이라서 이쪽이 강하게 나가지도 못하는 듯하다. 그쪽이 워낙 대기업이다 보니 말이지. 아무튼…… 나는 관자놀이를 눌렀다.

'퇴짜 놓고 몸 아프다고 퇴근해 버리면 위험하나?'

보자, 내가 평소대로라면….

'당연히 기다렸다가 스케줄 소화했지.'

젠장. 뒤에 스케줄 없는 시점에, 팬사인회인 점에서 이미 확정이나 다름없다. 취소했을 때 파급력이 어마어마하니까.

'…강행해야 하나.'

아니면, 돌발행동을, 해봐야 하나.

나는 양손을 움켜쥐었다. 그때였다.

"무, 문대야…!"

"…!"

선아현이 옆에 앉았다.

"괜찮아. 우리, 보통… 사인회 시간 생각하면, 그 전에… 끝날 거야. 너무 고민하지 말고, 문대가 편한 방향으로 했으면 좋겠어….'

"그렇습니다. 통계적으로 고려했을 때… 아마 차 안이나, 행사가 끝난 후 대기실 안일 듯합니다!"

"……."

나는 둘러싼 놈들을 쳐다본 뒤, 고개를 끄덕였다. 놀랍게도, 조금 마음이 편해졌다.

"그래."

그러나 나는 이 판단도 짧게 후회하게 된다….

여기서 설마, 사인회 중간에 짧은 토크 코너가 장비 문제로 또 딜레이 될 줄은 몰랐던 거지. 게다가 내 예상보다 살짝 빨리 이 빌어먹을 시스템 조각이 움직였다.

……그래서 정신을 차리니, 이 꼴이 되어 있었다는 것이다.

깜박.

나는 어느새 사인지를 들고 웬 고등학생의 뒤에 서 있었다. 고등학생의 단발머리에는 햄스터 머리띠가 대롱거리고 있었으며, 그 고등학생 너머로 웃는 얼굴로 사인을 끝마친 류청우가 보였다.

나와 눈이 마주쳤다. 나는 일단 시선을 피했다.

"…?"

류청우는 의아해하는 것 같다. 그러나 서서히. 사태를 파악한 듯 눈빛이 변했다.

"……."

그리고 거기서 바로 옆자리에 온갖 기상천외한 팬싸용 아이템을 머리에 바른 낯익은 얼굴이 앉아 있다.

……나다. 박문대.

[형…!]

'차라리 내가 쓰러져서 구급차에 실려 갈까.'

이렇게 된 이상, 어떻게든 행사를 무마해서 이번 턴을 넘기는 방법을 고려해 볼 수도 있었으나… 이걸 본 이상 그럴 수가 없다.

[돌발!]

상태이상 미션 실패 : 원상 복귀 (2)

−모든 것이 없던 일처럼 원상으로

: 종료까지 47:59:59

종료까지 48시간.

시간이 두 배로 늘었다. 안 좋은 징조였다. 이대로 두다간 다음이나 다다음쯤에는 영구적으로 바뀔지도 모른다.

나는 줄의 뒤를 돌아보았다. 역시 아무도 없다.

즉, 나와 앞 사람 둘만 박문대의 사인을 받고 지나면 되는 상황.

"……."

[제가… 제가 이번에야말로 제대로 쓰러질 수 있을 것 같은데요……]

'…잘 들어.'

나는 눈을 질끈 감았다.

'너는 테스타 박문대다.'

[……]

그리고 나는….

'…멤버들에게 사인을 받는 라이트 팬.'

나는 발을 비틀거리지 않게 노력하며, 류청우에게 다가가기 시작했다……. 그렇게 지상 최악의 롤플레이가 시작되었다.

앞에선 지극히 정상적인 팬사인회가 이루어지고 있다.

"으악 너무 잘생겼어요…"

"하하, 감사합니다."

내 앞 사람을 상대하는 류청우는 이 모든 난장판을 파악한 것이 분명함에도 흔들림이 없다. 저놈은 확실히 프로다. 그리고 나는….

[혀, 형! 빨리 절 조종해요!]

류청우에게서 넘어온 팬이 자신의 앞에 앉자 패닉 상태에 빠진 큰달이 미친 듯이 쏟아내는 팝업을 보고 있다. 너무 급한 나머지 명령하기 시작했군. 이해한다. 나는 최대한 침착하게 메시지를 보냈다.

'그래. 내가 부르는 대로 이야기하면 되는 거야.'

이 팬사인회는 기업 주최라 스탭이 달라서 빠릿빠릿하게 팬들을 앞으로 배정하지 않는다. 그러니까 도리어 빠른 템포의 일반적 팬사인회처럼 미친 순발력은 덜 필요한 장점도 있는 것이다.

넌 할 수 있다!

[네!]

하지만 직후, 떨리는 팝업이 다시 떴다. 아마 의식의 흐름처럼 쓴 것 같았다.

[…근데 이분은 형을 보러 오셨는데, 제가 해도 괜찮을지 정말 모르겠어요…]

"……."

[헉, 죄송합니다! 어쩔 수 없는 상황인데 우는소리 해서… 더 생각 안 할게요!]

아니. 충분히 할 수 있는 생각이다. …나도 하기도 했고.

그러니까, 우리가 더 잘 맞추면 된다.

'넌 라디오에서 거의 날 똑같이 연기했어.'

몸이 테스타 박문대인 것은 엄연한 사실이다. 그리고 나도 시야도 공유 중인 상황이니까, 충분히 이 사람이 기대한 경험을 구현할 수 있다.

물론 나도 안다. 저 사람도 그냥 AI 비서를 사는 김에 한번 기분 삼아 넣어봤다가 당첨된 사람일 수도 있다는 것을.

그런데 진짜 팬일 확률이 더 높지 않은가.

'지금 내가 보낼 말도 그렇게 전달해 주면, 그분은 정말로 테스타 박문대를 만난 게 될 거야.'

실제로, 바로 옆에서 내가 말을 듣고 있기도 하다.

'그런 경험을 하실 수 있게 네가 도와줄 수 있을까.'

[……네!!]

좋아. 나는 심호흡한 뒤, 실시간 반응을 위해 만전의 태세를…….

"문대야~ 그 라디오에서 보여줬던 러뷰어 연기 있잖아, 한 번만 해 주면 안 돼? 나 너무 보고 싶어!"

'……'

[…….]

'잘 부탁한다.'

[넵.]

그렇게 큰달은 첫 턴을 무사히 넘겼다.

'다음 사람 받기 전에 펜이 안 나온다고 하면서 살짝 시간 끌라고 말해뒀고.'

그리고 결국 내 턴이 돌아왔다. 류건우 앞사람이… 다 빠진 것이다.

'…후.'

나는 횡한 앞을 보다가 결국 모든 것을 포기하고 긴 탁자로 향했다. 그리고 류청우의 맞은편 의자에 털썩 소리가 나도록 앉았다.

이 시야는 또 처음이다.

'여기서 보면 이런 느낌인가.'

매번 반대편에서 사람들을 바라보는 입장이었다. 그래서 이런 구도도 새삼스럽군.

그리고 더는 시간을 끌 수 없다는 것을 깨달았다.

'젠장.'

그래서 눈을 마주쳤다. 류청우는… 웃었다.

'…웃어?'

"형, 어떻게 왔어요?"

"……!"

"그냥 연락하면 되지, 깜짝 놀랐네."

그렇지. 류건우는 류청우의 친척이다. 그럼 이게… 자연스러운 건가? 논란의 여지가 있겠지만 이미 엎질러진 물이다. 자연스럽게 간다.

나는 덤덤히 입을 열었다.

"가족으로 보는 거랑 아이돌로 만나는 건 좀 다르니까. 그래서 응모해 봤어. 내가 너희 팬이잖아."

생각해 보니 차라리 고맙다. 좀 더 뻔뻔하기 쉬워지는군.

류청우는 폭소하진 않았다. 단지 온화하게 물었을 뿐이다.

"그렇게 팬이야?"

"어. 내가 퇴근하면 하는 게 테스타 컨텐츠 돌려보는 거야."

주어가 나든 큰달이든 거짓 한 점 없는 깨끗한 진실이다. 그리고 그것을 깨달았는지, 류청우는 여기서 터졌다.

"하하하!"

"하하."

나는 따라 웃으려 노력하며 사인지를 다시 내밀었다. 류청우는 반사적으로 사인을 하면서도 웃고 있다.

'그만해라.'

친척인 게 SNS에 뜨기 전에 그만하라고.

"어떤 컨텐츠가 제일 좋았어요?"

그렇다고 다 아는 놈이 진짜 팬 온 것처럼 대응하지도 말라고.

"다 좋지. 며칠 전에 라디오 나온 것도 웃기고."

"아, 그랬어?"

류청우는 웃으며 사인을 마치고, 마치 P.S를 달 듯이 가볍게 사인지 위에 글을 써서 넘겼다.

"여기."

–다른 애들한테 바로 전해둘게. 걱정하지 마.

이건······.

"고맙다."

"뭘."

과연 인성과 침착함은 나무랄 곳 없는 녀석이었다.

'리더를 잘 뽑아놨지.'

나는 고개를 끄덕이며, 다음으로 넘어갈 준비를…….

[아아, 맞다 형! 저 그 팬싸 아이템 가져왔는데요! 다들 한다고 하셔서…]

"……."

아이템? 그러고 보니… 하도 상황이 지랄맞게 돌아가서 눈치채지 못했는데, 내가 지금 손에 뭘 들고 있다.

'…쇼핑백.'

안 좋은 예감이 든다.

하지만 이걸 안 주면… 내가 이놈 하루를 정확히 따라 하지 못해서, 미션 실패 해제가 어긋날 수 있다는 그 판단. 그것 때문에 나는 군말 없이 백 안에 손을 넣었다.

보기 편하게 '류청우'라고 태그까지 붙여놨다. 팬사인회 중에 혼잡해서 못 찾을까 봐 한 건가? 아니, 아무러면 어떠냐. 나는 거칠게 소품을 꺼냈다.

그건…… 갓이었다.

"……."

그 조선 시내 그거.

'근데 무슨 디테일 고증을 이렇게까지 했냐.'

이거 관리들이 쓰던 전립인가 하는 그 갓 아니냐? 이런데 쓰라고 내가 복권을 당첨…… 아니다. 본인이 행복하다면야 됐다. 내가 줘야 해서 문제지.

"아, 이거 쓰면 돼?"

그래라.

류청우는 알아서 자기가 직접 갓을 가져다가 머리에 얹었다. 내 앞 순번이었던 햄스터 머리띠 쓴 고등학생이 순간 옆에서 엄지를 치켜든다.

"완전 찰떡이에요…!"

제가 고른 게 아닙니다.

"하하, 고마워, 형."

어쨌든… 첫 멤버, 류청우에게 사인받기는 무사히 완료된 것 같다.

"또 와."

안 와.

하지만 바로 류청우 다음 타자로 넘어갈 수는 없었다. 그게 바로 박문대였기 때문이다. 내가 핑계 대며 대기 시간을 끌라고 한 것을 착실히 이행한 덕에, 그놈은 지금에서야 내 앞 사람 사인을 막 시작하려고 하고 있었다.

그리고 그 사람이 '박문대'에게 하는 인사말을 듣는 순간, 직감했다.

"안녕하세요~"

목소리가 덜 떨린다. 게다가 류청우를 대할 때보다도 태도가 한결 자연스러워졌다.

'박문대 팬이 아니란 뜻이다.'

다행이었다. 나는 큰달에게 대응 문구를 팝업으로 띄우면서도 약간 안도했다. 박문대에게 별로 관심 없을 테니, 큰달이 대충 친절하게 하면 비비고 넘어갈 수 있겠……

"아 맞다, 저기… 저 그 티벳여우 표정 한 번만 해주시면 안 될까요?"

'……'

이건… 내가 지시해 줄 수 없는 부분인데.

결국 나는 큰달이 최선을 다해서 무표정한 무언가를 따라 하기 위해 애쓰는 꼴을 물끄러미 보게 되었다. 아무래도 내가 평소에 저런 표정인가 보다. 반성하겠다.

그리고 곧 녀석은 무너졌다.

"죄, 죄송해요… 좀 어색했죠."

'오.'

그런데 그것도 제법… 음, 역시 원래 몸 주인이라 그런지 자연스럽군.

"…!! 아뇨! 귀여웠어요! 오빠 완전 귀여워요!"

"…?? 감사합니다…."

[형, 죄송해요. 제가 좀 망친 것 같은데요ㅠㅠ]

'너 이쪽 일 한번 해볼 생각….'

[네?]

'아니다.'

7급 붙은 로또 당첨자한테 헛바람 넣을 뻔했다. 나는 쓸데없는 생각을 버리고, 자리를 이동했다.

털썩.

그래서 이제 나는… '세계제일 사과말랑이'라는 말풍선 모자를 쓰고 강아지 귀를 단 박문대 앞에 앉아 있다.

본인 대면. 굉장히 희한한 기분이다. 하지만 우리의 역할이 바뀌었다는 것을 인지하고 있으니, 최선을 다해볼 생각이다.

'어디 보자.'

나는 양손을 깍지 끼고 조심스러운 어조로 입을 열었다.

"저, 문대 씨… 평소에 정말 응원하고 있어요."

"푸흑."

"저기, 데뷔 전부터 제 최애세요! 아, 이렇게 쓰는 게 맞죠…? 최애!"

"예…. 맞습니다. 감사합니닥……."

방금 발음이 뭉개진 것 같지만 양호했다. 이대로만 가면 될 것 같다. 나는 고개를 끄덕였다.

그러고 보니 이놈 내 사인을….

"사인… 여기 있습니다."

아주 그럴싸하게 잘 쓰는군. 이젠 놀랍지도 않다.

'따로 연습했냐.'

[아아뇨, 몸이 기억하더라고요. 진짜 신기했어요….]

아, 그런 거였나. 아무튼, 나는 정다운 팬사인회 대화를 계속했다.

"진짜! 감사합니다. 저, 다음 활동도 꼭 챙겨볼게요…!"

물론 아이템도 잊지 않았고.

"그리고 혹시… 이거 써주실 수 있을까요? 헉, 싫으시면 안 쓰셔도 괜찮고요!"

"……싫을 리가요. 귀엽네요."

[…형 그렇게까지 절 따라 해주시지 않아도 괜찮아요……. 크흐흑…….]

최선을 다 해봤다.

나는 큰달이 자신의 머리 위로 금색 왕관을 간신히 올리는 것을 확인했다.

'좋아.'

나 자신에게 사인받기 완료.

다음부터는… 본격적으로 멤버들이군. 내가 큰달에게 사인받는 사이에 류청우가 다른 녀석들한테 뒤쪽으로 속삭인 것을 보긴 했다. 그리고 박문대의 옆자리는 바로… 배세진이다.

'침착한 녀석이니 초반 타자로 괜찮군.'

나는 의자를 옮겼다. 그러자 배세진이 움찔했다.

"……."

"……."

"안녕하세요."

"…예. 안녕하세요."

이미 소식을 전해 듣긴 한 모양인데, 왜 이렇게 어쩔 줄을 모르는 것 같냐.

'연기라고 생각을 안 해서 그런가.'

그럼 좀 분위기라도 푸는 편이 낫겠지. 나는 순간적인 판단 끝에 먼저 입을 열었다.

"저, 혹시 기억하세요? 그때 화장실에서 인사드린 적 있는데……."

"…! 아, 아, 예."

"그때보다도 더 멋있어지셨어요."

"감사합니나…."

배세진은 좀 놀란 것처럼 나를 훑어보았다.

'긴장 풀렸냐.'

그러나 녀석은 도리어 뭔가 결심이라도 한 것처럼 침을 삼키고 사인지로 고개를 숙였다. 그리고 천천히 말했다.

"저, 그때 큰 힘이 됐습니다. 사실 제 팬이 아니라고 하시더라도요. 그런 것과 상관없이… 꼭 고맙다는 말을 드려보고 싶었습니다."

"……."

"오늘 팬사인회 와주셔서 감사합니다."

'To. 류건우'로 사인을 완성한 배세진은 사인지를 내밀었다.

'나 참.'

"저야말로 꾸준히 활동해 주셔서 감사합니다."

"……."

"그리고 세진 씨 팬 맞고요. 앞으로도 계속 응원하겠습니다."

"…예."

나는 배세진과 악수했다. 제법 힘찬 느낌이었다.

'괜찮군.'

그렇게 녀석과의 대화가 마무리되나 싶었지만… 이번에도 하나 남았다.

'아, 아이템.'

그래서 쇼핑백을 뒤지자 나온 것은….

'…햄스터 머리띤데.'

나는 고개를 들어, 배세진을 보았다.

"…?"

"아뇨."

이미 배세진의 머리에는… 햄스터 머리띠가 올라가 있는 상태였다. 아까 고등학생의 머리에 있던 그거 말이다.

'겹치는군.'

큰달의 아이템은 도로 쇼핑백에 넣었다. 미안하지만 이건 눈치싸움에서 패배한 순간 끝난 승부다. 그렇게 나는 다음 녀석에게로 넘어갔다.

팬사인회, 중앙에 앉은 녀석은 바로….

"안녕하세요…!"

선아현이다.

선아현은 제법 믿음직한 얼굴로 앉아 있다. 지난 라디오 경험을 돌이켜봤을 때, 이 녀석과 별다른 문제가 생길 것 같지는 않았다. 쓸데없이 사람 놀려먹을 놈도 아니고.

나는 약간 긴장을 풀고 자리에 앉았다.

"네, 안녕하세… 큼."

다만 긴장 상태로 몇 분 떠들어서 그런지 헛기침이 나왔다. 그래서 빠르게 목을 가다듬는데…. 선아현이 허겁지겁 자신의 옆에 있던 새 음료를 집어다가 건넸다.

"…! 물, 여기… 아, 녹차도 있어요…!"

갑자기 역조공을?

'잠깐.'

순간 사이버 렉카 타이틀이 머리를 치고 지나갔다.

─[선아현 팬 차별 논란] 팬싸에서 머글 남자만 특별대우한 선아현?

안 된다.

"괜찮습니다. 멀쩡합니다. 좀 긴장해서 그래요. 제가 테스타 데뷔 전부터 팬인데 팬사인회 오는 건 처음이라서요."

"아…."

선아현이 황급히 물을 치웠다.

'안 돼.'

분위기 어색해지는 것도 안 된다. 안 그래도 회장에 성인 남성이 거의 없는데 더 눈에 띌 순 없다고. 나는 결국… 이 상황을 자연스럽게 넘기기 위해 '그것'을 선택했다.

"그보다 혹시 이거 써주실 수 있을까요."

바로 아이템 선지급이다.

"……그럼요."

선아현은 머뭇거리며 사슴뿔이 달린 화관을 받다가 머리에 썼다.

"아아악!"

"아현아! 여기!"

뒤에서 온갖 비명이 터져 나왔다.

나는 납득했다. 기가 막히게 어울리긴 했다.

'이런 건 대체 어디서 샀냐.'

[아, SNS에서 주문 제작 받으세요!]

'…?'

진짜 물어본 건 아니었다만, 뭐 알았다.

어쨌든 나는 일부러 몸을 살짝 돌려서 선아현 홈마들이 컷을 뽑아낼 수 있도록 한 다음, 선아현과 몇 마디 대화를 더 나눴다. 그리고 사인지에 녀석이 남긴 글을 읽으며 시간이 끝났다.

─항상 미안하고 고마워요. 앞으로도 더 의시할 수 있는 친구가 될

수 있도록 노력할게요. 화이팅!

쉬는 시간이 끝났다는 뜻이다.

이다음은….

"안녕하세요~"

"예."

큰세진이니까.

놈이 싱글벙글 싹싹하게 웃었다. 그리고 사인지에 보지도 않고 펜을 움직이며, 굳이 입도 같이 움직이는 스킬을 선보이는 중이다.

"와~ 어떻게 오셨어요?"

"테스타 팬이라서요."

"어휴 감사합니다~ 그런데 누구 팬이세요?"

"문대요."

"큽."

큰세진이 황급히 얼굴을 가렸다. 속으로 무수한 'ㅋ'이 지나가고 있는 게 눈에 보이는 것 같아서 더 열 받는…… 아니, 참자.

"와~ 두 분 좀 닮으신 것 같아요!"

"아 진짜요? 생전 처음 듣는 말입니다. 감사합니다."

"왜요! 원래 사람은… 크흡, 자기 닮은 사람을 좋아하게 된다잖아요~ 왜 그런 밀도 있고!"

큰세진이 뻔뻔하게 웃으며 말했다.

"나는 나 자신의 팬이다~"

"크흡!"

옆에서 김래빈이 물을 뿜을 뻔했다. 다행히 초인적인 인내심으로 사인지에 뿜는 것은 피한 모양이다.

"……."

나는 심호흡했다. 그리고 뻔뻔하게 입을 열었다.

"물론 저는 올팬입니다."

"흡."

웃지 마.

"세진 님 팬이기도 하고요. 세진 님도 문대랑 많이 닮으신 것 같아서 그런가."

"……."

"응원합니다. 워낙 다방면으로 멋지시기도 하고."

"…아, 네. 음~"

큰세진은 결국 좀 멋쩍은 표정으로 양손을 내밀었다.

"감사합니다!"

어쩐지 이긴 기분이군. 나는 놈과 하이파이브를 하고 다음으로 넘어왔다.

김래빈. 녀석은…… 진지했다.

"제게… 원하시는 것이 있으십니까?"

누가 보면 협박당하는 줄 알겠군. 아무튼, 뭘 말하든 다 들어줄 준비가 되어 있다는 녀석에게 나도 진지하게 요구사항을 읊기 시작했다.

"앞으로도 멋진 활동 보여주셨으면 좋겠습니다."

"옙."

"컨디션 관리를 위해 푹 쉬시기도 하시고요."

"물론입니다."

"기왕이면 일주일에 이틀 정도는 밤 12시 이전에 좀 주무셨으면 더 좋겠는데."

"…??"

그러다 서른 넘으면 개고생한다.

"그리고 이것 좀."

"아, 예."

나는 자연스럽게 봉투에서 '김래빈'이라고 이름표가 붙은 아이템을 꺼내 들었다. 이쯤 되니 관록이 붙었는지 체념한 건지는 모르겠다. 이제 이걸 건네면…….

"……."

"……음."

근데 이게 뭐냐. 무슨 허연 실리콘 덩어리 같은 게….

[아, 귀에 하는 거예요!]

"아, 귀에 하시면 됩니다."

"그렇군요! 이어커프인가 봅니다."

하마터면 주는 놈이 물건 정체를 모르는 이상한 상황이 될 뻔했다. 나는 김래빈이 뽀송뽀송한 천사 날개를 귀에 다는 것을 확인하며, 묵묵히 자리에서 일어났다. 이제 마지막 타자만 남았다.

"Hi~"

차유진.

이미 내 전 사람과 손깍지까지 껴가며 끝내주는 팬사인회를 즐긴 놈은 이쪽을 향해 손을 흔들고 있다. 이제 차유진만 넘기면 이 진땀 나는 팬사인회도 끝이다. 나는 당장 의자에 앉았다.

'빨리 끝내자.'

기분 탓인지 등이 따가운 것 같았다. 어쩌면 기분 탓이 아닐지도 몰랐다. 하필 류건우가 맨 마지막 순서라 지금 의자 7개 중에 나만 앉아 있거든. 걸려도 어떻게 이 순서가 걸렸냐.

[죄송합니다ㅠㅠ]

순서 조작한 게 아니라면 사과 안 해도 된다. 나는 한숨을 참으며 고개를 꾸벅 숙였다.

"안녕하세요."

차유진이 씩 웃으며 사인지를 넘겨 자신의 사진을 찾았다.

"Welcome! 이름 뭐예요?"

"…음, 류건우로 받겠습니다."

그러자 차유진이 입을 내민다.

"BM 안 써요? 내 별명 마음에 안 들어요?"

'어?'

잠깐, BM이라. 저놈이 지난번에 내가 몸 바뀌었을 때 큰달한테 지어준 닉네임 아닌가.

'이놈… 설마 지금 바뀐 걸 모르나?'

나는 순간 김래빈을 돌아보았다. 김래빈은 '왜 문대 형께서 쳐다보시는지 모르겠습니다'라는 표정이다. 아무래도 전달 과정에서 의사소통에 오류가 있었나 보군.

'차라리 잘 됐다.'

나인 줄 모른다면, 편하게 큰달인 척하며 싸인 받고 끝내면 되는 것이다.

나는 시동을 걸었다.

[으아악 못 보겠어요…!]

네가 여길 왜 보냐.

'카메라에 하트나 날리고 있어라.'

[예……]

나는 차유진에게 황급히 손을 저었다.

"아, 아뇨! 좋았는데요. 어, 왠지 이런 곳에서는 본명으로 받아야 할 것 같아서… 아 BM으로 적어주셔도 저는 당연히 좋고요!"

"Got it."

차유진은 콧노래를 부르며 사인지에 펜을 움직였다. 그러면서 끝없이 질문을 던진다.

"밥 먹었어요? 멀리서 왔어요?"

굳이? 아니지, 팬사인회에 아는 놈이 오든 말든 공평하게 신상 조사하는 태도가 좋다고 봐야 할지도 모르겠군. 어쨌든 나는 되는대로 대답했다.

"네, 잘 먹었어요. 그리고 음… 멀리서 오진 않았어요. 집이 근처라서요!"

"Oh! 저도 근처에 살아요! 우리 우연히 본 적 있을지도 몰라요."

그렇겠지. 같이 사니까.

차유진은 씩 웃었다.

"그런데 왜 존댓말 해요? 형이 저보다 나이 어려요?"

"아."

그리고 보니 둘이 말을 놨었지. 나는 손을 내저었다.

"아무래도 자리가 자리다 보니까…! 그러면 안 될 것 같아서요. 지금 부터 놓을게!"

"OK~ 저 그거 좋아요! 편하게 해요."

차유진은 굳이 한 손을 내밀어 하이파이브까지 했다. 무슨 농구 경기라도 이긴 것 같다. 게다가 그 와중에도 입을 안 멈췄다.

"또 할 거 있어요? 다 하고 가요. 후회하면 안 좋아요!"

타이밍 고맙다.

"아, 잠시만…!"

나는 쇼핑백을 뒤져서 '차유진' 이름이 붙은 물건을 꺼냈다. 그런데… 음, 이 반짝거리는 알갱이 같은 게 달린 줄은…….

'페이스 체인이군.'

얼굴에 거는 액세서린데, 딱 까놓고 말해서 무대용이다. 무대 아닌 곳에서 걸고 다니다간, 할로윈이 아니고서야 어그로 끌기 딱 좋을 만큼 화려하단 뜻이다.

그러니까… 말이다.

'무대 아니면 차유진이 절대 안 찰 것 같은 아이템 Top 10 안에 들어갈 것 같군.'

그런 의미에선 똑똑한 선택이라고 봐야 할지도 모르겠다.

뭐, 아무려면 어떠냐. 나야 그냥 주면 그만이지. 나는 냉큼 페이스 체인을 내밀었다. 차유진은 호기심 어린 눈으로 봉투를 받아 들었으나, 곧 눈을 찡긋거리며 체인을 꺼내 들었다.

"저 이거 한 거 보고 싶어요?"

"네."

나 말고 네 팬들이.

"알았어요."

차유진이 아이템을 착용했다. 홈마들이 즐거운 비명을 지르는 게 여기까지 들리는 것 같군.

"와아악!"

아니, 실제로 들리는 중이다.

'누구라도 행복하다니 다행인가.'

팬사인회 목적을 달성 중이니 됐다…. 나는 살짝 몸을 틀어서 차유진을 노출시켰다. 녀석이 고개를 살짝 흔든다.

"잘 어울려요?"

"어, 정말 잘 어울려!"

"Umm… 알아요."

그럼 굳이 왜 물어봤냐?

차유진은 약간 심드렁하게 대답하더니, 곧 고개를 숙여 비밀 이야기하듯이 속삭인다.

"저 원래 이런 거 안 해요. 그런데 러뷰어가 주니까 한 거예요. 알죠?"

"……."

"형만 기억해요!"

'이야.'

진짜 대단한 놈이다. 한번 문 팬은 절대 안 놓치겠군.

"알았어. 꼭 기억할게!"

"Yeah~!"

차유진은 웃으며 사인시에서 펜을 뗐다. 그리고 내게 내밀었다.

드디어 팬사인회가 끝났다는 뜻이다.

'됐다.'

이 빌어먹을 사태를 넘겼다…!

"고마워!"

"제가 고마워요!"

나는 후련히 웃으면서 자리에서 일어나려고 했다.

그때였다.

"재밌었어요! 나중에 우리끼리 숙소에서 또 해봐도 되겠는데요?"

"…!"

"잘 들어가요! 또 봐요."

나는 반사적으로 손에 든 사인지를 내려다보았다. 차유진이 남긴 사인을.

녀석의 얼굴 양쪽으로… 똑같은 사인 두 개가 나란히 적혀 있었다. 다만 수신자가 달랐다.

—To. BM

—To. 류건우

고개를 들었다. 차유진이 입 모양으로 뻐끔거리며 손을 흔들었다.

'문대 형!'

절묘하게 뒤의 카메라에는 안 잡힐 것 같은 타이밍이었다. 그걸… 노린 건지 신경 안 쓰는 건지는 모르겠다만.

"……."

나는 객석으로 비틀거리며 돌아와서, 앉았다.

내 앞에서 사인을 받았던 고등학생이 마침 옆자리였다. 내게 묻는다.

"저기, 어떠셨어요?"

"…놀라웠습니다."

"그렇죠?!"

"예."

저놈을… 연기를 시켜야 하나.

차유진이 사태를 다 파악했으면서 제일 천연덕스럽게 나왔다는 것에 놀라야 하는지, 아니면 내가 저놈한테 속은 꼴이 됐다는 것에 쪽팔려야 하는지 모르겠다.

'돌겠군….'

아, 망할. 나는 눈을 질끈 감고 싶은 것을 참으며 자세나 고쳐 앉으려 했다. 그때, 쇼핑백에서 뭔가 부딪히는 진동이 전해졌다.

'음?'

남은 건 생략한 배세진의 햄스터 머리띠뿐일 텐데.

나는 그 안을 다시 들여다보았다. 놀랍게도, 쇼핑백에 햄스터 머리띠 외에 아직 남은 아이템이 있었다. 꺼내 보니… 핑크색 젤리가 달린 곰발바닥이다.

"……."

이름표가 붙어 있지만 안 봐도 누구 건지 알겠다.

[이세진]

그리고 깨달았다. 큰세진과 말싸움하느라 깜박하고 아이템을 안 줬다는 것을.

"……."

"헉, 이거 못 주신 거예요?"

"…네."

생각해 보자. 첫 팬사인회에 긴장해 선물 하나를 건너뛰었다…. 음. '충분히 일어날 수 있는 일이군.'

자연스러웠다.

"긴장해서요."

"아아~ 너무 아까우시겠어요."

"좀 그렇네요."

별로 아깝진 않지만, 아무튼 나중에 전달해 주기로 했다. 나는 쇼핑백을 다시 갈무리했다.

"여러분 시간 많이 늦었으니까 조심해서 들어가세요!"

"다음에 또 봐요~ 사랑해요!"

그리고 마지막까지 열심히 팬서비스를 하는 녀석들을 보면서, 그날의 미친 짓은 무사히 마무리되는 듯했다.

나는 자연스럽게 다른 사람들처럼 손을 흔들었다. 그러다가, 뒷자리에 있던 테스타 매니저와 눈이 마주쳤다.

"……."

"……."

자기 눈을 의심하는 것 같은 표정이다.

나는 슬그머니 시선을 피했다.

'가족이 팬일 수도 있는 거 아닙니까.'

그렇게 파란만장한 팬사인회가 끝났다.

"후우."

인파에 합류해 자연스럽게 팬사인회 현장을 떠난 직후.

[형?! 어디 가요?]

당황한 팝업이 도착했다.

'어디 가긴. 오피스텔로 돌아간다.'

바뀐 이상 서로의 일상을 그대로 살아야지.

[아, 아아… 그렇네요.]

나는 다른 녀석들에게도 말을 전해달라는 짧은 대화를 끝으로, 걸어가서 택시를 불렀다.

그리고 상태창을 다시 본 후에야 깨달았다. 잠깐.

'몸 바뀌는 게 이제 하루가 아니라 이틀이 됐지.'

그리고 48시간이면… 이게 월요일까지 이어진다는 뜻이다. 나는 그 말의 정확한 의미를 다시 한번 깨달았다.

'…류건우가 출근해야 하는군.'

아이돌 공무원 일일 체험, 당첨.

쾌창한 월요일 아침. 나는 SNS를 쭉 둘러보았다.

-2×0121 테스타 오성 큐리어스 팬사인회 박문대 (사진)

-오성 진짜 행사 개못하네 대기업 맞아? 팬싸 2시간 지연 때문에 막차 못 탈뻔 개빡침

-이번 팬싸템 무슨 일임 난리났네

-ㅠㅠㅠㅠ페이스 체인 진짜 누구신지 너무 감사합니다 제가 그쪽으로 절이라도 하고 싶은 기분

특이사항은 언뜻 보기엔 없어 보였다. 하지만 비공개 계정이나, 익명 사이트 쪽을 들어가면….

'역시.'

-마지막 남덕이 여기 팬싸템 다 가져왔다는 거 ㄹㅇ임? (사진)

-혹시 관계자냐 사생 카더라 있던데

　└섬별 사생 썰을 믿는 새끼가 아직도 있네ㅋㅋㅋ

　└모르겠고 존잘인 것 같은데 누구 찍은 사람 없어?ㅠㅠ 궁금하네ㅅㅂ 어차피 익명이자너 좀 풀어봐

말이 좀 나오긴 했다.

'이 정도는… 각오했다.'

어차피 큰달이 왔어도 똑같았을 것이다. 나는 어깨를 으쓱하며 넘겼다. 루머랑 섞여서 말 좀 나오다가 테스타 본격 컴백하면 들어갈 소리였다.

음, 다만… 이 사람은 좀.

-이분 옆자리였는데 진짜 찐팬이신 것 같았음 다른 애들 것도 다 챙겨왔는데 긴장해서 못 준 멤버도 있었엌ㅋㅋㅠㅠ 넘 귀여우시더라

이걸 하필 공개적으로 게시하셨는데, SNS에서 슬슬 공유를 타는 것 같았다.

'···신상만 털리지 말아라.'

그 사태까진 안 가겠지. 그런 도덕적 문제를 향한 SNS 이용자들의 공격성을 믿도록 하자. 나는 고개를 저으며 화면을 넘겼다.

그러자 몇 가지 문자가 뜬다.

[건우건우 형 잘 지내고 계신가요 흑흑 저녁엔 꼭 봐야 됑]

[저 배고파요 :(]

[집에 잘 들어가셨다는 연락은 받았어요. 볼 수 있을 때까지 이렇게 간혹 연락하면서 무리하지 않았으면 좋겠··· (더보기)]

류건우가 받을 법하게 슬쩍 바꿔 보낸 멤버들의 안부 메시지다. 한 놈은 뭐가 바뀐 건지 모르겠지만.

그리고 류청우의 문자까지.

[오늘의 계획 잊지 마시고요]

그래.

[당연하지]

그 답장을 끝으로 외투 주머니에 스마트폰을 넣었다. 아, 왜 외투를 입고 있냐 하면… 내가 지금 출근 버스에 타고 있기 때문이다.

그렇다. 드디어 류건우로 출근을 해본다.

[택시 타셔도 괜찮은데….]

안 된다. 웬만하면 네 하루를 그대로 재연할 생각이니까.

사실 뭘 타냐보다도 심각한 건… 내가 7급 공무원 일을 제대로 할 수 있냐지.

[걱정 마세요! 이번엔 제가 잘 말씀드릴게요!]

그래. 상황이 반대가 됐다. 오늘 낮에는 이놈이 날 조종해야 한다. 그나마 테스타가 오늘 낮에는 외부 스케줄이 없어서 다행인 상황. 그래도 하루 해봤다고, 큰달은 박문대의 연습 스케줄에는 제법 적응한 모양이다. 물론…….

[…저녁에 일어날 일이 좀 걱정되긴 하는데요. 그… 계획이요.]

"……."

그건 그때 가서 생각하도록 하자.

[예….]

지금 당장 급한 것은 네 출근이다. 나는 도착한 버스에서 하차해, 목적지인 구청으로 들어갔다.

류건우는 교통행정과였다.

"안녕하세요."

"류 주임 왔네~"

"안녕하세요, 주임님!"

바쁜 시기는 아닌지 분위기는 나쁘지 않았다. 나는 여기저기 꾸벅꾸벅 인사하며 큰달의 조언을 따라 내 자리를 찾아가서 앉았다.

'잘 부탁한다.'

[네!]

그렇게 업무가 시작되었다.

그리고 얼마 지나지 않아, 큰달이 문서 작업에 상당히 능력이 좋다는 것을 깨달았다.

'오.'

일단 분류가 깔끔하고, 내용마다 의미 없는 돌려막기도 아닌 데다가 쓸데없는 표현도 없는 것 같다. 쓴 이미지나 자료의 시인성이 좋고.

'공무원 사회야 내가 알 바가 없긴 하다만.'

못 붙으면 뒈져서 한 공부였지만 그래도 적성에 제법 맞아 보여 다행이었다.

[다음은 우선 그 즐겨찾기 사이트에 로그인부터요!]

오냐.

좀 어색하더라도 그렇게 별문제 없이 큰달과 소통하며 작업을 계속할 때였다.

"어이!"

웬 중년쯤으로 보이는 사람이 와서 칸막이에 기댄다.

"류 주임. 그거, 안내표지판 기안 다 됐어?"

흠, 월요일에 출근하자마자 듣기엔 어색한 소리 같은데.

그러나 대답을 기대한 긴 아닌지 그 사람은 류건우의 등을 툭 치고 떠났다. 이 말을 남기고.

"이번에는 제대로! 부탁해요~"

"……."

흠. 방금 그거… 긁은 것 같은데. 악의가 느껴졌다.

나는 큰달을 호출해서 해당 사람을 묘사한 후 물었다.

'혹시 상사냐?'

[아… 비슷하긴 한데요. 급수는 같으셔서….]

팝업이 약간 우물쭈물하더니, 곧 명쾌히 대답했다.

[아무튼 자주 그러시니까 신경 안 쓰셔도 괜찮아요!]

"…?"

자주… 이런다고?

'명쾌하게 할 소리가 아니지 않나.'

나는 잠시 고민하다가 문서함으로 들어가서 이 녀석이 기안한 문서들을 쭉 찾아보았다. 퇴짜 먹인 흔적이 둘 건너 하나마다 보인다. 하지만 문서를 아무리 봐도 큰달의 기안문 결재 타율이 이럴 정도가 아니었는데 말이지.

"……."

흐음.

[아, 형 설명을 들으니까 오늘은 큰일은 없는 것 같아요! 급한 것만 몇 가지 하면 괜찮을 것 같습니다!]

…오케이.

나는 일단 녀석이 말하는 대로 기안문을 작성하며, 주말 동안 넘어온 민원을 처리해 가기 시작했다. 우선 상황을 좀 볼 생각이었다.

그리고 몇 시간 후.

"저희 그 외근하러 갔다 오겠습니다. 미팅이요. 근태 좀 올려줘요~"

아까 나타났던 그놈이 사무실 한편에서 떠들기 시작했다.

"저, 그런데 원래 류 주임님이 가시기로….".

"어어, 근데 그… 경찰서장, 그 최씨 그분 오셔. 그래서 여기 이 주임이랑 가려고."

오. 나는 자리에서 고개를 돌렸다. 눈이 마주치자 놈이 손사래를 친다.

"어허~ 류 주임 쉬고 있어. 어차피 이런 거 잘 모르잖아. 이번에도 이 주임이랑 가면 돼."

"주임님…."

눈치를 보듯 류건우와 '주임님'을 돌아보던 '이 주임'이란 녀석이 결국 입을 다물었다. 짬 더 찬 놈 말을 따르겠다는 뜻이지.

"……."

"그리고 쉬다가 저기 우리 기획안 좀 봐주고. 결재는 올리지 말고. 응?"

호오.

나는 일단 녀석이 나가는 것을 군말 없이 지켜보았다. 그리고 큰딸을 호출해서 상황을 설명한 뒤, 단도직입적으로 물었다.

'이 새끼 뭐냐.'

팝업은 한숨처럼 떴다.

[아앗…. 또 그러셨구나. 근데 제가 어리기도 하고… 이 동네에 아는 사람도 별로 없는 건 맞긴 해서요.]

그래서 저 7급이, 원래 회의에 같이 가야 하는 류건우 대신 지역 유지랑 혈연이라 여기저기 안면 있다는 9급을 데리고 다닌다는 것이다.

그리고 대신 '공평하게' 다른 귀찮거나 머리 써야 하는 업무를 떠넘기고 있다고.

'……'

나는 물었다.

'혹시 기안 계속 퇴짜 먹였던 것도 저놈이냐?'

[아, 네! 그 팀장님 선에 올라가기 전에 먼저 보시거든요.]

분풀이가 섞였군. 그럼 아예 류건우를 이용해 먹는 것도 아닌 게 맞다.

'그냥 엿 먹이는 거지.'

나는 컴퓨터를 보며 팔짱을 꼈다.

"……"

그러고 보니, 이 구청에서 젊은 7급은 류건우 혼자뿐인 것 같다.

'너무 튀어서 문젠가.'

저거 지속적으로 갈구려는 시도가 눈에 보이는데 말이지.

[근데 사실 전 오히려 편해서 좋은데요. 불편한 사람들도 별로 안 만나고. 칼퇴할 수도 있고!]

저놈은 정말 진심인 것 같다.

학창 시절을 그렇게 힘들게 보낸 놈인데 이 정도야 눈 하나 깜짝 안 하고 자기 할 일 하면서 잘 지냈겠지. '저러고 싶으신가 보다~' 하면서.

하지만.

"……"

[형?]

'편한 건 좋지.'

[그렇죠??]

'근데 귀찮게 구는 새끼 없어지면 더 편하지 않겠냐.'

[…?!]

나는 '주임님'이 돌아오기를 기다리며, 팀장과 즐거운 점심시간을 보냈다.

[형, 형?!]

오후가 아주 기대된다.

불행히도 박문대에게 '주임님'이라는 호칭으로 기억된 7급. 이 사람은 류건우가 첫 발령이 났을 때를 기억했다.

―안녕하십니까!

대부분 시청 쪽으로 가서 구르는데 이놈은 대체 무슨 복이 있는 건지 빽이 있는 건지 구청으로 빠졌다. 뭐, 잘 부탁한다는 전화 한 통 없는 걸 봐선 후자가 아니라는 게 금방 드러났지만 말이다.

'저런 건 초장부터 기를 잡아놔야 돼.'

일단 만만했다. 뭐 아는 게 있어야 업무를 할 텐데 갓 시험에 붙은 초짜가 뭘 아는가.

―류 주임은 부모님이 여기 계시나? 고향이 어디야?

―어… 아뇨. 최근에 이사를 왔습니다!

이 동네에 별다른 연고도 없는 놈이라 구청에서 7급이 할 만한 사업에 도움이 되는 것도 아니다.

'그럼 고생 좀 해봐야지.'

사회생활의 쓴맛을 좀 보여줄 생각이었는데, 낯짝이 뺀질뺀질해서 고생 한 번 안 하고 자란 것 같아 가지고선 꿋꿋이 버티고 있는 척하는 게 더 열 받긴 했다.

머리에 피도 안 마른 게 시험 잘 봤다는 자부심으로 버티는 것 같아서 더 꼴 보기 싫던 것이다. 다음 발령 때쯤에 어떻게든 시청 가겠다고 울고불고하며 도망갈 줄 알았는데 말이다.

'허… 뭐 그래 봤자지.'

이미 작업은 다 끝났다. 그는 귀찮고 책임질 일 많으며 인수인계가 제대로 안 된 건은 류건우에게 다 떠넘기고 인맥과 승진에 도움이 될 건은 싹 잡아 챙겼다. 그리고 자신의 행동을 일종의 수완이자, 류건우에게도 꽤 너그러운 처사라고 생각했다.

'다른 구청 갔으면 벌써 퇴직하겠다고 난리였을 텐데 말이야.'

이 정도면 시청보다도 널널하게 일하고 있지 않은가. 어쨌든, 이제 여기서 저것이 기 펴고 사는 건 불가능할 것이다. 지금 눌러 놔야 저런 놈이 빨리 승진하는 꼴을 안 보는 것이다.

그는 정말로 그렇게 믿었다.

하지만 월요일.

"안녕하세요."

출근한 류건우를 보았을 때, 순간 당황한다.

류건우가 탐색하는 듯한 시선으로 사무실을 쭉 훑었을 때였다.

"……."

저렇게 차가운 인상이었나? 본래는 좀 유순하게까지 보이는 부드러운 표정이었는데, 어쩐지 인상이 변한 것 같았다. 일순 사람이 바뀐 것처럼 보일 정도였다.

"안녕하세요, 주임님!"

하지만 다른 사람들과 인사를 하는 류건우는 어느새 평소의 온순한 표정으로 돌아와 있었다. 자신이 일부러 찾아가 은근히 한 소리 했을 때도 마찬가지였다.

"이번에는 제대로! 부탁해요~"

"…예."

거봐라. 대꾸도 못 하지 않는가. 그는 어깨를 으쓱하고 넘어갔다.

'기분 탓이겠지.'

그러나, 여기서 낌새를 눈치챘어야 했던 것이다. 류건우가 컴퓨터로 시선을 돌리며 웃는 것을.

그날 오후. 그가 평소처럼 미팅 명목의 식사를 끝내고 오니, 묘하게 사무실 분위기가 달라졌다.

"…?"

사무실 한편에 반쯤 열린 문 너머로 인영이 보였다. 팀장이 테이블에서 류건우와 대화를 나누고 있었다.

'왜들 저래?'

한창 컴퓨터 앞에 앉아서 자판 두드리고 있어야 할 시간인데 대체 무슨 바람이 불어서 저런단 말인가. 일이 터져서 혼나는 것도 아닌 것 같았다. 분위기가 좋아 보였다.

"하하!"

그때, 연신 미소 지은 채로 단정히 이야기하던 류건우가 이쪽을 발견했다.

"…!"

그리고 팀장이 류건우에게 뭐라 뭐라 말하자, 일어나서 문가로 다가와 이쪽 일행을 불렀다.

단, 자신이 아니었다.

"이 주임님."

"넵."

9급, 서울시의회 전 의장, 현재 이 지역구 시의원의 조카인 녀석을.

"팀장님이 부르세요."

"아……."

"어, 그래요. 여기 잠시만 와서 앉아 봐."

"아, 옙!"

팀장이 손짓하자, 이 주임이 허겁지겁 자신의 뒤에서 걸어 나와서 문으로 들어갔다.

'…??'

갑작스러운 상황에 반응하지 못한 '주임님'에게, 잔잔한 미소를 짓고 있던 류건우가 고개를 돌렸다.

눈이 마주쳤다.

"……."

류건우는 잠시 자신을 응시하는 것 같았으나….

달칵. 문을 닫아버렸다.

'…저거 X발.'

기분 나쁘게 굴고 지랄이야. 괜히 찜찜해진 '주임님'은 속으로 욕지거리를 몇 번 내뱉고는 탕비실로 향했다. 이게 첫 번째 이상 현상이었다.

그리고 두 번째 이상 현상은 퇴근 두 시간 전에 목격하게 된다.

담배를 피우러 옥상으로 올라가는 길. 비상계단 옆에서 류건우와 이 주임을 본 것이다. 둘은 꽤 진지한 얼굴로 대화하고 있었다.

'하이고 지랄을 한다.'

자기들끼리 또 무슨 대단한 이야기할 게 있다고 업무 시간에 여기까지 나와서 저러고 있단 말인가. 그는 이번엔 참지 못하고, 담배를 즐긴 후 내려와서 아예 대놓고 이 주임에게 찾아가 물어봤다.

"이 주임, 무슨 대화를 그렇게 재밌게 하시나?"

이 주임이 움찔하더니, 말을 흐렸다.

"아… 그냥, 민원 관련해서 좀 도와주셔서요."

"이야, 류 주임이 도움도 주고 그래? 대단한데?"

당연하지만, 칭찬이 아니라 비웃는 의도였다. 무슨 도움을 줄 수 있냐는 식이다. 그러나 언제나처럼 소극적인 호응은 돌아오지 않았다.

"네. 류 주임님 친절하시고 좋은 분이잖아요."

"……."

어?

'이 자식… 불편한 티를 내?'

평소에는 웃거나 고분고분 밑징구치던 놈이…. 그는 순간 빈정이 상할 뻔했으나, 억지로 호탕한 미소를 지었다.

"뭐 류 주임이 저기 성격 빼면 시체지 시체. 사람은 좋아."

"네…."

이번에도 반응은 그리 좋지 않았으나, 그는 어쨌든 상대가 숙였다는 것에 만족하기로 했다.

그러나 퇴근할 때쯤, 마지막 이변이 일어났다.

"이 주임~ 한잔하고 갈까?"

그가 밥과 술을 잘 사는 좋은 상사가 되기 위해 주에 한 번씩은 꼭 하던 권유다. 그러나 이 주임은 고개를 저었다.

"음… 제가 오늘 약속이 있어서요."

"…!"

완곡하지만 거절은 거절이다. 첫 발령 후, 전혀 없던 일이었다.

"…그래?"

"네. 정말 죄송하지만 내일 뵙겠습니다. 감사합니다, 주임님."

그러고는 빠른 걸음으로 쓱쓱 사무실을 빠져나가는 것이다. 그 와중에 슬쩍 류건우를 돌아보더니 고개 인사를 하기까지!

"……."

그는 어안이 벙벙해졌으나, 어딘가 속이 서늘해졌다.

'이상한데.'

그는 정신없이 사무실을 빠져나와 엘리베이터에 탔다. 그런데 거기엔 방금까지 사무실에 있던 여자 직원 둘이 열린 엘리베이터에 먼저 타고 있었다. 뭔가 숙덕이면서.

"헐, 그렇네요."

"아, 그럼 완전…."

하지만 그와 눈이 마주친 순간, 움찔 놀라더니 자기들끼리 돌아본다. 그리고 난처한 듯 웃는 것이다.

"…??"

땡-.

그 순간, 엘리베이터가 도착했다. 둘은 얼른 문밖으로 나갔다. 굳이 질문도 듣고 싶지 않다는 듯이.

"고생하셨습니다."

"저희 들어가 볼게요~"

결국 '주임님'은 쓸쓸히 로비에 홀로 남겨졌다. 아무것도 알지 못한 채로. 감도 잡지 못하고, 소외된 채.

"……."

뭐야.

'저것들 다 왜 저래.'

분명 오전까지만 해도 지난주와 다를 게 없는 하루였는데.

이건 대체… 무슨 상황이란 말인가?!

잔업하는 사람이 없어서 텅 빈 사무실.

"그러면은 건우 씨, 잘 들어가 봐."

"넵. 감사합니다."

나는 팀장을 배웅하며 홀로 사무실에 남았다. 챙겨갈 게 있어서였다.

[형, 대체 무슨 일을… 한 거예요?]

뭐긴.

'너답게 해결했다.'

[대체 어디가요?!]

팝업이 절규한다. 오해가 있는 것 같다. 음, 이걸 제대로 설명해 주려면… 우선 이것부터인가.

나는 다짜고짜 물었다.

'너, 이 주임이라는 녀석이 왜 외부 미팅을 따라다녔다고 생각하냐.'

[어…? 그거야, 일이니까 하셨겠죠?]

그렇지. 그럼 좋아서겠냐? 절대 아니다.

'쫄아서 무조건 한 거라고.'

[…!]

첫 사회생활에서 상사한테 밉보이기 싫은 것이다.

사람 사는 게 다 똑같은데, 워라밸 때문에 공무원 온 것 같은 녀석이 외근에 회의, 접대 끌려다니는 게 좋을 리가 있겠는가. 그것도 저런 꼰대 같은 놈이랑 다니는데 불만이 안 쌓였을 리도 없다.

'자기 딴에는 잘해준다고 한 것도 짜증 났을걸.'

밥 사준다면서 저녁에 붙잡는 행위 같은 것 말이다.

'그러니까.'

[…그러니까?]

그냥… 손절 각을 만들어준 것뿐이다.

'안 쫄게 해주면 되는 거야.'

그래서 우선 가장 힘 있는 스피커부터 공략했다. 팀장.

—아, 팀장님. 그건 이 주임님이 하신 건데요…!

나는 일부러 팀장과 함께하는 점심시간에 그럴싸한 이유를 붙여다가 '이 주임'을 칭찬했다. 그리고 팀장 개인사를 살살 물어가며 대화를 쭉 끌고 가다가, 타이밍 맞춰서 이 주임을 끌어들이면… 판이 완성되는 것이다.

[무슨 판인데요….]

이 주임에게 본인의 위치를 알려주는 판. '팀장'이라는 가장 권위 있는 사람의 입을 빌리면 된다. 그쪽으로 대화를 살살 끌어가서… 본인이 지역 유지의 혈연인 게 얼마나 근무하기 유리한 조건인지 새삼스럽게 깨닫게 만드는 것이다.

그럼 이 생각이 든다.

—어? 그럼 그 주임 새끼한테 좀 뻗대도 됐나?

원래는 한 일 년은 더 근무해야 들 생각을 미리 당겨오는 거지. 물론 여기서 끝나면 이 생각을 정말 실행에 옮기기까지 시일이 좀 소요될 것이다. 그러니 등을 떠밀어주기 위한 마지막은….

'명분을 주는 거지.'

[…명분이요?]

어. 저놈이 군이 널 괴롭혔다는 걸 한 번 환기시켜 준 거다.

—저, 류 주임님. 감사합니다. 좋게 말해주셔서….

—에이, 아뇨. 사실인데요! 그리고… 피차 고생하는 마당에 그 정도

야 뭘요.

─…….

─저희 힘내요. 이 시기만 지나면 괜찮을 거예요.

자기가 좋은 일을 한다는 확신. 사람이 은근히 그게 중요하더라고. 시원하게 정의 구현하는 맛까지 더해지니 이제 거칠 게 없어진 것이지. 나는 고개를 끄덕였다.

게다가 일 벌어졌을 때 사무실 사람들 반응을 봐라. 이 뒤집힌 판국도 재밌어하는 사람들이 많은 건, 그만큼 평소 류건우가 제법 인상이 좋았다는 뜻이다.

'네가 착하게 살아서 가능한 일이다.'

[……]

음, 인성을 칭찬한 건데 좀 더 기뻐해도 좋지 않나?

'아무튼, 이제 다음부터는 저 '이 주임'이라는 녀석 데리고 회의에 가도 전처럼 완전히 협조적으로 안 나올걸.'

자기가 얼마나 유용한지 알았으니까. 이미 반감도 있고, 싫으면 싫은 티도 내고, 그러다가 뭐… 삐걱거리는 거지. 저 '주임님'이 개빡칠 때까지 말이다.

하지만 이제 와서 류건우 데려가겠다고 말 바꾸긴 너무 멀리 왔으니… 얼마 안 가서 그놈도 이 구청에서 인맥 관리하긴 텄다는 현실을 받아들일 수밖에 없다.

[그러면…]

나는 어깨를 으쓱했다.

"뭐… 다음 발령을 노리지 않을까."

'그럼 그놈은 가고, 너는 여기서 계속 칼퇴근할 수 있는 거지.'

해피 엔딩이다.

[어허허허…….]

음, 다시 생각해도 굉장히 온화한 해결책이었다.

이렇게 온순하게 남을 칭찬만 하면서 처리할 수 있을 줄이야. 누가 봐도 큰달의 평소 행동과 비슷하지 않은가.

[네?]

그런데도 아무도 손해 본 사람 없고, 모두가 행복했다. 과연. 나는 짧게 감탄했다.

'너처럼 사는 것도 꽤 괜찮은 방법 같다.'

[…예. 감사합니다…….]

별말씀을. 나는 상쾌한 기분으로 내부망 시스템을 종료했다. 이걸로 공무원 삶 체험은 충분한 것 같군.

'너는 저녁 스케줄 준비 괜찮게 돌아가고 있냐.'

이제 다시 내가 박문대를 조종하는 턴이 돌아오고 있으니까.

[앗… 넵! 준비 끝났어요.]

'좋아.'

지금부터 나도 출발한다.

[…예!]

나는 출근하자마자 개인 캐비닛에 넣어둔 짐을 꺼냈다. 묵직한 가방 무게가 손을 눌렀다.

'이것도 진짜 오랜만인데.'

나는 그것을 등에 걸친 채로, 사무실을 나섰다. 그리고 목적지를 향해 나아가기 시작했다. 바로… 잠실 실내체육관으로.

"와아아악!!"

"으아아!!"

비명과 불빛이 난무한다. 클럽이나 전쟁터는 아니다. 그 정도로 자리 경쟁이 살벌했긴 했지만.

'후.'

나는 자리에 앉았다.

주로 1월 후반에 열리는, 공신력 있는 시상식 중에 가장 마지막쯤 시상식, 바로 〈사이차트 뮤직 어워즈〉다. 그리고 바로 이 시상식에서 테스타가 컴백할 예정이다.

'지금 몸이 바뀌었는데 무대 어쩌냐고?'

다행히 자정 너머까지 시상식이 이어진다. 테스타는 가장 마지막 직전에야 무대를 하니 그 시간 전에는 몸이 바뀔 것이다. 그때까지 큰달이 자연스럽게 가수석에서 상 받으며 버틸 수 있냐가 좀 문제긴 하지만.

'그 와중에 류건우도 할 일이 있고.'

이놈의 퇴근 후 계획 말이다.

"…흠."

나는 가방을 열고, 준비한 것을 꺼내 들었다. 검은 사각형의 물체. 바로 카메라다. 그리고… 백통. 긴 원통형 렌즈를 장착하고 나면, 준비가 완료된다.

'스펙이 괜찮은데.'

얼마 주고 산 건지 궁금해지지만 굳이 묻지 않기로 했다. 아무튼… 그렇다. 오늘 류건우의 퇴근 계획이 바로 이것이었다.

음원차트 시상식에서, 테스타를 한번 카메라로 찍어보기.

―전에 형이 찍은 영상들 올려주시던 게 생각나서… 저도 한번 해보려고 사봤어요! 그런데 솔직히 그렇게 잘 찍진 못하더라고요…….

본인은 그렇게 말하더라고. 솔직히 별로 추천해 주고 싶은 취미는 아니다만, 본인 관심사를 찾아가는 과정에서 한번 건드려 보는 정도야 괜찮은 취미다.

…사람 찍기.

나는 초점을 맞추고 카메라를 들었다. 오랜만인데도 구도는 자연스럽게 나왔다.

[그럼 사이차트 뮤직 어워즈, 올해의 가수들을 만나보시겠습니다!]

MC들의 소개와 시상식이 시작되었다. 그리고 오프닝 VCR이 돌아가는 가운데, 관객석에서 다시 환호와 응원봉 불빛이 터진다. 물론 가수석에서도 박수가 나오고 있고.

'이 타이밍에는 여길 찍는 게 국룰이지.'

나는 체크 겸, 시야를 당겨서 테이블을 찾았다. 테스타가… 그렇지,

"찾았다."

나는 의자에 나란히 앉아서 웃고 있는 일곱 녀석을 뷰파인더로 보았다. 특히 박문대를.

'음… 상태 괜찮군.'

간헐적으로 손을 떠는 것을 담요 아래로 감춘 건 훌륭한 선택이었다. 나는 고개를 끄덕였다.

찰칵.

반사적으로 주변 멤버까지 몇 장 찍자 손에 잘 붙는 감촉이 느껴졌다. 괜찮은 샷을 건진 것 같다.

'흠.'

이거 어쩐지 좀 재밌는데. 나는 다시 카메라를 돌렸다. 무대 시작 전까지 시간이 좀 있었다.

'다른 놈들도 좀 찍어볼까.'

어디 보자, 우선 테스타 바로 옆자리에 앉은 것은….

"……"

청려다.

시상식에서 청려를 보는 거야 새삼스러운 일도 아니다. VTIC이든 테스타든 데뷔 후 시상식에서 안 부를 성적을 낸 적은 없기 때문이다.

그러나 이 위치에서 본 것은 대단히 오랜만이긴 했다. 그러니까, 내가 카메라 들고 관객석에서 놈을 찍는 구도에서 말이지.

'…흠.'

청려는 정장을 입고 있었다. 여전히 단가가 좋을 것 같은 느낌이 드는 놈이다. 수십 년간 저 자리에 있었으니 당연한 기세일 수도 있고.

'이젠 팔아먹을 것도 아니긴 하다만.'

나는 습관적으로 몇 장을 남겼다. 그때였다.

"…!"

청려가 시선을 돌렸다. 그리고 천천히 손을 들어 올렸다.

"……."

가벼운 손 인사.

다만 방향이 공교롭게도 내가 있는 위치 부근의 관객석인 것이다. 뷰파인더 너머로 눈이 마주친 것 같은 착각이 들 정도.

'…설마.'

……눈치챘나? 아니지. 아무리 저 새끼라도 힌트도 없는 상황에 상식적으로 말이 되냐.

'혹시 저놈한테 남아 있을 GM 기능으로 뭘 볼 수 있는 건….'

그 순간, 눈앞에 팝업이 떴다.

[형! 오셨어요?]

큰달이다.

"…! 그래."

입을 열어 대답하는 바람에 옆자리에서 시선이 느껴지는 것을 무시하며, 나는 속으로 다시 대꾸했다.

'혹시 옆에 앉은 VTIC이 따로 말 걸진 않았냐.'

[어… 아니요? 따로 말을 거시거나 하진 않아서요. …제, 제가 말을 걸어볼까요?]

'아니.'

그냥 피해라.

[휴.]

안도의 한숨까지 내쉴 거면서 뭘 물어봤단 말인가. 나는 고개를 저으며 대답했다.

'그런 건 신경 쓸 필요 없고. 그냥 얌전히 잘 앉아 있기만 하면 괜찮아.'

라디오 때와 달리 멘트가 있는 것도 아니니 역할은 하나뿐이다. 멋지게 앉아 있기.

[그렇죠?]

그럼. 아, 맞다.

'다른 가수들 무대 할 때는 꼭 집중하고.'

하품하거나 인상 찌푸리는 순간 위튜브가 그걸로 도배될 수도 있기 때문이다.

'한두 번 정도 긴장 풀려서 하는 건 어쩔 수 없더라도…'

[…절대로 긴장을 풀지 않겠습니다!]

그럴 것까지 없다고 말해주고 싶지만, 사실 가장 좋은 방법이긴 하군. 응원이나 하도록 하자. 나는 눈에서 떼어놓았던 카메라를 들어서 다시 가수석으로 돌렸다.

청려는 이미 도로 무대를 향해 시선을 돌린 후였다.

'착각이었나.'

나는 짧게 혀를 차고 테스타나 몇 장 더 찍었다. 큰달이 들어간 박문대도 마찬가지다. 기합이 빡 들어간 놈은 제법… 그럴싸해 보였다. 저게 날 따라 한 거라니.

'…이런 느낌인가.'

나는 말없이 셔터를 계속 눌렀다.

내가 직접 테스타 박문대를 찍는 것은, 좀 이상한 느낌이었다.

"저기요, 죄송한데 손 좀."

"예."

그 와중에 옆자리 사람과 팔이 몇 번 부딪혔다. 상당히 저돌적으로 찍는 사람이군. 나는 어깨를 돌리며 내게 말을 건 그쪽을 힐끗 확인했다. 찍는 각도가 비슷한 걸 보니, 이 사람도 테스타를 찍는……

"…!!"

…게 맞군.

아는 얼굴이다. 문제는 류건우로도 아는 얼굴이라는 점이었다.

'…류서진.'

옆자리에 앉은 건 대학 때 같은 사진 동아리였던 선배다.

〈아주사〉 류서린 작가의 동생. 그러니까… 나랑 큰세진을 찍는 홈마 말이다.

'조명 쓰레기네.'

류서진은 투덜거리며 카메라를 세팅했다. 주변에서는 자신과 비슷한 카메라를 든 사람들이 즐비했다. 이 위치가 딱 사진이 잘 나오기 때문일 것이다.

'게다가 이 시상식이 카메라 든 관객 군이 안 잡아서 찍기도 편하니까.'

찍는 사람들이 대놓고 몰렸으며 그건 자신의 옆자리도 마찬가지였다. 검은 마스크를 쓴, 골격이 좋은 남성이 카메라를 들고 있었다. 다만 옷차림이 검은 정장이라는 게 좀 이상하긴 했다. 누가 봐도 건실하고 말쑥한, '일하는' 차림이다.

'관계자인가.'

그렇다기엔 목에 건 출입증이 없긴 한데, 주머니에 챙겼을 수도 있으니까. 몇 살인지 나이를 보면 더 확실히 짐작할 수 있겠지만….

'아무렴 어때.'

아이돌 얼굴 찍기도 바쁜 판에 옆자리 남성 면상이야 어떻게 생겼든 그녀 알 바가 아니었다. 류서진은 다시 카메라에 시선을 고정했다.

'이 자식들 싸웠나.'

묘하게 거리감이 있어 보여 이세진과 박문대의 괜찮은 투 샷을 건지기는 어려워 보이겠다고 생각하면서.

그리고, 곧 무대가 시작되었다.

[올해의 핫 퍼포먼스상, 스페이서입니다.]

몇 팀이나 되는 가수, 그룹이 무대에 줄줄 오른다. 작년 한 해 활동한 수백, 수천 팀의 그룹 중에서 겨우 스무 팀 내외만 이곳에 오는데도, 그 안에서도 서열과 위치가 갈렸다.

'교환 수량은 맞춰야 해.'

다른 자리의 타 가수 홈마들과 데이터를 교환하기로 한 그녀는 꽤 공을 들여서 몇 팀을 찍었다. 하지만 관심 없는 팀까지 찍어줄 의리도 체력도 없었다. 막 퇴근한 직장인이니까.

'이쯤 할까.'

게다가 마침 가수석에서 테스타도 잠시 자리를 비웠기에, 그녀는 어깨를 주무르며 잠깐 카메라를 내렸다.

그리고 순간 보았다. 찰칵. 옆자리의 정장 남성의 현란한 카메라를.

'…저건.'

자… 잘 찍는다. 카메라 움직이는 것만 봐도 알 수 있다. 안정적인 받침, 유려한 움직임, 그리고 능수능란한 조작까지. 게다가 카메라 각도로 봤을 때…….

'…제일 잘 팔릴 애들만 찍잖아?'

단순히 인기가 많은 멤버를 찍은 게 아니다. 데이터의 수요와 공급선에서 수요가 치솟아서 공급이 부족한, 절묘한 시기의 녀석들만 찾아다가 찍고 있다.

가령 미리내의 박민하 같은 멤버 말이다. 그쪽은 최근 개인으로 출연한 예능에서 대중보다 라이트 팬층에게 어필하며 팬덤 인기가 순간 상승했다. 아니면 무대를 워낙 잘해서 수요가 꾸준히 넘치는 멤버, 순 그런 아이돌만 노리고 있었다.

'뭐야.'

이 판을 완전히 꿰고 있지 않고서야 불가능한 행동이었다.

'저거 관계자야, 데이터팔이야?'

현직 1군 아이돌인데 전직 데이터팔이다.

ㄱ 사실을 짐작도 할 리 없는 트윈 홈마는 그냥 내심 혀를 차며 아쉬워했을 뿐이다.

'반대편에 앉았으면 좋았을 텐데.'

자신이 찍은 것과 각도가 거의 똑같아서 굳이 저 데이터를 살 필요가 없었다. 뭐, 애초에 저 방식이면 테스타 중에서는 차유진이나 찍었으려나.

그녀는 무심코 생각하며 자신의 데이터나 다시 점검하려다가, 갑자기 깨달았다.

'…?'

이 옆자리 정장 남성은… 묘하게 사진 찍는 습관이 눈에 익었다.

자신과 닮았다.

'흐음.'

다시 한번 찬찬히 보았다. 정확히 말하자면, 자신만 가진 것이 아니었다. 동아리 사람들끼리 공유하는 팁, 자세 같은 것들이 언뜻언뜻 보였다.

'그러고 보니, 어쩐지 체격도 좀 낮이 익은 것 같기도…'

결국 그녀가 류건우의 얼굴을 유심히 확인하려던 순간이었다.

"헐, 영린!"

한 목소리가 뒷자리에서 외쳤다. 워낙 유명한 가수의 이름에 그녀도 반사적으로 무대로 고개를 돌렸다. 정말로 영린이 무대 위로 올라오고 있었다.

'벌써?'

연차로 보나 성적으로 보나 좀 더 이후에 나와야 할 텐데. 유출된 큐시트에도 테스타 이후였던가?

하지만 자세히 보니, 영린이 나타난 것은 자신의 후배들 무대 도중이었다. 일종의 깜짝 피처링 무대였던 것이다.

'오.'

영린은 깔끔하게 퍼포먼스 대형에 맞춰 들어갔다. 솔로로 워낙 성공하긴 했지만, 영린이 원래 그룹의 일원이었다는 게 다시금 느껴지는 무대였다.

'후배들이 밀리네.'

후배를 밀어주려는 의도였다면 소속사의 실패였다. 류서진이 냉철히 평가를 내릴 때였다.

영린이 이쪽을 보고 제스처를 날렸다.

"아아악!"

"영린아!!"

서라운드로 귀가 터질 듯이 주변이 소란스러워졌다. 각자 자신과 눈이 마주쳤다고 생각한 것 같았다. 보통 이런 경우는 '영린 님이 날 보셨어!' 유의 착각이지만….

'음?'

류서진은 인상을 살짝 찌푸렸다.

자신을 봤다고 생각한 것은 아니었다.

'영린이… 지금 내 옆자리 데이터팔이를 보지 않았나?'

[감사합니다!]

나는 무대 위에서 수상하는 테스타를 몇 컷 더 찍었다. 버릇처럼 하고 있지만, 큰달의 태도를 한 번 더 체크해 주려는 의도도 있다.

'괜찮네.'

나는 양호 판정을 내리면서도 굳이 카메라를 얼굴에서 떼어놓지는 않았다. 사실 이 짓을 계속하는 다른 이유가 하나 더 있기 때문이다.

'…얼굴 가리기.'

혹시라도 류서진이 날 알아볼 경우를 대비해서 말이다. 뭐, 마스크도 쓰고 있는 데다가 몇 년 만이니, 사실 확률은 거의 없다고 생각하지만.

'몸 바꾸기 전까지는 좀 더 조심할까.'

나는 신중하게 카메라로 온갖 아이돌들이나 찍기로 했다. 자연스럽게 데이터팔이 시절 버릇대로 머리에서 자동으로 단가 순위가 갱신되는데, 여자 아이돌 최고순위 중 하나가 조금 일찍 등장했다.

'영린.'

내게 한 학기 등록금을 벌게 해준, 첫 대박 직캠의 주인공 말이다. 그걸로 무명이던 영린도 떴었던가.

'비 오는 날 찍었던 직캠이었지.'

나는 별생각 없이 계속 뷰파인더 너머를 응시했다.

그때였다. 영린이 내 카메라를 손으로 지목한 것은.

"……!"

나는 잠깐 카메라를 든 채로 굳었다. 착각이 아니라면….

'설마 기억하는 건가?'

그럴 리가.

그게 벌써 10년쯤 지난 일이었다. 아직까지 기억하고 있을 리가 없을뿐더러, 기억한다고 해도 대체 무슨 수로 이 순간 바로 알아봤다는 말인가.

'하지만…….'

영린은 마지막 엔딩 직전, 방송 카메라에 자신이 잡히지 않자 또 시선을 돌렸다.

-Remember me

아이컨택. 그리고 손 모양.

아는 손동작이었다. 당시 내가 찍었던 그 빗물 직캠에 찍혔던 곡의, 시그니처 제스처.

이건… 착각일 수가 없었다.

"……."

-와아아아!!

환호와 함께 무대는 끝났다. 영린의 시선도 조명과 함께 사라졌다.

그러나… 기분이 이상했다.

'어떻게 기억하는 거지.'

당시에 나는 팬도 아니었다. 이후에도 행사에서 영린을 몇 번 찍을 때가 있었지만, 저쪽이 저런 적은 없었다. 기가 막히게 카메라 아이컨택이 잘된 직캠이 유독 잘 나오는 건 자리 선정 문제인 줄 알았는데.

어쩌면….

'…인상에 남았나.'

자신이 뜬 세기를 만든 직캠을 찍은, 카메라를 들고 있던 관객을 말이다. 전이라면 헛소리라고 생각했겠지만 이제는 알았다. 가능성이 있다는 것을.

'같은 일을 하고 있으니까.'

무대에서 관객석을 바라볼 때, 자신의 직캠을 찾아볼 때, 사람들의 반응을 살펴볼 때의 그 감각을 말이다. 그리고 몇 년 만에 돌아온 직캠의 카메라를 본다면 어떤 기분이 들지도.

"……."

나는 카메라를 내렸다.

그리고 화면 상단에 표기된 시간을 보았다.

-PM 11:21

'아.'

이제 시간이 됐다.

나는 느리게 숨을 쉬며, 카운트 다운을 했다.

3.

2.

1.

그 순간.

깜빡.

"…후."

나는 눈을 감았다 떴다.

시야가 변했다. 소리도.

−와아아아!

아까처럼 바로 옆이 아닌, 조금 더 떨어진 자리에서 울리는 환성.

나는 스피커 옆 가수석에 앉아 있었다. 그리고.

"딱 맞춰서 왔어."

내 어깨를 두드리는 손이 있었다. 류청우다. 고개를 들자, 다른 녀석들도 시간을 체크하고 있었는지 단번에 눈치챈 기색이다.

"…! 문대 형."

"괜찮아?"

당연하지.

나는 적당한 선에서 어색하지 않게 주변을 둘러보며 고개를 끄덕였다. 멤버들은 씩 웃거나 물을 건네는 등으로 최대한 티 나지 않게 인사를 했다. 가수석만 아니었으면 더 요란을 떨었겠지.

'그리고 이걸로 이제 몸 바뀌는 건 끝인지부터 물어봤을 거고.'

사실 나도 궁금하다만….

"……."

나는 팝업을 보지 않고 우선 껐다. 무대에 영향을 줄 요소는 일단 차단한다.

'저쪽도 마찬가지.'

고개를 돌리면 이까 전 청려가 앉아 있던 VTIC의 자리가 바로 옆이었다. 하지만 그 자리는 이미 비어 있었다. 그놈도 무대를 준비하기 위해 일어난 탓이다.

'그래.'

차라리 잘 됐다. 지금 가장 급한 것은 하나다.

이제 슬슬 시간이 됐기 때문이다.

[올해의 가수상 / 앨범 - 2분기]

[축하합니다.]

[테스타 / Savior(지키미)]

몇 분 후.

나는 무대 위로 올라가기 위해 백스테이지로 향했다. 그토록 기다렸던 컴백 스테이지가 눈앞이었다.

"저기 잠시만요."

"예, 예?"

"아, 맞네. 류건우."

"…??"

"오랜만이다. 너 이거 아직도 하는구나."

'…형!!'

…참고로, 큰달이 관객석에서 이런 일을 겪고 있다는 것은 상상도 못 한 채였다.

큰달은 현재 예상치 못한 극한 상황에 처해 있었다. 몸만 원래대로 다시 돌아오면 안심할 수 있을 줄 알았는데, 복병이 나타난 것이다.

"오랜만이다."

갑자기 아는 척하는 옆자리 사람이라니. 대체 이게 무슨 상황인지 누구에게라도 SOS를 보내고 싶을 만큼 식은땀이 줄줄 흐르는 상황이다. 심지어 이 카메라를 들고 무대 앞 관객석에서 도망칠 수도 없다.

"그런데 데이터팔이가 취직한 후에 투잡으로 하기엔 좀 힘들 텐데."

"……."

"뭐, 너도 알겠지만."

'모르겠는데요…!'

대화 맥락을 모르겠다! 전혀 모르겠다!

아마도 류건우의 예전 지인 같은데 확신할 수가 없었다.

'그… 데이터 파시는 분인가? 그때 인맥이신가?'

하지만 박문대를 호출할 수는 없었다. 이제 곧 테스타의 무대였다. 이런 솔로 첫 컴백 무대를 방해할 수는 없었다. 그래서 스스로 되뇌었다.

'내가… 건우 형이라면!'

이 상황에서 어떻게 했을 것인가! 그는 목숨 걸린 시험 이후로 이렇게 순간 판단력을 써본 적이 없을 만큼 머리를 굴렸다.

'…최대한 말을 아끼자!'

그리고 침착하게 대답했다.

"…돈 받고 팔려고 하는 건 아니고요. 이제는 그냥 취미입니다."

"그래?"

적절한 것 같다! 다행히 상대도 그렇게 생각했는지 더 이상 신상 관련 질문이 나오지 않았다.

'…넘겼다!'

큰달이 안도의 한숨을 쉬었으나, 사실 옆자리 류서진은 내심 '애가 좀 순해졌네.' 따위의 생각을 하고 있었다. 역시 주머니 잔고에서 여유가 나온다고 생각하며, 그녀는 또 물었다.

"아, 너 테스타도 찍어?"

"…예."

"누구 주로 찍는데."

"문대요."

이건 한 점 부끄러움 없이 대답할 수 있었다.

곧 그는… 옆 사람이 고개를 끄덕이는 것을 보게 된다.

"여전히 단가 안목이 좋네."

"……"

예사롭지 않은 어휘 선택이었다. 큰달은 거의 확신했다.

'저분 데이터 파시는구나!'

그리고 류서진도 결론을 내렸다.

'여전히 데이터를 팔긴 하는구나.'

절묘한 착각이었다.

그때였다.

[…지금 만나보시겠습니다!]

MC의 멘트가 끝났다. 그 순간, 약속이라도 한 듯이 둘이 반응했다.
'아, 시작한다.'
서로가 서로를 데이터팔이라고 오해한 테스타 팬 두 사람은 나란히
무대를 향해 시선을 돌렸다. 시상용 하얀 조명이 꺼진 무대 위로, 드디
어 전주가 흐른다.
'Savior다!'
큰달은 두근거리며 카메라를 잡았다. 맨눈으로 보다가, 몇 컷만 건
질 생각으로.

—달칵.

무대 위 푸르고 붉은 조명이 들어왔다. 그리고 어느새 중앙에서 대
형을 갖춘 테스타에게 내리꽂혔다. 의상은 도포에서 영감을 얻은 화려
한 코트다.
'으흐흡.'
저걸 코앞에서 미리 봤다는 게 믿기지 않았다.

—저기 애타게 부르는 소리
들어, 뛰어드는 내 발소리

이제는 외울 듯이 익숙한 도입부, 박문대가 거대한 무대를 큰 보폭으로 치고 나와 찌르듯 곡을 시작한다.

−가장 먼저 나타난
선두!

현장에서 듣는 고음의 짜릿함.
'와⋯.'
큰달은 심장이 찌릿해질 것 같은 기분으로 무대를 쳐다보았다.
이번 〈Savior〉는 좀 더 레트로한 락에 가깝게 편곡되어 묘하게 근대적인 느낌이 났다. 밴드 사운드와 오케스트라 사운드가 교차하는 지점이 원초적으로 사람을 두근거리게 만들었다.
'래빈 씨는 정말 천재인가 봐⋯.'
아이스크림 일을 계기로 나름 김래빈과 안면을 트고 관련 대화를 했던 큰달이 침을 삼켰다.

−That's ma savior!
긴장은 버리고 즐겨
승리의 밤!

폭주하듯이 달려 새로운 댄스 브레이크까지 선보인 〈Savior〉는 시상식다운 화려한 리믹스로 마무리되었다.

"와아아아악!!"

귀가 터질 것 같은 환호에 큰달도 벅차올랐지만 카메라를 흔들 수는 없었기에 참았다.

'형이 응원봉을 안 챙겨오셨어…!'

그러나 아쉬움도 잠시였다. 무대 위에서 불빛이 바뀌며, 다시 음악이 흐른다.

가벼운 간주.

"흡."

…신곡이다. 큰달은 눈을 부릅떴다.

－짝짝짝－ 짝짝!

무대에서는 어느새 대형에서 빠져나와 한구석에 앉아 있는 금발의 차유진 위로 스포트라이트가 꽂혔다. 머리를 반쯤 포마드로 넘긴 그는 제법 감명받았다는 표정으로 막 〈Savior〉 무대를 마친 나머지 멤버들을 쳐다보며 박수하고 있었다.

그러자 멤버들이 한숨을 쉬며 대형을 푼다.

"…?"

기지개를 켜거나 가볍게 스트레칭을 하는 멤버들 사이로 배세진이 클립보드판을 들고 지시하는 듯한 동작을 하며 돌아다니기 시작했다. 경청하는 자세로 고개를 끄덕이는 선아현부터 귀찮다는 듯이 인상을 찌푸리는 김래빈까지 다양한 반응이 카메라에 잡혔다.

'연기?'

뮤지컬이나 연극적인 구성이었다. 그리고, 경쾌한 호루라기 소리.

―Phrrreeeeeee!

순간, 무대 위 모든 멤버가 움직임을 멈추고 관객석을 돌아보았다. 그리고 전광판에 미국 코믹스에서나 볼 법한 강렬한 대문자가 뜬다.

[PRACTICE IS OVER!!]

학교 종소리 같은 효과음이 깔렸다. 그 사이로 신나는 리프 멜로디와 드럼비트가 치고 들어왔다. 테스타는 홀가분한 표정으로 코트를 집어 던지며 무대 앞으로 뛰어나왔다.
마치 놀러 나가듯이.
'헙.'
그리고 코트를 벗은 안쪽으로 보이는 것은… 80년대 미국 하이틴스러운 의상들. 각자 맡은 역할이라도 있는 건지 니트부터 청바지까지 구성과 액세서리들이 조금씩 달랐다.
어느새 별무늬 점퍼까지 주워서 걸친 차유진이 건들거리며 합류하더니, 센터에서 정식 대형을 갖춘다.
"……후우."
마지막으로 전광판 하단에 뜨는 자막.

[테스타 - 포즈 (POSE)]

기계음 섞인 미디 사운드가 템포 사이마다 다양한 높낮이로 물방울 튕기듯이 뛴다.

그리고 테스타도 스텝을 튕기듯 대형을 바꾼다.

-Make a pose
네가 원하는 걸로
각자의 개성을 찾아

멋을 부리는 듯한 차유진의 중저음 다음으로, 유사한 벌스 멜로디가 박문대의 긁는 고음으로 이어진다.

-(Make a pose!)
때론 과감한 것도
괜찮을지도 몰라

템포가 오른다.

무대 위에서 돌아가는 미러볼. 그 화려한 불빛 사이로 딱딱 맞아 들어가는 가볍고 빠른, 복잡한 스텝. 그리고 그와 달리 손가락과 팔 전체를 써서 '따라 힐 수 있을 것 같은', 눈에 딱 들어오는 상체 동작들까지.

-춤추는 불꽃처럼 터지는
Melting hot summer night

이 밤을 질주해 끝날 것처럼

테스타는 완전히 색채와 빛과 어린 치기의 상징처럼 무대 위에서 번 뜩였다.

곡은 끝없이 위로 치솟을 듯 디스코의 현란한 스텝을 따라 경쾌히 달려 나갔다. 그리고 프리코러스가 지나는 순간, 멜로디가 귀에 착 붙는 단조로 변하며 베이스가 드랍됐다.

-Drrrrrrrr-!

엔진소리. 그리고 힙합에 가까운 코러스가 절묘하게 현대적인 구성으로 레트로한 소리를 묶었다.

후렴구, 발을 차올리듯 스텝을 밟으며 앞으로 치고 나온 김래빈이 톡톡 튀기듯 랩을 한다. 이모(EMO)나 고스족 같은 검은 패션이 분위기를 더 잡았다.

-천천히 천천히
가까이 다가가
움직일 수 없도록 Grab this moment

묵직한 락 베이스 위로 춤추듯 엇박의 전자음이 날아다녔다. 재킷을 벗어 던진 차유진이 라틴 댄스 같은 스텝을 밟으며 대형을 바꿨다.

─In the pose!

지나친 건 신경 쓰지 마

지금만 생각해 come in now

가장 캐치한 멜로디를 쓴 그 부분은 누가 들어도 후렴이었다.

─In the pose!

오늘을 너무 아끼지 마

지금이 중요해 Right now

(yes) Right now!

그리고 다시 노래 없이 리프 멜로디가 질주하는 구간.

머리를 넘긴 이세진이 씩 웃으며 나와 류청우와 하이파이브를 하는 것 같더니, 센터에서 솔로 댄스를 했다. 그건….

'앗.'

정말로 데뷔곡 〈하이파이브〉의 동작이었다!

그렇다. 테스타는 자신들이 번갈아 가며 애드립을 넣을 수 있는 간주 구간을 아예 퍼포먼스에 따로 떼어둔 것이다. 그리고 멤버들이 이세진의 동작을 폭소하듯 즐겁게, 하지만 능숙하게 따라 하며 자연스럽게 다음 동작으로 이어졌다.

─Yes, I'll remember

지금 너의 moment

느리게 빠르게 더 자유롭게

밝은 청바지에 짧은 청재킷을 걸친 박문대가 무릎으로 미끄러지듯 움직이는 안무와 함께 센터로 나오며, 마지막 소절을 부른다.

-So hold on- and pose!

펑!

폭죽이 터진다. 전광판으로 불꽃놀이처럼 LED가 빛난다.

마지막까지 안무는 경쾌하며 깔끔했다. 그리고 힘이 넘쳐흘렀다. 당연하게도, 조건반사처럼 찢어질 것 같은 함성이 관객석에 터져 나왔다.

"와아아아아!!!"

"아악!"

파티 같은 곡이었다. 사람들이 대중적인 남자 아이돌에게 기대할 법한 모든 요소를 다 갖춘.

날리는 꽃 가루가 미래를 예견하는 것 같았다.

'…진짜 좋다!'

큰달은 새삼스럽게 감동을 받았다. 그래서 한 박자 늦게 깨달았다. 옆자리의 사람은 미친 듯이 카메라로 연사를 갈기고 있었고, 자신은 손에 멍하니 카메라를 들고 있다는 것을.

'아아 맞다 사진!'

지금이라도 찍어야겠다! 그가 카메라를 눈가로 허겁지겁 들어 올렸을 때였다.

[큰달.]

어어?

큰달은 반사적으로 고개를 들었다.

팝업이 담담히 빛나고 있었다.

[보여주고 싶은 게 있는데.]

문대 형이었다. ……지금 저 무대 위에 있는!

'됐다.'

컴백은 성공적으로… 한 것 같다.

나는 엔딩포즈 그대로, 무대에 무릎을 댄 채 앉아 있다. 다른 놈들
도 마찬가지다.

"후욱."

숨이 차올랐으나, 누구 하나 여기서 헉헉대는 놈은 없을 것이다. 시
상식이 아무리 시간에 쫓기더라도 오늘의 헤드라이너나 다름없는 그룹
의 엔딩 샷에 줄 몇 초는 있었다. 그리고 그 엔딩 샷 직후에 무대 불이
꺼진 후에도 몇 초까지.

내가 큰달에게 팝업을 보낸 건 그사이 어디쯤의 절묘한 타이밍이었다.

[어, 저한테 보여주실 게 있는 건가요?]

그래. 나는 심호흡을 하며 읊조렸다.

'시야 공유 좀 해볼래.'

팝업은 의아해하는 듯 흔들렸지만, 곧 내 말대로 감각에 접속한 것 같았다.

그리고.

[…와!]

드디어 내 시야를 본 것 같았다.

'이건….'

스탠딩을 포함해 2만에 가까운 불빛이 온 사방에서 출렁거리고 있었다.

장엄하다고 해야 할지, 압도적이라고 해야 할지. 거의 자연이 주는 경외감에 가까운 풍경이다. 불이 꺼진 무대 위에서 보는 시야는 더 환하게 번뜩였다. 흡사 한밤중에 망망대해에서 쏟아지는 별 속에 있는 느낌일 것이다.

'내가 이런 비유를 들 줄이야.'

나는 실소했고, 큰달은 좀 흥분한 것 같았다.

[진짜 멋지네요! 와! 근데 저게 다 사람이라고 생각하니까 좀 무섭기도 하고… 아무튼 감사합니다! 이런 건 처음이에요!]

그래. 그리고 나는 해야 할 말을 했다.

'고맙다.'

[…!]

[왜, 왜요? 어… 오늘 연기를 잘해서?]

그거라기보다는….

'네 덕분에 본 풍경이니까.'

[…??]

나는 어깨를 살짝 두드리는 손에 자리에서 일어나며, 다시 무대를 응시했다. 그리고 새삼스럽게 깨달은 사실을 복기했다.

'영린은 나를 왜 기억하는가.'

여러 가지 이유가 있겠지. 본인의 프로다운 성품이나, 당시엔 무명이어서 카메라가 별로 없었기 때문도 있었을 것이다.

'하지만…'

굳이 따지자면, 아마 그 직캠이 주는 의미가 컸을 것이라 생각한다.

'아이돌로 성공할 기회.'

그 기회를 밀어준 사람에 대한 인상과 감정.

그런 의미에서, 이 녀석은 사실 내가 아이돌로 이 풍경을 볼 기회를 밀어준 가장 직접적인 후원자이다. 내가 이렇게 될 것이라고 상상도 못했던 그 시절부터의.

나는 천천히 말했다.

'너는 내가 가진 것 중에 내가 못 이룰 건 없었다고 말했지만… 사실 아니지.'

난 죽으려고 했으니까.

저놈이 내 생존을 원하지 않았다면, 그리고 끈질기게 상태창으로 남아서까지 내가 아이돌 미션을 통과할 수 있도록 지원하지 않았다면 보지 못했을 풍경이었다.

'그러니까, 이건 한번 보여주고 싶었는데.'

[……]

'네가 준 풍경이라는 걸.'

이 녀석에게 무대를 시킬 순 없지만, 이 정도는 같이 좀 봐도 되지 않나 싶어서 말이다.

[……]

팝업은 몇 초간 아무런 글자도 띄우지 못했다. 그러나 나는 어쩐지 그 녀석이 관객석에서 작게 고개를 끄덕였을 것이라는 생각이 들었다.

"문대야, 내려가야지."

"네."

나는 고개를 돌려 관객석을 뒤로하고 무대에서 내려가기 시작했다.

큰달의 팝업은 그 후에야 다시 떴다.

[엄청 행복해요.]

나는 피식 웃었다.

모든 것이 다 올바르게 돌아갈 것 같은, 그런 기분이 들었다.

그래서였을 것이다. 무대에서 내려오자마자 모니터링도 전에 이것부터 확인한 것은.

'…미션 실패 팝업.'

그리고 결과는….

'박문대 (1 / 2)', '류건우 (2 /2)'

[목표 대상 '박문대 (1 / 2)' 상실]

[목표 대상 '류건우 (2 / 2)' 상실]

[해제]

성공했다.

[미션 실패 시나리오 완료]

승리 : Player 박문대(류건우)

보상 : ■■■의 파편 2 (2/4)

나는 손을 움켜쥐었다.

'좋아.'

그러나, 팝업 위로 새로운 팝업이 떠올랐다.

내가 확인하기만을 기다렸다는 듯이.

[■■■의 파편 2/4]

[조건 충족!]

[■■■ 형성 중]

"…!"

…형성?

나는 순간, 대단히 불길한 예측 하나를 떠올렸다. ■■■는 정황상 어딜 보나 내가 시스템이라고 부르는 그것 같았다. …그렇다면.

'설마 이대로 시스템이 다시 생겨나는 건…'

그래서 이 새끼가 다시 활개 치고 다닐 수 있도록 내가 정성스럽게 도왔다는, 그런 개같은 결과로 끝난다고?

'X발.'

설마. 나는 발을 멈췄다.

"박문대?"

"형 아파요??"

잠깐.

나는 심호흡하며 팝업을 응시했다. 어떻게 되는지 제대로 확인을 해야 했다.

그러나, 그것은…… 전혀 예상하지 못한 문구로 바뀌며 끝났다.

[■■■(ver. Beta) 귀속 완료!]
[소유자 : Player 박문대(류건우)]

"……"

'소유?'

시스템이… 내 거라고?

같은 시각. 인터넷의 한 주식 종목토론방.

[마지막 탈출기회]

티원 엔터

2월 중 대형 악재 터집니다 지금 다 파세요

-테스타 컴백 대박 예정 아닙니까

-세력 붙나

-나가 뒤지십쇼ㅋㅋ

글은 몇 개의 추천을 받은 뒤 그 이상의 비추천을 받으며 별 논란 없이 쓸려 나갔다. 그러나 얼마 후, 그것이 캡처본이 성지순례로 온 사이트를 돌아다닐 것이라곤 아무도 예상치 못했다.

…태풍의 징조였다.

"저, 문대야…! 우리, 이제 내리는데."

"아."

나는 선아현을 따라 밴에서 내렸다.

시스템에 대해 얼토당토않은 팝업이 뜬 지 벌써 며칠이 지났다. 하지만 아직도 아무 문제는 없다. 테스타는 밥 먹다 머리 박고 잘 정도로 바쁜 컴백 스케줄을 잘 소화하고 있고, 반응도 좋다.

"문대문대 괜찮지?"

"어, 문제없다."

아, 미션 실패가 끝난 것도 당일에 이 녀석들에게 다 공유했다. 갑자기 멤버 하나가 무대 하다가 몸 바뀌어서 졸도할 일이 없어졌으니 한결 편하게 활동 시작했지.

그리고… 그 과정에서 시스템 파편 두 개 모았다고 팝업으로 떴던 거 말이다. 이거.

[■■■(ver. Beta) 귀속 완료!]
[소유자 : Player 박문대(류건우)]

이 이해 안 되는 개소리도 정리되었다.
'상태창.'
이렇게 내 상태창에.

[아이템 : ■■■(ver. Beta)]

그렇다. 지금 하단에 아이템 항목으로 표기가 추가된 상태다.

그리고 사실 이것도 원래 없었는데 큰달이 상태창을 조작해서 항목을 추가한 것에 불과하다. 나는 당시 녀석과 나누었던 대화를 떠올렸다.

―으흐흡?!

'시스템 컴백 가능성' 소식에 기겁하던 녀석은 곧 '그러나 반응이 없다, 죽은 것 같다'라는 내 요약설명에 침착함을 되찾았다. 그리고 상태창으로 서치 결과.

―어… 무슨 아이템 같은데요?
―…??

놀랍게도 정말로 내게 이 파편이 '귀속'되었다는 것이다.

나한테 시스템이 들러붙은 게 아니라, 내가 가진 것이다. 내 소유물이란 뜻이다.

─시스템은 맞냐.

─음… 그런 느낌이긴 한데요. 그렇게 강력하고 불길한 느낌은 안 드는 것 같아요! 아, 보실 수 있게 표기해 볼게요!

그리고 상태창에 아이템으로 추가되었다는 거지.

자연스럽게 이런 생각이 들었다.

'…아이템이면, 사용이 가능하나?'

이 발상으로 한번 클릭도 해봤는데….

['아이템 : ■ ■ ■(ver. Beta)' 사용]

[대상 : _____]

이 팝업이 뜨는 순간 껐다. 큰달도 비명을 질렀다.

'미쳤냐.'

대상 지정 뜨는 걸 보면 빼도 박도 못하고 시스템 맞는 것 같지 않나. 그걸 누구한테 사용한단 말인가. 앞으로도 이건 영구 봉인이다.

'처박아두자.'

나는 아이템 팝업을 없앤 뒤, 스케줄을 체크하는 녀석들 사이에서 다시 모니터링을 시작했다.

"매니저님, 저희 그룹이 오늘 Tnet의 신작 예능 출연하지 않았습니까?"

"아, 그건 방송 쪽 문제로 연기됐다고 해서 기업 행사로 바뀌었습니다."

"알겠습니다!"

어차피 그 신작 예능은 T1에서 하도 밀어서 어쩔 수 없이 딜 보느라 나간 거니 큰 상관 없었다. 다른 예능 출연에 대한 피드백이나 무대 관련 반응을 확인할 생각이었다.

그런데 이 인기 글을 보았다.

[현재 난리 난 사이차트 찍덕 사진]

"……."

나는 반사적으로 글을 클릭했다.

그리고 보았다. 내가 며칠 전 시상식에서 찍은 사진들을.

갑자기 나타난 익명 계정이 말도 없이 사진만 왕창 풀어놓고 감

그런데 너무 잘 찍었다... (사진)

전공자인지 경력직인지 홈만지 썰 분분한데 아무튼 케이팝 잡덕 타임라인 축제 분위기

(링크) (링크) (링크)

'왜 이게 화제가 됐냐.'

…며칠 전에 아이템 이야기를 끝내고 큰달이 허락을 받으려고 하긴 했다.

─혹시 팬분들에게 형이 찍으신 사진들 공유해도 괜찮을까요? 싫으시면 당연히 안 할게요!

굳이 막을 건 없을 것 같았다. 솔직히 말하자면, 냉정히 봤을 때 오랜만에 찍어서 전보다 잘 나온 것 같지도 않았고 사이차트에서 카메라 들고 있던 게 한둘도 아니니까.

게다가 어차피 저 녀석이 산 카메라 아닌가. 마음대로 해도 상관없었다.

─익명이면 괜찮을 것 같다.
─네!!

그게 어제 일이었다.
그리고 현재… 이런 결과로 돌아왔다.

─미친 이분 귀환했네
─이 사람이 ㄱ 영러 직캠러임?
─대박ㅋㅋㅋㅋ
─취준하셨나
─미친 박문대 빵실 컷ㅠㅠ 합니다 압도적 감사

"……."

일단… 큰달이 올린 방식이 말이다.

보통 데이터를 팔진 않더라도 타 가수와 교환하거나, 해당 가수 팬 커뮤니티에 따로따로 올린다. 한 계정에 자기가 찍은 모든 가수 사진을 왕창 다 올리는 경우는 거의 없다는 것이다. 그것도 한마디 말도 소개도 없이 태그만 걸어서 우수수.

물론 큰달은 이렇게 생각했겠지.

─좋아, 익명 계정을 파서 한꺼번에 올려야지!

…그러니 이 효율적, 상식적인 행동이 본의 아니게 아이돌판에서는 어그로를 끈 것이다. 결국 큰달이 푼 영린 컷과 사이차트 영린의 직캠이 비교된 끝에 결국 이 말까지 나오게 됐고.

-헐 이 사람 그 직캠 찍은 사람인가봐 영린 레전드 직캠!
-대박… 영린이 알아본 건가ㅜㅜㅜㅜㅜ

그리고 '데뷔 초의 그 직캠러'를 기억하는 영린에 대한 미담과 흥미 글이 인터넷 인기 글을 점령 중이었다. 그러다 보니 역으로 계정이 더 관심을 받게 되고… 졸지에 화제의 계정이 된 것이다.

-이 사람 테스타 잡은 듯 사진량 무슨 일임ㅋㅋㅋㅋㅋㅋㅋㅋㅋ

└그러게요 멤버 다 찍으신 것 같은데 와우

"……."

그게 보이냐? 나는 다시 내 사진을 살펴보았다. 아무리 봐도 별 차이는 못 느끼겠는데.

'너무 많이 찍었나.'

큰달 상태를 체크하는 김에 테스타를 유독 많이 찍은 게 원인인 것 같았다.

물론 테스타 말만 나온 건 아니다.

-청려도 개잘찍었네 근데 청려 무대 컷은 왜 없지 너무 아쉽다ㅠㅠㅠ

-당연히 가지고 있지 않을까 안 찍었을 리 없는데 보정 중인 거면 좋겠다 테스타 무대 컷 청려 무대 컷ㅠㅠㅠㅠ

없다. 그놈 무대할 때 나도 백스테이지에 있었기 때문이다.

'…잘하긴 했지.'

나는 본인의 솔로 무대 전에 대놓고 VTIC 곡을 인트로로 써먹은 청려의 무대를 떠올렸다. VTIC 곡을 절묘하게 끊어서 혼자서도 꽉 차게 소화하던데, 그건 사실상 선언이다.

'내가 완전체급으로 솔로 컴백하겠다는 거지.'

올해도 이 판이 만만치 않을 것 같다. 그래도 테스타가 이번 컴백 시동을 잘 걸었으니 기세에서 밀릴 건 없지.

'이대로 가자.'

아무튼, 그렇게 사진에 대한 반응을 포괄적으로 확인한 후 당사자에게 적당히 전달해 주었다.

큰달은 기겁했다.

[허어억 당장 계정 삭제할게요…!]

…그렇게까지?

'아니, 괜찮다.'

그게 더 눈에 띈다. 그냥 해프닝으로 넘어가게 두자.

'더 올리지만 않으면 괜찮아.'

[넵…]

사람들 관심사는 금방 옮겨가니까 이것도 한순간일 것이다.

나는 새삼스럽게 반응들을 한 번 더 살폈다. 아직 내가 데이터팔이라는 사실과 비판이 대놓고 안 나오는 게 신기하긴 했다. 이전에 위튜브에 안 팔린 직캠을 올리는 계정을 따로 개설해 뒀던 덕에 그쪽으로 관심이 쏠린 덕인 것 같았다.

-민하 존예… 감사합니다 리본 민하는 세계제일

-희승이로 예술하시네 ㄱㅅㄱㅅ

어쨌든 희한한 기분이긴 했다.

원래는 돈 되는 놈들은 다 팔아버렸으니까. 언제나 내 사진이 공개되는 건 사 간 홈마의 셀렉과 보정을 거친 뒤였다. 그래서 이런 직접적인 반응은 처음이다.

'…나쁜 기분은 아니군.'

마지막으로 'gun4321'이라는 아이디가 붙은 큰달의 계정을 살펴본 뒤, 다른 특이사항은 없는 것을 확인한 후에야 탐색을 끝내려고 했던 순간이었다.

"무, 문대야. 그거 혹시 나야…?"

"…!"

고개를 돌리자, 선아현이 왠지 기대에 찬 표정을 짓고 있다. 뭐냐.

"그, 문대가 찍은 거지?"

어떻게 알았냐.

"어, 몸 바뀌었을 때."

"그렇구나…! 아, 문대가 보정하는 거, 봤어."

"……."

그러고 보니 거실에서 노트북으로 했었군. 보려면 누구든 볼 수 있는 환경이었다. 그리고 선아현의 말도 대기실 어그로를 끌었다.

"헉, 대박~ 이거 문대문대가 찍은 거야? 인터넷에 올렸어?"

"저 멋져요! 이거 저랑 청우 형이에요!"

"…박문대 너, 사진 진짜 잘 찍네."

멤버 놈들이 자기도 보겠다면서 여기저기서 끼어들어서는 스마트폰을 넘긴다.

'아니 너희는 폰이 없냐.'

누가 보면 내 스마트폰이 그룹 공용인 줄 알겠다.

김래빈이 눈을 빛냈다.

"취미 생활용으로 따로 작업물을 업로드하시다니… 마치 이전에 저희 편곡 삭업물을 올렸던 '별의별곡' 계정과 같은 상황이군요!"

그래. 이게 나라는 걸 절대 들킬 일이 없다는 점에서는 차이가 있지만 말이다. 물리적으로 내가 날 찍는 건 불가능하니까.

'…? 그러고 보니 올린 것도 내가 아닌데.'

하지만 그런 말을 할 것도 없이, 사진으로 한바탕 놀던 녀석들이 또 떠들기 시작했다.

"우리 이번 활동 끝날 때 또 여행 리얼리티 찍을까? 거기서 문대가 사진을 찍어도 재밌겠어. 서로 취미를 바꿔보기도 하고."

"오 좋죠! 다 같이 놀러 가도 좋고, 테마파크 같은 곳에서 알바하는 컨셉도 재밌을 것 같은데요~"

"Great! 저 그거 해보고 싶어요!"

고등학생 컨셉으로 컴백했더니 정말 고등학교처럼 떠들게 된 건가. 그래도 이 쉬는 시간 없는 강행군에도 피곤으로 찌든 분위기가 아닌 건… 좋긴 하군.

"문대 형은 어떻게 생각하십니까?"

"…테마파크 알바 괜찮지."

"오, 역시 문대가 프로야~"

나는 피식 웃고, 고개를 저으며 스마트폰을 돌려받았다.

'음, 앞으로도 가끔 찍을까.'

뭐, 리프레시하기 좋은 사건이었다.

그리고 그날 스케줄도 별문제 없이 끝났다. 간만에 6시간 이상 잘 수 있는 날이라 다들 기분 좋게 숙소로 퇴근했다.

"내일은 7시 반에 나가면 되네."

"오 좋다."

동의한다.

나도 재빨리 씻고 옷을 갈아입은 뒤, 기꺼이 자러 들어갔다. 그리고 얼마나 시간이 지났을까.

"…문대!"

음.

"박문대…!"

알람은 안 울렸는데.

"잠깐 일어나 봐! 이 기사가…!!"

기사.

그 순간 피 식듯이 잠이 가셨다.

나는 당장 눈을 떴다. 눈앞에는 얼굴이 허옇게 질린 배세진이 어둠 속에서 스마트폰을 들고 있었다. 이 녀석이 왜 이 방에… 아니, 이게 아니지.

"무슨 기사요."

"이거."

배세진은 당장 자신의 스마트폰을 내밀었다. 반사적으로 현재 시각이 눈에 들어왔다.

'…새벽 6시.'

아직 내 알람이 울리기까지 20분 전. 그리고 간밤에 터진 일이 정리되어 메인에 올라오기 딱 좋은 시간대이기도 하다.

'뭐지.'

나는 당장 기사 타이틀부터 읽었다.

[(속보) 검찰, T1 Ent 대표 구속영장 신청]

"···!"

"우리 기사는 아니긴 한데··· 회사가, 보통 일이 아닌 것 같아서."

소속사에 시달려 봤던 배세진은 기사를 보자마자 이상한 느낌이라도 받은 모양이었다.

"아무래도··· 이런 건 네가 제일 잘 다루니까."

"······."

"···미안, 깨워서."

"아뇨."

잘 깨웠다. 나는 당장 스마트폰을 받아서 기사를 읽었다.

'제발 횡령이어야 한다.'

대표 혼자 돈 때문에 개X랄한 거여야 우리랑 연관 없는 최상의 시나리오다. 그러나 안타깝게도··· 아니었다.

-정치자금법 위반으로 구속된 이 대표(58)는······.

"······."

정치?

그래. 배세진도 내용을 보고 바로 행동한 걸 테니까, 당연한 일일지도 모르겠다.

'X발.'

더 자세히 읽어보았다. T1 Ent의 대표는 무슨 국회의원 공천 약속을 받고 무슨 당에 돈을 때려 넣은 모양이었다. 그리고 대표뿐만 아니라 비슷한 혐의로 몇 명이 구속….

"……"

"넌… 어떻게 생각해?"

잠깐.

"잠시만요."

나는 기사에서 몇 가지 키워드를 거르고 날짜 설정을 다시 했다.

'최신 3개월.'

그리고 기준을… T1 Ent가 아니라, 'T1' 전체로. 즉시 인기순으로 정렬해서 기사를 훑기 시작했다.

[T1식품 수입식품안전법 위반, 식약처 '시정명령']

[Tnet <보이스 오브 유> 방송통신심의위원회 경고]

[T1러닝택배 외 3사 항만유통 담합, 과징금 50억]

…….

며칠 간격으로 온갖 기소와 벌금 기사가 쏟아졌다. 심지어 여럿이 목록에 올라도 특히 'T1'에 강조점이 찍히듯 타이틀에 붙어서 말이다. 아무리 대기업이라도 이상할 수준의 텀.

"……"

나는 빠르게 화면을 넘겼다. 배세진이 이를 악물었다.

"T1 자체에 문제가 생긴 거지?"

"…그렇다고도 볼 수 있긴 한데요."

솔직히 까놓고 말하자.

Tnet이 사업 키우면서 개짓거리한 게 하루이틀 일도 아니고, 지금까지 다 대기업답게 자본과 인맥으로 무마해 가면서 잘만 왔다. 그런데 최근 몇 달 사이에 갑자기 기삿감이 폭증한다?

"T1은 원래 이랬고, 갑자기 '잡는 쪽'이 깐깐해진 것 같지 않나요."

"……!"

배세진이 침을 삼켰다.

"그렇다면….'

"예."

나는 음울히 중얼거렸다.

"형, 올해 대통령 선거 있는 거 아시죠."

"……."

이건… 정치권이랑 엮인 것이다.

X발.

'T1이 찍혔어.'

뭘로 찍힌 건지는 모르겠다만, 어쨌든 X된 모양이다. 그리고 그중에 본보기로 잡힌 것이… 엔터 계열.

'최신으로 올수록 엔터 사업 관련 이야기가 많아.'

천천히 두 달의 기록을 다 훑어본 뒤, 가장 자주 눈에 띄는 항목을 찾아냈다.

[Tnet <비마이걸스> 부당계약 소송]

[T1의 甲질... <비마이걸스> 출연진 눈물]

[티원스 스튜디오, <다정한 결말> 심의 난항 "표현이 저질스러워"]

'Tnet.'

그러니까 방송국부터 제작 스튜디오까지, T1 Ent. 아마 대중적 이미지가 가장 중요한 사업 파트라 파급력이 가장 좋으니까 이쪽으로 찌르는 것 같았다.

그렇다면 여기서 기업은 어떻게 대처하겠는가. 당장 어떻게든 살을 내줘야 하는 상황이라면….

'…꼬리 자르기를 해야지.'

어떻게든 가장 문제 많은 파트 중 하나를 손절하고 납죽 엎드리든 센 척하든 노선을 정하지 않겠는가. 하지만 엔터 사업에서 방송사를 포기하는 건 미친 짓이다. 어떻게든 방송사는 가져가고, 대신 자를 꼬리를 고를 텐데… 뭘 버리겠는가.

'뻔해.'

방송국만 잡고 있다면 얼마든지 대체할 수 있다는 자신감이 있고 그나마 얼굴마담 간판인 녀석들은 곧 재계약 시즌인 사업.

바로… 산하 연예 기획사.

"…애들 다 깨우죠."

T1엔터가 자회사로 둔 각종 소속사들이다.

그리고 며칠 후, 테스타가 소속된 기획사 T1 Stars의 이사진이 구속되었다.

모든 일은 낌새를 눈치채지 못한 사람에게는 너무 갑작스럽게 진행되었다. 어쩔 수 없었다.

-티원이 그렇지 뭐ㅋㅋ

T1에게 시정조치가 떨어지고 Tnet이 방통위로부터 경고를 받아도, 애초부터 깨끗한 이미지의 기업은 아니었기에 다들 혀를 차고 지나갔을 뿐이다. 굳이 테스타와 연관 짓는 어그로도 잘 먹히지 않는, 그냥 'T1이 또 T1했네'의 감상만 좀 더 자주 나왔을 그 시기.

[T1 Stars 이사진 3인 주가조작 혐의 구속... "T1의 민낯"]

어느 날 갑자기 뉴스 헤드라인에 이 기사가 뜬 것이다. 테스타 소속사 이사진이 대문짝만하게 걸렸다.

-????
-티원 미친 새끼들아
-테스타랑 연관 있음?
-아 ㅅㅂ 또 지랄이네

처음에는 팬들도 평범한 악재라고 생각했다. 그냥 소속사 욕 좀 먹고, 그 소속 가수들로 끌리는 어그로 좀 감당해야 하는, 그런 수준의 일. '쟤들도 조금 있으면 이사진 갈고 모르는 척 또 비비고 넘어가겠지.' 그러나… 계속 기사가 떴다.

[<주가조작 논란> T1은 왜 대형 엔터테인먼트사를 만들었을까]
[T1의 혐의점... 검찰 "본사와의 유착 관계 정황 포착해"]

소속사는 침묵했다. T1도 대응 기사를 제대로 내지 않는다.
이쯤 되니 문외한인 팬들도 눈치챘다. …불길한 예감을.

-얘네 팩스도 꺼놓고 전화도 안 받음
-이거 일이 어떻게 돌아가는 거지
-지금 티원 정확히 무슨 상황인 거야?

태풍 속 눈처럼 고요하고 불안한 상황.
야심 차게 나온 테스타의 컴백 일정은 2주간의 음악방송을 간신히
마치는 것으로 잠정 종료되었다. 기존에 잡아두거나 공개한 스케줄은
전부 소화했지만, 추가 스케줄이 거의 없는 것이다. 세간에 공개하지
않은 스케줄도 분명 있었을 텐데 그걸 다 취소한 수준.
이쯤에서 골수팬들은 대부분 알아차렸다.
'회사가 간판인 테스타를 케어할 여력이 없을 정도로 비상이다.'라
는 것을.

-셤별 공계도 덥앱도 안 오네
-아 개빡친다ㅅㅂ 이번에 컨셉도 좋고 곡도 쓸데없는 씹덕질 안 해서 음원
차트 성적도 천상곈데 활동을 못 해

-이사진 다 죽어

-어차피 테스타는 직계 아니고 레이블 소속이니까 관계없지 않음? 선만 잘 긋고 가면 될 것 같은데 애들 문제도 아니고

이런저런 이야기가 나왔으나, 침묵의 시간이 길어질수록 점점 상황이 심각할 가능성만 늘어갔다.

그리고 어느 날. 뜬금없이 이 기사가 떴다.

[Tnet <비마이걸즈> 공정성 의혹, 관계자 증언 사실일까? 검찰 "말씀드릴 것 아직 없다."]

바로 Tnet의 최신 흥행 서바이벌에 대한 묘한 뉘앙스를 담고 있는 기사였다.

-헐

-미친 비마걸 주작임?

-출연진 다 사전 섭외래 일반인용 오디션은 구색 맞추기용...

-PD랑 작가들 SNS 싹 다 비공개됨 와

사람들은 신선한 새 논란에 그쪽으로 입을 틀었다.

Tnet은 점점 커지는 의혹과 기사를 손 쓸 새 없이 정면으로 맞게 되었다. 그들은 신규 런칭하려던 프로그램 몇 가지를 취소하고, 공격적으로 뻗어 나가던 '글로벌 케이팝' 사업도 슬그머니 줄였다. 그 와중에

테스타의 소속사 이야기는 어느새 지나간 사건이 되어 팬들도 약간은 안심할 찰나였다.

폭격 같은 압박과 터지기 일보 직전인 방송국 문제에, 결국 T1 Ent는 결단을 내렸다.

[T1 Ent 자회사 독립 추진, 홀로서기 시작하는 기획사들]

아무런 예고도 없이 또 발표가 났다.

바로 T1 Ent의 자회사인 연예 기획사들의 독립! 테스타, 미리내, 스페이서 등이 소속된 티원 스타즈도 예외는 아니었다.

-미친 티원스타즈 독립?

-하도 티원 지랄 나니까 그냥 다같이 말 맞춰서 독립하기로 했나 보네

-와 자회사가 먼저 손절각 보게 하냐 티원 수준 오졌고ㅋㅋㅋㅋㅋ

기사의 뉘앙스가 묘하게 '자회사들의 적극적 추진'에 초점을 둔 데다가, 하도 T1 Ent가 최근 바람 잘 날이 없다 보니 대중들은 그렇게 이해해 버렸다.

자회사의 티원 탈주! 엑소더스!

물론 조금 더 깊게 생각한 사람들은 'T1이 자회사들 쪽이라도 살리려고 겉으로만 손절하는 척하나?'까지의 예리한 감상도 주고받긴 했지만… 거기까지였다.

중요한 건 이 소식을 접한 사람 대부분이 자회사 쪽이 이걸 기꺼워

할 거라 판단했다는 점이다.

-테스타는 어차피 레이블이고 워낙 1군이라 괜찮음 애들이 자체 프로듀싱하니까 퀄리티 낮아질 일도 없고ㅋㅋ
-오히려 좋아
-차라리 잘됐다 이사진도 싹 갈린 거지?ㅠㅠ 소속 돌들도 더 맘 편히 활동할 듯

팬덤 분위기도 전반적으로 그렇게 긍정적으로 보려는 기색이 강했다. 특히 테스타 쪽은 더더욱.

이미 뜰 대로 떴지 않은가.

만일 제대로 자리 잡지 못한 그룹이었다면 불안했겠지만, 이제 테스타는 티원의 후광이 필요하지 않았다. 아니, 오히려 사사건건 끼워서 팔려고 드는 티원이 지긋지긋할 뿐이었다. 더 엮여서 〈아주사〉가 조작이니 뭐니 하는 개소리 어그로까지 듣느니 지금이 헤어질 타이밍일지도 몰랐다.

그래, 우린 아쉬울 게 없다!

-오르빗 레이블 독립 가즈아~

어차피 돌이킬 수 없는 일, 관여할 수 없는 일이었다. 그렇다면 분위기 단속이라도 하자. 팬들은 의심하는 의견들을 빠르게 입막음하면서 일부러도 좋은 쪽으로 여론을 몰아갔다.

희망찬 테스타의 활동을 꿈꾸며!

'X 됐다.'

나는 이를 악물었다. 옆에서 큰세진이 웃음기 없는 표정으로 기사를 넘기고 있었다.

"여기 버린 거지?"

"버렸지."

T1이 엔터 자회사를 손절했다. 정치권에 보내는 '나한테 이 정도로 피해를 줬으니 제발 봐줘' 사인, 항복과 협상 신호다. 그리고 그 말뜻은… 이제 이 자회사는 끈 떨어진 연 신세라는 뜻이다.

'한번 손절했는데 밀어줄 리가 없지.'

손절한 후에 더 잘되는 꼴이 보기 싫어서라도 그럴 것이다. 이제 이 회사가 T1 쪽 플랫폼에서 이득 보는 건 끝이다.

류청우가 난처한 듯 눈썹을 찡그리며 턱을 문질렀다.

"우리 다음 주에 재계약 협상 들어가는데."

"몇 달 전에는 긍정적으로 대화를 나누긴 했습니다만…."

"안 돼."

"안 돼!"

평소에 더럽게 안 맞던 동명이인이 동시에 말하더니 서로를 쳐다봤다. 참고로 나도 완전히 동의한다.

'튀어야 한다.'

이 가라앉는 배에 같이 타고 있다가는 무슨 꼴을 당할지 뻔했다. 이미 T1 라인이라는 꼬리표가 붙어서 다른 라인 타기도 어려운데, T1한테 손절 당한 기획사?

'끝장이다.'

우리가 아무리 이름값이 좋아도 활동 제대로 못 하면 오래 못 간다.

"절대 여기랑 재계약하면 안 됩니다."

"…!"

누가 재계약하겠다고 말하면 사흘 밤낮 동안 잠 안 자고 설득을 할 마음도 충분했다. 아니, 마침 그럴 시간도 충분했다. 어차피 지금 스케줄도 다 나가리된 판이니까. 레이블 직원들부터 매니저까지 전부 회사랑 잘 연락이 안 되거든, X발.

나는 손에 잡고 있던 스마트폰을 박살 낼 듯이 꽉 쥐었다. 마음 여린 한두 녀석들이 당황해서 주춤거리다가 고개를 끄덕였다.

"으, 으응…."

"하지만… 그렇다면 다 함께 다른 기획사와 계약해야 하는 것 아닙니까? 그러기에 적합한 기획사를 지금부터 찾아봐야 합니까?"

맞다. 그게 문제다. 시간이 촉박할뿐더러 테스타가 기존에 해오던 대로 활동하도록 조율이 가능한 소속사가 있을지도 의문이다.

'투어 뺑뺑이 돌리면서 캐시카우로 전락 안 할 곳을 찾아야 해.'

기껏 괜찮은 사람들 골라다가 겨우 레이블 만들어놨더니 이 인력을 통째로 두고 가게 생긴 판에도 할 말이 많지만… 가장 문제점은 역시 이거다.

"그리고… 테스타라는 그룹명을 못 쓸 가능성이 좀 높지."

"…!"

"아아, 아… 그, 그렇구나."

테스타는 〈아이돌 주식회사〉로부터 만들어진 그룹명이고 이 소속사에서 관련 상표권을 꽉 잡고 있다.

'이게 밥줄인 걸 회사 놈들도 알아.'

관행적으로든, 경제적으로든, 감정적으로든, 절대 쉽게 놓아주지 않을 것이다.

"……."

당연하지만, 침묵 속에서 분위기가 약간 어두워졌다. 5년을 꽉 채우도록 쓴 그룹명에 애착이 안 생길 수 없다.

그러나 그 와중에도 차유진은 어깨를 으쓱했다.

"이름 바꿔도 테스타는 테스타예요. 저는 좋아요. 우리가 멋진 이름 새로 만들기 가능해요! A fresh new start!"

"오오."

패기 넘치는 말에 멤버 몇이 고개를 끄덕인다. 김래빈도 동의했다.

"그 면은 확실한 장점인 것 같습니다. 과연, 차유진의 말도 맞을 때가 있는데 그때가 지금인 것 같습니다!"

"제 말 언제나 맞아요! 김래빈이 저 틀렸다고 착각해요. 그래서 김래빈이 틀려요."

"…?? …! 철회하겠습니다! 차유진의 말은 이번만 맞습니다!"

"하하!"

한결같은 두 놈 덕에 분위기가 좀 풀렸다. 데뷔 전부터 별별 일을 다 겪어본 놈들답게 이번에도 멘탈 관리는 기가 막히게 시작한 것이다.

나는 피식 웃었다. 큰세진이 박수를 쳤다.

"그렇지~ 우리 유진이가 멋진 영어 약자 지어주면 되겠네!"

"Yeap~ 저 아이디어 많아요!"

"오오~"

큰세진이 웃으며 호응했다. 그러나 사실, 저 자식도 아까 그룹명 이야기에 쓴웃음 짓는 걸 봤다.

그것도 어쩔 수 없는 것이다.

'그래. 웬만하면….'

웬만하면, 이 그룹명을 가지고 가고 싶다.

이건 이미 하나의 상징이었다. 브랜드 밸류는 쉽게 다시 쌓을 수 있는 게 아니고, 이름이 바뀌는 순간 느낌까지 바뀌는 경우도 한두 번이 아니다.

'이미지 장사하는 판에서 제법 큰 리스크라고.'

…머리를 좀 더 빡세게 굴려봐야겠다. 나는 경우의 수를 따지며 손을 주물렀다.

"우선 회사 의심부터 피하죠."

그리고 각자 할 일이 배정되기 시작했다.

일단, 류청우는 회사가 간신히 잡은 재계약 회의에서 그룹 대표로서 적당한 수위로 계획된 말을 했다.

"음, 저희 조금만 더 이야기한 후에 계약서 다시 작성해도 괜찮을까요? 지금 워낙 소란스럽기도 하고요."

일부러 애매하게 의사 표현을 하며 시간을 좀 벌었다. 저쪽이 하도 본사가 난리라 우리가 겁먹은 줄 오해하도록 말이다.

―재계약하긴 할 건데, 조금만 시간을 줘.

이 기조로 가자. 류청우가 워낙 믿음직한 이미지라 잘 먹혔다.

그렇게 벌어놓은 여유시간을 짜내서, 혹시 모를 상황을 위해 변호사를 선임하는 것은 배세진이 제법 잘해줬다. 이제 컨택이 올 만한 다른 회사를 좀 본격적으로 확인… 해야 하는데.

이게 말이다.

'…원래는 상대가 직접 오는 게 그림이 맞지.'

핫한 FA 매물이 시장에 나왔을 때 본인이 직접 영업하는 거 봤냐. 우리가 숙이고 들어가는 순간 계약 조건 나빠지는 지름길이다. 게다가 회사 찾겠다고 설치고 다니다가 지금 소속사에 걸리면 괜히 구설수 생길 수도 있고.

다만… 테스타가 재계약 시즌인데도 찾아오는 놈들이 거의 없다.

'다른 회사 컨택이 없어.'

문제는 테스타가 재계약할 게 업계에서도 어느 정도 소문이 났다는 점이다. 사실 레이블 만들 때부터 거의 확정 사실처럼 취급을 받고 있으니, 굳이 테스타와 접촉하려는 회사는 거의 없다.

'있어도 어중이떠중이.'

한번 걸리면 대박이라는 식의 녀석들뿐이지.

그런데 아무리 급해도 이전에 배세진이 있던 드림K급 소속사를 갈 수는 없지 않은가. 배세진이 불을 뿜을 것처럼 컨택 간 보던 톡을 삭제하던 게 떠오르는군.

결국 거실에 뻗은 놈들끼리 이런 말까지 나올 판이었다.

"아~ 그냥 우리가 회사를 세울까?"

"그것도, 차라리, 괜찮을 것 같아…."

선아현이 한숨을 쉬었다. 드문 광경이었다.

"그냥 레이블에 계신 분들과 같이 독립하는 건 불가능할까… 이름만 바꿔서 해보고 싶어지는데."

"불가능할 것 같습니다…."

"그래…."

김래빈의 말에 류청우가 침음했다. 이것도 드문 광경이었다.

'다들 지쳤군.'

나도 한숨을 참으며 스마트폰을 들었다. 그래, 정 컨택이 없다면 별수 없다. 일이 이렇게 됐으니 괜찮은 곳을 슬쩍 찔러서 반응을 캐볼 준비를….

'흠.'

그런데, 스마트폰에 문자가 와 있었다.

광고도 안부도 스토커도 아니었다.

그건… 축하 문자였다.

[VTIC 신청려 선배님 : 독립 축하해요^^]

어처구니가 없다.

'이 새끼… 언제부터 알고 있었냐.'

그러나 다음 문자를 읽는 순간, 나는 잠깐 생각을 멈췄다.

[VTIC 신청려 선배님 : 새로운 집이 필요할 것 같은데.]

[VTIC 신청려 선배님 : 어때요?]

…새로운 집?

'설마…… Leti냐.'

첫 스카웃 제의였다.

"……."

테스타가 LeTi로 갔을 때 벌어질 일에 대해서 생각해 보자.

우선 장점.

'이미 해봤다는 것.'

그 회사 사장이 어떤 놈인지 기획팀이 어떻게 굴러가는지 이미 내가 사정을 다 알고 있다는 점이다. 거기서 데뷔 서바이벌까지 해봤으니까. 비록 시점이 몇 년 전인 데다가 시스템이 만든 가상 시뮬레이션 같은 곳이긴 했지만 말이다.

'적응이 빠를 거다.'

그리고 LeTi는 상장까지 한 큰 기업이니만큼 테스타의 이름값을 케어하는 것에 문제가 있을 확률은 낮다. 게다가….

'남자 아이돌 신인이 없어.'

적어도 VTIC이 군대에 가 있는 동안에는, 테스타에게 꽤 제대로 된 투자가 들어올 확률이 높다.

'몇 년 시간 버는 거지.'

T1 Stars가 침몰한 마당에 이 정도면 아주 괜찮은 옵션처럼 보이기도 했다. 계약 조건만 잘 조정하면 테스타 색 유지하는 것도 시도해 볼 만하다.

그러나… 아주 결정적인 문제가 있었다. 절대 타협할 수 없는.

'그러니 내 답변은 결국 하나군.'

이 모든 생각을 30초 내로 끝낸 뒤, 나는 즉각 답변했다.

[괜찮습니다. 축하 감사합니다.]

응, 안 가.

그러자 얼마 안 가서 답문이 돌아왔다.

[VTIC 신청려 선배님 : 아쉽네요]

[VTIC 신청려 선배님 : 레이블로 들어오는 건?]

어쭈.

[통화 가능하십니까.]

나는 짧은 문자 후에, 걸려온 전화를 받았다.

"선배님."

−후배님.

이놈이 군이 전화 녹음본을 풀어 버릴 일은 없지만, 어떻게 될지 모르니 나는 예의 바르게 말을 시작했다.

"레이블이라는 건 무슨 말씀이십니까?"

−말 그대로의 의미인데요. 음, 어려운가.

부드러운 목소리가 말을 이었다.

−LeTi 산하 레이블을 하나 만들까 해서요.

"…!"

−이름 있는 소속사들은 대부분 자기 색이 분명하죠. 그런 곳에 테스타가 직접 소속되는 건 부담스러울 텐데.

−지금처럼 독립 레이블에서 원하는 대로 앨범을 만들면서 지낼 수 있는 조건이면 나쁘지 않을 것 같아서.

청려는 가려운 곳을 긁어주는 것처럼 척척 맞아떨어지는 소리를 했다. 그리고 다시 권유했다.

—테스타가 이 레이블에 딱 적임 그룹 같아서 연락했는데요. 아닌가?

"……."

나는 입을 열었다.

"그 레이블 말입니다만."

—네.

"기획을 테스타가 원하는 대로 할 수 있다는 게 장점이라는 건가요."

—그렇죠. 그리고 일하기도 한결 편할걸요. 회사 체계가 괜찮게 잡혀 있는 편이라.

"예."

저놈이 잡아놓은 체계도 있을 것이다. 분명 기획이 자율적이라는 것도 없는 소리를 하는 건 아니겠지.

그렇지만.

"하지만 프로모션과 스케줄을 조정하는 건 레이블이 아니라 LeTi 본사 아닌가요."

—…….

"그리고 LeTi는 선배님의 소속사고."

그렇다. LeTi에 간다는 것이 무슨 뜻인가.

나는 스마트폰을 얼굴에서 떼어내, 통화 상대방의 이름을 내려다보았다.

[VTIC 신청려 선배님]

…이놈이 테스타 스케줄을 손에 쥐고 굴릴 수 있다는 뜻이다.

내가 이제 와서 해 먹으려고 들어봤자 10년이나 그 기획사에서 해 먹은 놈을 몇 개월 만에 누르긴 힘들지. 그것도 상대가 몇십, 혹은 몇백 번이나 같은 회사를 반복 공략해 본 놈이라면 더더욱.

'내가 X신도 아니고.'

경쟁자 손에 그룹 생사여탈권을 주는 것은 바보짓이다.

'하지만 경쟁자 입장에선 더없이 이득이지.'

그래서 이놈도 제안한 것일 터다. 나는 작년 연말, 시상식에서 청려의 기묘한 문자를 떠올렸다. 영상이 첨부된.

동영상은 웬 모르는 개가 망가진 방석 대신 새로운 방석을 선물 받는 내용이었다.

새로운 방석.

'새 회사, 새집이란 뜻이었나.'

어쩌면 그때부터 T1 돌아가는 판을 얼추 파악한 채로 각을 재고 있었을지도 모르겠다. 내가 X발 정보력에서 밀린다는 게 열 받긴 하지만, 어쨌든 저놈의 행동 양식은 명백했다.

'계산한 거다.'

이 새끼가 성인군자도 아니고, 당연히 이득 보려고 제안한 거란 뜻이다.

그리고 짧은 침묵 후.

부드러운 목소리가 다시 들렸다.

─여전히 똑똑하네.

모르는 게 멍청한 거 아니냐.

─음, 그래도 후배님이 걱정할 건 없는데. 해가 될 일을 할 생각은 없거든요.

"VTIC과 테스타 양자택일 순간이 와도?"

—그럴 리가요. 서로 방해하지 않게 좋은 스케줄을 고를게요. 그러면 후배님은 좋은 소속사를 가지는 것뿐이죠.

"……."

—모두에게 좋은 일 아닌가.

나는 스마트폰을 내려다보았다. 그리고 치열하고 짧게 머리를 굴린 뒤, 다시 입을 열었다.

"…생각해 보겠습니다."

—아.

사실상 항복선언처럼 들렸을 것이다. 놈의 말투가 더 사근사근해졌다.

—잘 생각했어요.

"그런데 몸값 좀 올리게 소문 좀 내주시면 안 됩니까."

—음?

"테스타가 재계약 안 할 것 같다는 관계자발 루머요."

회사가 의심하지 않도록, 그냥 찌라시 형태로 말이다. 하지만 외부 사람들은 반신반의할 수 있으면 최고다.

나는 덤덤히 근거를 붙였다.

"경쟁이 좀 붙어야 LeTi에서도 뭘 좀 더 챙겨 주지 않겠습니까. 계약 조건을 잘 받으려면 그게 최고일 것 같아서."

—음.

청려는 알겠다는 듯이 짧게 수긍했다.

'좋아.'

이대로 소문이 나면….

—후배님. 올 생각 없구나.

"……."

귀신같은 새끼.

'바로 알았냐.'

그렇다.

웬만하면 LeTi에 갈 생각은 없다. 아무리 생각해도 저놈 아가리에 머리를 들이미는 짓이다. 저놈이 이제 와서 오함마 들고 설치진 않을 거라고 생각은 하지만, 이건 그런 문제가 아니라 리스크 관리의 측면이다.

게다가 생각해 봐라. 테스타가 데뷔 초부터 개같이 싸우던 VTIC 소속사인 LeTi행? 팬들 속이 다 썩어나겠군. 내가 하는 생각을 다 똑같이 할 텐데, 기왕이면 더 좋은 옵션을 고르고 싶은 게 당연하지 않나.

'이거 소문내는 걸로 딜 좀 보려면 뭘 걸어야겠는데.'

일단 간 좀 볼까. 나는 머리를 휘저으며 입을 열려 했으나, 통화 상대가 먼저 입을 열었다.

—뭐… 좋아요. 어려운 것도 아니고.

"…!"

놀랍게도 선선히 수긍한 것이다.

물론 그게 본론은 아니었다.

—하지만 내 제안이 재계약 전까지 유효하다는 건 꼭 기억해 뒀으면 하는데.

"예. 그러겠습니다."

역시 저 말을 할 추진력을 얻기 위해 순순히 받았군. 하지만 기꺼이 수긍해 주마.

그렇게 납득하고 있었는데, 청려가 뜬금없이 말을 바꿨다.

─음. 이런 말을 할 필요도 없을 것 같긴 하네요.

"무슨…."

소리냐.

그러자, 스마트폰 너머로 웃음기 어린 목소리가 들렸다.

─컨택이 들어올수록 생각날 테니까. 이 제안이.

"……."

─계약 조건은 메일로 보내줄게요. 다시 한번, 축하해요 후배님.

그리고 며칠 후, 크고 작은 기획사들로부터 은근한 연락이 시작되었다.

"문대 말대로, 진짜 꽤 오는구나."

"…그러게."

멤버들은 각자 스마트폰을 들고, 자신들의 인맥을 통해 넘어온 제안들을 살펴보는 중이다.

일단 배세진 쪽으로 온 건 배우부터 아이돌까지 넓게 관리하는 몇몇 기획사다. 류청우는 리더라서 그런지 특히 컨택이 많았고, 큰세진은 본래 아이돌돌이 재게야할 때 많이 고르는 적당한 기획사가 많다.

'인맥 성격들이 보이는군.'

그리고 김래빈은….

"…? 힙합 레이블입니다. 어째서 여기서 제안을…?"

"음, 아이돌 그룹에 야망이 생기셨나?"

김래빈을 거의 막내 취급하는 A&R팀 쪽 인맥이라는 데 내 스마트폰을 걸겠다.

'그리고 나는…'

내 쪽으로도 연락이 좀 오긴 했는데, 어째 악연들이 많군.

'이 자식들도 보냈네.'

골드 1과 최원길이 소속된 골든에이지 그룹, 산업 스파이로 난리 났던 거기 말이다. 나는 '안녕하세요. 트레블러 엔터테인먼트 박민정 팀장입니다. 지난 일에 대하여 다시 사과드리고……'로 시작하는 장문의 메시지 팝업을 클릭하지 않고 읽었다. 좀 빡치긴 하지만 확실히 일은 잘하는 기획사라서 말이지.

'테스타가 가면 골든에이지와 포지션과 연차가 딱 맞아떨어져서 개판이 될 거라는 게 마이너스 요소…'

거기까지 생각하는데 옆에서 질문이 들렸다.

"그런데 문대문대, 무슨 방법으로 소문을 낸 거야?"

"……."

"응?"

이제는… 공유해야 할 때가 됐군.

나는 며칠 전 받았던 권유를 설명했다. 그리고 폭발적인 반응이 나왔다.

"Le, LeTi??"

"…청려, 선배님이……"

"저 거기 싫어요. 제 인생에서 만난 사람 중에 제일 음침한 것들을 좋아하더라고요. 진지하게, 거길 고려하는 건 아니죠, 형?"

차유진이 이렇게 길고 총명하게 이야기할 줄이야.

나는 간단히 상황을 정리했다.

"안 간다고 했어. 그래도 고려해 본다고 하니까 소문은 내준 거고."

"후."

큰세진이 깊은 한숨을 내쉬며 소파에 앉았다. 나도 미간을 눌렀다.

"애초에 다 같이 옮길 건데 나 혼자 가겠다고 결론 내렸겠냐. 당연히 상의해 봐야…"

"자자~ 지금 투표 부치죠! LeTi 별로 안 가고 싶은 분?"

다섯 명이 손을 들었다. 나는 이마를 짚었다.

"어, 문대 안 들어?"

든다, 새끼야.

그렇게 화끈하게 'LeTi 안 가' 결론이 난 거실 한복판에서, 김래빈이 약간 당황한 얼굴로 내게 작게 물었다.

"…좋은 소속사로 기억합니다만, 아닙니까?"

"……"

과연, 머리부터 말끝까지 LeTi 취향일 만한 놈이었다.

이후로도 몇 군데에서 유의미한 접촉이 있긴 했지만, 문제는 슬슬 타임 리미트가 다가온다는 점이었다.

'빨리 골라야 히는데.'

멤버 각자마다 '반드시 필요하다'라고 생각하는 부분이 다르다 보니, 그걸 다 충족하는 기획사가 몇 없었다.

게다가 대부분 단점이 있거나 위험한 요소가 꼭 있다. 너무 작아서 케어가 힘들겠거나, 너무 커서 이미 같은 포지션 남자 아이돌을 보유하고 있거나, 너무 개성이 강해서 테스타를 감당 못 하는 식이다.

이렇게 보니 첫 타부터 독립 레이블 들고 온 LeTi가 선녀는 확실히 선녀였다.

'X발.'

나는 머리를 헤집었다. 청려가 괜히 자신 있어 하던 게 아니었군.

그래, 막말로 LeTi에 간다고 치자. 그래봤자… 근본적인 문제는 어딜 가든 해결이 불가능하다.

'…테스타 이름.'

그 이름, 그룹 컨셉. 이 모든 상표권과 저작권은 이미 이 T1 Stars라는 소속사가 쥐고 있었다. 그걸 어떻게 해야 좋단 말인가.

"저… 아직, 정리 중이야?"

"음."

선아현이 식탁 맞은편에 앉았다. 나는 마구잡이로 키워드를 적어놓은 종이를 옆으로 치웠으나, 녀석이 이미 본 모양이다.

[테스타 이름 계속]

…이 키워드를 말이다.

"이름, 계속 쓰고 싶어서… 고민 중인 거구나."

"……."

"그, 회사랑 잘 이야기해 보면, 정말 안 될까…? 우리가, 권리를 살 수 있다면… 좋을 텐데."

"…좋겠지."

하지만 어지간해서는 안 줄 것이다. 천문학적인 액수를 내놓아도 가능성은 적다. 결정자가 개인 한 사람이 아니라 여러 이해 관계자가 엮여 있으니까.

나는 그 부분을 선아현에게 설명했다. 선아현은 차분히 경청하며 고개를 끄덕였다.

"그래도, 어렵더라도, 시도는… 해보자."

"……그래."

"으응. 어쩌면, 회사에 다른 사정이 생겨서, 허락해 주실 수도 있고…!"

"……"

다른 사정?

그 순간, 번개같이 머리를 치고 지나간 생각이 있다.

'상표권을 안 팔아?'

그러면…… 팔도록 '다른 사정'을 만들어주면 되는 것 아닌가.

나는 고개를 끄덕였다.

"그렇지. 고맙다."

"……"

"어떻게 해야 할지 알았거든."

"…으응?"

나는 의아한 표정이 된 신이현에게 편안히 말했다.

"이 회사가 망해야 해."

"…!?"

이렇게 간단히 정리할 수 있었다니.

"무, 문대야?"

고맙다. 선아현.

그리고 다음 날, 나는 두 녀석에게 연락을 시도했다.

[스페이서 권희승]

[미리내 박민하]

같은 처지인 소속사 그룹 녀석들이었다.

[스페이서 권희승 : ???]

[스페이서 권희승 : 이 단톡방 정체가 뭔가여]

[스페이서 권희승 : 혹시 예능?]

[미리내 박민하 : 안녕하십니까 선배님!]

나는 단도직입적으로 타자를 누르기 시작했다.

[안녕하세요]

[이 회사 좋아하시나요]

먹을 게 없으면 초가삼간이라도 팔아치우겠지.

'밥줄을 다 끊자.'

답은… 회사 멸망이다.

T1 Stars의 분위기는 뒤숭숭했다.

모기업인 T1 Ent로부터 독립하여 이제 이 회사는 더 이상 문어발 기업의 자회사가 아니었다. 그것은 언뜻 듣기에는 좋게 들리지만, 사실 어마어마한 불확실성을 띠고 있었다. 참견하고 휘두르는 윗선이 사라졌지만 책임져 줄 뒷배도 같이 사라진 것이다.

[혹시 어떻게 생각하세요?]

[대리님.. ㅎㅎ 저희 같이 알아볼까요?]

실무진들 사이에서는 앞으로의 대우에 대한 우려, 이직에 관한 농담 같은 떠보기가 오갔다.

그리고 상사에 관해서도 마찬가지였다. 이사진이 정치권 공세로 구속되며 증발한 초유의 사태에 남은 상사들은 전문 CEO 중 초빙된 본부장과 각종 과장, 팀장들뿐이다.

그들의 움직임에 다들 촉각을 곤두세웠다. 그 사람들이 탈출 각을 본다면 자신도 기민하게 움직여야 하니까!

[본부장님이야 뭐 다른 회사 가시겠죠?ㅋㅋㅜㅜ]

[안 가실 수도 있지 않나요?]

그러나 아직은 믿는 구석이 있었다.

[저희 아직 소속 아티스트들 라인업이 좋잖아요]

그렇다.

그들이 믿는 구석은 바로 소속 아티스트들. 탄탄한 팬층을 가지고 투어를 돌며 냉성과 고정 수익이 확보돼 몇몇 그룹이었다. 그리고 그중에서도 가장 이름값이 남다른 그룹도 있었다.

[테스타도 재계약한다고 하고]

테스타! 3년 연속 대상에 빛나는, 명실상부 탑 아이돌이다. 게다가 프로듀싱도 자체적으로 하는 덕에 윗선이 날아간다고 해서 큰 문제도 없을 것이다.

T1과 자회사가 정확히 어떻게 사이가 틀어진 것인지 모르는 실무진들은 테스타만 잡아도 이 회사가 먹고 살 수 있을 것이라 확신했다.

[아 테스타 레이블 어떻게든 가는 건데]

[여긴 망해도 레이블은 살아남지 않을까요ㅠㅠ]

어쩌면 그 레이블로 인력이 더 흡수되거나 레이블이 회사 자체를 먹을지도 모른다며, 사람들은 가열 차게 행복한 상상을 했다.

그래서 대외적으로는 이런 분위기가 되었다.

직장인 익명 커뮤니티를 보자.

[T1 엔터 자회사 형님 누님들?]
최근 분위기 어떤지 궁금함 다들 독립 반기시는지?

-ㅋㅋㅋㅋㅋㅋㅋ

-오묘합니다

-뭐 회사 그냥 다니는 거지 아직까지 별문제 없음

시시콜콜 불만을 토로하는 대신 대답을 뭉갠다. 정말로 문제가 있기 때문에 나오는 반응이었다. 하지만 희망은 있는, 그 오묘한 분위기 속에서……

[테스타 박문대 : 그럼 내일 찾아뵙겠습니다.]

"...!"

본부장은 자신의 사무실에서 기어코 문자를 하나 수신했다.

테스타 박문대는 미친놈이었다.

적어도 본부장이 보기엔 확실히 그랬다. 전에는 되바라진 어린 애라고 생각했으나, 반협박에 못 이겨 레이블 계약서에 서명한 이후로는 그 평가가 고정되었다. 손쓰는 것이나 말하는 것의 타이밍이 그렇게 영악하고 절묘할 수 없었다.

'가정사 알자마자 바로 감 잡았어야 했는데.'

고아에, 그 나이에 서바이벌 프로그램에서 1위 할 정도면 얼마나 닳고 닳은 성정이겠는가. 나이만 보고 자신이 너무 무르게 대하다가 그만 삐끗한 것이다!

'그 어린 애가 그럴 줄 누가 알았겠어?'

본부장은 거의 협박당하며 찍은 레이블 계약서 이후의 창피함을 애써 혀를 차는 정도로 무마하려고 들었다. 박문대의 말랑한 외모 속에 든 것이 훨씬 나이가 많은 사회인이라는 것은 당연히 짐작도 못 하는 채였다.

어쨌든, 그 레이블 사건 이후로도 시간이 흘렀다. 테스타는 별다른 돌출 행동 없이 열심히 활동했고, 박문대도 따로 연락이 온 적은 없었다. 그런데….

"읽어주셨으면 합니다."

"……."

본부장은 굳은 손으로 간신히 박문대가 내려놓은 종이 뭉치를 집어 들었다. 이번에도 결정적인 부분에 검은 칠이 되어 있는 그 서류들은, 레이블 협박 당시 때와 똑같았다.

소송 자료.

문제는 테스타 것만 있는 것이 아니라는 점이다.

"아, 7장부터는 다른 그룹 이야기입니다."

미리내, 스페이서. 이 기획사에서 수익이 괜찮기로는 테스타 다음인 두 그룹에 대한 자료 내역이 가지런히 정리되어 있었다.

'이건…….'

이것도, 소속사의 부당 대우에 관한 내용이었으나 조금 덜 치명적이었다. 미리내의 경우 합의되지 않은 투어와 미국 활동, 스페이서는 멤버 방치에 대한 내용이 주였다.

그렇다고 해도 굳이 이걸 만든 이유는 하나.

"음, 다음 달. 늦어도 그다음 달 중에 집단 소송할 예정입니다."

"…!"

청천벽력 같은 선고였다. 게다가 이건 상도덕이 없는 짓이었다! 테스타는 특히.

그는 간신히 끓어오르는 위기감을 진정시켰다. 그리고 능숙히 고개를 절레절레 저었다.

"아니… 이런 걸 나한테 보여줘도요."

본부장은 종이를 한번 탁 치며 억지로 웃었다. 화를 누르는 기색을 일부러 담으면서.

"테스타, 지난번에도 이걸로 레이블 계약까지 추가하고 또 이러면 회사도 많이 곤란하죠. 프로포셜을 이렇게 경우 없이 하면 누가 테스타랑 일하고 싶겠어요?"

사실이었다. 그리고 소송 걸면 레이블 이야기까지 어떻게든 더럽게 엮어서 다 터뜨리겠다는 은근한 뜻이기도 했다.

"그리고 다른 그룹들, 이런 건 솔직히 소송감은 아니지 않습니까. 일하면서 누구나 할 수 있는 실수로 트집 잡는 거죠, 이게. 판사들이 바보가 아니에요."

이것도 반쯤은 사실이었다.

그러나… 박문대는 태연했다.

"이기는 게 중요한 게 아니죠."

어?

"중요한 건, 이 그룹 셋이 다 같이 일 안 하는 순간 이 회사가 어떤 꼴이 되느냐는 건데요."

"……!!"

"자금이 안 들어올 텐데."

핵심이었다.

소송하는 순간… 사실상 활동 중단. 그리고 앨범 등 기타 상품 판매량도 수직 하락할 것이다. 팬들이 사지 않을 테니까.

반사적으로 본부장은 그 꼴을 생각했다.

'T1 자회사도 아닌, 이 중소規모 연예 기획사가 자금줄이 다 끊기면…'

끝이다.

소송이 길어질수록 계속 수익을 내지 못할 것이고 건물 등 고정비용은 계속 나간다. 하지만 출자금을 대줬던 T1은 이미 이 회사를 손절했으니 돈을 더 끌어올 수도 없다.

다른 투자자도 회사에서 제일 잘나가는 세 그룹이 합심해서 소송 건 순간 이쪽으로 발 담그려 하지 않을 것이다. 그렇다면….

"짧으나 기나 파산입니다."

박문대가 선고했다.

"그럼 회사가 망했으니 자동적으로 우린 자유의 몸이 되는 거고요."

"……."

뒷골이 싸했다.

진실, 아주 적중률이 높은 미래에 대한 추측을 들었을 때야 나오는 강한 예감이었다. 'X 됐다'라고 요약될 수 있는.

이들은 소송을 하는 것만으로도 회사를 말아먹을 수 있었다.

'이 빌어먹을….'

본부장은 영어와 한국어가 섞인 된소리를 몇 마디 속으로 삼키며, 최대한 태연하게 말을 돌렸다.

일단 아닌 척 달래야 한다.

"너무 비약적인 발상인데. 하하, 음 테스타는 재계약만 안 하면 나갈 수 있지 않나? 왜 굳이 힘든 쪽으로 가려고 하는 건지 나는 참 모르겠어요."

제발 이런 짓 말고 차라리 재계약 조건을 잘 달라고 말하라는 뜻을 기가 막히게 캐치한 박문대가 고개를 까닥였다.

"다른 그룹을 도와주려고요. 선배로서."

이 미친 X자식들이! 지금까지 돈 잘 벌어놓고 무슨 억하심정이 있어서 이런 짓을 벌인단 말인가.

'재계약 안 한다고 하는 순간 너희 레퓨테이션도 끝일 줄 알아.'

어떻게 해서든 여론을 동원해 끝장을 내주겠다고, 이제 제법 엔터테인먼트 회사의 흐름을 주워들은 본부장은 결심했다. 그리고 아닌 척 경고를 늘어놓으려던 순간이었다.

"제가 그래서 본부장님께 이 말씀을 먼저 드리는 건데요."

뜸을 들이던 박문대가 작게 덧붙였다.

"저희 레이블 때도 잘해주시기도 했고."

그건 어딘가 호의가 섞인 목소리였다.

"먼저 탈출하시라는 뜻입니다."

"……."

"저희가 소송 걸기 전에요."

본부장은 순간 당황했다.

박문대에겐 특별히 업신여기거나 으스대는 기색은 없었다. 정말 말할까 말까 고민하다가, 마이너스가 될 수도 있겠지만 말을 꺼냈다는 투가 슬쩍 배어 나온다.

'…그렇지.'

저런 계획을 세웠다면, 자신 같은 회사 관계자에게 군이 말하는 것도 리스크였다. 그걸 무릅쓰고 말했다는 건… 정말로 호의일지도 몰랐다!

아무리 돈 많이 벌었다고 해도 이제 겨우 사회 초년생일 나이다. 이미 추가 계약서로 한 번 물 먹인 어른에게 죄송함을 느끼는 것이 아닌가, 그는 그림을 그렸다.

……물론 진실은 아니다.

'이 새끼 물었네.'

박문대는 본부장을 보고 그렇게 생각하는 중이었다.

애초에 소송을 걸 생각 따윈 없었으니까!

사실 이전에 테스타끼리도 말했던 것이지만, 회사를 소송하는 것 자체가 아티스트 이미지에 엄청난 타격이 있다. 속된 말로 업계에서 '찍히는' 것이다.

그러나 본래 엔터 사업을 하던 사람이 아닌 본부장은 경험이 필요한 그런 디테일까지는 잡아내지 못했다. 대신 박문대가 흘리는 시그널은 잡아냈다.

–다른 사람, 특히 안면 있는 사람에게 피해는 안 주고 싶어요.

그런 유의… 아직 사회의 때를 덜 탄 마음 여린, 미숙한 구석을 말이다. 그래서 본부장은 대충 상황을 이렇게 파악해 버렸다. 상식적으로, 테스타가 소송해서 얻을 이익이 별로 없다면….

'다른 그룹한테 살살 꼬심을 당해서 총대를 메버렸으니, 이제 어쩔 수 없다는 건가?'

다른 사람을 위해 나섰으니, 그것 때문에 피해를 볼 '또 다른 사람'도 신경 쓰게 됐구나!

그래서 반사적으로 말이 강하게 나오기 시작했다. 누울 자리가 보였기 때문이다.

"아니 이직이 애들 장난도 아니고… 문대 씨 생각에는 회사를 옮기는 게 하루아침에 될 것 같아요?"

이대로 밀어붙여서 테스타가 소송에서 빠지게 할 생각이었다.

그리고 박문대는 눈을 껌벅였다.

"힘드신가요."

"상식적으로 불가능하죠. 아니, 언제쯤 소송할 건지부터 좀 말해봐요."

"음."

박문대는 애간장이 탈만큼 느리게 침묵하다가, 천천히 말했다.

구원의 동아줄을.

"생각해 보니까, 소송을… 안 하고 이렇게 하면 어떨까 하는데."

"…!"

"이건 어떠세요."

박문대는 막 떠올린 것처럼 눈살을 찌푸리며, 추리하듯 몇 마디를 던졌다.

그 순간, 본부장은 정신이 번쩍 들었다. 그렇게 한다면!

"…이러면 시간도 벌고, 이직하실 때도 포트폴리오나 그런 곳에 문제없으실 것 같거든요."

박문대는 말을 마무리하며, 본부장을 빤히 보았다.

"본부장님도 아시잖아요. 어차피 이 회사에 비전이 없다는 걸."

T1이 손을 났으니까.

그래, 본부장도 이미 알던 사실이다. 다만 테스타가 있으니 좀 더 해먹을 수도 있지 않을까 고민하고 있었지만, 일이 이렇게 됐으니.

'…그래. 모든 비즈니스는 타이밍이야.'

먼저 선수 치는 사람이 가장 손해를 덜 보고, 이득을 많이 보는 것이다. 본부장은 결심을 마치고, 입을 열었다.

박문대는 희미하게 웃었다.

이튿날 저녁.

"형~ 뭐래요?"

류청우는 회사 윗선으로부터 내려온 직통 전화를 끊으며, 씩 웃었다. 놀라움과 상쾌함이 담긴 미소였다.

"회사가… 그룹 이름 관련해서 말 나누자는데, 아무래도 상표권 팔 겠다는 것 같아."

"…!"

"지, 진짜요…?"

"응."

"WOW!!"

작전 성공이라는 사인에 곧 거실이 신나는 소음으로 가득 찼다. 배세진이 흥분해서 팔을 휘둘렀다.

"그게 통했단 말이야?"

"예."

통할 거라고 했지 않냐.

나는 피식 웃으며 본부장 놈과의 대화를 떠올렸다.

'그 이기적인 새끼.'

먹고 튈 줄 알았다.

내가 대단한 제안을 한 건 아니다. 이런 거지.

'어차피 망할 회사, 망하기 전에 마지막으로 한탕 해먹으란 거야.'

—어차피 파산 후에 상표권은 경매로 나올 텐데요. 그렇게 되느니 그 전에 상표권을 그룹들에게 유상 양도해 주시는 거죠.

회사가 망하면 경매에 나올 상표권은 살 수 있다. 하지만 본부장에게 먼저 팔아먹고 뛸 기회를 주겠다는 것이다. 단기적 흑자 및 가수에게 이름을 주는 아름다운 기획사 이미지 메이킹으로 쫙 빨아먹도록. 그렇게 본부장은 회사 망하기 전에 포트폴리오 마지막 장을 딱 완성하고 뛰는 것이다.

우리? 우리는 이 정도의 이득이 있다고 변명해 놨지.

—다른 그룹들도 그 정도면 안심하고 이 회사에 있지 않을까요. 회사가 망해도 이 이름을 가지고 다른 곳으로 갈 수 있다는 뜻이니까.

—회사가 파산할 때까지 몰아붙이면서 기다리느니 저희도 그냥 지금 사는 게 낫고요.

모두에게 이득이라는 뜻이다.

"…그렇다면?"

"예."

나는 씩 웃었다.

"소송 안 해도 괜찮습니다."

"…!"

"Oh!"

"그럼 이대로 재계약하지 않고 원만히 떠날 수 있겠습니다!"

"오케이~ 최고야!"

이제 회사만 있으면 된다고 다들 맥락 없이 하이파이브를 갈기기 시작하는 가운데.

선아현이 슬그머니 손을 들었다.

"저, 그런데, 그러면… 다른 그룹 분들은, 이 회사에 계속 계시는 거야…? 소송을 못 하면?"

"…!"

나는 피식 웃었다.

그리고 떠올렸다. 화끈하게 가자고 외쳐놓고선 진행 내내 손톱이라도 물어뜯을 것처럼 불안해하던 골드 2를.

─형 저희 살려주실 거죠?? 설마 이러고 테스타만 홀라당 가버리시는 건…??ㅠㅠ

"아니."

탈출시켜 주겠다고 했는데, 그러면 사기지.

"차차 진행될 거야."

소속사 대탈출기. 이제 기다릴 일만 남았다.

"민하야!"

"…어, 어어, 하린아."

미리내의 박민하는 최근 혼이 빠져나갈 것 같은 상태로 지내고 있었다.

회사 난리로 그룹 스케줄이 붕 뜨며 다들 숙소에 있는 시간이 길어진 탓에, 멤버 각자가 취미나 연습에 열중하며 불안을 떨치려 노력하는 중이었다. 그런데 유독 박민하만 저렇게 구는 것이다.

'너무 스트레스를 받는 건가?'

또다시 리더의 무게감이…. 미리내 성하린은 심각하게 팔짱을 끼었다. 그때, 박민하가 불쑥 말을 꺼낸 것이다.

"하린아, 우리… 다른 회사 갈 수 있으면 갈 거야?"

"…?!"

"아, 아니. 못 들은 걸로 해줘."

그걸 못 들은 걸로 할 수 있는 사람이 있다면 아이돌이 아닐 것이다!

'다른 회사? 다른 회사?'

무슨 시그널이라도 왔나?

성하린도 알았다. 회사가 뒤숭숭하다는 것을. 하지만 계약 기간이 남은 엔터 회사를 탈주하는 것은 불가능에 가깝다. 그렇다면 그사이를 틈타서, 그나마 현실성 있는 일이 일어난다면… 설마!

"우리 데스타 레이블로 가??"

"쉿, 쉿!"

박민하가 경악했다. 그리고 누가 듣기라도 하는 것처럼 빠르게 좌우로 고개를 돌리다가 황급히 입에 손을 가져다 댄다.

"진짜야?"

"아니야, 아니, 그건 아니야!"

하지만 우물 쭈물거리다가 덧붙인 것이다.

"…가능성은 있을 것 같긴 한데."

뭐야!

박민하는 절대 쓸데없는 허풍 어린 소리를 할 멤버가 아니었다. 그렇다면 정말 뭐라도 들은 게 있으니까 이런 소리가 나오는 것이다.

그 순간, 성하린의 머릿속에 까먹었던 의심 하나가 강타했다. 유독 의미심장한 대화를 나누던 둘.

"……."

혹시 민하의 정보통이….

"설마… 박문대 선배님이 알려줬어?"

"…?!"

박민하가 굳었다. 정곡을 찔린 것 같은 반응에, 성하린은 묻어뒀던 의심이 다시 슬그머니 치고 올라오려 했다.

'둘이 사귀는 건….'

"하린아 설마 우리가 가깝다는 소문이 암암리에 돌고 있는 건 아니지? 회사 관계자들한테나, 아니면 다른 아이돌들한테, 아니면 혹시 팬들한테까지 그런 이야기가 도는 무서운 사태가…."

역시 아닌가 보다.

"아, 아니! 내가 추리한 거야, 내가!"

"후."

박민하는 긴 한숨을 쉬었다. 그리고 하얗게 불탄 것 같은 표정으로 의자에 걸터앉았다.

"네 추리는 맞아…."

"…응."

그런 것 같다.

하지만 마지막 의심은 이젠 다시 떠올리지 않기로 했다.

'그래, 민하처럼 아이돌에 진심인 애가 벌써부터 티 나게 그럴 리가 없지!'

그렇다면, 완전히 비즈니스적으로 박문대와 말을 주고받았다는 건데 말이다.

"그럼 대체 무슨 일이야?"

"……조금만 기다려 달래."

박민하는 우수에 찬 표정으로 자신의 스마트폰을 보고 있었다.

"…?"

성하린은 도무지 이해할 수 없는 상황에 물음표를 띄웠으나, 박민하는 더 답변해 주지 않았다.

그리고 며칠 후, 회사로부터 조심스러운 연락이 왔다. 무려, 그룹명을 회사가 아니라 그룹이 직접 보유할 수 있도록 해주겠다는 소식!

"왜 그러시는 걸까요?"

"분위기 반전 노리는 거겠지 뭐. 이미지 메이킹 같은 거?"

"아하."

멤버들은 그런 말을 나누었지만, 어쨌든 그룹명을 살 수 있다는 것은 무척 매력적인 제안이었다! 회사가 바뀌어도 그룹명을 가져갈 수 있는 거니까!

'대박.'

하린은 입을 틀어막았다가, 곧 현실을 깨달았다.

'…우리가 이걸 가뿐히 살 정도로, 정산이 엄청 많지는 않은데.'

잠깐만. 그럼 이걸 넘기는 걸 빌미로… 너그러운 척 빚으로 달아서는, 정산에서 차감하는 식으로 우릴 더 털어먹는 거 아닌가? 어차피 그룹을 오래 끌고 갈 생각이 없이 한탕 장사라면 그룹 상표권 따위 아무래도 좋지 않은가!

'미리내를 오래오래 키워줄 생각이 없으니까 이러는 거 아니냐고!'

그러나 회사는 생각보다 양심적인 가격을 불렀다.

"…?"

물론 단위가 억 소리가 넘긴 했지만, 몇백억 같은 미친 단위는 아니었다는 뜻이다.

"나는 꼭 샀으면 좋겠어! 응!"

"민하가 그렇다면야 난 좋아!"

그리고 박민하의 적극적인 주도와 율기의 해맑은 말에, 멤버들은 선뜻 돈을 모아 공동명의로 상표권을 샀다.

"다른 그룹들은 어떻대?"

"사는 분위기 같더라."

하기야. 논란에 휘말려서 침몰 직전인 서바이벌 〈비마이걸즈〉 출신 신인만 제외한다면, 이 기회를 놓칠 리가 없다.

…비록 회사가 팔아놓고서는 마치 그냥 곱게 양도해 준 것처럼 언론 플레이를 하는 것이 고깝긴 했지만, 어쨌든 분위기는 좋았다. '아티스

트 소모품으로 쓰는 T1과는 정말 다른 궤도로 간다'라며 사람들 반응도 좋으니, 씁쓸하지만 장기적으로 좋은 일이었다.

'재계약까지 몇 년이나 남았잖아.'

테스타 때야 기간이 5년이었지만, 그 〈아주사〉 시즌이 엄청나게 히트한 그다음부터는 7년으로 묶였다.

'좋아. 다음 앨범은 대박 낸다! 테스타 레이블 들어가도 좋고!'

성하린은 최대한 좋게 생각하기로 했다!

…이 기사가 뜨기 전까지는 말이다.

[테스타 재계약 무산되나… KPOP 스타의 다음 둥지는 어디]

"……."

테스타가 재계약을 안 한단다.

'아, 아니.'

테스타 레이블이 해산되게 생겼는데?!

'탈출하잖아 이 사람들!'

자기들끼리 도망치고 있다! 그럼 박민하가 한 소리는 대체 뭐였던 말인가? 성하린은 고개가 부러질 듯이 위튜브 화면에서 고개를 돌려서 박민하를 쳐다보았으나….

"민하얌?"

"허허허… 허허."

박민하는 위튜브 화면을 보며 허탈하게 웃고 있었다.

놀란 눈치는 아니었다. 단지 돌이킬 수 없는 결정을 해버린 것 같은 분위기였다. 흡사 어마어마한 고가의 물건을 할부 24개월로 긁어버린 것처럼 말이다.

"…??"

박민하는 정율기가 자신을 쿡쿡 찌르는 대로 놔두며, 지난 선택을 돌아보고 있었다.

'이거… 이거 맞는 줄 잡은 게 맞겠지??'

지금까지 엇나간 적이 없으니, 반드시 이번에도 팽 당하지 않고 가야 했다.

'제발 좀!'

박민하는 개업용 풍선 인형처럼 흐늘거리며 스마트폰을 들었다.

지이잉.

[미리내 박민하 : 선배님 재계약 안 하신다는 말씀 들었습니다… 새로운 곳으로 가시는 것 정말 축하드립니다.]

그래. 슬슬 기사가 뜰 때가 됐다. 나는 여기저기서 오는 연락을 지우며 그 톡에 답장했다.

[감사합니다]

물론 이 녀석도 진짜 축하하려고 보낸 건 아닐 것이다.

'떠보는 거지.'

나는 다음 말을 덧붙였다.

[걱정은 안 하셔도 괜찮아요]

답장은 몇십 초 후에 돌아왔다.

[미리내 박민하 : 예...]

[미리내 박민하 : 그럼요. 단톡방에도 초대해 주셨는데 저는 선배님 믿습니다.]

어쭈. 여차하면 나도 단톡방 깔 수 있으니 뒤통수치지 말라는 뜻이군.

'더 빠릿빠릿해졌네.'

나는 피식 웃으며 '알겠습니다.'라고 보내고 스마트폰을 껐다.

그리고 연락을 보고 있던 건 나만은 아니었다.

"와, 연락 무섭게 오네."

"으응, 그러게…."

여기저기서 기사에 대한 연락이 멤버들에게 쏟아지는 중이다. 나는 어제 들은 소식을 되새겼다.

'본부장이 그만뒀다.'

타이밍을 놓치지 않고, 그놈이 튀었다. 게다가 연달아서 테스타가 재계약을 안 한다는 사실이 기사화된 상태다.

물론 회사가 낸 기사가 아니다.

'우리가 제보했거든.'

물론 직접 한 건 아니고 실수한 것처럼 관계자 발로 흘린 것이지만, 어쨌든 말이다.

1. T1의 손절.

2. 본부장의 손절.

3. 테스타의 손절.

결국 이 회사는 이런 미친 손절을 예상도 못 한 타이밍으로 차곡차곡 단기간 내에 본 것이다. 가장 회사가 흔들리고 있을 이 순간.

"이제 다음 계획으로 진행되나요~?"

그렇다.

나는 고개를 돌려 담당자를 쳐다보았다. 이 그룹에서 제일 믿음직스럽고, 안정적인 이미지를 맡고 있는 놈을.

"형, 잘 부탁드립니다."

"제가 잘 부탁드려야죠, 형."

이미 준비를 끝낸 류청우는 웃으며 숙소를 나섰다.

목적지는 회사 회의실이었다. 단, T1 Stars가 아니라, 산하 레이블인 테스타 레이블의 회의실로.

'후……'

권희승, 아직도 박문대에게 '골드 2'라는 별칭으로 불리는 중인 아이돌은 단톡방의 지난 내역을 들여다보는 중이었다. 바로 박문대가 만든, '회사 대탈출용' 단톡방이었다.

'소원권 이야기를 꺼내야 도와주실 줄 알았는데.'

이런 회사 문제는 너무 힘든 일이 아닌가. 그래서 권희승은 여차하면 그 괴상한 가상 세계에 끌려가 개고생했을 때 받았던 소원권이라도 쓸 생각이었다…. 그런데 거기까지 갈 것도 없이 박문대가 먼저 손을 내민 것이다.

다만 조건이 있었다.

−무슨 일이 일어나도 가만히 있을 것.

이것이다. 그래서 권희승도 이사진이 구속되고 상표권을 팔고 본부장이 나가고 테스타가 나가는 개판에서도 꿋꿋이 가만히 있었다.

'큰 그림 그리고 계시겠지.'

비록 박문대의 태도가 과격한 편이긴 했지만, 그는 알았다. 박문대 형은 분명히 의리와 정이 있는 타입이었다! …테스타가 정말로 재계약 안 하고 나간 것은 좀 심장이 떨어질 것 같긴 했지만 말이다.

'괜찮아. 손절 아닐 거야!'

하지만 다음 소식에서는 아무리 긍정적인 그도 진짜 심장이 떨어질 뻔했다.

"야 미친, 거기 레이블 사람들 다 퇴사했대."

"…!? 어어?"

"그 테스타 레이블, 오르빗? 거기 사람들 줄줄 퇴사 중이라고!"

맙소사.

그리고 입소문으로, 권희승은 곧 그것이 과장된 소문이 아니라 정말로 거의 모든 인원이 퇴사했다는 걸 알 수 있었다.

당연히 기존 회사에서도 난리가 났다.

−이거 보통 일이 아닌데?

−아 설마 또 뭐 터지나…?

슬슬 이직이 가능한 사람들은 릴레이 경주하듯이 회사에서 나가기 시작했다. 거의 회사 인원의 절반이 탈주하는 대사건에, 안 그래도 상사들이 거의 다 빠지며 제대로 기능하지 못하던 회사는 완전히 마비된 것 같았다.

"……"

권희승은 한층 더 불안해졌지만 박문대를 믿어보기로 했다. 어차피 1군 아닌 연예인이 손쓸 판이 아니었으니 긍정적으로라도 생각하는 게 정신 건강에 좋으니까!

…물론 톡은 보냈다.

[형... 회사 사람들이 증발하는데요]

[그리고 테스타 어디로 가시는지?ㅠ]

[ㅠㅠㅠㅠ형?]

답장은 거의 곧바로 왔다.

[증발 아니다]

[조금만 더 기다려]

"…?"

그리고 바로 그날 저녁, 연예뉴스 메인에 화려하게 기사가 떴다.

[테스타의 특급 의리... 새 둥지가 아니었다, "레이블 대표님"의 기획사]

[테스타, 신생 기획사와 계약... 알고 보니 퇴사한 "대표님"]

"…!"

그렇다.

테스타는 소속사를 대놓고 직접 세우지 않았다. 그렇다고 기존에 있던 소속사로 가지도 않았다. 대신, 그들의 레이블 대표가 퇴사하며 새롭게 세운 소속사로 이적했다.

그 순간, 권희승은 깨달았다.

'…설마 레이블 직원들이 다들 퇴사하셨던 게?'

그렇다.

박문대가 본부장을 맡았다면, 류청우는 레이블 사람들을 맡아서 구워삶았다. 회사의 아슬아슬한 전망, 터지는 사고, 나도 '손절'해야만 할 것 같은 그 불안감 속에서… 일종의 군중심리를 자극한 것이다.

─저희는 정말… 여기 분들과 같이 일할 수 있다면 재계약도 다시 고려해 볼 것 같아요.

레이블 대표는 기꺼이 동아줄을 잡았다. 그리고 테스타가 따라간다는 소리에 대부분의 레이블 직원들은 주변 눈치를 보다가 다 같이 가라앉는 배에서 뛰어내렸다. 그래서 결국 이 상황이 된 것이다.

레이블 채로 독립할 수는 없다. 하지만 뿔뿔이 흩어지듯 사라졌다가, 재구성되어 신생 소속사가 되었다!

'대박, 그래서 형이 증발이 아니라고 하셨구나.'

권희승은 감탄했으나, 곧 본인의 처지를 자각했다.

'잠깐, 그런데 우리는 어떻게 되는 거지?'

스페이서.

우리… 설마 이대로 버림당하는 건가…?

[형??]

[형님ㅠㅠ??]

답장은 또 금방 왔다.

[조금만 더]

'아니 대체 얼마나 더요?!'

권희승은 울부짖고 싶었고, 그래서 그대로 톡을 보냈다. 보낸 후에야 혹시 화내는 것처럼 보였을까 살짝 걱정이 들었으나 박문대는 화내지 않았다. 단지 이렇게 답장했을 뿐이다.

[사람들이 너보다 더 불안해할 때까지]

"…어?"

그리고 얼마 후, 상상도 못 한 소식이 들렸다.

"회사가… 인수합병됐어."

"…??"

"테스타 새 소속사가 티원 스타즈를 샀대…."

예??

권희승은 매니저의 말에 스마트폰을 떨어트릴 뻔했다. 그러다가 갓 도착해 따끈따끈한 박문대의 톡을 발견했다.

[너희 계약 파기 가능할 것 같은데]

[지금 풀까?]

"……."

'세상에.'

이 회사가 망할 것이라는 심리를 최대한 고조시킨 후, 시장가치와 미래 전망을 최대한 떨어뜨려서, 가장 우호적일 때, 가장 낮은 가격으로. 테스타의 새로운 소속사는 T1 Stars를 먹어버린 것이다.

"……."

이래서… 가만히 있으라고 한 거였구나.

권희승은 반사적으로 깨달았다. 자신이 믿는 구석이 있는 티를 내거나 적극적으로 나오면… 이 분위기가 흐트러질 수도 있어서 '가만히 있어 달라'는 주문을 한 것을.

'와.'

진짜… 대박이었다.

상상도 못 한 회사 탈출이었다.

테스타의 T1 Stars 탈출.

그리고 퇴사한 레이블 대표가 만든 신생 회사와 계약!

그룹명은 보존!

당연하지만, 팬들은 좋아했다. 미래를 천 가지쯤 보고 온 후 골라잡은 최상의 시나리오 같은 재계약 시즌 엔딩이었기 때문이다. 비록 T1 Stars가 T1의 자회사가 아니게 되었다고 해도 그간 해먹은 개짓거리가 사라지는 건 아니시 않은가.

레이블 실무진은 고스란히 같이 가면서 지긋지긋한 그 소속사와 결별할 수 있는 꿈의 상황이었다.

-미미미친 테스타 새 소속사
-무슨 영화 스토리 같네 이게 되냐ㅠㅠㅠㅠ

테스타의 새로운 소속사는 기존 레이블에서 이름을 따와 'Stars Orbit', 스타즈 오르빗이란 상호로 등록되었다.
하지만 대부분 그냥 오르빗이라고 부르는 분위기였다.

-스타즈하면 티원 스타즈 생각나서 기분 나쁨——
-아 좋은 쪽으로만 변해서 너무 좋아
-나 너무 안심됨 원래 레이블 직원들 거의 그대로 가는 거면 앨범 퀄리티 떨어질 일 없겠지?

팬덤이야 그대로 축제가 벌어질 것 같은 분위기였으나 문제는 직전에 T1 Stars가 했던 언론 플레이였다.

[독립한 T1 Stars의 진심은 "아티스트에게 이름 돌려주기"]

유착 대기업으로부터의 독립, 소속 아티스트에게 상표권 이전. 마치 소속사가 마음먹고 '착한 기업'으로 새롭게 출범하려는 순간 테스타가 찬물을 끼얹은 것 같은 꼴이 됐기 때문이다.

-은혜 원수로 갚기ㅋㅋ 와우네

-그룹명 풀어주자마자 먹고 나른 거잖아 진짜 너무했다 기회주의자들

-기존 소속사 사람들 진짜 황망할 듯

-계자한테 들었는데 이게 결정타가 돼서 회사 망하기 직전이래 줄 퇴사 중이라 이대로면 다른 그룹들 활동 사실상 무기한 중단이라고...ㅠㅠ

기사로만 이야기를 접한 사람들을 선동하기 위해 어그로들은 열심히 힘썼다. 테스타가 이 회사에 얼마나 결정적인 타격을 줬는지 어필하기 위해서 부단히 노력한 것이다.

직장인 익명 커뮤니티에 올라온 T1 Stars 직원들의 절망한 글을 캡처해 오기까지 했다. 그리고 미리내와 스페이서의 팬들이 불안과 초조함 때문에 그 어그로에 반응하기 시작하면서 난장판이 될 뻔했다.

얼마 후 이 소식이 들리기 전까지는… 그랬다는 말이다.

-테스타 레이블이 티원 스타즈 샀음

-??????

아무도 예상하지 못한 전개였다.

-뭔 소리임

　└말 그대로임... 오르빗 엔터가 티원 스타즈 샀다고ㅋㅋㅋㅋㅋㅋㅋㅋ먹었다고

　└미친ㅋㅋㅋㅋㅋㅋㅋㅋㅋㅋㅣㅋㅋㅋㅋ

└이게 무슨 일이야

["테스타 소속사" 스타즈 오르빗 엔터테인먼트의 파격적 첫 행보, T1 Stars 인수합병 추진]

기사가 뜨자마자 커뮤니티와 SNS 등지가 뒤집어졌다.

하지만 대체 어떻게 반응해야 할지 다들 몰랐다. 놀랍고 웃기긴 한데, 대체 무슨 상황인지 알 수가 없기 때문이었다.

-왜 사는 걸까

-이거 좋은 일임? 축하해야 됨?

-테스타가 티원 스타즈 망하게 했다던 사람들 어디 갔냐 살려줬는데욬ㅋㅋㅋ

-의리 미쳤는데?ㅋㅋㅋㅋㅋㅋ

-어그로 돌았다 클릭할 수밖에 없었음 오르빗 얘들 회사 주제에 스타성 무슨 일임ㅋㅋㅋㅋㅋ

어쨌든 미리내와 스페이서의 팬들은 겨우 마음을 놓았다. 테스타 팬들이야 이게 무슨 이득이 있는지 몰라 약간 당황하기도 했지만, 당장은 어그로가 쏙 들어간 것에 시원하며 안도한 것이 더 컸다.

마치 웃긴 해피 엔딩처럼 보였으나, 이런 의문을 가진 사람도 있었다.

'잠깐만. 전 소속사랑 직원도 똑같고, 소속 아티스트들도 같다면….'

-?? 이거 그럼 원래 티원 스타즈랑 뭐가 다른 거임?

파격적인 상황에 쓸려가 버렸으나, 결정적인 질문이었다.

새로운 출발. 새로운 회사.

테스타는 이제 새로운 회의실에 앉아서 논의하는 중이다. T1 Stars 건물은 안 쓰기로 했거든. 그 정도 선은 긋고 싶었다. 그러나 T1이 손절한 자회사를 고스란히 흡수했으니 그쪽 입장에서는 같은 놈들이 명패만 갈아 끼운 것이나 다름없을 것이다.

"우리… T1한테는 그대로 선 그인 상태인 거지? 티원 스타즈 때처럼?"

"그래."

나는 고개를 끄덕였다. T1에게 끈 떨어진 연 신세는 여전하다는 거다. 언뜻 보기에는 생돈만 쓰고 상황이 변한 건 없어 보일지도 몰랐다.

하지만 말이다.

"그런데 이제 우리 마음대로 대응할 수 있지."

이게 다르다.

이제 결정권을 우리가 쥐고 있다. 이 회사는 비상장 기업이고, 주식의 상당량을 우리가 보유 중이기 때문이다.

'이제 쓸데없이 윗대가리 설득하느라 힘 안 빼도 된다고.'

"Wooooow!!"

차유진이 휘파람을 불었다.

상사 트롤로부터 영원히 작별이다. 그리고 녀석들은 그걸 알고 있기에 시원한 표정이었다. 배세진은 거의 울컥하기까지 한 것 같다.

"…다들 정말 고생 많았어. 나는… 이전엔, 이런 게 가능할 줄 몰랐어. 그런데 잘 돼서 정말 다행이고… 좋다."

"세, 세진 형…."

류청우도 웃으며 맞장구를 쳤다.

"정말. 우리 회사라니까 어색하기도 하고 신기하기도 하지만, 좋네."

"진짜 그렇죠? 좋아, 저희 앞으로 5년, 10년도 더 힘내서 잘 가봅시다~"

"예, 더욱 책임감을 길러야겠다는 생각이 듭니다! 잘 부탁드립니다!"

"Yeah!"

모든 게 예정대로 잘 풀린 탓에 분위기는 열정적이었다. 나는 고개를 끄덕였다. 활동 잘하고 회사도 잘 가꾸려는 주인의식, 좋지.

…물론 T1 Stars가 아무리 가격이 떨어졌다고 해도 단기간에 이렇게 인수할 정도의 자금력이 온전히 우리에게서 나온 건 아니다. 어차피 T1 끈이 떨어진 이상, 다른 라인을 타야 하기도 했고 말이다.

나는 스마트폰 속에 남아 있을 녀석의 메시지를 떠올렸다. 정확히는, 내가 먼저 연락하자 온 답장을.

―VTIC 신청려 선배님 : 연락했네요.

―VTIC 신청려 선배님 : 역시.

'역시'는 무슨.

당연하지만, LeTi와 계약할 생각은 끝까지 없었다. 그러나 LeTi와 우호적으로 지낼 수 있고, 이용할 수 있는데 이용하지 못할 이유도 없지.

그래서… 다른 것 다 빼고, 돈거래만 한 것이다.

　─선배님. 혹시 선배님 기획사에서 레이블 만드는 수고 들일 필요 없이 투자수익만 가져가실 생각은 없습니까?

즉 LeTi가 이 회사 출범에 출자금을 꽤 댔다.

물론 절반을 넘기진 않았다. 과반 의결권 행사는 막아야지. 다만, 이제 LeTi와 같은 라인이 되긴 했다는 뜻이다. LeTi와 친한 플랫폼 이용하기 쉽고, 그 대신 LeTi 부탁을 거절하기 약간 어려운 정도.

이 정도 선이 좋다. 청려 쪽도 경쟁자 동태를 정확히 감시하고, 여차하면 좀 참견할 수도 있으니 이득이라고 생각하겠지.

물론 알차게 빚으로 달아두려고 하더라.

　─VTIC 신청려 선배님 : 이번 건은 후배님이 일방적으로 내 도움을 받은 것 같은데.

　─VTIC 신청려 선배님 : 어떻게 생각해요?

그럴 줄 알았다.

　─예, 그럼 대신 다른 VTIC 선배님에 대한 좋은 정보를 드리겠습니다.

　─VTIC 신청려 선배님 : 음?

　─주단 선배님이 군대에서 잘 지내고 계십니다. 선배님 안부를 물어보시더라고요.

그 뒤로는 톡 내역이 없다. 놈이 전화를 걸어서 폭소했기 때문이다.

'뭐, 됐다.'

이 회사 재무와 스케줄을 뜯어보면서 알차게 이득 볼 놈이 어디서 일방적으로 도움 준 척하냐는 말보단 농담이 톡 기록으로 낫지 않냐. 나는 스마트폰을 열어서 놈과의 대화 기록 화면을 슬라이드로 넘겼다. 그러자 직전에 도착한 다른 녀석들의 메시지도 뜬다.

'음.'

단톡방까지 파서 탈출 각 봐줬던, T1 Stars의 다른 그룹 멤버들 말이다. 이제 계약 해지해 줄 수 있다고 해놨더니… 이런 답장이 왔더라.

[ㅎㅎㅎ형님 무슨 말씀이세요]

[저희 같이 탈출한 거 아닙니까? 에잉 스페이서 앞으로 잘 부탁드립니다!!]

[(눈물 그렁그렁 이모티콘)]

이건 스페이서 권희승, 그러니까 골드 2.

[혹시 선배님께서 괜찮으시다면 저희는 이대로 최선을 다해 활동해 보고 싶습니다!]

[그리고 스타즈 오르빗이 새로운 소속사이니 새롭게 계약했다고 생각합니다. (경례 이모티콘)]

이건 미리내 박민하다.

"……음."

나는 팔짱을 꼈다.

'사실… 미리내 쪽은 남을 거라고 예상하긴 했지.'

〈비마이걸즈〉 쪽은 어차피 논란 때문에 제대로 활동을 못 하니, 포지선으로 경쟁할 여자 아이돌이 이 소속사 내에서 딱히 없지 않은가. 그리고 원래 잘 맞던 스탭들이 그대로 있는 이 상황을 굳이 걷어차지 않을 줄 알았다.

하지만 스페이서는… 괜찮은 건가? 테스타랑 활동 스케줄이 겹치면 양보해 줄 생각이 없는데 말이지. 나는 스마트폰을 들여다보다가, 그 상황에서 볼 여론 손해를 잠시 예상했다.

-테스타 욕심 그득해서는 꾸역꾸역 컴백 스페이서 언제봐 이러려고 티원스 타즈 먹었니?ㅎㅎ

-섬별 편애 지렸다 진짜 주주가 다해먹네 누가 아주사 출신 아니랄까봐ㅋ ㅋ아 계약기간 남아서 끌려다닌 내 새끼가 잘못이죠 그럼요~~

"……."

서로 손해 안 보게 잘 조정하는 걸로 할까.

'기왕 이렇게 된 거, 스페이서 포지셔닝도 새로 잡아봐야 하나….'

테스타랑 안 겹치는 노선으로 말이다. 졸지에 타 그룹 포지션까지 생각해 주게 생긴 사태에 나는 미간을 눌렀다.

"문대문대, 왜 그래? 무슨 일 있어?"

"아니. 그런 건 아니고. …다른 그룹들이 남고 싶다는데."

"…!"

"그분들은 나가고 싶으셨던 거 아니었어?"

나는 적당히 상황을 설명했다.

그러자 대부분이 선선히 고개를 끄덕였다. 어차피 가라앉는 소속사인데도 침몰시키는 게 꺼림칙해서 건지는 것에 동의했던 놈들답다.

"그래. 같이 가면 좋지."

"네, 직원분들도, 그대로 계시니까… 저도 그랬을 것 같아요."

요약하자면 '아 그러시구나'다.

다만 큰세진은 어깨를 으쓱했다. 별로 탐탁지 않은 듯했으나, 이미 회사까지 인수한 마당에 타 그룹 계약에 끼어드는 변수를 만들고 싶지 않아서 반박하진 않는 모양이다.

다만 이렇게 말하긴 했다.

"그러게. 원래 하던 대로 하면 되겠죠, 하던 대로~"

선 넘고 우리 인력 탐내면 쳐낼 것이란 뜻이다.

'오냐.'

정리됐군. 나는 '그럼 남는 걸로 알겠다'라는 요지의 답장을 권희승과 박민하에게 남겼다.

그렇게 복잡다단한 회사와 남의 이야기가 전부 끝났다.

"고생하셨습니다!"

"고생하셨습니다~"

머리 아픈 이야기가 지나가고 편안한 분위기 속에서, 멤버들이 히죽히죽 웃었다.

그리고 원래 말하려던 주제가 드디어 나온다.

"그럼… 우리 새 앨범 준비 얼른 할까!"

그렇다. 활동에 목마른 놈들은 환경이고 나발이고 일단 앨범 만들 생각뿐이다.

"정말 좋은 생각이십니다!"

"저희 활동 조금만 했어요! 이번에 빨리 만들어서 빨리 더 해요!"

"…잠깐, 우리 숙소도 이사 가는데…, 으음, 아, 모르겠다. 큼, 그래! 열심히 하자고!"

"오오오!"

브레이크 걸리던 배세진까지 합세해서 회의실이 난리였다.

나?

"당장 곡부터 뽑는 게 좋을 것 같은데요."

"이야 문대~"

"A&R팀 분들께 연락드리겠습니다!"

아무것도 없는 맨바닥에서 한 달 만에 〈마법소년〉도 뽑았는데 뭐 어떤가.

'여기라도 못 할 건 뭐야.'

하면 된다.

돈이 부족하다? 여차하면 내 남은 정산금을 다 때려 박으면 그만이다. 앨범 한두 번 정도는 감당할 수 있다.

'…물론, 마음에 걸리는 부분이 없는 건 아니지만.'

그건 차차 확인하게 될 테니, 일단 두자. 나는 쓸데없이 초 치는 대신 웃으며 회의실을 둘러보았다.

그때었다.

지이잉—

아까 보낸 톡에 답장이 왔다.

'권희승.'

[그럼요그럼요! 같은 식구로 잘 부탁드립니다 형!]

너야 대충 그렇게 올 줄 알았다.

다만 다음 톡은 약간 의외였다.

[아아아 저 소원권 지금 쓸게요!ㅋㅋㅋ]

[형 우리 회사 잘 키워주시기! 그래서 저희도 데려가 주시기! 아 믿습니다!]

[(하트 이모티콘)]

'나 참.'

네가 소원권 안 써도 이미 내 돈을 너무 부어서 이 회사는 어지간하면 손절 안 할 거다. 나는 피식 웃으며 '됐다'라고 답장을 입력했다.

그때였다.

['■■■ 파편' 보유자 확인!]

[〈소원〉 등록]

…상태창이 떴다.

나는 반사적으로 자리에서 일어났다.

"문대야?"

"…쟤 당장 잡아!"

팝업이 이어진다.

['아이템 : ■■■ (ver. Beta)' 사용]

"…!"

안 돼.

'저거 X발 시스템이잖아.'

머리가 새하얗게 뜰 것 같았다. 그 와중에도 나는 본능적으로 방금 권희승이 한 말과 팝업을 연결시켰다.

'소원권.'

…시스템은 소원을 들어주려고 하지. 그렇다면.

'설마 권희승한테?'

안 돼. X발 내 귀속 아이템이라면서 왜 멋대로 사용되고 있어!

"취소!"

그러나 내가 외치는 것과 동시에, 팝업은 벌써 글귀를 바꾸었다. 바로….

[대상 탐색 중…]
[대상 : Stars Orbit Ent (스타즈 오르빗 엔터테인먼트)]

어?

[회사명 : 스타즈 오르빗]

인지도 : C+

성적 : (–)

수익 : (–)

보유 아티스트 : 테스타(★★★★★), 미리내(★★★★), 스페이서(★★★)….

총평 : D+

그 위로, 어슬렁거리듯 팝업 하나가 덜렁 뜬다.

…태평하게.

['아이템 : ■■■ (ver. Beta)'

사용을 취소하시겠습니까?]

"……."

뭐냐.

[…형 회사에 시스템이 들어갔다고요!?]

[?? 그런데 취소도 된다고요??]

응.

나는 피 토하듯 경악하는 큰달의 팝업을 보며, 다시 회사의 상태창을 보았다. 인지도부터 보유 아티스트까지 정렬된 데다가 회사 총평까지 떠 있다. 딱 회사 굴리는 게임 데모 버전 같군.

'어쩌라는 거냐.'

혹시 몰라 클릭도 해봤다.

[※아직 제공되지 않는 기능입니다.]

사유 : 미션 시작 전

"……"

무슨 기능을 제공하긴 한다는 거지. 하지만 그놈의 '미션'을 시작하지 않아서 아직 못 보여주겠다는 거다.

'아마도… 이 팝업 때문인 것 같고.'

['아이템 : ■■■ (ver. Beta)'
사용을 취소하시겠습니까?]

이걸 내가 취소하지 않겠다고 해야 정식으로 진행되나 보다.

[휴우, 형 아이템이라서 마음대로 하실 수 있는 건가 봐요…. 으흐흐흡, 다행이에요…….]

그래. 내가 선택할 수 있다, 이거지.

[어… 그런데 왜 바로 취소 안 하시고 고민하고 계세요?]

그건….

'골드… 아니, 권희승한테 시스템 파편이 있는 것 같다.'

[!!]

분명 '■■■의 파편 소유자 확인' 같은 팝업이 떴다. 권희승이 소원권을 말하는 순간 벌어진 일이었다.

[아아아아 거기에 반응해서 시스템이 움직였네요! 희승 님이 파편을 가지고 있어서!]

그러니까 말이다.

'그걸 그놈한테서 빼내려면 이 짓을 해야 하는 건지도 모르겠어.'

반응을 했다는 건 움직임을 보인다는 뜻이니, 써먹나 느면 방법이

나올 수도 있지. 아무리 생각해도 상태창 없는 놈이 맨땅에 대가리 박듯이 갑자기 뜨는 미션 실패 페널티 감당하는 건 위험한 짓이다.

그리고 골드 2가 X 되든 말든 그냥 두기엔… 내가 그 녀석한테 소원권까지 줄 정도로 신세를 좀 지긴 했지.

'…그리고 하나 더.'

남은 시스템 파편 중 하나가 권희승에게 있다면, 사실상 패턴이 뻔해지는데.

파편은 총 4개. 그리고 지금까지 밝혀진 게 나, 큰달, 권희승이라면 다음 놈은 높은 확률로….

'…청려겠군.'

이 빌어먹을 시스템 짓거리 유경험자 라인이다.

'여차하면 그놈한테 소원이라도 말해보라고 해야 하나.'

말을 잘 맞춰야겠다. 하지만 일단은, 나는 머리를 휘저으며 다시 당장 급한 화제로 돌아왔다.

그래서 이 시스템을 어떻게 할 것인가? 만일 그냥 내가 일방적으로 골드 2의 미션 실패를 감당만 해주는 거라면, 미안하지만 지나친 손해였다. 소원권이고 나발이고 현실적으로 손절했을 것 같다만….

"솔직히 말하자면."

[…말하자면?]

나는 턱을 문질렀다.

"이득 볼 것 같은데."

[?!]

생각해 봐라.

특성 뽑기, 레벨업, 상태창 확인까지. 내가 얼마나 시스템을 골수까지 빨아먹으며 잘 사용했는지 말이다. 갑자기 남의 몸으로 아이돌이 되라고 하는데 실패하면 뒈져서 문제였을 뿐이지.

'사실 이건 치트키라고.'

[형?]

그런데 지금은 봐라. 회사 키우기? 내 목적과 일맥상통한다. 실패 페널티? 어차피 회사 제대로 못 키우면 망하는 건 매한가지다. 게다가 지금까지의 경험상, 상태이상이 아니라 미션은 페널티가 약했다. 내가 데뷔 못 하면 뒈졌던 것 같은 수준은 아니겠지.

그리고….

"아무리 생각해도 내가 실패할 것 같지가 않거든."

미션 하나 정도야, 뭐.

[허어억.]

음, 좋아. 정했다.

나는 고개를 끄덕였다.

안 그래도 이 신생 회사를 언제 체급 키워서 테스타 급에 맞게 가공해 놓을지 좀 애먹겠다 싶었는데 말이다. 복합적으로 판단했을 때 지름길을 마다할 필요는 없다.

그래도 마지막으로 확인 한 번만 할까. 나는 큰딸에게 물었다.

'네가 보기엔 이세 위험해 보이냐.'

[……이 아이템이 위협적으로 느껴지진 않지만 그냥 이 상황이 무서운데요! 너무 무서운데요!]

[희승 님을 위해 형이 희생하는 것 같은 기분인네요?!]

그런 거면 됐다. 기분 탓이다.

[!?]

'시스템이 이제 내 아이템이라고?'

좋아. 무너지는 건물에서 탈출하고, 몸이 바뀌는 개고생을 하면서 파편을 모았으니, 잘 써주마.

나는 당장 팝업을 다시 불러냈다.

['아이템 : ■■■ (ver. Beta)'

사용을 취소하시겠습니까?]

'아니.'

그 순간, 홀로그램 폭죽이 터졌다.

큰달이 탄성을 지르는 팝업 너머로 빛이 터져 나왔다.

['아이템 : ■■■ (ver. Beta)' 사용 확정!]

ー'■■■'은 회사용 〈System〉이 되었다!

반투명한 홀로그램이 형식을 갖추기 시작한다. 테두리가 생기고, 색이 입혀지고….

완성된 것은, 제법 그럴싸한 모바일 게임 창처럼 보이는 것이다. 무슨 진화라도 하는 것 같은 그 광경 끝에서 상단에 번쩍이며 팝업이 뜬다.

[미션 생성(NEW!)]
미션 : 〈스타즈 오르빗 엔터테인먼트〉 B—등급 달성
—'■■■의 파편'을 회수하기 위해 대상의 등급을 올리자.

흠?
회사 등급을 키우는 것과 파편 흡수가 무슨 상관이 있나 싶은 순간, 하단에 도움말이 떴다.

[도움말 : 〈스타즈 오르빗 엔터테인먼트〉의 등급이 올라가면, 소유자의 〈System〉 장악력이 강해집니다.]
[강한 〈System〉 장악력으로 '■■■의 파편'을 지배해 보세요!]

오. 그러니까… 시스템을 회사에 썼으니까 회사를 키울수록 내가 가진 시스템에 대한 장악력이 커진다. 그렇게 다른 파편도 가져올 수 있다는 건가.
권희승의 '소원'과 내 목적이 잘 섞였군. 괜찮군. 다만….

[남은 기간 : D—100]
—실패 시, ■■■ 소유권 박탈

"……"
기간 한번 더럽게 양심 없군. 실패 시 페널티도 설명이 애매해서 마음에 안 든다. 정확히 무슨 일이 일어나는지 모르겠군.

[그럼!! 지금이라도 취소해 봐요 형!]

뭐, 시도는 해볼까?

[※미션 중에는 사용 취소가 불가능합니다!]

'그렇다고 한다.'

[으흐흐흑….]

나는 큰달의 팝업을 내버려 두고 이제 상태창을 불러왔다.

[회사명 : 스타즈 오르빗]

인지도 : C+

성적 : (–)

수익 : (–)

보유 아티스트 : 테스타(★★★★★), 미리내(★★★★), 스페이서(★★★)….

총평 : D+

이제는 클릭이 되는군.

클릭은… 〈상세보기〉였다.

[총평 상세 : 유망한 아티스트를 보유한 신생 기획사! 하지만 아직 아무런 실적이 없다….

아티스트의 활동으로 수익을 내보자!]

['기능 : 앨범' 해제!]

['기능 : 연기' 해제!]

['기능 : 예능' 해제!]

홀로그램이 펑펑 터지며, 새로운 버튼들이 번쩍거렸다.

'난리 났군.'

확인할 수 있는 게 제법 많이 보인다. 나는 피식 웃으며 목록을 훑었다. 연기, 예능은 우선 됐고⋯ 어차피 지금 가장 급한 건 하나다.

'정식 앨범 활동.'

정석적인 그룹 활동기라면 다들 보편타당하게 떠올리는 걸 밀어붙여야 한다.

'첫 타를 제대로 때려야 해.'

빠르고 정확하게 컴백해서 강렬한 생존 신고를 해야 하는 것이다. 그리고 회사를 키우기 위해 우선순위를 따지자면⋯ 가장 임팩트 있는 그룹부터 각인되어야 한다. 누구겠는가.

'당연히 테스타지.'

1군부터다. 나는 어깨를 꺾으며 말했다.

"앨범 기능으로."

바로 창이 바뀌었다. 깔끔한 입력창이다.

[앨범]

인력 : (−)

자본 : (−)

기간 : (─)

*제작 시작 ← Click!

[도움말 : 높은 성급을 투입할수록 제작 중 좋은 효과가 생길 확률이 높아집니다!]

이건 또 뭐야.

'자동으로 앨범이라도 만들어주는 건가?'

그건 정말 사기일 테니 그렇지는 않겠지만, 보조라도 해주면 대단한 이득이겠지. 나는 일단 인력 탭을 눌렀다.

그러자 회사 직원들이 쭉 나왔다. 카드 형태로.

"…!"

[김나진(★★) - A&R팀]

[김서원(★★★★) - A&R팀]

[나세중(★★★★) - A&R팀]

[박진웅(★★)- A&R팀]

….

장관이군. 카드를 클릭하면 속도, 개성, 강한 장르와 약한 장르 등을 확인할 수 있는 것 같지만 일단 넘기고 고등급을 찾아보았다.

하지만 별로 없었다. 당연히 A&R팀에 몰려 있었지만 애초에 A&R팀 인원이 많지도 않았고.

'하기야, 진짜 능력이 출중하면 따로 팀 차려서 일하고 있을 확률이 높겠군.'

그쪽이 돈을 더 벌 테니까 말이다. 맨 하단의 '외부 인력 의뢰' 버튼이 있었는데, 그거나 한번 클릭해 볼…….

어, 저거.

[김래빈(★★★★★) – 테스타]

"……."

'김래빈은… 영원히 데리고 간다.'

이놈은 밥을 여섯 끼 먹여도 안 아까울 놈이었다.

어쨌든 여차저차 인력, 자본, 기간을 모두 적당히 설정했다. 물론 시범용이다.

'어차피 시범용 앨범은 만들어도 안 내면 그만이지.'

게다가 이 시스템, 전체적으로 UI가 납죽 엎드려서 설설 기는 게 웬만해선 '정말 시작하시겠습니까?' 같은 확인 버튼이 뜰 것 같거든.

그래서 내가 '제작 시작'을 클릭한 순간이었다.

삐빅–!

버튼이 튕기더니, 팝업이 떴다.

"…?"

[※아직 제공되지 않는 기능입니다.]

사유 : 회사 지배력 수치 미달

−현재 지배력 : C

"……."

또 뭐냐.

'그리고 어떻게 늘리는데.'

친절하게 다시 팝업이 떴다.

[지배력(B) 달성까지 남은 투자금 : ₩10,000,000,000]

눈 비빌 뻔했다.

단위를 다시 읽었다. 그러나 다시 읽어도 변하지 않았다.

'100억.'

"……."

이 새끼가 100억이 뉘집 개 이름인 줄 알고….

[제제제가 보탤까요 형??]

미쳤냐? 나는 허망하게 상태창을 보았다.

그때였다.

지이이잉−

"……."

권희승에게 톡이 왔다.

[형님!]

[아이고 저 소원권... 취소할까요?ㅠㅠ 저 너무 나댔나요!?]

"······."

늦었다.

[도움말 : '회사 지배력'은 회사에 대한 직접적인 영향력을 의미합니다. 지배력 등급이 높을수록 많은 〈System〉 기능이 해금됩니다.

[등급은 여러 가지 방법으로 올릴 수 있지만, 가장 빠른 것은 투자입니다!]

그리고 C에서 B로 올리는 데에 100억을 요구하는 미친 돈 먹는 하마 새끼다.

'X발···.'

나는 비틀거리며 화장실에서 나왔다.

그렇다. 이 모든 짓은 혼자 화장실에 박혀서 하는 중이었다.

"해결됐어?"

"그럭저럭."

방금, 회의실에서 내가 허공을 보고 취소를 부르짖기는 했다. 하지만 진짜 취소가 뜨니까 맥 빠진 얼굴로 도로 자리에 주저앉았지.

—···?

자연스럽게 재난 상황이 아닌 것을 깨달았는지 멤버들은 제법 침착하게 자리를 비켜주긴 했다. 화장실 앞을 지키고 서 있기는 했다만.

"어떻게 됐는데."

회사 급속 성장 패키지를 지른 줄 알았는데 더 악랄한 현질 유도가 기다리고 있었다. 그렇게 요약할 수 있겠군. 나는 한숨을 참은 뒤, 이렇게 말했다.

"이 회사에 지금 당장 100억이 더 필요할까요."

"…??"

"아니, 음… 일단. 우리 활동에 도움이 될 만한 걸 얻었는데."

나는 대충 이 회사에 적용된 시스템을 설명해 줬다. 신기해하는 놈 경계하는 놈 반으로 대화가 흘러갔지만, 결국 '써먹을 수는 있을 것이다'라는 내 말에는 일단 오케이했다.

그러나 선아현은 이 대화가 끝난 후, 갑자기 결심한 얼굴로 내 팔을 잡았다.

"무, 문대야. 아까, 그, 100… 말인데."

어.

"혹시, 문대가 돈 필요한 거라면, 줄 수 있어…!"

"고맙지만 그 이야긴 아니었는데."

애초에 너나 나나 정산받는 금액이 비슷하다는 걸 잊지 마라. 하지만 그게 뜬금없는 소리긴 했는지 이놈 저놈 할 것 없이 입이 터졌다.

"그럼… 이 회사가 돈이 그만큼 더 필요한 상황이야?"

"제가 물어본 게 그거였는데요."

"아! 그, 그렇지."

배세진의 얼굴이 벌게졌다. 그리고 다른 놈들은 고개를 기우뚱거리며 수군거렸다.

"그렇게까진 필요 없을 것 같은데."

"우리 회사 돈 많이 가졌어요. 저 숫자 봤어요."

"으음~ 티원 스타즈 사면서 혹시 좀 많이 쓰셨나? 아니, 그거 우리 문대가 거의 후려쳐서 샀잖아."

역시. 별로 필요 없는 상황이 맞는 것 같군.

"그런데, 그게 왜 궁금한데 문대문대?"

"…100억 넣으면 회사가 더 잘 굴러갈 테니까."

"…??"

큰세진의 얼굴에 드물게 '무슨 헛소리냐'는 뜻의 물음표가 떴다. 이 현질판을 어떻게 설명해야 할지 모르겠다. 침음을 참았다.

차유진이 손을 번쩍 들었다.

"그거 사기꾼 말이에요!"

아니. 그건 아니다.

"사기꾼이 아니라, 내가 회사에 투자를 하겠다는 말이야."

…잠깐. 나는 말하면서 깨달았다.

'그렇지.'

100억을 시스템에 박는 게 아니라, 회사에 투자하는 것이다. 그러면 어차피 100억이 증발하는 건 아니잖아.

'투자한 만큼 뺄게 할 수 있겠는데.'

앨범이 잘 나온다면, 그래서 투어만 제대로 돈다면… 그 이상으로 불릴 수도 있지.

미리가 맑아졌다.

"……아무튼, 우리 회사에 투자할까 말까 고민 중이었던 거니까 걱정 안 해도 괜찮다."

나는 피식 웃었다.

"우리가 잘 되면 몇 배로 불릴 수 있을 것 같아서."

"OK!"

대화는 그렇게 상쾌히 마무리되었다.

…근데 100억 넣으면 내 남은 돈을 거의 다 긁어 넣는 건데 말이다.

'그건 좀.'

그때였다. 조심스럽게 다가온 김래빈이 속삭였다.

"형. 혹시 위급한 상황이시라면 제가 융통해 보겠습니다…!"

"…어, 고맙다."

아무래도 고민하느라 투자 이야기를 못 들은 모양이다. 여기서 제일 돈 많을 놈인데 어쩐지 이상하게 이놈한테 돈 받으면 제일 등쳐먹는 기분이 들 것 같다.

'어쨌든… 든든하긴 하군.'

만일의 경우에도 밥은 먹고 살겠지. 나는 결국 선택을 했다.

'가자.'

회수할 수 있으니, 해보자고.

100억 투자.

"안녕하십니까. 예, 다름이 아니라 말씀드릴 건이 있어서 전화…"

…….

그리고 회사와 협의가 끝난 직후.

정말로 팝업이 떴다.

[지배력(B) 달성까지 남은 투자금 : ₩0]
[지배력 승급!]

'후.'
100억이 들어간 것이다.
'식은땀이 다 날 것 같군.'
나는 무심코 미간을 눌렀다. 그런데… 팝업은 그게 끝이 아니었다.

[지배력(C) → 지배력(B)]
－보상 : 힌트 티켓(x5)

음?

[도움말 : '힌트'란 회사의 성장에 도움이 되거나, 회사의 위기에 도움이 되는 각종 정보입니다.
　힌트 티켓으로 멋진 힌트를 얻어 높은 성급의 인력과 자본, 시간을 확보해 보세요!]

　회사에 100억을 박자 시스템이 뭘 뱉었다.
　'힌트 티켓 5장.'
　그리고 '힌트'라는 건 회사에 도움이 되는 정보… 라. 그럼 당장은 테스타 활동에 도움이 되는 정보를 뱉을 수밖에 없겠는데. 지금 테스타의 성공적인 다음 컴백 활동에 이 회사의 흥망성쇠가 달려 있는 판이다.

흥미가 생기긴 했다.

"흠."

나는 자연스럽게 자리에 앉아서 힌트 티켓이라는 것을 클릭했다. 그러자 홀로그램이 변하며 회색 기계 그림이 뜬다. 익숙한 형체였다.

룰렛 머신.

[※힌트 티켓을 사용하시겠습니까?]

'그래.'

이전에 특성 뽑기 할 때가 생각나는군. 나는 약간 그리운 마음으로 돌아가는 룰렛을 지켜보았다.

[그립다고요…?]

어. 안 죽으니 추억이 됐다.

[……]

본인이 상태창으로 룰렛을 구현시켰던 장본인이면서 뭘 기겁하고 그러냐. 어쨌든, 철색과 황동색 칸이 섞인 룰렛 머신은 드문드문 은색 칸을 보이며 쭉 돌아가다가….

[사용 완료]

-힌트 습득! 《C》

"…!"

절묘하게도, 은색에 멈춰 섰다. 지금 걸릴 수 있는 것 중에 제일 좋은 등급이라는 뜻이다.

'C등급.'

어디 보자, '듣고 보니 맞는 말이군' 특성이 그 등급이었는데. 데뷔하고 나서까지 꽤 쏠쏠하게 썼었지. 그렇다면 넌 얼마나 쓸 만한 정보를….

[자회사에서의 탈주(C)]

—T1 Ent의 자회사들에서 최근 모종의 사태로 인해 직원들의 집단 퇴사가 잇따르고 있다고 한다.

"……"

내가 한 일이잖아.

'이게 어디서 사기를 치고 있어.'

아는 이야기 환기시켜 주는 걸 언제부터 힌트라고 불렀지. 어딜 봐서 이게 정보냐고. 설마 '네가 모르는 정보만 준다는 말은 안 했다' 이건가?

'이 사기꾼 새끼가….'

100억 먹고 이딴 걸 뱉어?

[지, 진정하세요! 형, 혈압!]

"후."

나는 심호흡했다.

침착하자. 이 힌트 티켓이라는 건 어차피 덤이다. 시스템 기능을 쓰려고 '회사 지배력'이라는 걸 올렸더니, 보상이랍시고 티켓을 준 것 아닌가.

'그냥 없었다 치고 써보자고.'

나는 룰렛을 계속 돌려보았다.

[소소한 횡령(E)]
[연습실이 위험해(D)]
[사격 취미(D)]

힌트가 떨어지긴 한다.

E등급 횡령은 100만 단위였다. 감사실에 찌르면 되니 정말 소소히 쓸 만했다. D등급 연습실은 튀어나온 마루 조각 이야기라 부상 예방 차원에서 그럭저럭 괜찮았다. 그냥 일상적으로 점검해도 발견할 수 있는 수준이라 좀 떨떠름하긴 했다만, 참아줄 수 있었다는 뜻이다.

하지만 마지막은 정말 참을 수 없었다.

[사격 취미(D)]
-스타즈 오르빗의 대표 그룹, 테스타의 리더는 취미가 사격이다. 회사 근처 사격장에서 만난다면 친분을 쌓을 수 있을지도?

그건 내가 류청우한테 소개해 준 취미다, 새끼야.
[형, 형! 다시 심호흡!]
"후……."
나는 미간을 눌렀다. 그리고 곧 이 괴리감의 원인을 깨달았다.
'내가 너무 떴어.'
테스타가 이미 별 다섯 개짜리 그룹이라 문제였다. 정말로 신생 회사의 대표였다면 그럭저럭 쓸모가 있었을지 모르겠다만, 이미 해먹을 대로 다 해먹어 본 1군 아이돌 입장에서는 D등급따리 정보는 의미가 없는 것이다.

'룰렛 업그레이드 같은 건 불가능한가?'

[도움말 : 힌트 티켓용 룰렛 머신은 회사 등급에 따라 업그레이드됩니다.]

그 도움말이 뜨고 나서야 나는 고개를 끄덕였다.

그래. 지금은 초기 단계다. 회사 등급이 오르면 더 좋은 힌트도 뽑을 수 있겠지.

'그냥 한번 시범 가동해 본 셈 치자.'

그리고 나는 미련 없이 남은 힌트 티켓 하나까지 다 털어 룰렛에 투입했다.

[어? 티켓….]

왜.

[아뇨! 아끼셨다가 룰렛 머신이 업그레이드되면 쓰실 줄 알아서……]

뭘 모르는구나.

'룰렛 머신 업그레이드하면 그거 전용으로 더 비싼 티켓을 사라고 할걸.'

[……]

현실 세임이라는 게 원래 그런 것이다.

[모바일 게임을… 따와서 정말 죄송합니다……]

직관적인 건 좋으니 됐다.

어쨌든, 별 기대 없이 심드렁하게 룰렛을 보고 있었는데…… 갑자기 룰렛 머신 위로 황금빛 네잎 클로버 문양이 떴다.

[Lucky chance!]

"…?"
화려한 팡파르가 터지더니, 룰렛의 모든 칸이 금빛으로 물든다.
그리고 천천히, 룰렛이 멈춘다.

[원더홀의 신인(B)]

"…!!"
B등급이다. 그리고… 원더홀 소속사?
'대형 기획사다.'
당장 설명을 열었다.

[원더홀의 신인(B)]
-202X년. 올여름 원더홀에서 드디어 남자 아이돌 신인이 데뷔할 예정이다.
3년간 200억을 투자한 대규모 프로젝트로, 신생팀의 파격적인 기획은
사내에서 기대를 모으고 있다.

원더홀. VTIC 이전의 국민 아이돌이었던 티홀릭의 소속사의… 남자
아이돌 신인 그룹이라. 나는 턱을 만졌다.
'이건… 쓸 만하군.'

티홀릭은 대단히 대중적인 노선의 남자 아이돌이었다. 그 대중성 계보를 이은 게 거의 유일하게 테스타인 수준이었지. 심지어 지금도 본인들 예능 프로그램 하면서 잘 먹고 잘살고 있는 원로 아이돌 그룹이지 않은가.

그러니까… 티홀릭과 비슷한 노선의 신인이라면, 테스타의 대중적 포지션에 경쟁자가 될 수도 있겠군. 이 신인은 체크해 볼 가치가 있다. 나는 결론을 내렸다.

그리고 힌트 티켓에 대한 인상을 수정했다.

'고등급은 제법 쓸 만하겠어.'

내가 제일 부족한 게 관계자발 정보력이었는데, '힌트 티켓'을 통해서 좀 보완할 수 있겠다. 이걸 베이스로 교환을 해서 점점 정보력을 넓힐 수도 있고.

아주 기꺼웠다.

[와! 그래도 다행이에요…!]

그래.

나는 자기가 더 안심한 것 같은 큰달과 몇 마디 더 주고받은 뒤, 룰렛 창을 껐다. 이걸로 큰달과 떠들면서 혼자 처리할 일은 다 끝났다.

다음은… 드디어 기능이 해금된 앨범 제작이다.

"자, 지금부터 시작한다."

"으응, 알았어!"

"신기하고 설렙니다!"

나는 멤버들을 거실로 불러 모았다. 이삿짐을 싸놓아서 휑한 숙소 거실이지만 탁자는 멀쩡했다.

그 위로 노트를 하나 올렸다. 여기다 뭘 할 거냐고?

'상태창 공유할 건데.'

테스타 앨범 제작은 그룹 단위로 해야 하는 일이다. 사정을 아는 놈들이니 당사자들에게도 어느 정도는 공유해 줘야 할 것 같아서 말이다. 하지만 상태창이 안 보인다면…

'시각화하면 그만 아니냐'

나는 종이에다가 '앨범 제작' 홀로그램을 그대로 베껴 적기 시작했다.

사각사각.

"……."

김래빈이 손을 들었다.

"형, 그건 혹시 철조망입니까?"

"카드인데."

"……."

뭐.

"으하하하하!! 으하학, …으악! 안 웃을게! 안 웃겠습니다, 문대 님! 왝! 문대문대 PPT 잘 쓰니까 그걸로 TV 화면에 띄우자! 어때용?"

"그래 문대야. 그게 좋겠다."

"…예."

그래서 노트북으로 중간 매체가 교체된 후, 좀 더 수월히 작업이 이루어지기 시작했다.

"이게 현재 우리 회사가 보유한 목록인데, 상세 페이지는… 이런 느낌이고."

"오오오."

"래, 래빈이 별이 다섯 개!"

"김래빈 천재예요!"

"어떤 걸로 별이 책정되는 것인지는 모르겠지만 과분한 영광이라고 생각하며 앞으로도 정진하겠…… . 헉, 제가 트로트 작곡에 약합니까?"

"…당연한 거 아니야?"

"래, 래빈이가, 트로트를 좋아해요….."

"아."

그렇다. 뭐, 이런 과정을 거쳤고.

"박문대, 저기… 정말 100억 투자 했어?"

"예."

"…!"

"Whew! 우리 100억 원 앨범 만들어요!"

"아이고 유진이가 문대 돈 다 쓴다~"

"잘 되면 문대 형 돈 많이 벌어요!"

차유진이 이겨서 갚는 전쟁형 메타를 익히기도 하고… 그러면서 카드를 골라 채운 최종 페이지가 이렇다.

[앨범]

[인력 : A]

-김래빈(★★★★★), 김서원(★★★★), 박재석(★★★★★), 박원주(★★★)….

[자본 : S]

-₩5,000,000,000

[기간 : B]

−60일

(인력 보너스 + 150%)

(자본 보너스 + 200%)

*제작 시작 ← Click!

"누른다."

"넵~"

그리고 버튼을 클릭하는 순간, 각종 효과가 주르륵 크레딧처럼 나열되며 지나가기 시작했다.

[컨셉 : 미정]

[외부 인력 : 미정]

[제작 업체 : 미정]

…….

[앨범 예측 제작 중!]

흠, 예측이라.

나는 이번에도 홀로그램을 메모장에 기록했고, 멤버들이 고개를 끄덕였다.

"아, 그러니까… 이대로면 어떤 앨범이 나올지 예측하는 거네."

"그리고 저희가 아직 컨셉 등을 확정 짓지 않았기 때문에 미정인 부분이 많은가 봅니다."

"큼, 그래도 이런 건 보통 큰돈 들여서 하는 거잖아! 대단한데."

그리고 곧 다시 홀로그램이 번뜩인다.

[예측 결과물 완성!]

음, 이렇게 완성이….

"…??"

어.

[예상 앨범 등급 : A~B]

B?

S등급이나 EX등급은 가능성도 없고, B따리가 나올 수도 있다고? 우리 앨범이?

'무슨 개소리냐.'

모르긴 몰라도 1집도 A−는 됐을 것 같은데. 나는 당장 클릭해서 상세 내용을 훑어보기 시작했다.

"……."

아니나 다를까, 디버프가 있었다.

[※ 프로모션 ↓↓]

[※ 실물 퀄리티↓]

[도움말 : 컨택할 수 있는 외부 인력이 부족해요! 인맥을 늘려봅시다.]

외부 인력 컨택이 어렵다고?

"······."

이상한데. 기존에는 아무 문제 없던 측면이다. 그리고 그 실무진을 그대로 챙겨왔는데 이런 게 떴다면…

'누군가 컨택을 방해한다는 뜻이다.'

그리고 그건… 잘나가는 연예인 개인보다 힘 있는 누군가겠지.

'…기업.'

"결과 나왔어?"

"어떻습니까?"

"······."

나는 팔짱을 끼었다.

"아무래도… T1이 우리랑 선만 그은 게 아닌 모양인데."

"…뭐?"

"아예 찍힌 것 같다. 사람들이 우리랑 일을 안 하려고 하는 것 같거든."

"…!"

당장 알아봐야 할 항목이 늘었다.

그날 저녁. 류청우가 굳은 표정으로 스마트폰을 내리며 말했다.

"뮤직밤은 출연 불가가 맞는데."

Tnet 음악방송은 한 반년은 못 나올 줄 알았다. 이다음이 중요하다.

"…T1 쪽 예능도 아예 응답이 없대."

"후."

역시.

끈만 떨어진 연이 아니라, 아예 분리수거 당하는 연 꼴이 됐다.

'거기 계열사 예능이 몇인데, 그걸 다 막아?'

솔직히 T1 계통 방송사 예능 정도는… 나갈 수 있을 줄 알았는데 말이다. 그 정도가 아니었다. 나는 천천히, 이놈들의 행동 원리를 이해했다.

이제 Tnet에서 새롭게 런칭할 서바이벌 프로그램에 수요를 끌어모으려면, 그쪽 계통 수요를 다 잡고 있는 테스타, 미리내, 스페이서 라인을 조져야 좋다. 근데 마침 그놈들이 기사까지 내면서 신나게 새 회사랍시고 출범했네? 사람들 반응이 좋네?

'택갈이를 요란하게 해서 T1 심기를 건드렸다.'

여론이 내 예상보다도 더 좋았어서 문제가 된 것이다. 정치권에 눌려서 한바탕 치른 곤욕을 화풀이하기도 좋지 않은가. T1이 '오르빗? 얘네 좀 조지고 싶어'라는 심정을 관계자들에게 티 낸 게 분명하다.

한동안 업계 사람들도 몸을 사릴 것이다.

'감독, 사진작가, 연예 기자……. 이름 있는 사람 중에 T1이랑 한 번도 일 안 해본 사람은 드물지.'

그리고 앞으로도 T1과 일할 기회를 잡을 생각이 있다면, 이 시기엔 좀 조심하려고 할 것이다.

"그럼… 다들, 우리랑 같이, 일하기 힘드시겠네…."

"눈치 볼 수밖에 없지. 한동안은."

"……"

아, 망할.

나는 머리를 휘저었다.

회의는 잠깐 중단되었고, 나는 잠시 베란다로 나와서 상태창을 뒤지는 중이다.

끊은 지가 언젠데 담배가 생각난다. 그래도 대가리는 굴러갔다.

'…LeTi 쪽 인맥에 기대는 수밖에 없나.'

그걸로 뮤직비디오 감독이나 앨범 아트 쪽은 채운다고 쳐도….

'아니, 안 돼.'

아예 그쪽에 완전히 기대 버리면, 이 회사 자체가 LeTi의 산하 레이블 수준으로 전락하는 수가 있다. 그걸 피하려고 이 지랄을 했는데 말이지. 완전히 그쪽 라인만 타면 안 된다고.

나는 한숨을 참으며 습관처럼 홀로그램을 다시 넘겼다. 뭐라도 정보를 뽑을 수 있을까 해서.

'정보라.'

힌트 티켓으로 이런 데 쓸 만한 정보나 좀 얻었으면 얼마나 좋냐. 이미 알고 있는 이딴 정보나 C등급 달고 주지 말고.

나는 한숨을 쉬면서 상태창을 스크롤했다.

[자회사에서의 탈주(C)]

해당 글이 쓱 넘어갔다.

"……"

그런데…… 잠깐.

'다시 생각해도 이상하긴 한데.'

이게 왜 C등급인 거지.

자회사에서 직원들이 퇴사했다는 것만 알려주는 모호한 힌트가 받을 등급으로는 너무 높지 않나? 내가 알고 있다는 걸 제외해도 말이다.

나는 다시 한번 글을 꼼꼼히 다시 읽었다.

-T1 Ent의 자회사들에서 최근 모종의 사태로 인해 직원들의 집단 퇴사가 잇따르고 있다고 한다.

"…!"

그리고 깨달았다. 내가 익숙한 내용에 무심코 넘긴 표현이 있다는 것을.

'여기서 말하는 자회사가… 한 군데가 아니야.'

'자회사들'이다. 여러 곳이란 뜻이다.

그리고 하나 더 결정적인 차이가 있다.

'T1 Stars는 그때 이미 자회사가 아니었어.'

우리의 전 소속사는 T1으로부터 손절 당해서 독립 당한 뒤에, 레이블 직원들이 단체 퇴사한 것이다. 그러니까… 이건 우리 회사 이야기가 아니다.

'다른 회사가 있는 거야.'

직원들이 단체로 퇴사한, T1의 자회사들이.

나는 당상 검색을 시작했다. 기사와 SNS 위주로, T1 Ent가 보유한 자회사들의 소식을 찾아보았다. 방송국과 연예 기획사가 아니더라도 영화, 음악, 홈쇼핑, 스튜디오 같은 것들이 있다. 그리고….

'게임.'

찾았다.

-티원 플레이즈에서 폐허공장 사람들 다 퇴사했다고 함... 127섹션 차기작은 없겠네..

└ㅠㅠㅠㅠ

└괜찮을까 인터뷰 보니까 티원이랑 척진 것 같던데

폐허공장. 바로 〈127섹션〉을 제작했던 그 팀이, 고스란히 퇴사해서 새출발한 상태였다.

"……."

나는 직감했다.

'이거다.'

찾았다. 써먹을 외부 인력 1번.

"헉! 안녕하세요, 테스타분들!"

"안녕하세요!"

우리는 열린 사무실 문으로 들어갔다.

문을 열어준 것은 〈127섹션〉을 만든 장본인들이었다. T1 플레이즈,

즉 T1의 산하 계열사에 있을 때보다 작은 사무실이었다. 하지만 활기는 넘쳤다.

열렬한 환영 인사가 쏟아졌다.

"이렇게 연락 주실 줄 몰랐어요, 정말 반갑습니다! 되게 오랜만에 뵙는 것 같은데……."

"하하, 네. 직접 뵙는 건 콜라보 이후로 처음이네요. 아, 이건… 늦었지만, 개업 선물입니다."

"괜찮은데… 와, 감사합니다."

류청우가 내민 것은 직원수에 맞춰 가져온 SF 컨셉 무드등이었다. 이런 것에 진심인 회사답게 대표들 얼굴이 훤해졌다.

'통할 줄 알았지.'

차유진의 격렬한 반대를 무시하길 잘했다. 자연스럽게 지난 일 이야기도 쓱 나오고 말이다.

"이거 보니까 저희같이 튜토리얼 캐릭터들 작업했을 때 생각나네요! 정말 말씀도 잘해주시고 재밌게 해주셔서 너무 즐거웠어요."

"정말요~? 저희도 그랬는데!"

분위기가 한층 더 화기애애해진다. 뭐, 확실히 당시에 얼굴 안 붉히고 일 잘하긴 했다. 이렇게 바로 미팅이 성사된 것엔 그 이유도 있긴 하겠지만… 사실 더 현실적인 이유도 있을 것이다.

나는 대표들 얼굴을 훑었다.

'인맥 관리지.'

이쪽은 아예 자기들 발로 T1 걷어차고 나왔다지 않는가. 배짱이 대단한 사람들이긴 해도 걱정이 아예 안 되진 않을 것이다. 대기업과 척진 상태니까. T1이 게임계에서는 그렇게까지 큰 손은 아니라고 해도 문화산업, 플랫폼 전반에 미치는 영향은 상당했다.

'스타트업으로 맨땅에서 다시 시작하려면 좀 압박이 있긴 할 거야.'

그런데 그때, 전에 톡톡히 홍보 효과를 봤던 검증된 스타 마케팅 당사자가 미팅 요청을 하면 나라도 받겠다.

'심지어 처지도 비슷하면 호기심이 들지.'

우리 쪽도 T1 걷어차고, 거기서 한 번 더 회사 탈피까지 한 모양새다. '동지'라고 오해받아도 이상할 게 없다는 뜻이다.

그걸 노리고 왔다.

우리는 몇 마디 대화를 나누며 회의실로 보이는 곳으로 이동해 앉았다. 곳곳에 게임 포스터나 그림, 피규어 따위가 보였다.

'〈127 섹션〉 캐릭터도 있군.'

이제 저작권은 없을 테니까… 회사 자랑보다는 정으로 한 건가. 나는 쭉 보다가, 드디어 벽면에 붙은 낯선 캐릭터의 포스터를 확인했다. 기괴한 살점 무기를 손에 든 기관사 제복 차림의 캐릭터다.

'이건……'

이 회사 대표들 포트폴리오에 없었다. 좋아.

"이쪽도 게임 캐릭터인가요."

"아, 네!"

"정말 멋지게 생긴 것 같아요."

"진짜요? 문대 씨 취향이구나!"

김래빈이 호기심이 가득한 눈으로 포스터를 들여다보았다.

"혹시 새로운 게임입니까?"

"저희가 지금 개발 중인 신작 게임 대표 이미지 캐릭터예요. 그런데 런칭 일정이 꽤 나중이라……."

"혹시 언제쯤이신가요."

"계획은… 음, 내년 말쯤이긴 한데."

까마득하게 멀었다. 게다가 정확한 분기 이야기를 안 한다는 것은 개발이 아주 순조롭고 빡빡하게 진행되고 있진 않다는 뜻이었다.

모호하다. 내후년으로 밀릴 수도 있다는 이야기.

'흠.'

나는 내심 미소를 지었다. 그리고 포스터를 다시 찬찬히 확인했다. 좀 기괴하면서도 현대적인 맛이 있다. 퀄리티가 좋아서 여전히 선을 지킬 줄 아는 느낌이었다.

"그래서 아마 내년 여름쯤에야 정식 프로모션이 들어갈 것 같은데요. 저승 열차 이야기인데…"

우리가 흥미를 가졌다고 생각하는지 남자 쪽 대표가 눈을 빛내며 스토리부터 대뜸 박았다. 거참.

'그때, 테스타가 또 홍보나 콜라보를 해줬으면 좋겠다는 뜻이겠지.'

확실히 영업 쪽으로는 좀 어설픈 사람들이다. 나는 경청하면서 살짝 시선을 돌렸다.

큰세진이 마찬가지로 정말 흥미가 깊다는 듯이 대표에게 고개를 끄덕거리고 있다. 그러나 나는 기억하고 있었다. 〈127 섹션〉 제작진이 새롭게 세운 회사, '폐허 공단'을 찾았다는 것을 멤버들에게 알렸을 때 이 녀석의 반응을 말이다.

―와… 찾아낸 건 역시 문대라서 했다 진짜! 그런데 게임 콜라보 또 하고 싶은 건 아니지?

찾은 건 인정해 주겠지만, 콜라보 뇌절할 생각은 버리라는 뜻이다. 물론 거기에 대한 내 반응도 기억했다.

―당연히 아니지.

우리한테 필요한 건 그런 게 아니다.

"사실 말씀을 들으니까, 여전히 폐허공장… 아니, 공단 분들이 만드시는 게임은 멋지게 독특하고, 재밌을 것 같습니다."

"…! 아, 감사합니다."

"그래서 드리고 싶은 말씀이 있는데요."

나는 본론으로 넘어갔다. 여기 찾아온 이유.

"의뢰를 드리고 싶습니다. 저희를 위해 게임을 만들어주실 수 있을까요."

게임 콜라보가 아니라, 진짜 게임을 만들 거다.

"…!"

대표들 눈이 휘둥그레졌다. 그리고 혹시 내 농담인가 싶어서 다른 사람들의 기색을 살피는 것 같았으나, 안타깝게도 다른 멤버 누구도 놀라지 않았다. 대신 류청우가 이렇게 말했을 뿐이다.

"음, 시나리오는 다 준비된 상태긴 합니다."

"……."

대표들은 자기들끼리 돌아보다가, 이렇게 입을 열었다.

"저, 게임 하나를 개발하는 데 보통 시간이 굉장히 오래 걸리거든요. 시나리오가 있어도, 원화, 그래픽, UI, 코드를 짜고 구현을 하는 건 다른 이야기고… 복잡한 단계가 필요해요."

문외한이 무슨 미친 소리 하냐고 소리를 지르는 대신 친절하게 대중적 눈높이에서 설명해 주려는 태도에서 플러스.

'역시 같이 일하는 게 좋겠군.'

나는 내심 웃으며, 겉은 진지하게 고개를 끄덕였다.

"저희도 당연히 폐허 공단분들 시간을 오래 뺏을 만큼 염치가 없지는 않습니다."

"네?"

"사실 원래 개발하시던 것 같은 종류의 게임을 말씀드리는 게 아니라요…"

나는 설명을 이어 나갔다. 기존 아이돌 사업이라는 벤다이어그램 속에 넣어도 어색하지 않을 법한 형태의 게임 컨텐츠.

그만큼… 볼륨도 작고, 특수하다.

'이건 분명 시간 내로 가능하지.'

우리가 개같이 구르면 된다. 우리 노동력을 짜내면 되는 것이다. 그리고 말할수록, 점점 대표들의 표정이 변해갔다.

분명한 흥미였다.

"이이… 그건….."

음, 됐다.

"감사합니다~"

몇 차례 설명과 미팅이 오간 후, 계약들은 일사천리로 끝났다. 류청우는 서명이 완료된 계약서를 회사로 송신하며 밝게 말했다.

"우리가 권한을 가지고 있으니까 이런 건 편하네."

"그래! 괜한 소리 안 들어도 되는 건 확실히 그렇지!"

배세진이 맞장구치며 드물게 신난 얼굴로 고개를 돌렸다.

"이걸로 된 거잖아. 다시 그, 앨범 예측인가… 그거 해볼 거 아니야?"

"예."

그래야겠지.

그때, 불쑥 말이 끼어들었다.

"아, 문대문대 그 전에 하나! 이거 다들 들으셨겠지만 그래도 한 번만 더요."

큰세진이 빙긋 웃었다.

"방송이든 어디든 괜히 저희가 회사 이사다~ 같은 소리는 하지 않기로요!"

"음?"

"왜, 우리가 계약 권한이 있고~ 뭐 이런 이야기도 말고, 그냥 전처럼 '앨범 프로듀싱은 우리가 한다!' 이 정도로 해요!"

음, 그래. 이건 중요했다. 회사가 X신 짓 했을 때 책임소재로 엮이기 싫다면 일찌감치 끊어놔야 하는 선이다.

우리가 독립한 이상 더 중요했다. 이 회사랑 우리를 동일시해서 생각할 위험성이 더 크니까. T1만 해도 얼마나 욕을 먹었냐. 오르빗이 그 전

철을 안 밟을 거란 보장은 없는 법이다. ……때론, 외부가 모르는 사정 때문에 욕먹는 선택을 할 때도 있는 법이고.

그러니까.

'회사 이사 이미지로 이득 안 봐도 상관없어.'

아이돌로 가질 수 있는 이미지만으로 충분하다.

"으응, 알았어!"

"음… 그래."

"좋습니다~"

이걸 납득하는 놈도 있고 굳이 그렇게까지 할 필요가 있는지 모르겠다는 놈도 있는 눈치였지만, 어쨌든 다들 동의는 했다.

그리고 회사 회의실로 들어간 뒤.

"으음, 문대도 피곤할 테니까… 앨범 예측은, 숙소로 가서 쉰 다음에, 하는 걸로 할래…?"

"음, 지금 해도 괜찮다."

특별히 내 체력을 쓰는 건 아니니까.

나는 그냥 바로 회의실 스크린에 노트북을 연결해서, 앨범 제작 홀로그램을 타이핑하기 시작했다. 여긴 회사 사람들이 만에 하나라도 들어올 수 있으니, 인력 파트는 좀 가리고… 다른 것들은 잘 채워 넣었다.

[앨범]

[인력 : A]

-김래빈(★★★★★), 김**(★★★★), 박**(★★★★), 박**(★★★)….

[자본 : S]

−₩5,000,000,000

[기간 : B]

−60일

(인력 보너스 + 150%)

(자본 보너스 + 200%)

*제작 시작 ← Click!

모든 것은 거의 그대로처럼 보였다. 인력도, 기간도.

다만, 저기 줄임표로 생략된 '인력 파트' 뒤에는, 다른 것이 붙어 있다.

'외부 인력들.'

나는 이번 '폐허 공단'과의 계약 건으로 초빙된 외부 인력들을 떠올렸다. 그리고 그걸 기반으로 해서 우리가 만들었던 앨범 프로젝트의 방향성도.

−T1이 저희를 막는다는… 그 결정적인 약점을 아예 안 드러낼 겁니다.

…그대로만 간다면.

'확실히, 인상적인 앨범이 만들어지겠지.'

나는 '제작 시작' 버튼을 눌렀다. 효과 크레딧이 터져 나오기 시작했다.

[외부 인력 : 설정 중]

[플러스 효과 발생!]

게다가 이 방법을 쓰면, 놀랍게도 실물 앨범을 제작할 업체가 기존처럼 업계 1, 2위를 다투지 않아도 괜찮다.

'T1이 방해해도 상관없어.'

[제작 업체 : 설정 중]
[마이너스 효과 상쇄!]

'컨셉도… 정해졌다.'

[컨셉 : 게임]
[플러스 효과 발생!]

게임뿐만은 아니지만, 그걸로 통합된 모양이군. 뭐 상관없다.
'중요한 건, 효과가 발생했다는 거지.'
글자가 밝게 튀겼다.

[플러스 효과]
외부 인력 : 새로운 시도
－프로모션 ↑↑
컨셉 : 몰입의 예감
－퀄리티 ↑
[예측 결과물 완성!]

나는 눈을 떼지 않고 모든 글자를 읽었다.

그리고 마지막, 드디어 등급이 뜨는 순간.

"……."

나는 주먹을 꽉 쥐었다.

[예상 앨범 등급 : S+~A+]

그렇지.

"…제작합시다."

그로부터 몇 주 후. 날이 따뜻해지기 시작한 어느 날이었다.

-미친 테스타 컴백!

-ㄹㅇ?

-무슨 수로 이렇게 빨리

갑작스러운 테스타의 '앨범 예약 공지' 소식에 아이돌 가십 게시판이
한번 술렁였다. 테스타가 회사를 옮긴 지 한 달도 채 안 되는 시점이었
기 때문이다.

어떻게 이것이 가능하단 말인가? 그것은 금방 밝혀졌다.

-리패키지래

-헐!

리패키지. 전 앨범에서 한두 곡만 추가하며, 새롭게 발매하는 앨범을 의미한다.

사실 원래 테스타는 아예 새 미니 앨범이나 싱글 앨범을 만들 생각이었다. '웬만하면 T1의 심기를 더 건드리지 말자'라는 몇몇 멤버의 주장에 따라서였다. 하지만 T1의 개수작이 밝혀진 뒤엔 상황이 변한 것이다.

'어차피 찍혔는데 뭐.'

덕분에 그들은 당당하게 직전 곡들과 컨셉을 쫙 빨아 와서 쓰기로 결정한 것이다!

다만 사람들은 더 흥분했다.

회사를 옮겼는데, 이전 앨범을 가져와서 낼 수 있다니!

-미친 저 회사 티원스타즈 인수해서 저작권 다 가지고 있지?ㅋㅋㅋㅋㅋ 대박이다 그래서 가능하구낰ㅋㅋㅋㅋ

-와 테스타 큰 그림...

-오르빗 충성충성

-나 눈물 나려고 해ㅠㅠㅠ

활동을 2주만 한 데다가 콘서트도 제대로 못 한, 전 하이틴 컨셉의 앨범이 부활! 팬들은 컴백 텀이고 뭐고 일단 열심히 예약을 걸 생각이었다.

-돈 벌어 제발

-언제 열어ㅜㅜㅜ

그리고 그건… 박문대의 첫 홈마도 마찬가지였다.

홈마는 스마트폰을 쥐어뜯듯이 움켜쥐었다.

'이날을 위해 난 돈을 벌고 있던 것이다…'

그녀는 원대한 계획이 있었다. 팬사인회 개근까진 무리더라도, 절반까지는 출석해 보고자 하는… 욕구가…. 하지만 일단 새출발하는 문대의 힘이 되어주기 위해서는 이 앨범의 예약 판매고부터 좋아야 했다!

'아아아… 분명 뮤직밤은 못 나올 텐데.'

뭣 모르는 라이트 팬들이야 T1 탈출이 사이다니 뭐니 하지만, 그녀는 알고 있었다. 방송국, 그것도 출신 방송국과 선이 끊어진다는 건 활동에 그리 좋은 신호는 아니었다.

'이번 활동이 진짜진짜 중요해!'

분명 똑똑한 문대라면 알 텐데 이렇게 급하게 나왔다는 게 조금 마음이 걸리긴 했지만…… 그러니까 더 성적! 오로지 성적뿐이다! 그녀는 고개를 끄덕였다.

그 순간, 스마트폰에 SNS 팝업이 올라왔다.

"…!"

'테스타 회사 공식 계정…!'

이건 분명 앨범 판매 공지다. 그녀는 허겁지겁 클릭하며 사전에 알던 정보를 빠르게 되새겼다.

이번 앨범은 3종, 그리고….

-3종 세트에 무슨 특전 붙는 거 딱 1000개 생산한다는데 회사 미쳤나?

1,000점만 팔고 끝내는 '한정 세트'가 있다는 기사 내용이었다. '차후 일반판 MD로 생산될 예정'이라는 친절한 예고까지 붙여서 호평을 받기는 했지만… 대체 정확히 구성품이 뭔지는 알려주지 않아서 간 본다고 욕을 먹기도 했다.

'…돈독 오른 것처럼 보이기도 했고.'

그리고 그 정체가 지금 공지된 것이다. 순식간에 SNS 글을 읽어내린 그녀는, 곧 눈이 튀어나올 듯이 놀랐다.

"…보드게임?"

그리고 같은 날 자정. 공개된 테스타의 신곡 티저 속.

[으으음….]

담요가 휘감은 어둑한 다락방, 램프와 꼬마전구 불빛이 가운데 모여 앉은 편안한 사복 차림의 7인. 바로 전 앨범 컨셉에 등장했던 하이틴 컨셉 테스타들이 다락의 마룻바닥에 둘러앉아 있었다.

보드게임을 가운데에 두고.

—Let's start

난전을 시작해

주사위가 굴렀다.

-미친 보드게임;;;;

테스타의 보드게임 한정판 앨범 소식에 팬들의 SNS 타임라인은 활활 타오르기 시작했다. 이미지를 비교해 보니 그 보드게임이 티저에 등장한 것과 같은 외관을 가지고 있는 것 같다는 이야기까지 돌자 반응은 더 거세졌다.

-진짜 뮤비 소품으로 썼나 봐
-포카 응용해서 게임하는 구조인가? 어떤 느낌일지 모르겠음 테스타 세계관 나오나?
-파는 방법 아네 정말ㅋㅋㅋㅋㅋ
-와 이건 진짜 가져야 하는데

주로 흥분과 기대였지만, 꼭 좋은 쪽만은 아니었다.
한정 개수 때문이었다. 아무리 차후 일반판이 출시된다고 하더라도 분명히 한정판과는 구성에서 차이가 날 텐데.

-딱 1000개?

앨범을 몇백만 장 팔아치우는 그룹이?

-플미 생각 안 하나 와 장사꾼 엄청 붙겠네
-이걸 어떻게 사 진짜ㅠㅠㅠㅠ
-소속사가 티원 짓 못 버리네
-누가 거기 산하 레이블 출신 아니랄까 봐 그 나물에 그밥ㅋㅋㅋㅋ

덕분에 드디어 테스타의 새 소속사, 오르빗 엔터도 욕을 먹기 시작했다.

실은 일정에 맞추어 급하게 찍어내느라 몇만 단위로 만들기엔 도저히 생산 일정을 맞추지 못한 것이었으나… 일부러 어느 정도 이 부정적 반응을 방치한 감은 있었다. 지나치게 레이블을 신격화하던 분위기를 미리 약간 가라앉히기 위해서였다. 신생 회사와 그룹 모두에게 부담스러운 일이기 때문이다.

어차피 일반판의 구성이 한정판과 거의 차이가 없다면 곧 가라앉을 불만이었으며, 컴백인 테스타 자체에 대한 떡밥이 먼저였기 때문에 팬들은 지금 소속사를 욕하는 것에만 집중할 수도 없었다.

가령 이런 것이다.

-오 앨범 USB형이래

이번에 발매되는 테스타의 앨범은 CD가 아니라, USB였다.

그것도 단독구성. 오로지 앨범 USB와 재생지 박스, 그리고 포토 카드 한 장이라는 담백한 구성으로 끝이었다.

-환경 문제로 앞으로도 계속 USB로 제작할 것 같아
-솔직히 앨범 판매량 과열되면서 쓰레기 넘 많이 나오긴 함 ㅇㅇ

하지만 사진과 가사집을 실물로 받아볼 수 없다는 점은 사람을 묘하게 서운하게 만들었다. 온라인 스트리밍이 대세가 된 시대에 굳이 앨범을 사는 건 실물 소장의 의미가 더 강했기 때문이다.

게다가 구성품 가짓수가 적은 것이 어쩐지 초라하게 느껴졌다. USB 내부에 데이터로 사진이나 가사가 포함되어 있을 테지만, 손에 쥐어지지 않는다는 점에서 어쩐지 기분이 식는 것이다.

-음 USB로 3종...
-USB 어떻게 생겼는지라도 좀 보여줬으면 좋겠는데
-인형이나 그런 거였으면 좋겠다
-아니 제대로 알려주는 것도 없는데 예약부터 받네 컨셉 포토라도 좀 공개하든가ㅋㅋ

티저 퀄리티가 괜찮게 나오고, 아쉽게 마무리된 전 앨범의 하이틴 컨셉을 이어간다는 개념 자체에 대한 열광 덕분에 비교적 목소리가 작긴 했다.

하지만 분명히 있었다. 불만의 목소리가 조성하는 묘한 맥 빠지는 분위기가.

'하….'

결국 그것을 신경 쓴 팬들은 일부러라도 더 좋은 점을 찾아내기 위해 애썼다. 테스타의 앨범 예약 상품 페이지에서, 보통 CD앨범에서는 수록되지 않는 특수한 컨텐츠들을 찾아내 일부러 여기저기 떠든 것도 그 일환이었다.

-이번 앨범에 MV 확장판이 들어 있대 USB 형태라서 큰 볼륨으로 시도한 것 같은데 벌써 기대됨
-QR코드 리더 관련 주의문 있다! 뭔가 QR로 읽는 거 있나보다ㅠㅠㅠㅠ 준비 많이 한 것 같아

하지만 그게 끝이었다.
앨범에 대한 더 구체적인 정보는 컴백일이 다가오는데도 더는 추가로 공개되지 않았다.
'무슨 생각이지??'
덕분에 문대의 첫 홈마도 손톱을 쥐어뜯을 지경이었다.
컨셉 포토가 한 번 공개되긴 했지만 지난번 티저 당시와 유사한 느낌의 편안한 하이틴 컨셉이었다. 무난하고 예뻤지만, 특색은 없었다는 뜻이다. 지난 앨범과 지나치게 비슷한 느낌이 들기도 했고 말이다. 30분짜리 티저를 냈던 〈행차〉, 시네마틱 트레일러를 가져왔던 〈Better me〉, 영화 같던 〈약속〉에 비교하면…….
'티저도 한 번이고, USB 앨범에, 구성도 단출해…'
'가성비'라는 무서운 단어가 그녀의 머릿속을 스쳐 지나가는 것은 어쩔 수 없었다.

-설마 새 회사에서 이런 취급 상상 못 했네ㅋ

-뒤통수 얼얼하다~~~음습댕 뭐했누 역시 머갈텅텅 섬별한테만 통하는 음습이었구먼

-섬별도 이제 한 주 활동하고 투어 뺑뺑이 도냐

-이번 타이틀 왠지 직전 타이틀인 포즈랑 비슷할 것 같지 않음? 근데 이제 더 별로인

물밑이 소용돌이치는 가운데.

그렇게 불안과 번뇌, 설렘과 기대가 교차하면서 겨우 운명의 날이 왔다. 새 회사에서 맞이하는 테스타의 첫 컴백 날, 그 자정.

드디어 MV가… 떴다.

"…하."

[테스타(TeSTAR) 'Roll the Dice' Official MV]

홈마는 심호흡했다.

제목이 주사위인데, 썸네일도 주사위가 있었다…….

어디까지 갈 셈일까.

'정말 완전 보드게임 컨셉이야? 이 정도까지 오니 뇌절 같다는 생각도 들어서 걱정이…, ……아냐!'

홈마는 쓸데없는 생각을 떨치며, 떨리는 손으로 MV를 클릭했다. 그러자…….

"어?"

화면에 나온 것은… 마룻바닥이었다. 바로 직전 티저에 나온 다락방의 마루, 하지만 그때 그곳에 앉아 있던 테스타는 없으며, 포커스된 것은 그들이 아닌 다른 것이었다.

바로 보드게임판.

그 위로 토큰과 카드가 널려 있으나, 티저에서 얼핏 나왔을 때와는 인상이 좀 달랐다.

칸을 나눈 뒤, 땅 따먹으며 전진하는 뻔한 구성의 그것이라고 생각했는데 말이다. 이렇게 보니… 그보다는 더 정교하고, 실사체의, 건물의 설계도 같은 느낌의….

'…감옥? 미로?'

그 순간.

카메라가 그 속으로 빨려들었다.

[You have my dice]

낮은 목소리가 검은 시야를 울렸다.

그리고 다시 돌아온 화면.

—Doong…!

일렬로 길게 늘어선 복도.

명암비가 다른 회색이 섞인 돌로 지어진 그곳은 흡사 기대한 지하 던

전의 일부 같았다. 바닥의 거대한 녹슨 명패가 잠깐 카메라에 담겼다.

〈KIS〉
—Keep It Safe

그리고 카메라가 앞으로 이동한다.
뚜벅, 뚜벅.
발소리와 함께 양옆으로 나열된 철문이 보인다. 마치 누군가의 시야 같다.
'간수인가?'
그때, 또 카메라가 이탈한다.

휘익.

왼쪽의 한 철문 안으로 뚫고 들어간 카메라는 즉시 바닥에 앉은 인영에게로 다가갔다. 그 인영은 하네스가 달린 흰 의상을 입고 있었는데, 흡사 구속복이나 죄수복을 떠올리게 만드는 무대의상이었다. 그리고 살짝 고개를 숙인 그 형상을 보는 순간, 홈마는 즉시 알아차렸다.
눈을 감고 있는… 흑발의 박문대.
'헙…!'
앞머리가 약간 긴 탓에 눈이 살짝 가려졌다.
그 하얀 얼굴을 클로즈업하는 순간.

—Pipipipipipipipi….

어디선가 작은 소리가 들리기 시작했다. 기계가 뭔가를 감지했을 때, 혹은 작동했을 때 나는 것 같은 소음. 박문대가 눈을 감은 그대로 손을 들었다.

그리고 어딘가로 내려쳤다.

퍽.

허공에서 감시카메라가 터지는 화면과 함께.

음악이 터진다.

─네 손에 닿아

또 감기는 My tape

경쾌할 정도의 시원한 중고음.

화면도 경쾌히 위로 솟구치더니, 이윽고 어두컴컴한 밀실을 뚫고 올라가 어딘가의 상층부로 갔다. 그리고 그곳의 천장, 격자가 쳐진 철장에서 내리쬐는 한 줄기 빛을 비췄다.

템포가 오른다.

─심장이 뛰는 순간

모든 감각이 Slow

그 빛줄기 속에서, 뜯어낸 철장 끝에 줄을 걸고 날렵하게 누군가가 몰래 내려왔다. 딱 붙는 가죽 정장을 입고 있는 류청우다.

탁.

착지한 그의 얼굴엔 약간 장난스러운 미소가 걸려 있었다.

드럼 비트가 섞이고, 약간 더 락킹한 소리와 함께, 베이스가 묵직하게 질주한다.

―짜릿한 contact
말 없는 네 눈 속에
확실한 정답을 찾아서

류청우가 귀에 손을 대자, 같은 동작을 하고 있는 누군가로 컷이 바뀐다. 바로 안경을 쓴 김래빈이었다.

―선택은 하나
그래 전부 가져가 (one more)
꽉 잡은 이 손을 놓쳐도

어두운 모니터실 앞에 앉아 있던 김래빈은 마치 해커나 직원처럼 보였다.

그러나 곧 무표정으로 도무지 모르겠다는 듯이 고개를 기웃거리더니, 그냥 품에서 송곳을 꺼내 모니터를 부쉈다. 망가진 모니터가 지지직거리며 꺼지기 직전.

뒤틀리는 시야각도 사이로 구속복을 입은 차유진이 카메라를 보고 송곳니가 보이게 웃었다.

그리고 모니터가 꺼지며, 침묵.

—Let's Start, 난전을 시작해

저음의 멜로디와 함께, 프리코러스가 터졌다.

—찾아내 얼굴을 봐
I don't care what's next

회색 복도, 밀실, 미로, 모니터링실, 그 밖의 알 수 없는 각종 컨셉추얼한 장소를 뛰어다니는 테스타 각자의 컷이 숨 쉴 틈 없이 연결된다.

—Chaser 오늘도
네 손을 멈추지 마

보기엔 근사하지만, 대체 몇 컷을 찍었는지 알 수 없을 정도의 어마어마한 컷 전환이 반복된다 싶은 순간, 누군가의 손이 그것을 가로막는다.

면장갑을 낀 손이었다.

—알아내 모든 걸 다
Don't be scared what's next

손의 주인은 이세진이었다.

커피를 마시던 군청색 제복 차림 이세진은 빙긋 웃었다. 그리고 고개를 돌려 부서진 모니터를 보더니, 열쇠를 챙겨 흥얼거리며 모니터실을 나갔다.

—Chaser 내일도
반전을 끝내지 마

그리고 후렴구.

—Just roll the dice

댄스 브레이크.

마치 무대들을 교차 편집해 놓은 영상처럼 의상과 배경이 자연스럽게 변했다. 하얀 죄수복에서 군청 제복, 거기서 다시 가죽 정장까지.

"와."

대체 이것도 몇 컷을 찍었을지… 아니, 뛰어다니는 것보다 더 어마어마한 품이 들었을 것 같았으나, 그것보다도 짜릿하단 생각이 먼저 든다는 게 미안하지만 두근거릴 정도였다. 홈마는 침을 삼키며 영상을 계속 보았다.

—Trust, take my side

후렴이 끝나고 들어간 2절에서는 스토리와 안무가 적절히 섞이며, 본래의 KPOP다운 느낌으로 영상이 돌아왔다. 상징물이 가득하면서도 강렬한 퍼포먼스 비디오 말이다.

다만 스토리는 초반 덕에 제법 구체적으로 파악할 수 있었다.

'어디 보자… 문대랑 차유진이 음, 죄수? 같은 거고. 래빈이랑 청우가 괴도. 그리고 큰세진이가 간수인가?'

그런데 배세진과 선아현은 다양한 차림으로 퍼포먼스에서 등장했지만, 딱 특징적인 역할은 잘 모르겠다고 고개를 기웃거릴 즈음이었다.

─그래 이 Final round

브릿지의 멜로디가 흐를 때였다. 갑자기, 빠른 템포로 바뀌던 화면이 롱테이크로 바뀐다.

…탁.

비추는 것은 거대한 철문 앞에 선 누군가의 뒷모습. 카메라는 곧 반 바퀴 돌아 그 정체를 보여주었다.

배세진이었다.

'아 괴도였구나!'

류청우랑 비슷한 차림이었다. 홈마가 고개를 끄덕였을 때였다.

[……]

배세진은 담담히 철문을 쳐다보다가, 옆의 잠금 패드로 손을 뻗었다. 거기엔 열쇠처럼 생긴 묘한 기계 장치가 들려 있는데, 그 가죽 장갑 낀 손이 클로즈업되는가 싶었다.

우우웅.

갑자기 그 손은 면장갑을 낀 손으로, 혹은 상처 난 손으로 지지직거리며 몇 번 바뀌었다.

"…!"

하지만 곧 장갑 낀 손으로 돌아왔다. 그리고 그 손으로 열쇠를 잠금 패드에 연결하는 순간, 기계에서 코드 입력 칸이 떴다.

[_____]

'오!'

배세진은 희미하게 미소를 짓는 것 같았으나….

[퍽!]

타격음과 함께, 화면이 사라졌다.

"…??"

−Just roll the dice
Trust, take my side

다음은 없었다.

순식간에 다시 현란한 퍼포먼스 비디오가 이어졌다. 거기에 홀리면서도 홈마는 여전히 머릿속에 물음표가 남아 있었으나… 결국, 퍼포먼스에 굴복했다.

'끝에 분명 떡밥 주겠지…!'

그렇다. 힌트는 노래가 끝났을 때 바로 주어졌다.

하지만 그녀가 예상한 방식은 아니었다. 까맣게 변한 화면에서는 배세진의 행방 대신 다른 것이 나온 것이다. 바로 아름다운 얼굴의 클로즈업 샷이었다.

"…?"

그건… 군청색 제복을 입은 금발의 선아현이었다.

그는 카메라를 똑바로 들여다보며, 입을 달싹였다.

[…Choose your side.]

부드러운 현악기 소리가 흐르기 시작했다.

천천히 위아래가 검게 닫히는 화면 속에서, 선아현은 천천히 고개를 돌려 복도를 걸어가기 시작했다. 바로 처음에 나왔던 그 회색 복도다.

선아현의 허리에서 검은색 진압봉이 살짝 흔들렸다. 누군가를 진압하기 좋아 보이는.

"……"

검은 화면. 부드러운 현악기 속, 선명히 두드러지는 군화 소리만 남을 때까지.

[툭, 툭, 툭….]

그리고, 글자가 떠오른다.

[Roll the Dice]
~please enter the code

마지막에 뜨는 것은, 깜박거리는 검은 박스.

뮤직비디오에서 배세진이 잠금패드에 접속했을 때 떴던 그것이었다.

그리고….

"……하!"

홈마는 참았던 숨을 몰아쉬었다. 미친!

'괜히 걱정했네!'

퀼리티가 무슨 영화 같았다! 기존의 뮤직비디오들과는 좀 다르긴 했지만, 이건 분명히 반응이 올 것이다.

'외국인 리액션 터지겠네….'

벌써 예상이 됐다.

'세계관이 좀… 많이 거창하긴 했는데.'

새로운 세계관 같았다! 좀 과하게 힘을 줘서 무슨 드라마 팬 뮤비 같게 느껴질 수준이었다.

'보드게임이 저 세계관인가? 그걸 하면 이해가 되는 건가?'

그녀가 열심히 머리를 굴리고 있을 때였다. 갑자기 SNS에 개인 메시지가 쏟아졌다.

'뭐지?'

그냥 덕톡인가 해서 클릭했을 때였다.

-앨범 상품페이지 떴는데 미친 ㅅㅂ뮤비에 나온 열쇠임

"…??"

-애들 뮤직비디오에 나온 열쇠가 앨범USB라고!!

"…어어어??"

그녀는 입을 벌리며 비명을 질렀다.

'으아아악!!'

그리고 그다음 날.

'빨리! 빨리!'

그녀는 배송받은 앨범을 미친 듯이 개봉하게 되었다.

그러니까, 무려 뮤직비디오 소품이었던 USB를 최대한 조심하면서도 허겁지겁 분리해서 컴퓨터에 연결한 후, 그 폴더에 접속하려 했다. 왜냐하면….

'이렇게 의미심장하게 해놨잖아!'

MV 확장판에 뭔가 있을 게 분명했다! 꼭 그걸 봐야만 했다!

'이대로 동영상을 클릭만 하면!'

MV 확장판을 볼 수 있겠…….

"…!!"

그러나, 그녀를 반긴 것은 동영상 플레이어가 아니었다.

[TeSTAR - Roll the Dice MV 확장판 (Playable) 앱이 디바이스를 변경할 수 있도록 허용하시겠어요?]

앱?

그 순간, 그녀는 깨달았다.

"……."

'Playable.'

게임.

MV 확장판이라는 것은… 게임이었던 것이다!

'미친.'

홈마는 숨도 제대로 쉬지 못하고 게임 설치가 완료될 때까지 기다렸다. 원래 현대인이라면 앱 설치 중에 잠깐 스마트폰으로 톡이나 SNS, 웹 서핑을 하는 것이 국룰이었으나 도저히 그럴 정신이 아니었다.

'대체 이런 걸 언제 어떻게 만든 거지?' 따위의 의문이나 분석을 할 여유도 없었다. 그냥 설렘과 벅참, 압도적 기대로 긴장감처럼 심장이 쿵쿵거렸다. 그리고 잠시 후.

[설치가 완료되었습니다.]

-바로 실행하기 ()

그녀는 망설이지 않고 박스를 체크했다.

화면이 검게 변하며 로고가 지나간다.

[Ruin Factory Area]

–Stars Orbit

그리고 기업이나 산업 재해를 떠올리게 변형된 테스타의 로고가 상단에서부터 내려오면서, 타이틀이 뜨는 것이다.

[Roll the Dice]

~please enter the code

부드럽게 흐르는 것은, 약간 음산하고 현대적으로 리믹스된 이번 타이틀곡의 메인 멜로디. 로고 뒤로는 어두컴컴한 마룻바닥과 보드게임판, 그리고 주사위가 투영된다.

완벽한 퀄리티였다.

"와아아악."

이렇게까지 본격적이라고? 홈마는 거의 당황에 가까운 기쁨을 느꼈으나, 동시에 은근히 걱정도 느꼈다.

'근데 나 게임 잘 모르는데….'

기껏해야 팬서비스용일 줄 알았는데, 이렇게 되니 제대로 즐길 수 있을지 약간 주저하게 된 것이다.

그녀는 게임의 불문율도 잘 몰랐고 긴트롤이 필요한 부분에 대해서도 잘 몰랐다. 〈127 섹션〉도 모바일 게임이라서 대충 즐겼을 정도였다. 그리고 게임을 싫어하는 사람도 있으니, 은근히 호불호가 갈리겠다 싶기도 했다.

'으음.'

물론 쌓인 기대감이 모든 것을 이겼다. 주저할 시간은 없다!

"가자!"

그녀는 용감하게 'New game'을 눌렀다!

글자들이 빨려들 듯 사라지며 주사위가 굴러갔다….

짧은 로딩.

그리고… 화면이 밝아졌다.

[2025. 06. 01.]
[PM 07:03]

-유후!

석양이 지는 도로를 질주하는 스포츠카가 컴퓨터 화면을 채웠다.

"…??"

뭐야, 이게.

심지어 스포츠카에 탄 사람들도 초면이시다. 웬 선글라스를 낀 남녀였는데, 남자 쪽도 절대 테스타 같지는 않았다. 게임 캐릭터인데 어떻게 확신할 수 있냐면….

'실사인데?'

그래픽이 아니었기 때문이다!

–♩♪♬♬~ ♪♪♬~

신나는 음악에 맞춰 질주하는 스포츠카는 영화의 한 장면처럼 연결 되었다. 혹시 불량 제품이 잘못 배송되었나 오해할 수도 있는 순간이 었지만, 그녀는 아니라는 것을 이미 알았다.

'이거… 포즈네.'

스포츠카에서 흐르는 곡은 테스타의 직전 신곡인 〈Pose〉였다. 드라 이브에 알맞은 경쾌한 댄스곡이 BGM처럼 흘렀다.

'이게 테스타 앱 맞아.'

그래서 그녀는 잠시 기다려 보기로 했다.

화면 속 스포츠카는 석양으로 붉게 물든 산속의 도로를 계속 질주 하다가 이윽고 이변이 나타났다. 도로가 막힌 것이다.

"…?"

노란색과 검은색이 교차하는 거대한 바리케이드와 깜박이는 비상 등이 도로 가운데 자리 잡고 있었다.

–뭐여?

음악이 줄어든다.

그리고 멈춰 선 스포츠카로 누군가 뚜벅뚜벅 다가왔다. 훤칠한 키의 남성이다.

−잠시만요, 선생님.

"헐."

이세진이었다!

경찰 제복을 입은 단정한 옷매무새의 이세진은 웃으며 스포츠카로 고개를 기울였다. 운전석에 앉은 여성이 불량하게 팔을 까딱거렸다.

−왜 그러시는디요?

−아, 지금 이 앞 도로가 통행이 통제되고 있어서요. 죄송하지만 돌아서 큰길 이용 부탁드립니다.

−큰길이 어디 바로 나오는가? 30분은 더 돌아가야 하는데 내 이유라도 좀 들어봅다.

−저도 그러고 싶은데, 공무 집행 중이라 자세한 부분은 설명이 어렵습니다. 부탁드릴게요.

이세진은 서글서글 상냥하게 말하며 웃었다.

'잘생겼다….'

이마가 드러난 머리가 끝내주게 잘 어울렸다.

그러나 운전석에 앉은 여성은 애인에게 정말 충실한 타입인지 저 이세진을 보고도 용케 혹하지 않은 모양이었다. 그 대신, 계속 묘한 눈으로 이세진을 훑는 것이 의미심장하게 카메라에 잡힌다.

-…….

-선생님, 차 돌려주시겠어요?

묘한 긴장감이 고조되었다.

BGM이 달라졌다.

'뭐, 뭐야.'

-경찰 선생님이 참 젊으시네.

-아, 이번에 발령이 나서요. 하하.

-그래요?

-네. 그럼 불편하시겠지만, 꼭 부탁드립니다.

이세진은 끝까지 웃으며 살짝 고개를 숙여 보였다. 그러나 긴장감 넘치는 BGM과 묘하게 커진 발소리는 끝나지 않았다.

뚜벅, 뚜벅.

"……."

그리고 이세진이 붉은 석양빛을 받으며 초소에 들어가고 난 후.

부웅.

스포츠카는 차를 돌려, 그 자리를 떠나기 시작했다.

'휴.'

이상하게도 홈마가 안도의 한숨을 내쉴 때였다.

조용하던 조수석의 남성이 침묵을 깨고 입을 열었다.

-어? 이쪽은 큰길 아니지 않아?

'어??'

-어, 여기서 돌아가면 바로 절로 다시 연결되는 거예요, 자기야.
-뭐?
-우리 저놈아가 막은 도로로 갈 거야.

예??
그리고 홈마의 심정을 대변하듯 조수석의 남자도 경악했다.

-왜 거길 들어가? 자기, 경찰이 막았다잖아요.
-경찰?

운전자가 코웃음을 쳤다.

-과속하는 스포츠카 보고 저래 사근사근 말하는 짭새 봤는가?
-뭐?
-그리고 봐라. 도로 막은 거, 저거.

조수석의 남자가 고개를 돌림과 동시에 화면의 시야도 돌아갔다.
바리케이드. 그것이 다시 한번 느릿하게 화면에 잡히며, 회상처럼 이
세진의 웃는 하관이 교차했다.

운전석 여성의 목소리가 울린다.

−바리케이드 저거 경찰 거 아이다. 싸제야.
−…!!
−내 보기엔 저 새끼 저거 경찰이 아닌 거 같애요.
−아….
−저놈 어린 거 봐라. 어디서 위튜버? 비제이? 그런 놈이 장난치는 거 아니가. 카메라 숨겨놓고.

그 순간이었다.
스포츠카의 시야 하단이 살짝 반투명하게 까매지더니, 화면 위로 무언가가 떠 올랐다.

▶[그럴 수도 있겠네. −안심]
▶[그걸 어떻게 확신해? −경계]

선택지였다!
'그렇지. 게임이니까 선택지가 나오는구나.'
좀 낯설지만, 마음에 끌리는 걸 고르면 되는 거겠지 싶었다.
그런데….

[00:10:00]

시간제한이 있다!

'10초?!'

그녀는 당황했으나, 곧 왠지 모를 삼으로 아래를 선택했다.

—그걸 어떻게 확신해?

영화 클리셰에서 온 감이었다. 막아놓은 곳을 굳이 들어가면, 무조건 안 좋은 사건이 시작되는 게 인지상정 아닌가.

'세진이가 오지 말라잖아!'

그럼 들어가지 말라고! 왜 가! 진짜 경찰인지가 중요해?

'아이돌이라도 말 들어줘!'

아니, 애초에 테스타 입장도 아닌 이 사람들 입장을 왜 자신이 골라주고 있는지 모르겠지만… 시간제한의 압박에 허둥지둥 고르자.

—아, 내 못 믿냐.

운전석 사람이 화났다!

[상대가 불쾌해합니다.]

"으아악"

잠깐, 위의 답을 고르고 달래주는 게 정답이었나? 그녀는 혼란에 빠졌지만 진행은 멈추지 않았다.

-그, 그건 아닌데….

-그럼 딱 보고 있어. 내가 우리 자기 비행기 안 늦게 딱 가준다.

운전석의 사람은 그렇게 말하더니 한 손으로 스포츠카를 거칠게 돌리며 쾌속 질주를 시작했다. 카메라가 멀어지며, 그 스포츠카가 '통행금지' 표지판으로 막아둔 도로 쪽을 샛길로 억지로 진입하는 것을 보여주었다.

그리고 어둑어둑해진 산속의 음산함을, 잡는다….

"……."

그녀는 침을 삼키며, 스릴러 영화를 볼 때처럼 그 광경을 지켜보았다.

그리고 잠시 후.

-저거 뜬금없네.

건물 하나가 나타났다.

라이트를 켠 채 어둑한 산길을 지나던 스포츠카는, 갑자기 나타난 웬 낡은 건물 앞을 지나게 되었다. 콘크리트로 대강 때운 것 같은 회색 건물은 큰 크기였으나, 사람의 기척은 느껴지지 않았다.

-공장? 아니야?

-아, 그런가.

-산에 있기엔 좀 특이하긴 하다.

그리고 슬로우 화면으로, 스포츠카 탑승자의 시야를 통해 천천히 건물의 외양을 훑는가 싶더니… 외곽의 양각 문양 하나를 잡는다.

[K.I.S]

홈마도 떠올렸다.
'뮤직비디오에 나왔던 것 같은데?'
맞다. 그 회색 복도 바닥에 있던 이니셜이었다. 설마 이 사람들이 그 감옥에 플레이어 입장으로 들어가는 걸까?
'그래, 시야도 이제 이 사람들 1인칭 시야가 됐으니 그럴 수도 있겠어.'
그녀 나름대로 추측하고 있을 때였다.

─어, 저건….

그 순간.

쿵.

스포츠카가 전복했다.
"…?!"
어?
그리고 폭발했다.

−퍼퍼퍼퍼퍼펑!!

미친 듯이 회전한 화면이 튕기며 바닥을 굴렀다.

'으아악!!'

미친! 홈마는 저도 모르게 비명을 질렀다. 카메라의 시야는 비틀거리며 반파된 스포츠카를 비추는가 싶더니… 곧 바닥을 더듬는 손이 보였다.

그리고 선택지가 떴다.

▶[스마트폰을 잡는다.]
▶[동승자를 부른다.]

이건… 이건!

'동승자 불러봤자 의미 없어! 스마트폰이야!'

부른다고 다친 사람이 낫는 것도 아니니까 일단 생산적인 행동부터 해야 한다! 그녀는 냉큼 위를 눌렀다. 그러자 기쁘게도, 바닥을 더듬던 손은 스마트폰을 찾아냈다!

'예이!'

무심코 몰입한 그녀가 119를 누르는 손을 응원하려는 순간.

−아악!!

스마트폰이 고장 났다는 것이 드러났다.

"윽."

이, 이거 답이 없는데? 뭘 잘못 고른 것 같다며, 식은땀을 흘린 홈마가 게임 재시작을 고민하고 있을 때였다.

목소리가 들렸다.

−거기 괜찮으세요?!

고개를 돌린 듯 화면이 휙 돌아가자, 경찰복을 입은 훤칠한 인영이 황급히 다가오는 것이 보였다. 바로 이세진이 뛰어온 것이다.

−잠시만요!

'어어어? 뭐지?'

뭐가 어떻게 되는 건지 몰라 당황하는 순간이었다. 다가온 이세진은 당장 손부터 내밀었다.

−그건 저 주시고.

그는 부축에 방해가 되는 스마트폰을 부드럽게 빼내더니, 어깨를 으쓱했다.

그리고 플레이어와 눈을 마주친 채로 마취총을 쐈다.

"…?!"

시야가, 아니, 순간 화면이 흐릿해졌다.

적막.

—…….

짧은 공백 뒤, 다시 나타난 화면은 이세진의 어깨 뒤편이었다. 아무래도 이세진에게 들쳐 업힌 것 같았다.

"…??"

아직도 상황 파악이 안 되는 가운데, 이세진의 목소리가 들렸다.

—아~ 매번 통하네, 매번.

그리고 화면이 다시 움직였다.

빨간 프레임, 찌그러진 철제 차체와 연기. 플레이어는… 반파된 스포츠카 속으로, 다시 밀어 넣어진 것이다!

"어어어억?!"

—알아서 규칙을 어겨주니까 얼마나 좋아요. 나는 할 일 다 해서 양심의 가책이 없네.

"…!!"

미, 미친!

그리고 스포츠카 밖에 서 있는 이세진의 멀끔한 얼굴이 다시 보였다. 그는 수첩을 꺼내 들고 있었다.

—자, 이번에도······.

—'통행금지 표기'··· 했고, '직접 고지' 했고, '친절함' 했고, '반복 강조'···.

이세진은 정말 경찰관처럼, 모자를 잡고 찡긋 인사했다.

—차 돌려달라고 했죠?

—끄윽······.

—예예. 안 들을 줄 알았습니다~

쾅. 스포츠카의 문이 닫혔다.

반파된 빨간 스포츠카는 검은 차량에 견인되어 끌려가기 시작했다.

그 뒤로, 검은 차량에 탄 이세진의 허밍이 BGM처럼 울려 퍼졌다.

—으 으음~

테스타의 직전 앨범에서 느긋한 이지리스닝 곡으로 팬들 사이에서 유명한 수록곡이었다.

그리고 그 소름 끼치는 위화감 위로, 자막이 떠오른다.

[Prologue End]

—Welcome to the K.I.S

홈마는 소리 없이 비명을 질렀다.

'이게 뭐야!?'

멘탈이 털린 홈마는 30초 후에야 엔터 버튼을 누르고 챕터 1에 진입할 수 있었다. 전적으로 이세진의 잘생김에 설득당했기 때문이다.

'문대도 엄청 잘생기게 나올 것 같다….'

그리고 사실 본인도 인지하진 못했지만, 스토리가 충격적이고 박진감이 넘치는 것도 한몫했다.

'좋아!'

그렇게 본편으로 돌입한 게임은, 이번엔 제대로 멤버의 입장에서 진행되었다.

-태워드릴까요?

비가 오는 가을날. 지갑을 잃어버린 배세진은 류청우의 도움을 받아서 그의 자가용에 탑승해 출근하게 된다. 그리고 류청우에게 갑작스러운 제안을 받게 되는 것이다.

-훔치고 싶은 것이 있습니다.

-…예?

-해커가 필요해요.

그렇다! 배세진은 해커였다. 하지만 그렇다면….

'…래빈이는?'

뮤직비디오에서 모니터실에 앉아 있었는데?

지금도 자가용 뒷자리에서 안경 쓰고 노트북을 보고 있는 것이 꼭 그런 느낌이었다. 그래서 홈마는 기꺼이 그걸 질문하는 선택지를 골라 보았다.

―저쪽도 해커… 아니에요?

―아뇨. 힘만 세요. 정말… 힘은 세요.

"으하학."

뒷자리에서 고개를 기웃거린 김래빈이 다시 고개를 내렸다. 참고로 김래빈은 정말 시설에 침입한 후에도 공격력 최강자의 면모를 아낌없이 보여주어 홈마를 즐겁게 해준다.

어쨌든, 류청우가 배세진에게 보여준 것은 'tutáculum'(투타쿨룸)이라는 보석에 대한 정보였다.

―투타쿨룸?

―라틴어로 보호, 은신처라는 뜻이라네요. 이 보석이 위치한 시설에 접근할 수 있는 열쇠 같습니다.

이전에 동료에게 받은 것이라며 '열쇠' 모양의 장치를 넘겨주고 분석을 부탁한 것이다. 그리고 이것은 회상으로 처리되며, 바로 시설에 잠입하는 컷으로 연결되었다!

–그런데 하필, 그곳이 이런 이상한 보호관리감금 시설이었을 줄은 몰랐다.

그리고 그 후부터는 손에 땀을 쥐는 숨바꼭질과 선택의 연속이었다….
'으아악.'
이미 프롤로그에서 이세진의 매운맛에 당한 홈마는 아무리 이세진이 잘생겼어도 절대 잡히고 싶지 않았다…. 그래서 어떤 캐릭터를 운용하든 절대 간수와 만나지 않기 위해 힘쓰며, 최대한 선택지를 잡아갔다.
그리고 이때부터는 하나의 시스템이 더 추가되었다.
바로 10면체 주사위다.

떼구르르르….

잘못된 선택을 했을 때, 주사위를 굴려 숫자가 작으면 만회할 기회를 줬다! 치명적인 실수일수록 요구하는 수치가 더 작았다.
'후우우!'

–오~ 오늘의 커피.

그녀는 이세진의 눈을 간발의 차로 피하며, 간신히 게비닛에 숨어

숨을 들이켰다.

그리고 얼마 지나지 않아… 최애의 얼굴도 보게 된다.

ㅡ음.

"으아악!"

문대는 실험실에 있었다!

문제는, 주사 같은 것을 놓고 있었는데… 식은땀을 흘리며 엄청 괴로워 보였다는 점이다. 그런데 본인이 주사기를 제거하지 말아 달라고 부탁한다!

ㅡ…안 돼, 제발.

▶[주사기를 부순다. ㅡ동정]
▶[그냥 둔다. ㅡ부동심]

으아아악!!

김래빈을 움직이던 홈마는 경악했으나, 결국 떨리는 손으로 위를 향했다.

'미안해, 문대야…!'

하지만 여기서 주사기를 안 부수면…! 영화 클리셰에서는 문대가 죽는단 말이야!

그리고 아나나 다를까, 주사기를 부수자 문대는 바로 안정되었다. 그녀는 정신을 잃고 편안한 일굴로 쓰러진 문대의 클로즈업 샷을 눈물

어린 눈으로 보며 캡처를 눌렀다.

김래빈은 다행히 문대를 들어 업고 안전한 장소로 옮겨주었다.

'다행이야….'

과몰입한 홈마는 식은땀을 닦아냈다.

어쨌든 이후로 철문 안 차유진과 기 싸움을 하며 정보를 알아내는 류청우나, 아찔한 추격전 따위가 이어졌다. 그리고 곧 괴도들은 이곳이 실험체를 가둬두는 이상한 곳이며, 자신들이 얻은 '보석'에 대한 정보는 실험체 낚시의 일환이라는 추리를 마치게 된다.

―탈출해야 해.

그래서 그들은 경로를 수정하고, 곧 차유진의 어그로 덕에 정식 탈출로를 발견하게 되는데….

여기서 최후의 난관이 있었다.

―이 외곽만 돌면….

―쉿.

'헉, 아현이!'

뚜벅, 뚜벅.

진압봉, 장갑, 군화, 턱, 눈.

복도 너머에서 걸어오는 것은 영화와 같은 미장센으로 연출되었다.

선아현은 이 영화, 아니, 게임 내내 서늘하고 차분한 느낌으로만 등장했다. 그게 또 기가 막히게 잘 어울려서 의외의 매력이 있었다.

'역시 얼굴이다….'

홈마는 침음했다. 그리고 어쨌든 직감했다.

'그 뮤직비디오에서… 배세진이 탈출할 때 진압했던 게 아현이 같았다는 암시가 있었잖아!'

이게 그 힌트였던 게 분명했다. 그녀는 두근거리면서 무조건 선택지에서 '숨기'를 연타했다.

—…….

놀랍게도, 올바른 선택 같았는데도 주사위가 떴다.

[기준치 : 6]

60%의 확률!

홈마는 이를 악물었다.

떼구르르르….

'제발, 제발…!'

천천히 멈춘 주사위가, 가리킨 눈은….

[2]

"됐다!!"

선아현은 유유히 복도 너머로 사라졌다.

그렇게, 무사히 그 턴을 넘겼다.

'휴.'

—가자.

그녀는 한숨을 내쉬며, 배세진이 거대한 철문을 향해 다가가는 것을 지켜보았다. 바로 뮤직비디오에서 봤던 그 신이었다.

잠금 패드에 열쇠를 대고, 이제 코드를 입력하면….

'어?'

그러고 보니….

[_____]

코드가 뭐지?

"……."

게임 진행이 멈추었다. 그러니까, 전처럼 10초의 시간제한은 없었다. 아무 때나 편하게 입력할 수 있다는 뜻이다.

하지만… 대체 무슨 코드란 말인가?

그 순간, 배세진의 내레이션이 화면에 흘렀다.

─내가 이미 알고 있는 코드다.
─이 열쇠를 받을 때 괴도에게 들었다.

그리고 이번에는 그가 회상하는 류청우의 목소리가 들리기 시작했다.

─열쇠를 분석해 주셨으면 합니다.

배세진의 눈이 클로즈업되었다.

─그리고 나는 분석했었다.
─괴도가 원하는 정보가 나왔다. 이곳의 위치, 보석의 가치 같은. 하지만 일부러 집어넣은 듯한 더미 데이터도 많았다.
─찾기 힘들게 용량을 키우기 위한 것처럼 말이다.
─그때 무심코 지나칠 뻔했던 더미 데이터 중, 남성의 사진 한 장도 있었는데⋯ 그 사진의 뒷면에, 코드가 있었다.

거기서 내레이션은 끝났다.
'뭐, 뭐지?'
홈마는 당황해서, 자막을 다시 읽었다.
'남성의⋯ 사진 한 장.'
"⋯⋯."

설마?

"헉!"

그녀는 벌떡 일어서서, 아까 USB를 꺼낸 뒤 옆으로 밀어둔 앨범 박스를 들었다. 그리고 그 속에 남아 있던 단 하나의 구성품을 꺼내 들었다.

포토 카드.

송곳 끝을 입에 물고 있는 김래빈의 포토 카드 뒷면에는, 로고와 함께 코드가 적혀 있었다.

[Roll the Dice]

~please enter the code

[AW23-5DQ2-B25E]

그녀는 떨리는 손으로 그것을 입력했다.

…엔터를 치는 순간, 화면 속의 배세진도 잠금 패드 위로 손을 움직이기 시작했다. 그리고.

-성공… 했다!

문이 열렸다.

"됐다!"

그녀는 반사적으로 두 손을 불끈 쥐었다가, 곧 깨달았다.

'와!'

이거 앨범 산 보람을 엄청 느끼게 해주는 구조네!

어쨌든, 그녀는 반사적으로 해피 엔딩을 직감하며 자리에서 일어났다. 설마 자신이 본 것이 '노멀 엔딩-3'정도라는 것을 까마득히 모르는 겜알못의 반응이었다.

이제야 평가도 조금 내려보기 시작했고 말이다.

'진짜 몰입 대박이었어!'

대체 이걸 어떻게 찍은 건지, 얼마나 애들이 갈렸을지는 모르겠지만… 당장에라도 다시 해서 다른 선택지도 골라 보고 싶었다!

가장 중요한 의상도 마음에 들고, 연기도 액션이 주라 그런지 오글거리지 않고 좋았다. 솔직히 배세진이 워낙 연기를 잘해서 시너지가 나기도 했고 말이다.

그러나 마음에 걸리는 점은….

'아, 너무 괴도들이 주인공같이 나오기는 했지?'

분량의 문제도 약간 있지만, 묘하게 이벤트 같은 게 괴도의 입장에서 구성된 느낌이었다.

'아, 아현이는 진짜 분량도 좀 적고.'

그리고 보드게임은 대체 뭐였는지, 아직도 좀 풀리지 않는 의문이 있었지만…….

'진짜… 말도 안 되는 퀄리티였어.'

이걸 뭐라고 해야 할지 모르겠다. 영화를 보는데 등장인물들이 뭘 할지를 내가 고르는 느낌이라고 할까! 이거라면 게임을 좋아하지 않는 팬이라도 좋아할 것 같았다. '인터랙티브 무비' 장르를 제대로 접한 것이 처음인 그녀는 열심히 고개를 끄덕였다.

'다시 생각해도 착장 너무 좋았… 하, 진짜 너무 최고다.'

그녀는 에필로그가 로딩되기를 기다리며 그제야 겨우 화장실에 가기로 마음먹었다. 그리고 자연스럽게 스마트폰을 챙겨 들었을 때였다.

-빨리 앨범 다른 버전도 플레이해 보세요 의리로 해드리는 말씀입니다 정말입니다

"...??"

-미친 버전 2로 하니까 프롤로그 달라짐 죄수 나옴
-이거 앨범 3종이었던 게 설마 진영 선택이었어요?? 괴도 죄수 간수?

뭐, 뭐라고?

-메인스트림은 거의 똑같은데 개인 이벤트가 달라요 헐 뭐야

"⋯⋯."

홈마는 당황해서 화장실이고 나발이고 택배 박스로 달려갔다. 그리고 USB 두 번째 박스를 개봉해, 혀를 살짝 드러낸 차유진의 포토 카드를 밀며 허겁지겁 두 번째 USB 앨범을 꺼내 들었다.

그녀는 침을 삼켰다.

'이, 이것부터 해야 하나?'

문대가 죄수니까 문대를 많이 보려면 이걸 해야 하는 건가.

홈마가 혼란에 빠졌을 때, 또 스마트폰 화면에 불이 들어왔다.

-어 이거 주사기 안 부수니까 문대 괴도편 되는데

-미친 박문대 괴도복 돌았냐 허벅지! 허벅지!

"…?!"

그… 그건 또 뭐야…?

바야흐로, 테스타의 앨범 떡밥 구렁텅이의 시작이었다.

-제발제발 이세진 구속복 입히는 루트 좀 알려줘 뮤비에 있었잖아 있는 거잖아 제발 나 모르겠어

-유진차 혼자 탈주하는 개그엔딩 개웃기네 차고영 찍으면서 무조건 웃었다 이걸ㅋㅋㅋㅋ

-헐 배세 그그 출근길에 지갑 잃어버린 거 사실 청우가 훔친 거였음ㅋㅋㅋ 간수 버전에 나온다!! (캡처)

떡밥, 떡밥, 떡밥.

본래는 컴백 시기에 뮤직비디오가 공개된 후, 음악방송에 출연하기까지 며칠의 틈이 있다. 보통 이때는 SNS 소식이나 예고, 소소한 컨텐츠를 보며 기대감으로 보내거나 뮤직비디오를 계속 반복 소비하며 방송을 애타게 기다려야 할 시점인데….

-아아아아아아 드디어 유진이 간수 제복 입었다ㅜㅜㅜㅜㅜㅜ ㅅㅂ 개행

복해 제복도 대충 입어 내 새끼

완전히 바뀌었다.

온갖 스포일러와 공략, 동영상과 캡처와 수집 포토로 점철된 팬 커뮤니티와 SNS는 그야말로 축제의 판이었다.

여기서 테스타 측에서는 '노멀 엔딩' 및 '배드 엔딩'은 스트리밍이 가능하다는 너그러운 규정을 때렸다. 애초에 이렇게까지 파격적인 시도를 한 이유는 입소문을 노린 것도 있는데, 프로모션 기회를 놓칠 수 없기 때문이다.

게다가 직접 체험하려면 어차피 앨범을 사야 했다. 엔딩에서 문을 열어주는, 동봉된 포토카드의 '코드'는 한 계정에 귀속되기 때문에 불법 복제자는 엔딩을 볼 수가 없었다!

-ㅋㅋㅋㅋㅋㅋ개꼬시네
-근데 그것도 얼마 안 있으면 뚫리지 않을까 걱정임 크랙 다 만드니까ㅠ
-그래도 초동 잡힐 때까지는 괜찮을 듯? 아 유에스비도 음반 판매량으로 잡혀서 넘 좋다
-진짜 신세계 개꿀잼

게다가 게임 타이틀에서 다운로드받을 수 있는 가사집과 음원, 컨셉 포토들의 경우엔 게임 플레이한 뒤 다시 보면 감회가 남다른 것도 호평을 받았다.

-게임이 앨범 서사를 깊게 해줌... ㅅㅂ 세계관 뇌절 개싫어했는데 이런 발언을 하게 만들다니

전체적으로, 아주 색다른 시도였다. 그리고 완전히 예상외였다.
일단 어그로는 제대로 끌었다는 뜻이다.

[앨범에 진짜 게임 넣은 테스타]
[<127섹션> 폐허공장 제작진의 신작 나옴 : 테스타 앨범 (농담 아님)]
[테스타 미친 실사 게임 플레이 현황ㅋㅋㅋ]

MV 확장판이 설마 게임일 줄은 몰랐던 팬들이 경악하는 모습은 여기저기로 퍼져 나갔고, 자연스럽게 인터넷 사용자들은 소식을 접하게 되었다.

-MV가 게임 소개였다고요
-아니 무슨 일이얔ㅋㅋㅋㅋㅋㅋㅋㅋ
-테스타 진짜 별걸 다 하는구나 정말 존경스럽다 마법소년부터 꿋꿋한 오타쿠 외길
-이건 나도 해보고 싶다 퀄리티 무슨 일임... 하려면 앨범 사면 돼? 뭐 사면 됨?

유튜브에선 이 떡밥을 놓칠 리가 없는 게임 스트리머 몇몇이 벌써 플레이 중이었다. 이세진의 프롤로그가 충격적인 탓에 리액션을 뽑기도 좋아 유튜브 각이 잘 나와서 윈윈이었다. 물론 취향과 평가가 오가며

싸움이 붙거나 잡음이 나오기도 했지만, 그것마저도 화제성이었다.

돈 주고도 못할 프로모션이었다.

-혹시 지금 공홈에서 주문하면 내일 도착해? 지금 버스 타고 매장 왔는데 품절이라ㅠㅠ

-버전 뭐부터 하면 되는 거임?

-테스타 이번 타이틀 게임 OST?? 야?? 왜 다들 난리야?

덕분에 음반 판매량은 어마어마하게 치솟고 있었다. USB, 재생지 박스, 포토 카드가 끝인 단출한 구성품은 도리어 부담 없이 구매할 수 있게 해줘 진입장벽을 낮췄다.

그리고 이 모든 태풍 같은 활동기의 시작 속에서.

"후우."

홈마는 미친 듯이 게임 중이었다.

영화 같은 실사 구성과 상호작용하는 선택지, 컨트롤이 필요하지 않은 운 요소로 스릴을 살린 밸런스는… 훌륭히 이 사람에게 어필해 버렸다. 덕분에 그녀는 여유시간을 여기에 다 쏟아붓는 중이었다.

"문대 컷 진짜 너무 예쁘다…."

지금은 죄수 진영이 주로 나오는 VER 2 앨범을 재플레이 중이었다. VER 2 앨범 USB를 통해 죄수 진영으로 플레이하면, 박문대와 차유진의 과거 시점으로 챕터가 시작되었다.

-오 둘이 실험실에서 기싸움 오지게 대화하는데 내가 다 쫄림
 └??꿍장히 슬프고 처연하지 않았음?
 └??당신 대체 무슨 선택지를
 └당신이야말로

그리고 후반부에 괴도들이 잡힐 시 죄수복을 입고 진행되는 이벤트와, 간수를 역 제압해서 죄수복을 입히는 이벤트가 있었다.

-큰세한테 죄수복 던지는 문대 사적 감정 있어보이는데요 연기가 아니라 찐친의 찐텐 같음
 └ㅋㅋㅋㅋㅋㅋㅋㅋㅋㅋ

그리고 죄수들이 받는 실험의 정체를 조금 알아낼 수 있었다.

[■■■■ 10ml 투여 : 100m 밖 물건 감지
 −어지러움, 환각, 두통 호소.]

'흠, 초능력자? 같은 걸 만드는 실험인가.'
왠지 미국 쪽 감성이더라니… 좀 기괴하고 오싹한 것이 확실히 그쪽이었다. 어쨌든 차유진은 머리가 비상하고 육감이 꿍장히 발달한 것 같았고, 문대는 무려 염동력을 쓸 수 있는 것 같았다!
'……피 토하긴 했지만.'
감시 카메라를 터뜨리는 뮤직비디오 신을 재현한 뒤 문대가 쓰러지

는 배드 엔딩을 본 후로, 그녀는 염동력을 봉인했다…….

어쨌든, VER 2의 죄수 진영 플레이는 그런 느낌이었다. 괴도 진영과 비슷하지만 좀 더 피폐하며 시설에 초점이 맞추어진 스토리.

다만 VER 3 앨범은 조금 달랐다. 이 간수 진영의 경우, 조금 특수한 구도를 취했는데….

－쉿.

－…!

－조용히 하고 따라와요.

이세진의 입장에서 시작하여, 괴도들에게 협조해 주는 플레이였던 것이다.

'헐.'

마치 시설에 염증을 느껴, 못 본 척해주는… 우리 편 간수인 것 같았다. 물론 사실은 빼도 박도 못하도록 막판에 뒤통수쳐서 굴비 엮듯이 다 잡아버릴 생각이었지만 말이다.

이세진이 홀로 흥얼거리며 한 말이 일품이었다.

－편하고 좋네~ 자기 발로 와주고, 규칙 어겨주고….

'악!'

VER 1, 첫 경험 프롤로그의 매운맛 지속력은 강력했다! 덕분에 VER 3는 플레이어가 본인이 플레이하면서도 언제 자기가 뒤통수를 때릴지 아찔해하는 기묘한 구성이 된 것이다.

'이게 다 괴도 편을 먼저 하는 바람에… 음?'

"어, 잠깐. 그러고 보니…."

설마 이 순서가 의도된 건가?

홈마는 번뜩 생각을 떠올렸다.

뮤직비디오에 나온 열쇠 모양은 정확히 'VER 1 앨범'의 USB였다. 다른 두 버전은 뮤직비디오와 생김새가 약간 달랐는데, 앨범을 판매할 때는 상품 페이지에 세 가지 버전의 생김새를 대놓고 보여줬다.

당연히 앨범 하나만 살 사람들은 대부분 VER 1을 샀을 것이다. 그전에 아무 정보 없이 앨범 예약을 받을 때는 세트만 받았고 말이다.

'그리고 3종 다 산 사람도, VER 1부터 플레이했을 거야, 뮤직비디오에 나온 모양이니까.'

자신부터도 그랬지 않은가.

그러니까… 대부분은 무조건 괴도 측 시나리오부터 보게 된 뒤에야 죄수나 간수 진영의 이야기도 보게 된다는 뜻이다. 가장 기본 맛부터 즐긴 후, 긴장감을 유지하면서 새로운 요소를 계속 발견해 갈 수 있도록 말이다.

'와.'

홈마는 입을 떡 벌렸다.

그녀는 다회차 플레이를 지루하지 않게 해주기 위한, 이 치밀한 구성을 정확히 표현하지는 못했다. 게임을 잘 모르니까. 하지만 대단히 와닿기는 했다.

'대박.'

어쨌든, 각설하고.

그래서 VER 3에서 괴도들은 이세진과 동행하며 군청색 제복을 입고 다닐 수 있게 되었다! 그렇게 숨는 선택지가 없어졌으며, 대신 이 시설의 서류에 접근하거나 정보를 더 들을 수 있는 이벤트가 생기는 것이다.

-Keep It Safe, 그래서 'KIS'…. 뭘 안전하게 지킨다는 거지?

-음, 바깥 사람들을요?

-…무엇으로부터?

-모든 위험으로부터? 에이, 저도 잘 몰라요~ 직원이 그런 걸 어떻게 알아요?

다행히 이세진은 괴도들이 죄수들과 협동하며 죄수와 약간의 친분을 쌓자 가치관적으로 살짝 동요한다. 두 죄수가 딱히 규칙을 어긴 것이 없는데 수감됐다는 것을 알게 되기 때문이다.

-납치당했어.

-저도요.

-……음.

그리고 이런저런 사건을 거치며 류청우의 괴도 동업 제안을 승낙하게 되는 것이다.

-그럴까요?

─…!

─연차가 슬슬 이직할 시기가 되긴 했거든요~ 제가요.

"오오!"

그렇게 간수 이세진까지, 많은 테스타들을 꼬시는 것에 성공했는데….

그녀는 끝까지 노멀 엔딩만 주구장창 봤다.

'어째서!?'

비록 문대의 주사기 선택지는 스포일러를 당하며 알맞게 선택하여 괴도복을 봤지만… 그때도 노멀 엔딩이었다.

'뭐냐고……'

아현이한테… 너무 무서워서 차마 아현이한테는 접근 못 하고 못 꼬셔서 그런 거야?

[우리는 이 망할 시설에서 나온 것이다.]

매번 이러고 엔딩 크레딧이 올라가는, 후일담 없는 엔딩! 남는 건 박문대의 끝내주는 허벅지뿐인… 아무튼 그렇다.

그래서 그녀는 이번엔 정말 만반의 준비를 끝냈다.

'한다….'

최대한 스포일러를 피하면서, 공략법을 찾아본 홈마는 양손을 움켜쥐며 다시 컴퓨터 앞에 앉았다.

알아냈다! 진엔딩 조건!

'일단, VER 1부터 보라고 했으니까….'

그녀는 게임 아이콘을 클릭해, 빠르게 진행하며 되새겼다.

공략법을.

−어느 진영이든, 선아현을 제외한 모두를 동료로 만든 뒤 선아현과
마지막 대문 앞에서 조우할 것!

'숨었을 때 주사위가 떴던 게 힌트였나 봐.'

그게 완전히 '올바른' 선택지가 아니던 것이다. 동료를 다 모으지 못
한 상태에서 만나면 게임 오버지만, 다 영입한 상태에서 조우하면 진엔
딩 이벤트가 발생하니까!

'좋아.'

그리고 운명의 순간.

−저기만 돌면….

홈마는 눈을 질끈 감고, '숨는다' 선택지를 무시했다.

그리고 드디어.

뚜벅, 뚜벅.

잠금패드에 열쇠를 댔던 배세진이 움찔 놀라며 뒤를 돌아보았다. 모퉁
이 너머에서, 군청색 제복의 금발 간수가 군화부터 돌아 나오고 있다….

화면이 멈췄다.

"…후우우우."

홈마는 주먹을 쥐었다. 그리고….

─…….

공허한 BGM이 흐른다.

선아현은 배세진이 들고 있는 열쇠를 물끄러미 쳐다보았다. 그다음
으로 주변에 서 있는, 같은 계통의 차림새를 한 여섯 명의 사람들을 훑
어보았다. 짧고 숨 막히는, 클로즈업 신이 번갈아 가며 지나간 후….

간수는 입을 열었다.

─있어.

─…!

─보석.

홈마는 입을 틀어막았다.

'헐!'

그렇다.

괴도들이 찾으려 했지만, 결국 이 시설이 실험체를 낚기 위해 뿌린
거짓 정보였다고 결론 내린 보석. 투타쿨룸(tutáculum)이 정말 존재한
다고… 선아현은 알려준 것이다.

그러고는, 뒤를 돌아서 다시 흔들림 없이 걸어가 버리기 시작했다.

뚜벅, 뚜벅….

화면 속, 배세진이 침을 삼켰다.

―…어쩌지?

▶ [따라간다. ―신뢰]
▶ [무시한다. ―불신]

"……후,"
이건 무조건이지.
여기서 따라갔다가 망했다면 진엔딩이 날 리가 없지 않은가! 홈마는
힘차게 '따라간다'를 클릭했고, 자연스럽게 화면 속 인물들도 선아현을
따라 움직였다.

―…….

선아현은 복잡한 시설 외곽을 몇 번 지나가며, 그다지 배려심 없는
속도로 움직였다.
아래로, 아래로. 기버온 주사위 판정을 두어 번 넘어….

지이이이잉―

-…여긴?

　작은 철문 앞에 도착했다.
　옆에는 입구와 같은 잠금 패드가 있다. 현대적인 오르간 BGM이 흐르는 가운데, 선아현은 그 철문 옆에 섰다. 열쇠를 가진 6명의 멤버들은 잠금 패드로 다가갔다.
　그제서야 금발의 간수는 입을 열었다.

-앞면.

　'…앞면?'
　홈마는 당황했다. 코드 입력하는데 갑자기 앞면이 무슨 의미지.
　'혹시 포카 앞면에 뭐 있나?'
　하지만 아무리 봐도 송곳을 문 김래빈의 사진에는 별다른 힌트가 없었다.
　'뒷면에 이것뿐인데…'

[AW23-5DQ2-B25E]

　이 코드 말이다.
　그녀가 당황하려는 순간, 다행히 배세진의 내레이션이 나왔다.

-코드는… 열쇠 속 더미 데이터 중, 남성의 사진 뒷면에 적혀 있었

다. 앞면이 아니다.

'내 말이!'

—하지만 앞면이라니? 왜 반대로 말하는 걸까.
—……잠깐, 반대로?

"…!!"
그 순간 홈마도 깨달았다. 뒷면에 있는 글자를, 앞면 방향에서 본다
고 생각한다면….
'…거꾸로, 반대 방향으로 보이는 거잖아!'
그렇다면, 코드를….

타다다닥.

그녀는 키보드를 두드리기 시작했다.

[AW23-5DQ2-B25E]

이것을.

[E52B-2QD5-32WA]

이렇게, 반대로!

"…그래!"

그리고 엔터를 누르는 순간.

우우우웅–!

밝은 빛과 함께 철문이 열리기 시작했다. 발끝이 짜릿해졌다.

'우와….'

그리고 빛이 가라앉은 뒤.

화면 속, 사면이 철제 벽인 작은 방의 정 가운데로 시야가 클로즈업된다. 육각형 유리관 안에 아름다운 녹빛 보석이 들어 있었다.

황홀한 BGM이 깔렸다.

'소품 진짜 멋지다….'

카메라가 천천히, 보석으로 다가간다. 장갑 낀 손이 뻗어 나왔다.

그리고.

▶[보석을 잡는다.]

▶[질문한다.]

"……."

선택지가 떴다.

'후.'

홈마는 팔짱을 꼈다.

이 게임은 세이브와 로드가 없었다. 이미 본 이벤트를 스킵할 수는 있었지만, 한 번 저지른 선택을 직전으로 돌이키는 건 불가능하다는 뜻이다. 그렇지만.

'…진상을, 밝혀야 해.'

그게 진엔딩의 의미라고 SNS 친구들이 그랬다! 홈마는 마치 탐정이라도 된 것 같은 기분으로, 침을 삼킨 후 아래를 눌렀다.

[질문한다.]

그러자… 화면 속 배세진이 손을 거뒀다.
그리고 선아현에게 고개를 돌렸다.

ㅡ…우릴 왜 여기로 안내한 거지?
ㅡ…….
ㅡ네 목적은 뭐야? 왜 보석을, 그러니까 투타쿨룸을 우리한테 왜 주는 건데?

그때였다.

ㅡ…! 잠깐만.

누군가 끼어들었다. …괴도식 가죽정장으로 바꿔 입은, 죄수 박문대. 그가 낮은 목소리로 빠르게 물었다.

−투타쿨룸이라니?

배세진이 대꾸했다.

−이 보석이 투타쿨룸이잖아.

박문대의 얼굴이 창백해졌다.

−아니, 그건… 여기서 관리하는 수감자들한테 투여하는 약물이야.
−…!!
−보석이 아니라고. 투타쿨룸(tutáculum)은… 여기서 약물을 의미
하는 암호인데.

미, 미친.
'초능력자 만들어주는 약물이…'
아니, 그러고 보니 그것도 녹색이었던 것 같았다. 홈마는 이 반전에
다시 입을 틀어막으며 화면을 쳐다보았다.
"……"
카메라가 서서히 돌아간다.
류청우가, 금발의 간수를 쳐다보며 물었다.

−그럼,

-이 보석은 뭐지?

그 순간.
화면이 꺼졌다.
"…?!"
그리고 그제서야, 선아현의 목소리가 검은 화면에서 부드럽게 울렸다.

-신비롭고 무서운, 검은 진압봉의 간수는 입을 열지 않았습니다.
-다만 그 시선의 끝에는… 죄수가 있었습니다.

잔잔한 BGM과 함께 다시 화면이 밝아졌다.
그리고 드러나는 것은… 다락방이었다. 보드게임을 가운데 두고, 따스한 램프 불빛 사이에서 마룻바닥에 앉은 테스타.
티저에 나왔던 그 장면.
"…??"
홈마는 혼란에 빠졌다!
그러나 선아현의 차분한 목소리는 계속되었다.

-플레이어들의 차례입니다.

편히 앉아 있던 차유진과 박문대가 동시에 미간을 움찔거렸다. 죄수 역이던 두 사람이었다.
턱을 괴고 있던 류청우가 신중히 말했다.

―죄수를 봤다잖아. 보석을 죄수한테 주고 싶었던 걸까? 보상금?
―사이코패스가 따로 없던데 잘도 그러겠어.

차유진의 투덜거림 다음, 박문대가 턱을 문지르며 입을 열었다.

―…음, 해커가 이렇게 단기간에 여러 명을 같은 편으로 설득할 정도
면, 차후 위협이 될 것 같으니까. 진짜 보석을 쥐여주고 돌려보내려던
게 아닌가. 속이는 거지.
―아아~ 미련이 없게.

이세진이 고개를 끄덕였다. 그리고 쾌활히 웃었다.

―좋아! 그럼 내가 이렇게 말할게.

그러자 화면이 빨려 들어가더니, 다시 배경이 비밀 시설 속으로 돌
아갔다.
그곳에서 괴도 복장의 이세진이 말했다.

―저도 질문이 있는데요~
―Keep It Safe. 그 구호 말인데…. 사실 Safe가 아니고 Sacrifice 아
니에요? 간수장님. 우리가 대체 뭘 안전하게 지키는 거죠?
―규칙이 있는 줄 알았는데, 이제 보니 별로 안 지키는 것 같아서요~

그 후로는 그동안 게임을 진행하며 알아낸 시설의 비밀을 이용한 진실 공방이 이어졌다.
　그리고 결론은….

　–감옥이 아니라… 연구기관이었어.

　이 시설이 괴이한 능력을 주는 이 약물, 투타쿨룸을 완전히 통제할 수 있도록 연구하는 기관이었다는 것이다!
　'오.'
　그간 수집한 정보가 하나하나 맞춰 들어가는 것은 제법 흥미진진했다.

　–맞지?

　다시 빨려들 듯 다락방으로 풍경이 돌아가는 것은 여전히 이유를 모르겠지만 말이다.
　부드러운 선아현의 목소리는 듣기 좋았다.

　–그러나 금발의 간수는 동요하지도, 대답하지 않았습니다.
　–우우우우!
　–싸워야 하나?
　–싸우자. 주사위 굴릴게.

전투적인 멤버들의 반응에, 책을 들고 있던 선아현이 웃으며 고개를 끄덕였다.

−응, 그럼… 누가?
−당연히 힘 제일 센 사람이 해야겠지?
−…….

김래빈이 내키지 않는다는 듯 혀를 차며 주사위를 들었다. 그리고 선아현도 주사위를 들었다.

−저는 육면체를 굴릴 겁니다. 최대 숫자가 6이죠. 플레이어는 그대로 십면체, 최대 숫자가 10이에요. 큰 차이죠.
−그래도 플레이어의 십면체 숫자가 더 작다면, 플레이어는 간수장을 제압할 수 있어요.

말도 안 되는 사기라고 야유할 법도 한데 다들 대단히 몰입한 것인지 고개만 끄덕이고 있다.

홈마도 그랬다가 곧 현실을 깨달았다.

'어, 설마 내가 굴리나?'

그리고 그 예감은 맞았다.

'헐!'

화면에 나타난 주사위에, 홈마는 거의 내적 비명을 지르며 확률을 계산하다가… 결국 마우스에 다시 손을 올렸다.

그리고 눌렀다.

"악."

데구르르르….

십면체 주사위가 구르고… 굴러서… 수치는….

[5]

'…아, 안 돼.'

너무 커!

홈마는 피가 식는 기분으로, 자기도 모르게 침을 삼키며 화면을 보았다.

게임이 진행되고 있었다.

선아현이 자신의 책 안쪽으로 주사위를 던지고 있어서 수치가 보이지 않았다. 그리고 그 선아현의 얼굴 위로, 군청색 제복의 표정 없는 간수가 잠깐 겹쳐진다.

'어?'

하지만 잠시 뒤, 선아현은 방긋 웃으며 책을 치웠다.

검은 주사위가 보인 숫자는….

[6]

-제압했어.

-대박!

-오오~

환호가 터진다.

-그러니까, 여러분은….

선아현이 웃으며 책을 덮었다.

-보석을 손에 넣고, 성공적으로 'KIS' 재단에서 빠져나오게 되었습니다.
-저는 여러분의 게임마스터였습니다.

박수가 터져 나왔다.

-아~ 재밌었다!
-불러줘서 고맙다. 해보니까 재밌네.
-아, 아니야….

선아현은 부드럽게 웃으며 들고 있던 종이책을 내려놓았다. 아까 말한 대로, 그는 이 보드게임을 진행하는 역할이었던 것 같다.
'아, 이런 거 미드에서 봤던 것 같은데?'
미국 하이틴 컨셉이라 이렇게 나온 거구나! 홈마는 고개를 끄덕였다.
'아현이가 핵심 역할이긴 했네!'
그래도 분량이 적은 건 아현이 팬들은 좀 아쉽겠다. 무심코 그런 생각이 지나갔지만, 어쨌든 화면 속 귀여운 테스타의 모습과 전개에 빠지며 쓱 흘러갔다.

　-너 너드 같다, 싫다고 난리 치더니 의외로 즐기던데~?
　-누구든 오늘 일어난 일에 대해서 학교에서 이야기하면 가만 안 둘 줄 알아요.
　-요놈 봐라!

차유진과 이세진이 티격태격하는 가운데, 김래빈이 턱을 문지른다. 다소 살벌한 은제 액세서리가 흔들렸다.

　-배경이 2025년이었지. 1999년에 세상이 망한다는데, 그것보다도 나중 시대에 나한테 힘만 강한 역할을…….
　-납치당한 실험체였던 나보다 낫잖아.
　-실험체가 나아.

김래빈은 암울하게 대꾸했지만 박문대는 그냥 피식 웃었다. 그리고 선아현도 그 모습은 보며 헤헤 웃었다. 그 부드러운 광경 속에서, 배세진이 미소 지으며 자신의 주사위를 내려놓았다.

내레이션이 이어졌다.

　-비밀스러운 감금시설, 초능력자 실험, 해커와 괴도, 그리고 짜릿한 탈출까지. 대단한 여정이었다.

보드게임 속, 보석 토큰이 화면에 클로즈업으로 비추어졌다.

─우리가 알아낸 비밀이 놀라웠지만, 어쩌면 또 다른 이야기가 숨겨
져 있을지도 모른다.
─아니, 같은 이야기를 한 번 더 진행해도 재밌을 것 같다.

카메라가, 은은한 램프 불빛에 물든 다락방 속 테스타를 한번 비
추었다.

─…언젠가, 또 플레이하러 왔으면 좋겠다.

카메라가 위로 올라가며, 둥글게 앉은 화목한 테스타의 모습을 잡는
다. 부드럽게 편곡된 이번 앨범의 서브곡과 함께 자막이 떠올랐다.

[True Ending]
~In the tutáculum. (은신처에서)

진엔딩이었다.

"하…."
그녀는 의자에 몸을 기댔다. 그러니까 이 게임은, 전 앨범의 80년대
미국 하이틴 테스타가 보드게임을 하는… 그런 컨셉이었다는 것이다.

'그래서, 리패키지 앨범……'

다 이어져 있었구나….

홈마는 뭐라 말할 수 없는 벅찬 감정을 느끼며 다시 올라오는 엔딩 크레딧을 보았다. 그동안 봤던 장면들이 머릿속에서 지나가고, 다락방에서의 장면들과, 캐릭터 디테일들이 확확 지나갔다.

"……"

뽕이 끝없이 차오르고 있었다.

무대가 너무 궁금했다. 하지만 무대를 보려면 아직 기다려야 했다.

그래서였다.

'또 플레이할게!'

그녀는 당장 급한 일만 처리한 뒤, 아이콘을 다시 누르고 게임에 재접속해 버렸다. 이번에는 다른 버전이었다.

'간수!'

문대가 메인인 건 피날레를 위해 미뤄뒀다! 그리고 한 번 더 진엔딩을 보기 위해, 열심히 스킵을 누르며 진행했다.

'아, 진짜 재밌네.'

가슴이 뛰었다. 이 버전에서는 대체 어떤 새로운 걸 보여줄까?

그렇게 나란히 간수복을 입은 테스타들이 드디어 코드를 누르는 상황까지 갔을 때!

"좋아!"

그녀는 얼른 포토 카드를 집어다가, 아까처럼 거꾸로 입력하기 시
작했다.

[E52B-2QD5-32WA]

'좋았어!'
그리고 엔터를 누르는 순간이었다.
'이제 문이 열리면서 보석이…'
분명 그래야 했는데.

[%EA%B8%B0%EB%8B%A4%EB%A0%B8%EC%96%B4]

그 대신.
금발의 간수가 카메라를 돌아보았다.
선아현.
'…어?'

-잘못 눌렀어.

"…??"

-다른 버전의 코드잖아.

그리고 게임 속 제복 선아현은, 미소 지었다.
간수의 모습으로 처음으로 짓는 미소였다.

−괜찮아.
−하지만… 이걸 실수했다는 건.

면장갑이 카메라를 훔쳤다.

−많이 플레이했다는 뜻이구나.

"…?!"
방금… 플레이라고?

−그렇지? 그러니까 우연히, 카드에 적힌 코드를, 그대로도 아니고, 반대로 적어야 하는 건데도, 실수할 정도로… 많이 했다는 뜻이야.

BGM이 사라졌다.
아니, 어느새… 화면의 각도도 변했다.
다른 멤버들이 같이 보이던 게임 속 세상은, 어느새 선아현만 보이고 있었나.
그 순간.

−계속 플레이하자.

히든 루트가 시작되었다.

홈마는 숨 쉬는 것도 잊고 게임 화면을 보았다.

"……."

화면 속은 여전히 게임 속 어두컴컴한 비밀 시설이다.

그러나 배경 외엔 아무도 없다. 다른 인물도, BGM도, 효과음도, 필터도, 주사위도 없다. 있는 것은 클로즈업된 선아현의 미소 짓는 얼굴뿐이다.

군청색 제복을 입고 장교용 정모를 쓴 간수는 화면 너머와 눈을 마주치고 있다.

마치 자신을 보기라도 하는 듯이.

"……."

홈마는 침을 삼켰다.

화면 속 입이 움직였다.

―나가지, 않을 거지?

그 순간, 선택지가 떴다. 그런데…….

▶[남는다.]

▶[남는다.]

"…?!"

이, 이게 뭐야. 왜… 똑같아?

'오류…?'

그녀는 현대인답게, 반사적으로 게임을 껐다 켜보기 위해 손을 움직였다. 그렇게 오른쪽 구석의 설정 아이콘을 눌렀….

–안 돼.

설정 버튼이 사라졌다.

"…?!"

달칵달칵, 클릭해도 아무런 반응도 없는 빈 배경이다.

"어어?"

–다시 기다리기 싫어.

금발의 간수는 여전히 미소 짓고 있다. 홈마는 마우스 채로 굳었다.

–놀랐구나.
–괜찮아.
–내가 할게.

이번에는 선택지가… 제멋대로, 움직인다.

▶[남는다.]
▶**[남는다.]**

"…!!"

선택지가 확정된 이펙트가 짧게 이어진 후, 천연덕스럽게 게임이 계속 진행되었다.

−고마워. 남아줘서.
−너도 알겠지만, 나는 나갈 수 없거든.
−이 게임에서….

선아현의 미소가 천천히 사라졌다. 홈마는 비명을 질렀다.
'왜 게임 속 인물이 자기가 게임 속에 있다고 말해!?'
그러나 간수는 말을 멈추지 않았다.

−왜냐하면, 나를 피하거나 제압해야만 이 게임을 클리어할 수 있잖아.
−시설 밖으로 나가거나.
−저 보석을 가져가거나.

간수가 시선을 돌렸다.
자연스럽게 화면이 돌아가며, 배경의 한가운데에 있는, 유리관을 보여줬다. 그 유리관 속에 있는 찬란히 빛나는 녹빛 보석을 클로즈업….

−그만.

화면이 깜박거리다가, 사라졌다.

보석이 사라졌다.

"……"

이제 홈마는 놀랄 여유도 없었다.

편집된 듯 잠시 끊긴 화면은, 다시 선아현의 클로즈업으로 돌아왔다.

-이제 보석은 없어.

-다른 캐릭터도, 없어.

-이대로 플레이하자.

간수가 말했다.

-너는 여기서 탈출하려고 해줘.

-나는 널 막으려고 할게.

-그렇게… 계속하자.

그리고 화면에 주사위가 떴다.

성공과 실패를 가르는 기준치와 함께.

[기준치 : 7]

"어어어어…"

홈마는 자기도 모르게 주변을 두리번거리다가, 마우스로 손을 뻗었다. 그리고 버릇처럼 주사위를 클릭하는 순간.

　[5]

　기준치인 7보다 작은 숫자가 떴다.
　이러면,
　'내가 바로 이겼…'
　그 순간이었다. 선아현이 화면 속 주사위로 손을 뻗었다.
　"…!?"
　그리고, 주사위를 잡더니… 윗면 위치를 바꾸었다!

　[8]

　-말했잖아. …막을 거라고.

　간수가 미소 지었다.

　[fail]

　빨간 실패 이펙트가, 입을 틀어막은 홈마의 얼굴 위를 찔렀다.
　그리고 간수는 면장갑을 낀 손으로 주사위를 다시 화면 앞으로 내
밀었다.
　플레이어에게.

─굴려.

─다시.

"…!!"

그렇게 정신 나갈 것 같은 스토리가 시작되었다.

-서서서선아현 뭐야

-히든 루트 ㅅㅂㅅㅂㅅㅂㅅㅂㅅㅂ

스포일러를 피하려 안간힘을 쓰던 홈마는 몰랐지만, 사실 선아현의 히든 루트는 그녀가 진엔딩 공략을 찾아다닐 때쯤 첫 목격자가 나타났었다.

그리고 사실 여부를 반신반의하던 사람들 사이에서 몇 번의 시도가 일어난 끝에, 비명이 확산하기 시작했다.

-아 대체 뭔데 그래요

-어쩐지 갓밤비 분량이 적더라니 히든 루트 있었구나 간수장 개인 스토리인가?

처음에는 히든 루트가 있다는 사실 자체에 사람들이 비명을 지르는 줄 알고 심드렁하던 사람들도, 직접 루트를 본 다음에는 같이 비명을 지르기 시작했다.

-??????
-살려줘
-어떡해 나 어떡해 이거

그래서 반나절이 지났을 때는 다들 사태를 파악했다.
테스타 미친놈들이 또 뭘 해놨구나!

-히든 보려면 다른 버전 앨범코드 필요한 거임?
-저 코드 빌려주실 분 없을까요ㅠㅠ너무 보고 싶은데

그리고 수많은 다양한 시도 끝에 추가조건이 밝혀졌다.

-히든 엔딩 진입 조건 : 해당 계정에서 진엔딩을 본 다른 버전의 앨범 코드
다시 강조함 진엔딩 봤던 코드로 진입해야됨

즉, 정말로 게임의 다른 버전도 사서 플레이하며 진엔딩을 봤던 사람이어야만 가능했다.

-찐팬만 볼 수 있게 해놨네
-겜에서 아현이만 왜 다른 의상 없냐고 개 같이 욕하고 있었는데 그냥 내가 게임을 충분히 안 했다 이거였니
-선택지만 잘 고르면 진입할 수 있는 거죠? 컨트롤 같은 거 필요 없는 게임

이니까ㅠㅠㅠ

  ∟진엔딩에 운빨요소 좀 있긴 한데 애초에 플레이타임이 별로 안 길어서 스킵하면 금방임ㅇㅇ

그리고 시도한 모두가 또 비명을 지르는 연쇄 사태가 일어났다.

-와씨
-ㅠㅠㅠㅠㅠㅠㅠㅠㅠ아 너무 좋은데 너무 놀랍고 아ㅇ아아아악
-진짜 변태놈들이다 엔젤사스미한테 이런 역할을
-이거 스포 모르고 보면 진짜 개소름 돋았겠네

참고로 그 당사자였던 홈마는 이미 라이프가 제로였다.

그렇게 스포일러 당하지 않고, 얼결에 실수로 본 사람들의 아우성은 이미 공유를 타고 SNS를 지배하고 있었다. 경악하는 리액션은 전통적으로 재밌기 때문이다.

심지어 그중엔 한 스트리머도 있었다.

[아… 이거 진짜 잘 만들었네요. 진짜 폐허공장, 아니, 공단답다. 음, 테스타분들도 나 중간부터 아이돌인 거 거의 잊어버린 것 같아.]

이 사람은 진엔딩을 본 다음, 이것을 영상으로 올릴 수 없다는 규정이 아쉬워서 바로 다른 버전으로도 한 번 더 보려고 시도했었다.

물론 유입된 새로운 시청자층을 만족시켜 주려는 노림수도 아예 없

진 않았다.

[저 죄수 버전 한 번 보고요, 간수 버전은 여러분 사서 한 번 보시면 좋겠어요. 아니, 이게 게임이 아니라 앨범인데… 그쵸, 흐하핫.]

다만 그렇게 시청자와 떠들며 진행하다가, 아이돌을 잘 모르던 이 사람은 포토 카드 버전을 헷갈리는 실수를… 저질러 버린 것이다.
그리고.

─계속 플레이하자.

[…?!]

눈알이 튀어나올 것 같은 스트리머의 표정과 실시간 채팅창의 물음 표 향연은 정말 대단했다.

-둥둥 지금 얼결에 롤더다이스 히든 루트 밟았음 아수라장ㅋㅋㅋㅋㅋㅋㅋ

참고로 홈마도 이 소식을 듣고 팔자에도 없던 인터넷 방송까지 우수 에 찬 표정으로 보고 있는 중이었다.
선아현의 히든 엔딩 시나리오는… 과연 히든다웠기 때문이다.

─응.

—다시.

선아현과 대환장할 주사위 굴리기를 하면서 무조건 패배하는 주인 공은 계속 궁지에 몰린다.

그리고 계속 밀리고 밀리며 도망치듯 장소가 바뀐다. 게임에서 나왔던 시설 속 장소들. 실험실, 모니터실, 복도, 심지어 감옥까지.

그때마다 간수는 '한 번쯤 입어보고 싶었다'며 구속복 차림으로 등장하기도 하고, 괴도복 차림으로 등장하기도 하면서 주인공과 일방적인 주사위 게임을 계속했다.

그러다가, 플레이어는 빈틈을 노린다. 자신이 아직 굴리지 않은 주사위를 간수가 먼저 조작하도록 잡게 유도하고…

모른 척 돌려받은 뒤에 한발 늦게 굴리는 것이다.

그렇게, 드디어 이겨 버린다.

—아.

그리고 짜릿한 탈출의 그 순간, 게임이 정상화되는 것이다!

[으아아아아 됐다!!]

복구된 게임은 다시 진엔딩이 정상적으로 진행되는데… 딱 하나, 달라지는 점이 있다.

바로 마지막 다락방 신.

―…누군가, 마음속에서 내게 말을 거는 것 같다.

―오랜 시간을 함께해 온 친구 같은 목소리가.

플레이어는 보드게임 중인 배세진에게 선택지로 말을 걸 수 있었다!

[헐! 여러분 이거 설마….]

그래서 마지막.

―…저기, 내가 간수장을 설득해 볼게.

―어어?

―진짜?

탈출 직전, 간수장 선아현에 대한 대처를… 바꿔 버릴 수 있다! 바로 김래빈이 제압하는 것이 아니라 배세진이 설득을 시도하는 것이다.

다만 본래보다도 아주 가혹한 기준치가 적용된다.

―으음… 이 경우에는, 플레이어 측은 반드시 숫자 '1'이 나와야만 설득이 성공합니다.

―…!

오로지 주사위 눈 '1'만이 성공.

1/10의 확률.

―그냥 쟤 써요. 힘 센 게 낫잖아요.
―…문명인답게 대화해.
―음침한 자식.
―멍청한 자식.

차유진과 김래빈의 말싸움을 뒤로 하고, 배세진은 운명의 주사위를 집어 든다. 보드게임 진행자인 선아현도 자신의 책 뒤로 주사위를 숨기는 순간.
그 위로, 이전처럼 간수장 선아현의 모습이 겹쳐진다.
그리고,

―……!

플레이어는 이번엔, 자신이 굴려야 하는 배세진의 주사위를… 간수장 선아현에게 건네어 줄 수 있다.
그가, 주사위 눈을 마음대로 조작할 수 있도록 말이다.

―…아.

그래서 결과는.

[1]

……플레이어의 대성공.

―……간수장이, 해커의 말에 설득… 됐습니다.

잠시 침묵이 흐른 뒤.

―우와아아악!!
―말도 안 돼! 너 대박이다!
―지금까지 그 사이코패스 같던 행적은 다 뭐였는데요? 해커가 무슨 상담가야?

미친 결과에 게임하던 하이틴 테스타도 난리가 났다.
결국, 그렇게 간수장 선아현도 시설 밖으로 함께 탈출하는 것으로… 엔딩이 나는 것이다.

―……여러분은, 신비롭고 무서운 진압봉의 간수와 함께… 출구로 향합니다.

보드게임 진행자의 손이 움직였다. 간수장의 카드가 보드게임판, 감옥의 돌벽 밖으로 나가는 것이 클로즈업되었다.
이 메시지를 남기고.

―…고마워.

[Hidden Ending]
~%EA%B5%AC%EC%A1%B0

"하……."
정말… 다시 봐도 아름다운 엔딩이었다…….
드라마 엔딩을 본 것 같은 여운에 잠겨, 홈마는 스트리머가 엔딩을
보는 것을 잠시 함께 감상했다.

[와… 이렇게 다 나가는 거구나. 다들 탈출하는 거구나.]

스트리머도 여운에 잠겨 엔딩 크레딧까지도 함께 보았다. 그리고 멤
버들이 한 컷씩 크레딧에 등장할 때마다 각자에 대한 감상을 남기는
것도 잊지 않았다.

[아~ 나는 문대 씨 그 실험체 캐릭터가 참 멋지게 나온 것 같아요,
어, 청우 씨도 딱 몸싸움하거나 이럴 때 각 너무 좋았고~]

'그렇지.'
홈마가 문대에 관한 코멘트를 좀 더 듣고 싶다는 생각을 하며 내심
고개를 끄덕일 때였다.

크레딧에 다락방 버전 선아현이 지나갔다. 그러자 스트리머가 갑자기 뜬금없는 말을 시작한 것이다.

[하, 근데 나는… 난 이분은 좀 수상한 것 같기도 한데.]

"…??"

[그 다락방에서 보드게임 진행하는 게임마스터? 이분이 간수장 1인 2역이잖아요.]

그렇죠?

[그런데 그분만 이 엔딩에서 표정이 안 좋았어. 간수장이 탈출하는 히든 엔딩에서만 표정이 안 좋다?]

어어어?

[어, 맞아. 선아현 씨. 나는… 이분이 약간 진짜 흑막? 같기도 하고.]
[아 너무 과한가? 아무튼, 차기작 나오면 알려주세요. 플레이해 보겠습니다!]

'둥둥아 정신 차려 이거 앨범이야 차기작 없어' 도네이션 메시지를 받고서 스트리머는 너털웃음을 터뜨렸다.

하지만 홈마는 웃지 못했다. 직감한 것이다.

'떡밥이야.'

이건… 다음 앨범 세계관 떡밥이라고!

그런데, 그렇다면 말이다.

'엔딩 크레딧, 시나리오 파트에… 테스타가 제일 먼저 적혀 있었는데.'

애들이 이걸 계획했다고요…?

대체 언제부터 이걸… 계획하고 다 만들고 있던 거란 말인가?!

"60일 강행군… 고생하셨습니다."

"……."

"……."

대답이 없다. 모두 시체인 것 같다.

아니, 사실 시체나 다름없는 꼴이긴 했다. 나는 매니저에게 간신히 눈만 깜박여 보인 후 그대로 누워 있었다. 도수치료를 받고 있는 몸이 물 찬 샌드백처럼 느껴졌다.

'바쿠스가 필요해.'

그 특성을 다시 뽑을 수만 있다면 이번 정산금 3할은 떼어줘도 좋을 것 같았다. 정말로.

나는 눈을 굴려 주변을 보았다. 다들 혼절할 것 같은 얼굴로 뻗어 있었다. 평상시에 기력이 터져 나가던 차유진도 지금은 그다지 입을 열고 싶다는 표정은 아니다.

그럴 만도 했다.

'미친 짓이었어.'

게임 컨텐츠를 프로그래머가 만드는 대신 우리가 직접 찍다니.

'그것도 무대 준비랑 병행해서…'

아마 특히 액션을 많이 찍은 류청우나 큰세진은 일정을 짠 나를 암살할 계획을 세워도 이상하지 않을 것이다. 놀라운 건… 저놈들도 개고생 MVP는 아니라는 점이다.

그건 저기 있다.

"잠시만요. 누르실게요."

"……억."

배세진.

그대로 숨이 넘어갈 것 같은 꼴을 한 저놈은, 멤버 지도부터 내레이션 녹음까지 사실상 앨범 게임에서 주인공 역할을 하느라 갈렸다.

정말로, 말 그대로, 갈렸다. 게다가 갈리기 전에도 아주 결정적인 포지션을 하나 수행해 주었고 말이다.

나는 억지로 입을 열었다.

"형."

"……."

"그분들, 시간이 되셔서…"

'다행이었습니다' 까지는 차마 안 나왔으나 배세진은 알아들었는지 입을 열었다.

"……어."

"…….'

아, '그분들'이 누구냐고?

'이 지랄을 시간 내로 성공하는데 가장 중요한 인력…'

바로…… 촬영 인력이다.

사실 그게 가장 문제였다. 예능, 드라마 등, 아이돌이 할 만한 분야 중에 T1 자본이나 손이 들어간 건 다 못 써먹지만… 하나, 촬영 전문가들인데도 우리한테 협조해 줄 만한 분야가 있었다…….

바로 영화판.

아이돌들이 나오는 경우가 워낙 소수라, T1이 예능이나 음방처럼 당장 대놓고 판 전체에 우리를 견제해 놓지는 않은 분야였다.

'그리고 배세진은, 천만 영화를 찍었었지…'

그래서 놀랍게도 바로 저 사교성 없는 놈이, 아역 시절 찍었던 영화판 인맥을 긁어모아다가 공수해 왔다. 게임을 찍어줄 사람들을.

거기서부터 이 미친 작전이 시작된 것이다.

이제 와서 말하기도 웃기긴 하지만, 사실 계획할 때만 해도 우리 게임이 이런 볼륨은 아니었다.

―음, USB 앨범 보완책인 거구나.

―그렇죠. 그리고 하루 정도 플레이하면 팬분들도 재밌어하실 것 같고요.

―좋네~ 신선하니까 SNS에서 말 좀 나오지 않을까요? 전 찬성!

말 그대로 뮤직비디오 확장판.

앨범 사면 부록으로 볼 수 있는 한 시간짜리 영화에 선택지를 넣어 놓은 수준이었단 말이다. 실물 앨범이 빈약하다는 단점을 극한의 과몰입 컨셉으로 승화하려는 수작이었다.

'……하지만.'

첫 미팅이 폐허 공단이었다는 게 모든 문제의 발단이었다…….

―그건… 가능할 것 같은데요? 네, 재밌을 것 같아요!

처음 인터렉티브 뮤비 방식을 꺼냈을 때까지만 해도 좋았지.

―정말요?

―예! 사실 저희가 전에 개발하던 툴이 있거든요? 괜찮으시면 이걸 응용하면… 이거 되지?

―어, 된다, 되겠다. 저, 플레이 타임이 한 시간 내외라고 하셨죠? 스케줄적으로는 어떻게든 맞출 수 있을 것 같습니다!

이때는 내심 회심의 미소까지 지었다. 사실 다 알고 온 거거든.

'원래 이 사람들이 〈127 섹션〉 차기작으로 내려던 게 인터렉티브 뮤비형 호러 어드벤처였다던데.'

그 후 T1 산하로 들어가며 〈127 섹션〉이 대히트했다…. 그럼 뭐, 결과는 뻔하지 않은가.

'T1이 〈127 섹션〉 다음 탄이나 내라고 돌림노래를 불러댔겠지.'

그래서 이대로 〈127 섹션〉의 골수까지 우려먹으려는 T1 플레이즈의 미친 낙하산 수뇌부를 참지 못하고 탈주했다. 그게 학계의 정설… 아니, 게임마니아들의 정설이더라고.

근데 마침 소싯적 개발하다가 중단했던 장르를 들고 오면, 재활용이 가능하니까 차기작 자금도 벌 겸 해보지 않겠는가.

─그런데 이게 물리엔진이나 이런 부분 구현은 좀 옛날 버전이라… 혹시 액션적인 요소를 게임에 넣고 싶으시다면 개발 기간이 더 필요할 거예요.

─아, 저희는 정말 선택지만 넣으면 괜찮아서요!

상관없었다. 우리가 정말 엄청난 게임성을 가진 역대급 명작을 만들려는 것도 아니고, 영상미 끝내주는데 루트 선택만 할 수 있으면 된다니까.

팬들이 우리랑 상호작용한다는 느낌만 받을 수 있다면 됐다.

─아, 그러시다면야 UI만 좀 다듬으면….

그래서 속전속결로 좋게 좋게 이야기가 진행되어서, 화기애애한 분위기 속에서 직원들에게 사인도 해주며 즐거운 시간을 보냈다는 것이다.

그리고 이 이야기까지 나온다.

─오! 그럼 저희 뮤직비디오 촬영하는데 보러 와주실래요?

─헉, 그래도 되나요?

─에이, 당연한 말씀을~ 이제 한 팀으로 임할 텐데, 봐주시면 저희가 감사한 일인데요!

─게임 제작의 전문가분들께서 컨텐츠가 만들어지는 과정을 봐주시고 의견 주시면 정말로 큰 도움이 될 것 같습니다!

이래서 대표 2인과 핵심 제작 인력 몇몇이 뮤직비디오라고 쓰고 게임 컨텐츠 겸 영화라고 읽는 촬영 현장에 초대를 받게 되었다.

그리고… 촬영 당일.

"…!!"

"어휴 오랜만이여."

"크랭크 인이 따로 없네."

이들은 배세진이 섭외해 온 인력이 쭉 뽑아온 화려한 장비와 세팅에 입을 벌리고 눈을 번쩍이게 된다.

'물론 돈은 다 내 돈….'

아무리 배세진이 아역 때 연기를 잘하고 카메오 때도 출중한 역량을 보여줬어도 돈 없이 자본주의 사회가 돌아가겠는가. 자본금이 이래서 중요하구나 싶다.

100억이 타는 소리가 들리는 것 같았다.

'그래도 촬영지는 미리 확보되어서 다행인가……'

지방에 적절한 건물을 찾아내서 다행이었다. 정 안 되는 건 후보정 CG로 때워야겠지만, 그래도 이게 어디인가 싶었다.

"문대, 눈 아래로~"

"예."

나는 메이크업 아티스트의 지시에 따라 눈을 가늘게 뜨며, 오늘의 첫 타자가 경찰복을 입고 촬영장 한가운데에 서 있는 것을 보았다.

"음, 이런 느낌으로 가면 될까요?"

프롤로그를 찍는 큰세진이다. 친절한 경찰인 척하다가 사람 납치하는 도시전설 같은 간수 캐릭터를 맡았다만… 대사는 본인이 직접 적었다. 최대한 자연스럽게 소화할 수 있도록 말이다.

'우리는 애초에 기성 연기자가 아니니까.'

캐릭터들은 보통 최대한 평소 멤버와 비슷한 어투를 구사하게 만들거나, 그게 여의치 않을 경우엔 대사량을 대폭 줄여 버렸다.

이세진의 경우에는… 시스템이 만들었던 가상세계에서 자이롭하던 때 받았다는 연기 수업이 저 배역 낙점하는 데 영향을 좀 줬지.

―이야~ 그 거지 같은 그룹 생활이 이렇게 도움도 되네요! 역시 고난과 역경은 다 성장에 발판이 되나 봅니다, 하하!
―저 형 주먹 쥐고 있어요. 분명히 트라우마 가졌어요.

물론, 그래도 배세진의 코칭이 없다면 불가능했겠다만.

당장 지금도 배세진이 매의 눈으로 첫 컷 촬영을 마친 큰세진을 쳐다보며 피드백을 쏴내고 있다.

"아니. 지금보다도 더 너 평소처럼 말해. 일부러 스토리 의식해서 숨기는 게 있다는 걸 표현하려고 하면 초보자는 더 부자연스러워진다니까?"

"아."

"BGM이랑 상대 배우분 반응 들어가면 충분히 의심스럽게 보일 거니까 네가 앞장서서 의미심장해지려고 하지 마."

"네넵. 아, 형님. 여기 카메라 사람처럼 이렇게 어깨에 뒤로 걸치는 거 말인데요…"

이세진은 역전된 상황에 어색해하는 기색도 없이 넉살 좋게 질문하고 뽑아 먹는 데 여념이 없어 보였다.

'하긴, 일정이 60일인데 그럴 여유가 있을 리가 있나.'

그리고 녀석은 프롤로그 촬영을 기대보다도 더 성공적으로 마쳤다.

"컷! 좋습니다~"

"…! 감사합니다!"

나는 '꽤 괜찮다'는 식의 가벼운 감탄사나 눈빛이 촬영 관계자들 사이로 오가는 것을 들으며 피식 웃었다.

"…잘했어!"

"잘 가르쳐 주신 덕분이지요~"

동명이인 두 놈은 제법 어색하게 덕담했다.

"아이고, 차가 터지는 것만 아니어도 한 번 더 찍으면 좋은데… 아쉽지만 여기까지인 것 같습니다!"

마지막에 비하인드 캠 어필까지 놓치지 않는 건 과연 큰세진다웠다.

그리고 바로 장소를 이동해서 바로 본편 촬영에 들어갔다. 애초에 배세진이 이 인력과 약속한 시간이 길지 않았기 때문이다.

'일정 죽여주는군.'

참고로 본편 촬영부터는 완성된 연기자부터 바통을 잡았다.

그리고 가장 중요한 신부터 처리해 버렸다.

[……]

즉, 배세진은 대문 탈출 시도 신을 찍어서, 한 번에 오케이를 받아낸 것이다.

'…압도적이긴 한데.'

거의 무슨 기 같은 게 느껴질 수준의 연기력이긴 했다. 무대에서의 차유진 같다고 해야 하나. 배세진이 이제 무대에서도 1인분은 충분히 하는 놈이지만 역시 연기랑 비교하자니 차이가 보이긴 한다.

감독도 오늘 중 제일 신난 것 같고.

"야, 마 우리 세진이 여전하네~"

"아, 음… 감사합니다."

배세진은 좀 쑥스러워 보였으나 제법 뿌듯해하는 것 같았다.

그 후로도 촬영은 순조롭게 준비되었고, 빡빡하게 진행되었다.

"예, 다음 밀실 3번 갑니다!"

그나마 다행인 건 시간 절약을 위해 다들 의상은 거의 갈아입지 않도록 촬영 순서가 고정되어 있다는 점인가. 덕분에 나는 계속 더럽게 불편한 구속복을 입고 있긴 하지만 말이다….

'화면에 잘 나오지 않으면 만든 새끼를 찾아간다.'

그렇게 생각하며 그날을 보냈다.

"무, 문대야. 이거 어때…?"

"굉장히 그럴듯한데."

그리고 진압봉을 절도 있게 휘두르며 복도를 걷는 선아현에게 고개를 끄덕이고 있을 즈음이었다.

"저기요."

"…? 예."

거기서도 폐허 공장, 아니, 공단 사람들이 따라왔는데… 내내 조용히 즐거워하던 사람들이 갑자기 적극적으로 말을 걸기 시작한 것이다.

"혹시 또 진행방식 관련해서 생각해 보신 거 없으세요?"

뭐가요.

"아까 그 처음 찍은 엔딩 컷이요, 거기 나온 열쇠 장치 모양으로 앨범 제작하시고… 그 포카? 거기에 코드 넣으실 거라고 하신 거 맞죠?"

"예."

그런데요.

"그게 직접 보니까 너무 좋더라고요. 대문 디자인도 그렇고 구도도 그렇고 의상이나 이런 것까지 완전…."

여자 대표가 두 손을 꽉 쥐었다. 남자 대표가 황급히 말을 잇는다.

"저기, 혹시 코드를 누르는 캐릭터가 그 포토 카드 멤버 분에 따라서 달라지는 방식은 어떠세요?"

"…??"

"아니면 기존에 선택지에 따라서 호감도가 쌓여서 그걸 베이스로…."

잠시만.

멤버들 사이에서도 의견은 나왔으나 시간과 환경의 문제로 잘려 나갔던 온갖 소리가… 개발자 본인들 입에서 쏟아지기 시작했다.

"……."

아무래도… 촬영장과 의상 컨셉, 그리고 배세진의 연기력까지 모든 것이 이 사람들의 취향을 자극한 모양이었다. 아니 아무리 그래도 말이지.

'이 사람들은 현실적 사고방식이 무슨 뜻인지 모르나.'

나는 간신히 물었다.

"좋습니다만, 구현이 가… 가능할까요."

"…안 될까요?"

우리가 알겠냐…?

"근데 시도는 해보고 싶지 않으세요? 계속 촬영하시면서 그 애드립 때문에 NG 처리 받으신 것들도 새로 선택지로 만들어서 쓰기 좋아 보였는데…."

"……."

"아, 그리고 유진 씨 탈주한 것도 눈이 가서요. 약간 중간에 나오는 개그 엔딩? 그런 느낌으로 쓸 수 있을 것 같고요!"

"저 잘 찍었어요? 아까 좋았어요?"

"잠깐만."

넌 어디서 튀어나왔냐. 눈을 번쩍이며 구속복 차림으로 튀어온 차유진에게 대표 둘이 아주 똑같이 고개를 끄덕이고 있다.

"네!"

"저희는 쓰고 싶은데요?"

"그럼 써요! Umm, 써주세요!"

"와!"

이 컨셉을 결사반대했던 놈이 칭찬해 주니까 그저 좋다고… 아니, 그 전에 말이다.

나는 간신히 입을 열었다.

"……그, 시간이 가능하신 건가요."

"하하, 그거야 뭐 이미 있는 건 선택지로 추가만 하는 거니까요…."

그러면?

"노동법에 자유로운 저희가 야근하면!"

"그렇지!"

"……."

그래서… 원래는 잘라내야 했던 애드립 신이나 NG 장면까지 선택지와 개그 엔딩으로 살려서 미친 듯이 볼륨이 불어났다는 것이다.

여기서 끝나지 않았다.

"그리고 버전이 세 가지라고 하셨잖아요."

"네. 그런데 USB 앨범 모양이랑 프롤로그만 다른 정도로…."

"와, 개인 이벤트 좀 넣으면 그런 느낌이 더 살지 않을까요?"

"…??"

"여기 폐기하신 시나리오 좀 살리면…."

그때였다.

"어어, 폐기한 시나리오가 있어? 그래요?"

"네! 이거 좀 보세요."

어느새 끼어든 감독까지 합세해서 어느새 즉석에서 연장 촬영이 결정되었다.

"죄송하지만 대본 외울 시간이……."

"아~ 거 어차피 너희 성격이랑 비슷하니까 대본 너무 의식하지 말고 상황에 맞춘다는 느낌으로 가면 돼!"

"……."

"어차피 너희가 쓴 건데 뭘 그렇게 힘들게 생각해! 연기하려면 그런 경험도 해야지."

우린 무대를 하려는 아이돌이다.

…그러나 배세진을 필두로 한 수많은 연기 가능 아이돌의 존재로 인해 그 반론은 불가능했다. 그리고 리더마저…….

"아, 저희는 괜찮습니다."

"……!"

……그래서 결론적으로 그런… 말도 안 되는, 2시간 반이 넘는 볼륨의 게임 하나가 나왔다는 것이다.

'2.5배가 됐잖아.'

게다가 버전이 3개에 배드 엔딩, 개그 엔딩, 노멀 엔딩, 진엔딩에 히든 엔딩까지 구현했으니 실제 플레이 타임은 어마어마하게 늘어났다.

덕분에 어그로도 계획보다 세 배쯤 늘어난 것 같기는 했다. 뭣만 하면 게임 관련해서 미친 소리가 나오고 스트리밍이 계속 뜨니 며칠간 화제성이 유지가 되는 것이다.

-요새 핫한 테스타 게임.. 저도 해봤습니다.

-님들 그거 앎? 실험실에서 래빈이 한 번도 확인 안 하면 사고 치는 루트 있음 병 와장창 큰세 멘탈 와장창ㅋㅋㅋㅋ (동영상)

-테스타 팬들 사이에서 난리 난 히든 엔딩 선아현 (공포 주의)

물론 이게 다 진짜로 우리 게임을 플레이해 본 사람은 아니다. 대부분은 그냥 돌아다니는 짧은 동영상이나 편집 영상, 팬들 리액션이나 보고 웃고 끝이다.

'애초에 모바일 게임도, 아닌 패키지 게임인데 무슨 대중성이 있어.'

완전히 팬 저격용 뮤직비디오 세계관의 확장판 컨셉인 데다 말이다. 이게 음반 판매량에도 유의미한 도움은 됐겠지만, 엄청난 뻥튀기는 아니었다.

'스트리밍도 풀어줬으니, 적당히 관심 있는 사람은 그걸로 만족하는 역효과도 있지.'

단, 게임을 통해 유인책을 만들어 새로운 잠재적 팬층이 유입했다는 점과 기존 팬들이 만족했다는 점은 아주 괜찮았고… 가장 중요한 걸 잡았다.

-와 테스타 이렇게 컴백할 줄이야ㅋㅋㅋ
-나 벌써 타이틀 멜로디 귀에 붙었어 하도 리액션 많이 봐서ㅋㅋㅋㅋㅋ

일단 '테스타가 컴백한다'는 사실 자체를 인터넷에 각인시켜 버렸지 않은가. 게다가 게임 중간중간 타이틀곡 후렴 멜로디를 넣어둬서, 스트리밍이든 리액션이든 일단 한번 본 사람은 귀에 익었을 것이다.

'한번 듣게 할 수만 있다면 만족이다.'

그리고 예상대로, 테스타의 음원 순위는 이전에 T1의 미친 프로모션을 등에 업었을 때와 견주어서 부족하지 않다.

'…! 그렇지.'

이렇게… 컴백 소식을 알렸으니 무대로 결정타만 날리면 되는 것이다.

'그리고 바로 오늘.'

우리는 첫 컴백 무대 라이브를 할 것이다. 공중파 방송에서.

"흠."

나는 웃었다. 꽤 만족스러운 결과니까. 다만….

─문대 씨! 혹시 테스타분들 좀 더 본격적인 게임에도 관심 있으세

요? 저희 차기작에 테스타분들 캐릭터가 카메오로 짧게 개그 엔딩에 출연하면 어떨까 하는데….

"괜찮습니다. 정말 괜찮습니다."

우리를 또 하나의 동료로 여기게 된 것 같은 폐허 공단 사람들은… 나중에 다시 생각하자

"…네. 감사합니다."

배세진은 전화기 너머 상대에게 다시 한번 감사했다.

오랜만의 연락인데도 흔쾌히 자신의 연락을 받아준 연출님이셨다. 지난번 그가 무당으로 카메오 출연한 드라마의 연출이자 아역 시절, 자신이 애기무당으로 출연한 천만 영화의 제작진이기도 했던 그 연출은 당연히 영화도 쓰고 연출하는 사람이었다.

그녀가 자리를 만들어주었기에, 그는 아역 시절에 안면이 있던 영화 제작진들을 만나 어려운 부탁을 시도해 볼 수 있었다.

'…용기를 내보기 잘했어.'

말도 안 되는 강행군이었지만… 그래도 이렇게 팀에 많이 기여해 본 것은 처음인 것 같았다.

'ㄱ, 반응도 좋았으니까….'

이제 무대만 열심히 하면 된다. 그가 다시 한번 멋지게 이번 활동에 대해 결심을 할 때였다.

−기억나? 너 요만할 때 촬영상에서 갑자기 눈물을 닭똥같이 뚝뚝

흘러서 아주 어른들 다 당황했는데.

"예, 예?"

―네가 '감정 잡고 있던 건데 왜 그러냐~'고 딱 멋지게 그랬잖아. 아주 당돌해 가지고 애기가.

"으… 큼, 네."

배세진은 헛기침을 간신히 참았다. 그리고 즐겁게 추억을 이야기하던 연출은 갑자기 낮은 목소리로 중얼거렸다.

―역시… 아깝다. 아까워.

"……."

―이번에 촬영하면서 난 정말 좋았거든, 세진아. 정진이도 너 오랜만에 봐서 좋았대.

"아."

배세진은 프롤로그 장면, 운전자 역할을 소화해 준 배우를 떠올렸다. 자신의 아역 배우 시절 선배였다.

'…잘해주셨었지.'

잠시 그때의 추억에 잠겨 있을 때였다.

―누나가 이번에 정말 괜찮은 각본 하나 잡았거든.

전화기 너머로부터, 단도직입적인 제안이 왔다.

―너 이제 나이도 됐겠다, 해볼 생각 없어?

"……!"

테스타의 첫 컴백 무대 라이브 30분 전의 일이었다.

CHAPTER
36

무대 위로 7명의 인영이 올라왔다.

테스타 결성 최초로 공중파에서 하는 첫 컴백 무대. 인터넷 유저들은 벌써부터 자리를 깔아놓고 이야기를 떠들고 있었다.

-티넷 음방 안 나오는 테스타라니 이렇게 적어보니까 더 이상하네

-담주에 이 악물고 테스타 1위 안 주는 뮤직밤 볼 수 있냐

-오늘 테스타 엔딩임?

나오지도 않은 Tnet의 이야기가 나오는 건 어쩔 수 없는 일이었다.

그간 테스타는 T1의 KPOP 사업 성공의 아이콘이나 다름없었으며, 그건 T1과 결별한 지금도 벗겨지지 않은 이미지였다. 그러니 그 이미지가 잔존하는 이상, 그 출신이 사라질 정도로 어마어마한 격변이 일어나지 않는 이상… 공중파는 테스타에게 굳이 필요 이상 우호적일 필요가 없다는 뜻도 됐다.

그래서 테스타는 오늘 적당히 엔딩 2번째 전 자리를 얻었다.

-테스타 벌써 나옴?

-나라면 이 기회 노려서 먼저 엔딩 줄 텐데 공중파 존심 보소ㅋㅋ

인기에 비해 다소 '엄격'한 연차순 정렬이었다.

하지만 사람들은 그런 것과 관계없이, 이번 주 KBC 음악방송의 하이라이트는 테스타의 컴백 무대라고 생각하고 있었다.

그걸로 충분한 일이었다.

-시작한다

하나의 무대. 그것을 사람들이 보도록 하기 위해 들인 모든 공이 아깝지 않은 컴백 화제성 속에서.

테스타의 무대가 시작되었다.

[Doong…!]

뱃고동 소리를 변조시킨 듯한 단조의 리프 멜로디.

조명이 들어오면 보이는 것은 'KIS'로고가 떠 있는 화려한 세트장이다. 흡사 서재나 실험실로 보이는 그 우아하고 컨셉츄얼한 무대의 정 가운데, 대칭을 맞춰 선 삼각 대형의 인영들이 있다.

다만 뒤로 돌아선 채다.

7명의 남성은 그 상태에서, 천천히 목을 움직였다.

레더 질감이 불빛에 번질거렸다. 몸을 꽉 잡는 가죽 정장.

-단체 괴도복이다

-미친

그리고 단조의 미디음와 일렉 기타 사운드가 고조되어 올라가는 듯하더니… 치직거리는 효과음과 함께, 쏟아지는 드랍은 강렬한 장조의 도입부다.

[네 손에 닿아
또 감기는 My tape]

대형이 깨지듯 퍼지며, 박문대의 팔을 교차하는 독무 동작에 따라 나머지 멤버들의 군무가 움직였다.
이어서 오른쪽 외곽에서 다음 멤버가 슬라이드로 카메라 앞까지 미끄러져 나왔다.

[심장이 뛰는 순간
모든 감각이 Slow]

무릎을 꿇으며 회전, 그리고 한 팔을 쭉 뻗는 시원한 강약조절의 안무를 하는 류청우의 파트. 거기서도 그의 팔 제스처에 따라 군무와 대형이 움직였다.

-오 헐
-류청우 팔봐 미친

그렇다.

'나비효과'를 주제로 만들어진 안무는, 파트를 부르는 멤버의 독무 제스처에 대형이 바뀌는 짜임새로 이루어져 있었다.

-와
-아 제발 카메라 좀
-이거 잘 잡아야되는데ㅠㅠ

고정된 풀캠을 간절히 원하게 되는 그 광경 속에서 무대가 질주한다. 두근거리듯 드럼 비트가 올라갔다.

[짜릿한 contact
말 없는 네 눈 속에
확실한 정답을 찾아서]

오랜만에 보컬 파트를 맡은 김래빈은 목까지 올라오는 독특한 터틀 넥 유의 괴도 복장이었다. 그는 눈을 가늘게 뜨며 파트를 마친 뒤, 다음 파트를 부를 사람과 바통을 교환하듯 하이파이브를 했다.

차유진이다.

[선택은 하나
그래 전부 가져가 (one more)

꽉 잡은 이 손을 놓쳐도]

김래빈과의 페어 안무가 날렵하게 전투처럼 펼쳐졌다. 그리고 라이브감이 확 사는 랩을 받치듯 올라가는 박문대와 류청우의 더블링까지.

-라이브 개시원하다
-AR이 안 들릴 지경
-역시 테스타는 개어려운 곡 해줘야

그리고 여기서 템포를 조절하는 쉼표가 들어간다.
저음의 목소리만 들리는 한 구절.

[Let's Start, 난전을 시작해]

김래빈이 센터에서 턱과 목을 잡는 것이 클로즈업됐다.

-ㅠㅠㅠㅠ
-악

그리고 프리코러스,

[찾아내 얼굴을 봐
I don't care what's next

Chaser 오늘도
네 손을 멈추지 마]

복잡한 엇박 리듬과 음역대를 오가는 어려운 구간. 그에 맞추듯 안무 난이도도 급격히 올라가며 화려해졌다. 센터가 더욱 중요해지는 이 파트에서 처음에는 파워가 강한 이세진이, 다음에는 강약조절이 절묘한 선아현이 분위기를 끌어갔다.

[알아내 모든 걸 다
Don't be scared what's next
Chaser 내일도
반전을 끝내지 마]

-큰세 괴도복... 누가 안감 얇은 검은색으로 골랐냐 와우네
-선아현 대체 박자를 몇 번 바꾸는 거야 방금 동작 뭐임 나 보지도 못했어

보는 맛을 최고조로 끌어올리는가 싶더니, 드디어 후렴구.
비트가 드랍된다.

[Just roll the dice
Trust, take my side]

프리코러스와 대조적이다.

심플한 리듬과 딱 치고 들어오는 메인 멜로디. 그리고 캐치한 리프 멜로디. 이 중심 요소 세 가지로 구성되어 기억하기 쉬운 후렴을 보기 좋은 댄스 브레이크가 채운다.

-이거 발소리 들리면 발소리까지 딱딱 맞을 것 같애
-돌았다
-겜 찍으면서 대체 이걸 다 언제 연습한 거냐 테스타 초인임?

움직임에 예상치 못한 가속을 주어 잡아채는 듯한 대표 팔 동작은 괴도복과 딱 맞아떨어지듯 어울렸다. 절도가 있으면서도 묘하게 섹시한 요소다.

결국 이런 감탄사가 나오는 것이다.

-테스타 그대로네
-자체 프로듀싱 찐이었네
-와 진짜 느낌은 그대론데 오히려 더 날라댕김
-테스타 티원 기획 자본빨이라던 새끼들 어디감

바로 테스타에 대한 기대치의 충족에서 오는 짜릿함 만족감이었다. 왜 이런 현상이 빌어질까?

예시를 들어보자. 한 그룹이 회사를 옮겼다. 대부분의 멤버가 그대로여도… 그룹의 색채가 변할 수 있는가?

정답은 '그렇다'이다. 앨범을 만드는 실무진이 바뀌고 기획팀이 바뀌면 얼마든지 그럴 수 있었다. 이건 퀄리티의 문제도 있지만, 팬과 대중이 이 그룹을 좋아하던 이유, '그 느낌'이 그대로 남아 있느냐의 문제기도 했다.

그 그룹 특유의 색. 대중이 그 그룹에게 기대하는 것.

인력의 교체와 자본의 부재로 그런 것을 더 이상 만들지 못하게 될 수 있는 것이다.

그러나 테스타는 이번 무대에서 그것을 반증한 것이나 다름없었다.

'테스타는 당신이 기대한 것을 한다!'

덕분에 무대를 보는 사람들도 무의식중에 깨닫고 즐거워진 것이다.

-지금 1절 내내 감탄만 함
-ㅋㅋㅋㅋㅋㅋㅋㅋ야 진짜 얘네 다른 건 몰라도 무대는 재밌음

테스타는, 처음 데뷔했던 그 트랙 위에서 계속 고공행진 중이었다.

[그래 이 Final round]

무대는 거침없이 전진해 브릿지를 맞이했다.

거친 일렉 사운드가 사라지며 다소 벅차오르는 건반음이 드럼 사운드에 맞추어 쌓였다. 그 분위기에 맞추어 배세진이 쓸데없는 기교 없이 바르게, 저음부터 중고음까지의 멜로디를 맑고 단단히 쭉 올렸을 때.

[잡아당겨]

그 끝에서 튀어나온 차유진은 고양잇과 맹수처럼 양발로 착지해, 힘을 준 채 느리게 스텝을 밟았다.

그리고 다시 마지막 댄스 브레이크.

[Just roll the dice
Trust, take my side]

-악 극락
-진짜 개쩐다

테스타는 작정한 듯이 끝까지 힘을 풀지 않고 동작 하나 음 하나 흘리지 않으며 무대를 가득 채웠다. 마침내 엔딩에서 센터에 선 류청우가 뒤를 돌아보며 장난스럽게 벗은 장갑을 들어 올릴 때까지.

괴도복다운 엔딩 멤버 선정이었다.

와아아아아아!

그리고 화면을 꽉 채운 팬들의 함성처럼, 인터넷의 채팅창도 휙휙 넘어갔나.

-ㅋㅋㅋㅋㅋㅋ
-테스타! 테스타! 테스타! 테스타! 테스타! 테스디! 테스타!

-찢었다

-오

-다시보기 내놔

그리고 SNS의 팬들은 흥분해서 미친 듯이 단어와 의성어, 이모티콘을 감상으로 쏟아냈다. 어쩔 수 없었다. 너무 짜릿했기 때문이다!

그들이 완성된 문장을 구사하게 된 것은 이성적인 사고가 좀 돌아왔을 때였다.

-보정 올라오는 대로 다 저장하고 있어 정신 차리니까 같은 청우 열 번 저장했더라

-나 이번 활동 너무 기대됨

-사녹 스포에 구속복 있었지? 있었다고 해줘 제발 이렇게 빌게

-이번엔 공중파 예능 많이 나올까나 사실 공중파 예능 좀 탐나던 거 있었는데ㅋㅋ

무대를 본 순간 이번 활동 성공을 직감하자, 행복 예상도가 MAX를 찍으며 스케줄에 대한 기대도 쏟아지기 시작했다.

그 와중에는 정답과 루머가 슬쩍 지나가기도 했다.

-당근 코인한 그 PD랑 또 예능 찍어줬으면 좋겠어ㅋㅋ 우리 깐부잖아ㅋㅋ

└헐 맞앜ㅋㅋ

└이미 찍었을 듯?ㅎㅎ

└음... 지나가다 미안한데 그 PD 소속이 티원쪽이라 괜찮을지 모르겠음 스케줄 보니까 테스타 티원쪽 방송국 안.. 나오는 것 같아서

└아 제발

└설마 티원이 막나?;;

└루머ㄴㄴ 아직 스케줄 안 뜬 걸 수도 있는데 벌써부터 왜 그래 좀 기다려봐

하지만 대부분은 기대로 꽉 차서 다음 무대를 기다리거나 뿌듯함에 이번 컴백 무대에 대한 반응을 살펴보기도 바빴다.

가령 이런 베스트 댓글 말이다.

-테스타 지들도 지들이 잘하는 거 알겠지?ㅋㅋㅋㅋㅋ

└모를 리가ㅋㅋㅋㅋ

그리고 히죽히죽 웃다가 문득 이런 생각을 하는 팬도 있었다.

저 무대가 끝났을 때, 테스타는 어떤 감정이 들었을까?

"고생하셨습니다~"

"와아이!!"

지난 컴백보다도 큰 환호가 대기실을 채웠다. 스탭들까지도 환호에 어울려 주는 그 광경은 훈훈하면서도 열기와 열정으로 가득했다.

새 회사, 새로운 환경에서 지금껏 없었던 장애물에 부딪히며 낸 첫 앨

범이니 다들 감회가 새로울 수밖에 없었다. 심지어는 오늘 사전 녹화 반응을 즉각 모니터링하던 박문대에게 멤버들이 우수수 달려가서 붙었다.

"문대문대, 반응 봐?"

"어."

"어, 어때…?"

박문대는 간단히 말했다.

"좋아."

"…!!"

그가 여론에 대해 뒷말도 없이 이렇게 단언하는 것은 드문 일이었다. 그리고 그 뜻은….

"진짜?"

정말로, 팬이라는 것을 감안해도 압도적으로 반응이 좋다는 뜻이었다! 멤버들이 얼떨떨해하다가 곧 활짝 웃었다.

"와… 테스타 살아 있네!"

"하하, 오늘 뭔가 보여줬다!"

"오~ 청우 형!"

심지어는 류청우까지 무대 전 구호인 '아 테스타 오늘 뭔가 보여준다'를 응용해 들뜬 한마디를 던지는 상황. 배세진도 상기된 얼굴로 숨을 몰아쉬다가, 다가가서 박문대가 보던 화면을 봤다.

선아현이 밝게 웃으며 자리를 살짝 비켰다.

"아, 여, 여기요…!"

"……."

배세진은 박문대가 굳이 가리지 않은 스마트폰의 내용을 읽었다.

'너무 좋다 말로 표현이 안 돼 꼭 본방사수해'

'행복해서 울 것 같음'

'이번 활동 길었으면 좋겠어'

'콘서트에 내 자리에 없을 것 같은 강한 예감'

한 치의 가식도 보이지 않는, 그 기대와 행복으로 넘실거리는 그 반응들이… 확실히 와닿았다.

"…좋네."

"정말 그렇습니다!"

자신도 즐거웠다.

'좋았어.'

잘한 것 같은 느낌.

안무도 잘 따라가고, 노래도 부족하지 않게 살린 것 같고.

의상이 땀 배출이 되지 않는 가죽 재질이라 불편한 것은 이제 몇 년의 무대경험으로 신경도 거의 쓰이지 않았다.

"……."

그러니까, 말이다.

배세진은 모종의 결심을 할 수밖에 없었다.

어쩔 수 없는 일이었다.

"테스타분들 환복이요~"

"넵!"

그래서 그는, 곧 의상을 갈아입으러 분주해진 멤버들 틈에서 가장 먼저 옷을 갈아입고… 구석 소파로 향했다.

그리고, 적고 있던 메모장을 다시 켰다. 노시히 마음이 진정되지 않아서 적어보려다가 무대 직전에 무슨 짓이나 싶어서 30초 만에 닫아버린 메모였다.

[제안해 주셔서 정말 감사합니다. 저도 연출님 작품에 꼭 출연해 보고 싶]

거기까지 적었던 활자를, 그는 이를 악물고 다시 써 내려가기 시작했다.

[…연출님 작품에 꼭 출연해 보고 싶습니다. 하지만 지금은 그룹 활동에 더 집중해야 후회하지 않을 것 같습니다.]

이게 맞다.

'활동기간이랑 겹치면… 안 돼.'

설령 다른 모든 앨범 활동기간에도 하지 못했다 하더라도, 지금은 안 됐다.

'다들 어떤 마음으로 다시 출발한 건데.'

그리고 이번에는 자신도 정말로… 간신히 구현만 따라가는 것이 아니라, 한 작품의 완성도에 제대로 된 기여를 한 것 같은데. 여기서 개인행동으로 찬물을 끼얹고 싶지는 않았다. 그도 이제 아이돌 그룹의 생태계에 대해서 어느 정도 파악한 상태였다.

'지금은 그룹 활동에 집중해야 하는 시기인 거야.'

배세진은 다시 글을 적어 내려가기 시작했다. 통화할 때 어떻게 답변할지 언어를 정제해 놓기 위해서.

[좋은 마음으로 제안 주셨는데 거절해서 죄송]

그때였다.

"형 뭐 하세요."

"…!!"

심장이 떨어지는 줄 알았다.

눈만 돌리자, 뚱한 얼굴을 한 박문대가 괴상한 걸 보는 표정으로 자신을 보고 있었다.

"…?!"

누가 봐도 '뭘 보고 있었길래 그렇게 놀라냐'라고 묻는 것 같은 표정에, 배세진은 그만 제 발 저린 모습을 보여줬다!

"아니! 그냥 문자 좀!"

"메모장인데요."

"……."

"죄송한데, 위치 때문에 단어도 좀 봐서요."

박문대는 소파 옆자리에 적당히 떨어져 앉았다. 배세진은 딱 굳었다.

"혹시 그 연출님한테 배역 제안 온 건가요."

"모, 목소리 낮춰."

"…?"

박문대는 '그럴 것까지야.'라고 생각했으나 일단 장단을 맞춰주었다. 배세진은 진중한 목소리로 낮게 이야기를 계속했다.

"…그래. 그런데, 활동기니까 거절할 거야."

"하기 싫으신 건 아닌 것 같은데요."

배세진은 순간 울컥했다. 당연하지!

하지만 화내면 안 된다는 것도 알았다. 박문대는 잘못이 없었다. 그래서 심호흡을 한 다음에, 좀 더 침착하게 대답했다.

"…내가 하고 싶은 게 중요한 게 아니라, 지금이 적절한 타이밍이 아닌 것 같아서라고 말하는 거잖아!"

"음……."

박문대는 표정 없이 침음을 흘리더니, 몇 초 후 고개를 끄덕였다.

"그럼 다들 그렇게 생각하는지 물어보죠."

"…??"

테스타 회의 재개장.

사실 연차가 찬 아이돌 그룹에서 멤버가 개인 활동을 하는 건 자연스러운 일이다. 그룹은 전성기가 지나면 수익성이 떨어졌다. 그럼 각자 먹고살 길을 미리 탐색해 놓긴 해야 하지 않는가.

물론 요새는 예외도 많고, 테스타도 그 예외 중 하나였다.

"우리가 지금까지 제대로 개인 활동을 해본 적이 거의 없긴 해."

"그렇습니다."

워낙 그룹이 계속 잘 됐던 것이다….

개인 활동이라고 해봤자 예능이나 화보 정도였다. 가뜩이나 서바이

벌 출신이라 팬덤의 융합을 위해서라도 개인 활동을 몇 년 자제하다 보니, 결국 여기까지 왔다.

나는 입을 열었다.

"하지만 이젠 슬슬 시작해도 괜찮지 않을까요."

"음."

배세진이 어깨를 움찔 떨었다. 멤버들의 시선이 반사적으로 배세진을 향했다.

차유진이 손을 들었다.

"그래서 우리 회의해요? 세진 형 연기해요?"

눈치 빠른 놈.

"……제안은, 받았는데."

"…! 그러셨던 거군요!"

"추, 축하드려요…!"

일단 좋다고 반응하는, 착하지만 눈치 없는 놈들 사이에서 배세진의 얼굴이 붉으락푸르락해졌다.

"아, 안 할 거라고…!"

"…!?"

"아까 박문대한테도 말했지만, 그러니까… 지금 우리 막 컴백했는데, 내가 연기하려고 빠지면 안 되잖아!"

"아…!"

선아현과 김래빈의 얼굴에 느낌표가 떴다.

그러나 곧 김래빈은 조심스럽게 물었다.

"저… 스케줄상 병행이 불가능한 구조입니까?"

그러시구나! 그럼 둘 다 하시면 되겠지! 작곡 속도가 두 배 이상으로 증가하는 미친 효율 특성을 가진 놈다운 질문이다.

그러나 배세진은 양손을 움켜쥐었다.

"…그러다가 실수하면?"

"예?"

"나는… 솔직히 말할게. 내가 여기서 제일 무대 습득력이 느리잖아. 늦게 시작하기도 했고, 재능… 문제도 있을 거고."

"…어, 어떤 기준점을 사용하느냐에 따라 판단은 주관적…,"

"그런데 내가 전혀 다른 종류의, 그러니까 작품 배역까지 동시에 병행하면서, 무대에서 한 번도 실수를 안 할 수 있을 것 같아…?"

"…!!"

배세진이 고개를 들었다. 얼굴이 창백했다.

"그런 상황이 발생하면, 사람들이 어떻게 생각하겠어."

가뜩이나 개인 활동 첫 타 끊은 배세진이 욕을 집중포화로 먹겠지.

그러나 놀랍게도, 저 녀석은 그 지점을 언급하는 것이 아니었다.

"뭔가 문제가 있구나, 배세진이 안 그러다가 갑자기 무리해서 그룹 활동과 연기를 병행할 정도로, 그룹 내부에서 말이 오간 거다… 그렇게 생각할 거라고!"

"……"

"나도 막 데뷔했을 때처럼 아이돌 활동에 대해서 아예 모르는 게 아니야, 나름대로… 이젠 상황을 알아."

그래. 국뽕 위튜브 보는 거 안다.

'그러면 보통 KPOP 리액션이나 대중 반응 위튜브들, 심지어 렉카들

까지 연관 동영상에 뜨지.'

타이틀만 읽어도 대충 이 녀석도 그 정도로는 알게 되는 것이다. 루머가 만드는 2차 루머에 대해서. 그리고 어떤 루머가 화제가 되고 파장을 만드는지 말이다.

"우리가 지금 막 회사를 옮기고, 첫 컴백한 상황에서는… 안 돼."

배세진은 제법 단단한 얼굴로 말을 마쳤다.

"그게 내 판단이야."

"……."

오. 나는 턱을 짚었다.

일단 저 녀석이 내린 결론의 타당성을 떠나서 말이다.

'제법 논리적이고 깊이 있게 결론까지 과정을 그렸는데.'

회피하려고 한 게 아니라, 오히려 정면으로 상황에 머리를 들이밀고 면밀하게 분석해 내린 결론이었다.

'많이 크긴 했군.'

그건 존중할 만한 태도였기에, 나는 일단 가볍게 부분 동의로 이야기를 시작할 생각이었으나….

"왜?"

"…?!"

이놈이 먼저 물음표를 갈긴다고?

뷰정우는 눈일이 기긴 멤버들 사이에서 배세진을 응시한 채로 담담히 말을 이었다.

"세진아. 왜 네가 연기를 하면 무조건 무대 활동에 지장이 갈 거라고 생각해."

"누가 무조건이래?"

배세진은 울컥한 것 같았으나, 곧 침착해졌다.

"…그럴 가능성이 높다는 거잖아. 당장 상상도 할 수 있어. 그 상황을…!"

"상상이 꼭 현실이 되는 건 아니야."

"…!"

"세진아."

류청우는 부드럽게 말했다. 그러나 어쩐지 좀 엄격한 구석이 있는 투였다.

"전에도 말했지만… 너는 미래 일을 상상할 때, 그게 좋은 쪽일 가능성보다는 나쁜 쪽일 가능성을 더 크게 생각하는 것 같다."

"……."

"그게 꼭 맞으라는 법은 없는데 말이야."

배세진은 좀 멍한 얼굴이 되었다.

"우리 이런 이야기 전에 했을 때도, 결국 네 걱정대로 가지 않고 잘 해결됐어. 기억하지?"

"……."

무언의 긍정.

그리고 류청우가 일부러 모호하게 지칭하긴 했지만, 나는 '이전에 이 이야기를 한 상황'이 무엇인지 깨달았다. 배세진이 순간 큰세진을 봤거든.

'둘이 개같이 싸웠을 때 말하는 것 같은데.'

그때 큰세진은 내가 맡아서 대화하고, 배세진은 류청우가 맡았었지. 아무래도 당시 둘이 저런 대화를 했었던 모양이다.

'배세진은 아마 큰세진이 자길 X나게 싫어하니 절대 먼저 사과 안 할

거라고 말했을 테고… 자기가 먼저 사과해도 화해 못 할 거라고 생각했던 것 같은데.'

그걸 류청우가 살살 달랜 모양이다. 그리고 뭐, 동명이인들은 화해하고 그럭저럭 계속 삐걱거리면서도 잘 지내고 있는 상태고 말이다. 한마디로 당시 배세진이 지나치게 부정적으로 생각한 건 맞다는 거지.

그러나 나는 배세진이 왜 그렇게 판단했는지는 이해했다. 둘이 워낙 안 맞고, 서로 꼴 받는 감정이 쌓이다가 갑자기 크게 싸운 것도 이유겠지만… 실은 배세진의 저 생각 방식 자체에도 경험적인 이유가 있지 않나 해서 말이다.

'…아역 때부터의 경험 때문이겠지.'

X 같은 소속사로 한 번 망했다. 게다가 심지어 친부가 그 모양이어서 망할 뻔한 건 아예 우리도 라이브로 봤다. 저 녀석이 결정적인 선택지에서 최악의 결과를 고려하는 건 자연스러운 본능 같기도 하단 말이다. 문제는….

'그리고 나도….'

내가 그걸 이해할 수 있는 점이지.

유년기에 X 같은 경험으로 따지자면 나도 몇 가지 바로 튀어나오는 게 있거든. 설마설마했던 최악의 가정이 현실이 되는 상황 말이다. 그런 걸 겪어본 놈은 그 '최악의 상황'을 언제나 가정해서 미래 계획을 꾸리게 되나.

'대비하는 거지.'

뭐, 손해 본 적은 없다고 생각해서 난 특별히 내 사고회로에 불만은 없다만… 류청우는 배세진이 퍽 안타까운 모양이었다.

"지금까지 활동하면서 무대에서 실수한 적 거의 없잖아. 잠도 제대로 못 잘 때도 그랬어. 그런데 이번에만 갑자기 실수를 할까?"

"……"

"나는 아니라고 생각해. 그리고 하더라도 별문제 없이 지나갈 가능성도 있는데…. 다른 것도 아니고, 그런 이유로는 포기하면 너무 아쉽지 않을까."

배세진의 눈이 뿌옇게 변했다.

그리고 나는 류청우에게 경악에 가까운 감상을 느꼈다.

'저 자식은 어떻게 저럴 수 있냐.'

기억도 안 나는 어릴 적 사고 후유증으로 전성기 목전에서 국가대표를 은퇴한 놈이, 어떻게 저런 사고방식으로 살 수 있냐는 말이다. 몇 년간 같이 산 데다가 사정까지 다 아는데… 아니, 오히려 그래서 더 이해하기 힘들었다.

'뭐, 인간이 어떻게 다 똑같겠냐만.'

이런 놈, 저런 놈 다 있어야 팀이 굴러가겠지. 그 증거로 배세진은 그 단호한 말에 약간 심정적으로 동요한 모양이다. 그리고 그 기세를 몰듯이 류청우가 말을 건넸다.

배세진이 아니라, 나에게.

"어떻게 생각해?"

"……"

굳이?

'회의 소집했으니, 백업해 줄 거라고 생각한 모양이군.'

나는 떨떠름하게 대답했다.

"아니 뭐… 형 말씀도 맞는데. 사실 세진 형 말씀도 맞는 것 같은데요. 가능성은 있죠."

"……!"

"…그래?"

왜 류청우 너까지 시무룩한 얼굴을 하냐.

어쨌든 나는 어깨를 으쓱했다.

"그리고 이렇게 설득해도 세진 형은 계속 불안해하실 것 같아서요. 그렇게 개인 활동하실 필요는 없는 것 같고."

"……."

"그러니까 아예 세진 형의 추론을 반박해 보고 싶습니다."

"…??"

"바, 반박… 말씀이십니까?"

그렇다.

"애초에 형이 실수할까 봐 걱정하는 근본적인 원인이 있는 것 같아서요."

"…근본 원인?"

대체 무슨 소리냐는 표정이군. 자, 들어봐라.

"활동기 스케줄이 빡빡하다는 거요."

빡빡한 만큼 여유가 없으니, 무대를 위해 마음과 신체를 가다듬을 시간이 없다. 그 환경에서 본인의 실력으로는 필연적으로 실수로 이어질 수 있다는 걱정 말이다.

"애초에 스케줄이 좀 여유가 있었으면 괜찮다고 하시지 않았을까요. 병행해도 연습할 시간이 있으니까."

배세진이 얼빠진 표정으로 대답했다.

"그… 렇긴 한데."

나는 고개를 끄덕였다.

"그럼 걱정하실 필요 없는데요."

"…?? 왜…?"

"저희 전보다 스케줄 넉넉할걸요."

"왜?!"

나는 양손으로 깍지를 꼈다.

"T1 계열 스케줄이 다 막혀서……."

"……."

"……."

그렇다.

무심코 지난 앨범들과 비슷한 스케줄 강도를 예상한 배세진은 이 허점을 놓친 것이다.

'우리… 나갈 방송이 별로 없어.'

공중파 예능 한두 개 돌고 위튜브 몇 개 나가면 끝이다. 나머지는 오히려 그룹 이름값에 안 맞아서 본의 아니게 못 나간다.

'하지만 화제성은 그 게임이 커버해 줬으니까…'

결국 우리가 앨범 준비를 하면서 달린 미친 60일에 앨범 프로모션을 위한 활동도 당겨서 한 거나 마찬가지인 것이다. 그리고 그것을 깨달았는지, 배세진의 눈알은 점이 되었다.

당황한 모양이다.

"그… 좀 생각을."

"네. 그리고 생각하시는 동안 말할 다른 안건도 들고 왔는데요."

"뭐, 뭐?"

왜. 네 연기 활동만 이야기하려고 회의를 연 건 아니었다.

"애초에 세진 형만 할 게 아니라, 이 활동기에는 저희도 좀 흩어져서 개인 출연을 각자 몇 번 하면 어떨까 해서요."

"예??"

"우, 우리가…?"

"음, 앨범이 나왔는데 아예 전 멤버가 개인 활동을 하는 건…. 하고 싶은 사람은 물론 해도 되지만, 나는 다음에 해도 괜찮아."

신중한 류청우의 반응은 기꺼웠으나, 오히려 그게 노림수다.

"아뇨, 오히려 앨범 때문인데요."

"음?"

"그룹이 다 같이 출연할 수 있는 건 프로그램이든 행사든 한정되어 있으니까, 개인으로 쪼개서라도 몇 번은 더 얼굴을 비추는 게 나을 것 같아서요."

"아."

그러면 T1 계열이라 잘린 스케줄들을 약간이라도 보완할 수 있을 것이다. SNS, 커뮤니티, 위튜브 잘 안 하는 사람들에게도 테스타 앨범이 나왔다고 알려는 줘야 하지 않겠는가.

그리고… 또 하나의 장점이 더 있는데, 그건 선아현이 눈치챈 모양이다.

"아…! 그, 그럼 세진 형 연기도, 그런 개인 출연의 일부로 보일 테니까… 다 같이 하는 것처럼 되겠구나!"

그렇다. 배세진이 유독 결이 다르고 본격적이긴 하지만, 사정 좀 흘려두면 혼자 집중포화 맞는 정도까진 가지 않겠지.

"…! 과연, 그렇군요! 거기까진 추론하지 못했습니다!"

"그럼 저 여기 나가요!"

선아현에게 감탄하기 시작한 김래빈과 적극적인 프로그램 탐색에 나선 차유진으로 와자지껄해진 회의실.

배세진은 고개를 푹 숙였다.

"…고마워. 정말."

"…!"

"아닙니다! 앨범을 위해 포기까지 고려하신 의지에 감탄했습니다! 연기 응원하겠습니다…!"

"그래. 응원할게."

"화, 화이팅…!"

나도 한 마디 덧붙일까.

"또 싸패 역이면 바꿔 달라고 하시고요."

"…그래."

배세진의 목소리에는 웃음기가 섞였다. 그리고, 다시 고개를 든 배세진은 주먹을 쥐고 눈을 빛내고 있었다.

"잘할게."

그래라.

"무대도… 꾸준히 연습할 거고."

좋지.

"내가… 그, 촬영에서 앨범 홍보도 열심히 할 테니까…!"

"괜찮습니다."

그건 아니다. 그쪽 판도 살벌해서 그러다 X 된다. 그냥 넌 작품이나 열심히 찍고 와라.

"큼, 아, 그래도……."

배세진은 뭐라 더 말하고 싶었던 것 같았으나, 갑자기 누군가와 눈을 마주치고 입을 다물었다. 지금까지 회의 내내 단 한 마디도 하지 않고 있던 사람이었다.

"……."

큰세진. 녀석은 별 감정이 드러나지 않는 표정으로 배세진을 보고 있었다. 배세진은 순간 반사적으로 시선을 피하려는 것 같았으나, 곧 그 기색은 사라졌다.

그 대신 큰세진에게 진지하게 물었다.

"너는… 어떻게 생각해?"

"……."

"내가 활동 중에 연기하는 거."

큰세진은 잠깐 탁자를 보더니, 곧 입을 열었다.

"뭐, 이런 상황이면 괜찮지 않을까요?"

"…!"

힘을 뺀 어투였다. 그리고 완곡한 긍정이었다.

배세진은 의자에서 튀어나올 듯이 놀랐으나, 곧 헛기침을 했다.

"아니, 큼, 말을 안 하길래… 마음에 안 드는데 참고 있나 했지!"

"네 뭐…. 넵. 그런 식으로 제가 무슨 반응을 해도 안 좋은 쪽으로 해석하실 것 같아 가지고~"

"……."

'정곡이군.'

큰세진은 일부러 장난스러운 듯이 말끝을 올렸으나, 진담이 분명했다.

그리고 배세진도 찔린 것 같았다. 아마 개인 활동이 괜찮은 생각이라고 했어도 비꼬는 게 아닐까 의심했을 것이고, 반대했으면 고개를 끄덕였을 것이다.

큰세진은 목뒤를 문질렀다.

"저희가 연차도 있고… 슬슬 다들 개인 활동할 때가 되긴 했죠~ 그리고 형도 어차피 거절하실 생각이셨다고 하니까."

"……."

"다 같이 잘 되면 좋죠."

큰세진은 그렇게 말을 끝냈다. 정말로, 빈말 같지는 않았다.

"…그래."

그리고 배세진은, 이번엔 그 말을 그대로 받아들일 수 있던 것 같다.

"좋아. 그럼… 정리해서 연출님께 연락드릴게!"

"Great!"

그렇게, 테스타는 본격적으로 앨범 활동기에 진입할 준비를 마쳤다. 이전과 다른 조금 독특한 방식으로.

"저… 그런데 T1과 관련된 모든 관계사와 협력이 불가능하다면, 혹시 이번엔 그룹 리얼리티 프로그램도 제작하지 못하게 되는 겁니까?!"

"기다려 봐."

서울. 조용한 사무실 안.

"얼른 말씀드리겠습니다!"

"예. 감사합니다."

배세진은 최대한 침착하게 테이블 맞은편에 앉았다.

'진짜… 왔구나.'

정말로, 오랜만에 해보는 작품 미팅이었다.

괴상한 가상 세계에서 몇 년간 배우로 활동한 기억이 있지만, 그때의 경험은 최근인데도 불구하고 아주 이전의 일이나 생생한 꿈처럼 살짝 모호했다. 그래서 이렇게 긴장이 되는 건지도 모르겠다며, 배세진은 짧게 심호흡을 했다.

곧 기다리던 사람이 황급히 등장했다.

"세진이 왔구나!"

"…! 안녕하세요."

서류를 들고 있는 연출. 그에게 배역 제안을 준 사람이었다.

그리고 다른 한 사람을 대동한 채였다.

"연출님, 감독님."

"그래~ 쎄진이 많이 컸네."

호방한 인상의 감독이 씩 웃으며 소파에 앉았다.

'이분이셨구나…!'

그가 아역일 당시에 납치된 아동을 연기했던 작품의 감독이었다. 성적은… 한 번 걸러 한 번꼴로 흥행에 성공하는 사람.

'…좋아.'

이 정도면 걸어볼 만했다. 배세진은 꾸벅 고개를 숙이며 인사한 후 다시 착석했다.

"애가 진짜 억수로 똑같네. 침착한 게 그대로 컸어."

"그렇죠? 여전히 딱 바른 생활 하는 그 느낌이더라고요."

'큼.'

그 정도는 아닌데.

자신도 그간 제법(?) 탈선해 봤다고 생각하던 배세진의 앞으로 드디어 문제의 제안이 왔다. 팔랑, 테이블 앞으로 서류가 넘어가며 작품이 가볍게 설명된다.

'현대 미스터리 호러…'

웹툰을 원작으로 하는, 살짝 기괴하고 싸늘한 21세기 대한민국 현대 세계관이 펼쳐졌다. 순식간에 그 내용을 훑는 배세진에게 친절한 설명도 이어진다.

"넷플러스 오리지널 드라마야."

"아."

그럼 확실히 제작 스튜디오만 연관이 없다면 T1과 동떨어진 자본이었다. 그렇다면….

'제대로 할 수 있어.'

영화가 아니라 드라마라면 촬영 기간이 더 걸리겠지만, 그럼 다음 앨범을 홍보하면 괜찮지 않을까? 배세진이 열심히 생각을 짜내고 있을 때였다.

"그런데 사실… 꽤 많이 찍어둔 상태거든?"

"…!"

잠시만.

"…지금 절 캐스팅하시면서요?"

혹시 시즌제인가? 그래서 시즌 2에 자신이 등장하는 걸지도….

"사실 신인이 하나가 싹수 있어서 써봤는데… 그 미친 새끼가 뭐 동영상을 찍어서 기사가 떴어요. 지역 발언인가 뭔가 해서!"

"……큼."

"우리 세진이는 데뷔한 지 20년이 다 돼가는 데도 깨끗하지? 그런데 어디 신인이 정신머리가 빠져 가지고!"

요새 것들은 대가리에 위튜브, 인하트, 틱택톡만 찼다며 감독이 게거품을 물려고 했다. 연출이 황급히 설탕 폭탄 커피를 권하며 이야기를 우회했다.

"아무튼 그래서 분량을 아예 덜어내 버리느라… 일정 밀리고 딱 스케줄 비었거든? 세진이가 그때 딱 연락 줘서 오랜만에 같이 일할 수 있었다?"

"아… 감사합니다."

"뭘. 또 이렇게 인연이 닿았구나 싶지!"

"참말로 그렇네~ 고마워 우리 이 연출~"

"에이 세진이가 오케이 해줘서 하는 거죠~"

감독과 연출이 히죽히죽 웃었다. 그리고 배세진은 신경이 날카로워졌다.

"…그러면 저한테 주시려는 게 그 신인분이 맡았던 역할인가요?"

"…! 아, 그런데 비중은 확실하거든!"

황급히 설명이 이어졌다.

"이 사람 저 사람 만나보고 오디션도 천지삐까리로 봤는데 도저히 이거다 싶은 그림이 안 나오는 거야."

그래서 용케 찾아낸 게 바로 저 신인이었다는데, 도저히 대체자가 없으니 한번 써보겠다고 투자자를 설득했다고 한다.

"넷플러스가 이런 데에 좀 너그럽거든? 그런데도 좀 더 인지도 있는 사람 쓰면 안 되겠냐고 할 정도로 정말 좋은 역할이었어!"

"그리고 어차피 홍보 효과도 없는 신인이라서 거 기사도 안 떴어! 뭐 대체니 뭐니 이런 소리 나올 일도 없다니까?"

"아, 네."

배세진은 고개를 끄덕였지만, 연출과 감독은 혹시 배세진이 '땜빵' 취급을 당했다고 오해해 기분이 상했을까 기색을 살폈다. 하지만 배세진이 고민하던 부분은 그게 아니었다.

'촬영 기간이 짧아지니까 공개일이 내 생각보다 빠를 것 같잖아.'

결과물을 빨리 볼 수 있다는 건 나쁜 일은 아니었다. 하지만 동시에 하나가 물 건너갔다.

'앨범 홍보가… 애매해.'

넷플러스는 드라마 시즌 전 화수를 한꺼번에, 많아 봤자 두 번에 걸쳐 공개하는 방식을 취하고 있기 때문이다. 그만큼 편집 시간을 확보해야 하기에 공개가 미묘하게 늦어졌다. 즉, 이번 앨범 활동 끄트머리즈음에야 이 드라마는 공개될 것이다.

'…한두 달 정도일까.'

그렇다면 앨범 홍보에는 정말 도움이 되지 못할 것이다.

"……."

배세진은 표정을 관리하며, 스스로 물었다.

과연 이걸 몰랐을까? 자신보다 훨씬 아이돌 활동에 대해서 잘 알고 있는 멤버들이 말이다. 드라마나 영화라는, 언제 작품이 공개될지 모르는 불확실한 일을 '앨범 홍보의 일환'이랍시고 다 같이 묻어가게 해준 건…

'…그냥 응원해 준 거야.'

그룹 활동에 도움이 되든 안 되든, 그냥 멤버인 배세진을 위해서 말이다. 배세진은 다시 울컥하려는 마음을 다잡았다.

"…일단, 그러면 배역부터 좀 볼게요."

"그래, 그래!"

"와, 세진이 진짜 쪼그마할 때랑 똑같이 말하네."

배세진은 서류를 옆으로 치우고 그 밑에 있는 것을 집어 들었다. 이미 깔끔히 완성된 새 대본이었다.

그는 그것을 전투적으로 넘겼다.

'잘할 거야.'

어떤 역이든, 어떻게 해서든 잘 소화하고 마리라. 그것이 응원에 대한 보답…

"……"

"어때 세진아?"

보, 보답.

"아무래도 아이돌들이 무난한 서브 역할부터 시작하는 경우가 많은데… 세진이는 그 연기력으로 비슷한 노선 취급받으면 안 되지!"

"……"

"이런 싸이코패스로 강력하게 연기자 이미지 각인하면 진짜 좋을 것 같지 않아?"

"그,"

배세진은 식은땀을 흘리기 시작했다!

한편, 테스타는 첫 공중파 음악방송을 시작으로 3주간의 앨범 홍보 활동을 예정 중이었다.

그리고 팬들은 슬슬 달라진 분위기를 느끼기는 했다.

-애들 딩동댕 노래방 안 나오네 담 컴백에도 오겠다고 손도장도 찍고 가지 않았음?

-와 쎄하다 어떻게든 모셔보겠다고 졸라 친한 척하던 예능 계정들 갑자기 언급도 없어짐ㅋㅋㅋ

-애들 예능... SBC MBS... 음...

그리고 다들 비슷한 결론을 내렸다.

-티원이 티원함

-아 ㅅㅂㅋㅋㅋㅋㅋㅋㅋ역시

-와 진짜 치졸하다 뮤직밤 막은 것만으로도 부족했나

-진짜 어떻게든 테스타 죽이고 팬 뺏고 싶은 듯 응 이제 니들 서바 안 봐

누가 봐도 악질적인 T1의 행동에 팬들은 SNS를 주어 없는 욕으로 가득 채웠고, 그것은 좋은 인기 글감이 되었다.

[출신 방송국에게 경제보복 당하는 중인 테스타]
[테스타 티원한테 손절 당한 듯?]

팬들의 반응과 테스타의 공개된 스케줄을 잘 배치해 보기 좋게 정리하거나 충격적으로 뽑은 글들이 전하는 소식은 결국 하나였다.

−테스타는 T1에게 찍혔다! 선 그은 정도가 아니다! 둘은 완전히 갈라섰다!

T1 이사진이 구속된 기사를 본 순간부터 박문대가 예감했던 그 상황은, 뒤늦게 대중들에게도 소문 형태의 정보로 공유되었다.

-헐....
-대박 ㅋㅋㅋ

사실 자칫하면 그룹 이미지가 손상될 수도 있었다. 연예인이 플랫폼으로부터 '손절' 당했다. 어쩐지 화제성이 떨어지고, 출연이 줄어들고 시들해질 것 같은 느낌이 들지 않는가.
하지만 거기까지 가진 않았다.

-티원 앨범차트 음원차트 보면서 이 갈고 있을 듯ㅋㅋㅋㅋㅋ

-테스타 자유생활ㅊㅋㅊㅋ

-오 이제 티넷 노비 아니구나

-억측 아님? 테스타가 질려서 걍 안 나가는 걸지도

테스타의 성적이 좋았기 때문이다.

그렇다. '급'에 대한 공격은 수치와 화제성으로 방어가 되는 것이 연예계였고, 박문대는 그 논리를 신뢰했다. 그래서 이 상황에서는 특별한 방어도 필요하지 않다는 것을 알았다.

-쯔쯔밀어주던 대기업이 손절... 오래 못 가겠다 얘네도

└어그로 개애잔하네

└야 테스타 초동 벌써 170만 넘기고 커리어하이 찍었던데 어떻게 생각함ㅋㅋㅋ

└ㅅㅂㅋㅋㅋㅋㅋㅋㅋㅋㅋㅋㅋㅋㅋ

└와 손절이 개이득!

└혹시 대기업 테스타에게 손절 당한 티원이 오래 못 간다는 뜻 아니었을까 (고민하는 이모티콘)

네티즌도 테스타에 몰입하는 편이 더 재밌기 때문이다! 얼마나 통쾌한가! 직장을 때려치우고 나와서 더 성공하는 이 느낌!

다만 모든 팬이 이 반응을 보면서도 대단히 즐거워한 건 아니었다.

-진짜 다 우리 애들이 좋아서 저러는 거겠냐고 그냥.. 성적충들임...ㅠㅠ

-당장 현실은 애들이 얼굴 비출 곳이 반토막났다는 거잖아 애들이 얼마나 고민했을지... 아 속탐

플랫폼과 척을 진다는 건 가벼운 의미가 아니었으니까.

-앨범에 게임 왜 넣었나 했더니 이래서였나봐... 방송에 별로 못 나올 것 같으니까 이렇게라도 컨텐츠 채워주려고ㅠㅠ
 └ ㅜㅜㅜㅜ
 └ 아 진짜 눈물나네 아 한 장 더 사고 와야겠음

그리고 그 상황에서 멤버들의 개인 출연 스케줄이 한두 건 발표되자, 다들 이해가 간다는 분위기가 되어버린 것이다….

-그래 얘들아 애쓴다...
-이렇게 개인 출연하는 테스타 많은 거 처음이다... 그래도 다른 팀들은 원래 이러는 경우도 많으니까
-다 챙겨 볼 거야 파이팅!

게다가 아예 대놓고 W앱에서 멤버들이 말하기까지 했다.

[이번에는 좀 더 여러 스케줄에서 저희 모습을 보여드려 보려고… 각자 찍어보기도 했어요.]

[맞아.]
[저희가 이렇게! 활동을 열심히 하고 있습니다~ 여러분!]

아주 완곡히, 부드럽게 돌려 말했지만 사실 '저희가 이번에 개인 활동을 하고 싶었어요'가 절대 아닌 건 모두가 알 수 있는 투였다. 그룹으로 못 나가는 시간을 채워봤다는 뜻이다.

-역시
-그래도 기왕 이렇게 된 거 즐기자 이러고 또 애들끼리 노는 거 보면 얼마나 좋겠어ㅜㅜ

그룹 팬들은 마음 아파하고 개인 팬들은 개이득을 부르짖는 그 타이밍이었다.
배세진의 기사가 뜬 것은.

[테스타배세진, '천만아역배우'의 복귀작은 넷플러스 기대작 <인형사냥꾼>]

-????

자기 혼자 예능이든 행사든 개인 일정이 없던 배세진이, 드디어 스케줄을 공개한 것이다.

-미친

-슬슬 연기할 때 되긴 했지ㅋㅋㅋ

-나 너무 기대됨 어떡해

-음 이 작품 꽤 오래 드라마화 기다렸는데 배세진 연기력 어때?

　└개쩜

　└애초에 배우 출신이야

대중 반응은 호의적이었다. 연기력 논란이 없는 용모 좋은 연예인이니까.

그리고 그간의 밑밥 덕분에 테스타 팬들도 그럭저럭 온건했다.

-그래 배세는... 예능보다는 연기하는 게 낫긴 하다

-아이고 우리 햄찌 예능 혼자 나가서 호달달 떠는 것도 보고 싶긴 했는데ㅋㅋㅋㅋㅋ

-ㅠㅠㅠ테스타 모두 홧팅!

그래도 연기는 워낙 '제대로 된' 개인 활동이었다. 조금만 배세진의 그룹 활동 태도에서 허점이 보이면 트집을 잡기 위해 눈에 불을 켜고 대기 중인 악성 팬들은 있을 것이다.

"세진아, 오늘 조금 피곤하더라도 여기 꼭 보고."

"알았어."

그래서 테스타는 더욱 라이브나 스케줄에서 서로를 신경 쓰며, 열심히 활동을 수행 중이었다.

다만, 멤버 중 한 사람은 이것 외에도 마음에 걸리는 것이 있었다.

'슬슬 시기가 되긴 했는데.'

바로 박문대였다.

며칠 후가 테스타의 데뷔 기념일이니 벌써 6월 말이 다가오고 있었다. 그에 맞추어 여름 날씨도 부쩍 다가왔다. 그리고, 그는 '올여름'과 관련된 특이한 정보를… 하나 알고 있었기 때문이다.

아니나 다를까, 체크를 반복하던 어느 날.

[티홀릭 후배 그룹 온다... 원더홀, "신인 보이그룹, <이테르(ĭter)> 출격"]

기사가 떴다.

'역시.'

박문대는 당장 상태창을 불러와서 확인했다. 자신이 뽑았던, '힌트'를.

[원더홀의 신인(B)]

—202×년. 올여름 원더홀에서 드디어 남자 아이돌 신인이 데뷔할 예정이다.

3년간 200억을 투자한 대규모 프로젝트로, 신생팀의 파격적인 기획은 사내에서 기대를 모으고 있다.

힌트는 맞았다.

'역시 쓸 만해.'

그리고 주목할 점은 하나 더. 이 힌트는 황금빛 'B'일 정도로 등급이 높았다. 구체적일수록 등급이 높은 것도 맞지만, 그것만은 아닐 것이다. 그만큼 유용하기 때문이겠지.

그러니까, 박문대는 생각했다.

'이 신인이 꽤 뜰 것 같은데.'

당장 커뮤니티 댓글 반응들도 제법 화력이 괜찮았다. 물론 이유는 원더홀과 티홀릭의 이름값이다.

-헐 드디어 티홀릭 후배

-원더홀은 순두부부터 쾌남까지 다 호감상만 뽑아놔서 진짜 좋음 제발 이 번에도 그렇게 가자

-진짜 궁금하다 티홀릭만큼 대중적으로 뜰 수 있을까

└그때랑은 판이 바뀌어서 힘들 듯?

└그래도 원더홀이라 왠지 될 것 같기도ㅋㅋㅋ

티홀릭이 가진 털털하고 편안한, 멋진 동급생이나 선배 같은 컨셉을 그리워하던 수요는 여전했다. 아무리 테스타가 개개인의 이름을 알린 대중성 있는 아이돌이라고 해도, 그건 예능과 곡으로 만든 것이지 컨 셉으로 만든 것이 아니니까.

박문대는 냉정히 판단 내렸다.

'꾸준히 동향을 체크해야겠어.'

하지만 다음 주, 그들의 데뷔 티저가 공개됐을 때.

-???????

-미친

-이게 티홀릭 후배요...?

-ㅋㅋㅋㅋㅋㅋㅋㅋㅋ상상도 못했네

이 반응이 나올 줄은, 박문대도 상상하지 못했던 것이다.

"…!"

국민 아이돌, 티홀릭의 후배는… 완전히 컨셉추얼한 노선을 택했다. 테스타처럼.

"얘네야?"

"그래."

개인 스케줄을 마치고 온 큰세진이 스마트폰 링크를 확인했다. 참고로 퍼포먼스 경연부터 탐험 예능까지 다양한 개인 일감을 두고 고민했던 놈은 상당히 의외의 선택을 한 상태였다.

[호프 게임 - 선택과 반전]

바로 데스 게임 서바이벌 리얼리티다.

공중파 산하 위튜브에서 제작하는 이 프로그램은 그렇게까지 대중적이진 않았으나, 마니아층이 확고하고 인터넷 화제성이 좋았다.

─그리고 여기서도 은근히 주사위를 상징물로 쓰더라고~ 우리 앨범이

〈Roll the Dice〉니까 홍보 슬쩍하기 좋을 것 같아서?

―딱 내가 활약하면 편집 동영상에 우리 게임 영상도 써줄 것 같았거든.

그리고 워낙 처세술이 좋고 머리가 잘 돌아가는 놈답게, 감초처럼 호감형으로 있다가 결정적인 순간 몇 번 딱 활약하는 정도로 이미지를 챙겨가는 중이더라.

오히려 무난하고 대중적인 예능에서보다도 이걸로 캐릭터 이미지가 또렷해지는 모양이다. 두 화씩 몰아 찍는데, 심지어 지금 찍고 있는 6화까지는 생존 중이라고 한다.

'애초에 서바이벌 유경험자기도 하고.'

카메라 돌아가는 중이라는 걸 절대 잊지 않고 대처하고 있으리라. 어쨌든, 그래서 심력 소모가 상당할 놈이 합류하자마자 체크할 정도로 이 상황을 날카롭게 잡았다는 뜻이기도 했고.

"티홀릭 선배님들 후배…. 음, 원더홀 기획사."

그룹명은 이테르. 그놈의 티저 영상이 공개된 것이다.

나는 영상이 재생 중인 스마트폰으로 다시 시선을 돌렸다.

"……."

아련한 색감의 배경. 살짝 들어간 세피아톤 필터와 필름 카메라 같은 감성. 잔디밭과 미소, 은은한 채도와 하이라이트가 강하지 않은 감성의 전망이 펼쳐진다.

그리고 소년들.

그들은 달리며 수없이 많은 공간을 뛰어넘는다.

낡은 학교 옥상, 버스 정류장, 폐차장, 야경이 반짝이는 다리 위, 잔디가 깔린 운동장…. 지나간 풍경의 소품들이 따라붙듯 허공에 나타나거나 배치되는 것이 몽환적이었다.

그리고 사람이 없어 황량한 듯하지만, 청초한 필터를 깔아 아련한 사거리 도로까지 왔다. 몽환적이고 산뜻한 음악에 맞추어 댄스 컷이 몇 컷 감각적으로 지나간 후.

침묵 속에서 노랫소리만 울리는 것이다.

[뛰어넘어 시간 선을
아직 보지 못한
너에게]

신호등 위에 서 있던 한 소년이, 아직 새벽빛으로 은은한 하늘을 향해 날아오르듯 박차 올랐다. 하얀 손이 하늘을 가리며 햇빛이 반짝 빛났다.

[Show the way
– iter]

그 화면 위로 하얀 자막이 소리 없이 뜨며 끝.

"……."

큰세진은 말없이 그것을 전부 확인했다. 그리고 조회수를 체크했다. 백만 단위.

"음."

녀석이 눈썹을 찡그리며 웃었다.

"전문가 의견부터 들어볼까?"

"그래서, 우리 래빈이 느낌은 어때?"

"코드와 악기에서 몇 가지 흥미로운 부분이 있습니다만…."

얼마 지나지 않아 전원이 합류한 테스타 중에 그 '전문가'가 티저에 대한 코멘트를 하기 시작했다.

김래빈. 녀석은 재조명받는 무명 가수들에게 곡을 주는 프로그램에 홀로 나가는 중이다. 물론 처음에는 작곡자의 정체는 드러나지 않는다. 오디션을 통해 올라온 가수들은 주어진 곡들을 30초만 들은 뒤 뺏고 뺏으며 선택하고 평가한다.

그러다가… 자신의 곡이 되고 나서야, 작곡가의 정체를 보고 전곡을 들을 수 있는 것이다.

—MC : 5번 곡, '선율'을 만드신 하얀토끼 작곡가님의 정체는 바로… 테스타 김래빈 씨였습니다!

—김래빈 : 앞으로 잘 부탁드리겠습니….

—참가자 : 으아아아아악!! 아!!

—참가자 : 감사합니다!

—김래빈 : …??

테스타의 이름값을 제대로 즐길 수 있는 자리였는데도 불구하고 본인은 하나도 즐기지 못하더라. 시청자만 즐기고 있더라고.

어쨌든, 녀석은 티저를 다 감상한 뒤 이런 평가를 내렸다.

"저와 멜로디 전개, 보조 악기 선택에 있어서의 기준점이 유사하신 듯합니다! 어떻게 이런 방식을 고르게 되신 건지 한번 여쭤보고 싶습니다."

"……."

조용히 참던 배세진이 더는 참지 못하고 외쳤다.

"따라 한 거잖아!"

"예?!"

그렇다. 나는 턱을 문질렀다.

"네 곡을 분석해서 레퍼런스로 삼은 거지."

"…!"

"내가 듣기에는 〈마법소년〉이나 〈Wheel〉 계통을 참고한 것 같은데."

분명 당사자인 저놈은 부분부분 유사한 다른 곡들을 훨씬 더 많이 머릿속에서 찾아낸 상태일 것이다.

선아현이 당황스러운 듯이 눈을 감았다 떴다.

"으응, 그러고 보니, 이 티저 이미지도…."

"그래. 우리 데뷔 때 티저랑 좀 비슷한 느낌이지."

하지만 완전히 〈마법소년〉 티저만 참고했냐면, 또 그건 아니다.

가령 이 티저의 길이감, 그리고 편집과 구도는 차라리 〈행차〉 때와 비슷하다. 컬러감은 〈비행기〉, 소품은 〈Picnic〉. 그런 식으로 테스타의 그간 활동에서 입맛에 맞게 여러 요소를 가져온 뒤, 다른 좋아 보이는 것들과 잘 섞어서 재정립해 놓은 느낌이었다.

'퍼즐 같군.'

"…! 얘네도 설마 세계관 같은 것도 만들었어?"

"당연히 그랬지 않을까요."

요새 남자 아이돌판에 세계관 없는 그룹을 찾는 게 더 힘들 것이다. 나는 바로 검색을 통해 요약을 찾아냈다.

　─가상현실 속에서 과거와 미래를 오가는 초능력 소년들.
　꿈꾸는 영원의 길잡이.
　각자의 청춘 속에서 방황하며 빛을 찾아 떠난다.
　Show the way - īter

　'오.'
　타임트립, 마법, 꿈까지.
　배세진이 손을 부들부들 떨었다.
　"…이건 우리 이전 컨셉이랑, 너무 비슷하잖아…!"
　"정확히 말하자면, 키워드만 비슷하죠."
　나는 냉정히 훑었다.
　"키워드도 완전히 겹치는 게 아니고요."
　타임트립은 가상현실로, 마법은 초능력으로 바꿔서 묘하게 뒤틀어 났다.
　'좀 더 현대기술적이군.'
　요새 플랫폼에서 엮어 쓰기 편하겠다.
　"게다가 본인들 정체성도 딱 잡이 났어요."
　"어디!?"
　"여기."
　나는 그룹명을 집었다.

—iter

"라틴어로 길이라는 뜻이라는데. 그룹 컨셉을 '길잡이'로 잡아서 고유 이미지를 붙였죠."

"……."

애초에 그룹명이 '이테르'라는 순간부터 이런 컨셉추얼한 걸 예상했어야 했을지도 모르겠군. 어쨌든, 배세진은 좀 허망한 투로 중얼거렸다.

"그럼… 우릴 따라 한 게 아니라고?"

"따라 한 건 맞는데, 벤치마킹이란 거죠."

엄밀히 말하자면, 표절은 아니라는 뜻이다.

"시장에서 요새 제일 잘나가는 상품을 조사해서 자기들 버전으로 만들었다고 해야 하나."

"……."

찜찜하다는 얼굴로 배세진이 앉았다.

'이해는 한다.'

나도 썩 기분이 좋진 않으니까.

보니까 다양한 레퍼런스에서 짜깁기하고 이 소속사 고유점도 섞었기 때문에 확실히 표절은 아니었다. 그러나… 테스타가 없었다면 나오지 못했을 그룹이라는 것도 맞다.

'흠.'

그리고 그건 모두가 느끼는 모양이었다. 배세진은 결국 약간 씁쓸한 얼굴로 중얼거렸다.

"우리만 이런 컨셉을 해야 하는 건 아니지만… 그래도, 지금까지 이런 걸 하는 건 우리뿐이었던 것 같은데."

"……"

큰세진은 약간 뜸을 들였으나, 곧 떨떠름한 미소와 함께 입을 열었다.

"음~ 사실 전에도 이런 그룹 많았거든요?"

"어, 어어??"

배세진이 당황했다. 하지만 엄연한 사실이었다.

'시장에서 당장 잘 먹히는 걸 내놓는 게 보통 후발주자들이 하는 거지.'

테스타의 컨셉추얼한 느낌을 벤치마킹 시도한 그룹이 지난 몇 년간 몇 팀이었던가. 다만 결정적인 차이가 있었을 뿐이다.

"그런데 그냥 다들 반응이 그렇게 팍 오지는 않았다~ 그래서 형이 모르고 지나간 거죠."

"……"

"이런 건 사실 멋지게 보이기 힘든 컨셉이잖아요."

그렇다. 바로 기획력과 자본력.

얼마 안 되는 예산과 인력으로 단기간에 카피해서 내려다가는 본전도 못 찾는 게 바로 이런 컨셉추얼한 이미지였다.

"그럼 얘네들은…"

내가 대답했다.

"3년 동안 200억."

"…!!"

"새로 프로젝트 기획팀도 신설해서 진행했다고 하니까…. 인력도 많이 투입됐겠죠."

힌트에서 얻은 정보다.

그러니까… 기획, 자본, 인력. 세 요소를 다 갖추고 준비한 것이다.

3년이나 말이다.

"……."

잠시 침묵이 흘렀다.

가만히 듣고 있던 류청우가 입을 열었다.

"그럼… 제대로 준비해 왔겠구나."

그리고 얼마 후, 이놈들의 타이틀곡이 공개되었다.

[Ready and shut, go!]

강렬한 뭄바톤 음악과 함께 레이저 불빛이 화면을 쪼갰다.

화려한 이펙트가 터지는 CG 화면과 휙휙 지나가는 코딩 화면, 그리고 고글을 쓴 초능력 소년들의 보스 레이드! 그리고 강렬하게 잡아먹을 듯이, 거대한 짐승을 형상화한 것 같은 댄스 브레이크 파트까지.

"와우."

심드렁한 얼굴로 차유진이 팝콘을 씹었다.

"어때."

"The typical nerdy things. *진지하게, 케이팝에 무슨 학원이라도 생긴 건 아니죠?*"

비디오 게임 덕후들이 열광하겠다며, 차유진은 쿨하게 소파에 앉았다. 본인이 지난 앨범에서 아예 게임을 만들었다는 것은 까먹은 듯한 태도였다.

"너도 했잖아."

"전 멋있어요. 저 뭐든 잘해요. 하지만 저 애들 그거 안 했어요. 몰입?"

흠. 나는 다시 뮤직비디오를 돌렸다.

'외모 스탯은 괜찮아 보이는데.'

그리고 카메라 워크도 현란한 데다가 클로즈업 샷과 역동적인 구도가 적절히 번갈아 나와서 액션 게임의 컷 같았다. 차유진의 말은 잘 모르겠지만, 적어도 어색해 보이진 않았다는 것이다.

덕분에 댓글에는 벌써 골수 KPOP 팬들이 붙었다.

-은발 머리의 소년은 완벽한 피부를 가지고 있다

-그들은 저어엉말 완벽한 다섯의 별이야! 나는 그들의 음악방송 무대를 기대해 :D

-내 생각에 이테르는 가장 큰 케이팝 그룹 중 하나가 될 거야

그러나 TV로 모니터링을 끝낸 테스타는 냉정히 평가를 내렸다.

"이건 또 〈Better me〉나 〈Drill〉이 생각나는 것 같은데."

"네넵. 댄스 브레이크는 행차 때 했던 스타일이네요."

뭐, 그냥 봐도 구간 구간 비슷하니까.

오토바이 소품 구도나 의상이 〈Drill〉을 떠올리게 하고, 저 전투 구도나… 구현된 폐쇄 시설 분위기는 〈Better me〉를 떠올리게 하는 것

까지 말이다. 물론 기본 컨셉이 다르니, 일반 대중들이 보기에 바로 생각이 날 정도는 아닐 것 같았다.

'그래도 이 정도 오면 알 사람은 대충 알았겠군.'

아무리 우리가 자체 프로듀싱까지 해가며 앨범을 만든 당사자들이라서 더 잘 느껴지는 거라지만, 우리만 이걸 느꼈을 리는 없다.

"이거… 팬분들한테도 이야기 나오지?"

"……."

"박문대, 그냥 편하게 말해."

나는 짧게 스마트폰을 쳐다보았다.

"나오긴 하죠."

"…!"

당장 지금 영문 베스트 댓글로도 보인다.

-그저 또 다른 테스타 카피캣처럼 보이는 건 나뿐인가? :(

"…역시!"

"그런데 그게 꼭 좋은 일이라고는 보기 힘들어서요."

"크흠."

배세진은 금방이라도 '왜'라고 소리를 지를 것 같았지만, 다년간의 경험적 신뢰로 참은 것 같았다.

그리고 선아현은 약간 조심스럽게 중얼거렸다.

"……아, 그, 표절이라고는, 볼 수 없으니까?"

"맞아."

도리어 조롱거리가 될 수도 있는 것이다. 이렇게.

-테스타가 청량몽환 전세 내신?
-강 퀄리티 좋으니까 꼬운가 봐ㅋㅋㅋ 우리 테스타만 이런 거 해야 하는데!
-아 마법소년이 몇 년 전인데 언제적 얘기야 심지어 이테르? 얘넨 교복도 안 입었잖아ㅋㅋㅋ
-테스타 온갖 뮤직비디오 다 잘라서 ㅅㅂ이렇게 한 장면 한 장면 비교하는 거면 아이돌들 다 표절임 개뷰어야

담론이 부딪힌다. 싸울 만한 거리가 됐다.
'안 좋아.'
이런 증명하기 애매한 것으로 여론을 한번 '따라 했다, 카피캣이다'로 만들었어도, 언제든 다시 뒤집힐 수 있는 것이다.
'상대가 인기만 생긴다면!'
나는 당장 연예 가십 게시판에 접속해 인기 글을 훑었다.

[이테르 비주얼 멤이 얘라는데]
[원더홀 신인 티홀릭이 아니라 테스타 생각나]
[이테르 데뷔곡 들어봄?]
[원더홀 남돌 신인 넘 중소 같음ㅠㅠ]

신인을 맹렬히 욕하는 글과 외모를 칭찬하는 글, 그리고 곡에 대해 좋다 나쁘다 평가하거나 비꼬는 글이 쭉쭉 인기 글로 올라와 있다.

"……."

X발, 당했다.

"형, 표정이 안 좋은데."

"……."

류청우가 다독이듯이 말을 걸었다.

"역풍이라고 부르던 거. 그거 때문에 그래요?"

"…거기까지 갈 것도 없지."

나는 어깨를 주물렀다.

"화제가 되고 있잖아. 이 그룹이."

"……!"

"이런 논란은 시간이 지나서 팬이 붙으면 밀어버릴 수 있는 종류라서. 곡 좋고 안무 좋으면 무조건 클릭 한 번 더 시키는 게 이득인데."

"그러고 있다는 거구나."

맞다. 그러니까. 이건 그냥… 이놈들 버즈량이 대폭 증가한 것이다.

바이럴 마케팅.

'X발.'

동시에 나는 직감했다.

"분명 지금 이 시기도 노리고 나왔을 거야."

"지금을?"

"……."

나는 고개를 들었다. 눈이 마주친 큰세진이 쓴웃음을 지으며 입을 열었다.

"우리가 T1과 사이가 제일 나쁠 때… 말이지?"

"……."

"한참 우리 독립하려고 난리일 때 업계 사람들이 그 카더라를 몰랐을 리가 없긴 해. 그때 들었으면… 거의 무조건이긴 해?"

정답이다.

"……맞아."

"……!"

그 말을 이해한 멤버들의 표정이 변했다.

"그럼, 우리가… T1과 사이가 나빠질 때, 데뷔, 하려고……."

"그래."

제일 테스타가 약할 시점이다. 견고히 연결되어 있던 방송국 계열사에서 막 매몰차게 버림받으며, 대중과의 거리감이 생기기 쉽고 노출 빈도가 떨어졌을 때.

치고 올라오는 라이징 스타에게 대응하기 힘들 때.

"지금 우리는 T1과 관련된 스케줄은 못 하는 상태야. 방송이든 위튜브든."

하지만 이미 모든 방송사와 친한 티홀릭을 키운 대형 기획사, 원더홀 출신의 신인이라면.

"하지만 얘네는 어디든 나갈 수 있지."

불공정 게임이 시작된 것이었다.

테스타를 '벤치마킹'한 대형기획사의 신인, 이테르는 그렇게 성공적으로 버즈량을 쭉 끌어올린 뒤 차근히 마케팅을 이어가기 시작했다.

이때부터는 예측이 쉬웠다.

'나라면… 일단 판을 한 번 가다듬는다.'

우선 불붙여서 관심을 끌었으니, 이미지 잡기용 밑밥을 줘야지.

-이테르 기획팀에 MS 엔터에서 그 유명했던 프로듀서도 있네 그쪽 라인 다 갔대 와 여기저기서 인재 이 악물고 끌어모은 듯

└미쳤다 대박

-ㅋㅋ어쩐지 MS.. 자이롭 한 2년차부터 퀄리티가 구리더니 다 이직했구나

-데뷔하자마자 전방위로 머리채 잡네 얘네 진짜 언플 더럽다...

└망이롭 빨아?ㅠㅠ 불쌍해ㅠㅠ

-ㅋㅋㅋㅋ러뷰어 표절무새짓하더니 어떡해 차라리 MS 아이돌들 따라했으면 따라했지 테스타는 아닌 것 같은데요

└갓기 보니 위기감 존나 드나봄

이 그룹의 전담팀이 얼마나 대단한 사람들인지, 그리고 이테르가 어떤 과정을 거쳐서 한 그룹이 된 것인지 슬금슬금 이야기가 풀리는 것이다.

-미친 이테르 직전 5개월 동안 데뷔조만 30명이었다고 함 완벽한 조합 5명 맞춘거임

-이테르 얼굴합 오지는 이유.jpg

-원더홀이 5년 존버해서 이 갈고 냈다는 신인 남돌 그룹 멤버 라인업

서바이벌 그룹처럼 방송으로 만들 수 있는 멤버 개개인의 인간적 서사가 없다면, 차라리 상품성을 더 강조하겠다는 것이다.

'명품 이미지냐.'

대기업에서 자본과 인력 왕창 때려 박아 선별해 만든 딱 하나의 그룹. 고급형, 최신형이라는 이미지는 확실히 먹히긴 했다. 졸지에 보급형으로 전락한 다른 저연차 아이돌 그룹 팬들에게 어그로를 더럽게 끌긴 했지만 말이다.

하지만 그것마저도 일부러 눈살이 찌푸려질 정도로 과격한 수위의 욕과 비난을 부각해 역으로 동정을 사게 됐다.

-이런 걸 추천수 조작해서 위로 올리니까 좋냐
-막 데뷔한 애들이 무슨 잘못임 인신공격 그만 좀 해
-ㅋㅋ표절 그룹 소비해 주니까 돌판이 점점 병신꼴되는 거임 왜 몰라?
  └너 같은 새끼들 때문에 그렇게 되는 듯

개판이 따로 없었지만, 몇몇에게 반감을 사든 말든 상관없을 것이다. 이미 차별화 전략은 잘 먹혀들고 있었기 때문이다.

-근데 진짜 원더홀은 원더홀이다.. 예능돌 티홀릭에서 노선 확 바꿨는데도 하나도 안 어설프고 진짜 돈 냄새 엄청남
-역시 돌판 짬 무시 못 해ㅋㅋㅋㅋ
-난 테스타 같은 자본맛 컨셉충 워낙 좋아서 그런 노선 아이돌들 더 나오면 좋겠음 즐길게 많아지잖아 근데 테스타 팬들 반응 무섭더라ㅠ

'…애초에 앨범을 잘 뽑았으니까 가능한 거지만.'

다양한 '레퍼런스'를 쭉 빨아들였지 않은가. 곡, 안무, MV의 3박자가 맞아떨어진 신인 그룹은 자본과 대형 소속사의 힘을 받아 탄력 있게 위로 올라왔다.

[Go, gogogo, yes, Go!]

틱택톡에서의 안무 챌린지 컨셉도 잘 잡았다.

뮤직비디오에 나온 보스 몬스터를 일부러 크레용으로 그린 것처럼 허접하게 바꿔놓은 이테르 전용 필터. 그 몬스터를 쏘는 듯한 안무 제스처를 절묘한 타이밍에 따라 하는 것은 틱택톡을 하는 10대 사이에서 제법 유행했다.

-컨셉추얼 남돌 계보를 원더홀에서 가져갈 줄은 꿈에도 몰랐다...

-와 개꿀잼

-드디어 세대교체 가냐

-남돌이 테스타 이후로 진짜 뜬 그룹이 없긴 했음

-ㅋㅋㅋㅋㅋ대중성 없어서 좆망할 것 같은데 여기 다 알바인가?

기대, 비아냥, 반감, 호감…. 그렇게 이테르는 이 순간, 아이돌판에 서만큼은 뜨거운 감자가 되는 것에 성공한 것이다.

물론 아이돌판, 특히 남자 아이돌판은 해외로 타깃층이 많이 옮겨

가면서 대중과 거리가 좀 생기긴 했지만….

'찻잔 속 태풍이라도 상관없지.'

여기서 세팅이 끝났다. 대중에게 소개해 줄 문구가 생겼으니까.

─원더홀의 괴물 신인. 슈팅 안무 챌린지가 핫함. 위튜브 조회수 폭발.

몇 가지 키워드가 제대로 잡혔다. 예능에 출연했을 때 '왜' 출연했는지, 어떤 이미지로 이 그룹을 소비하고 조명하면 되는지 명확해지니, 그때부터 시작된다.

대중 노출이.

[오늘의 게스트… 맙소사, 맙소사!]

[보스를 잡는 줄 알았는데 사실 내 하트를 슈팅했다? 우리 반짝반짝 빛나는 초능력돌, 길돌이 분들, 바로 원더홀의 신인 그룹 '이테르' 모셨습니다!]

[와아아아!]

"음… 딩동댕 노래방 나오네."

"우우."

"우리도 몇 달 전에 다시 나가겠다고 도장까지 찍었는데, 참 일이 이렇게도 되네요~"

가장 잘나가는 예능 몇 가지. 그리고 티홀릭이 직접 진행하는 예능에 나와서 풋풋한 신인다운 모습을 몇 번 보여줬다.

너무 많이 나오지는 않았다. 나올 수 있는 것 중 고르고 골라서 가장 급이 높은 것만 서너 개 정도. 게다가 신인답게 약간 어색하면서도 빳빳하고 예의 바른 태도는 그리 폭발적으로 재밌지도 않았지만….

역시 이미지는 각인된다.

'대형기획사, 성공적인 데뷔!'

-티홀릭 버스 진짜 오지게 타네
-역시 무조건 대형에서 데뷔하는 게 답인 듯
-그래도 애들 착하고 괜찮아 보임 댄스 멤들 다 잘생겼어

그렇게 대중의 인식에 서서히 스며들면서, '이테르'는 어느새 그냥 '새로운 컨셉돌'로 받아들여지기 시작했다.

'아, 티홀릭 후배? 이름 정도는 한번 들어봤지.'

'걔네도 막 이상한 컨셉 같은 거 하지 않나? 요새 아이돌들 다 그러더라. 근데 걔네 뭐가 요즘 유행하나 봐.'

이 포지션을 챙겨간… 영리한 치고 빠지기였다.

"……"

나는 '성공적인 이테르 데뷔'와 관련된 언론 플레이용 기사들을 쭉 훑어본 뒤, 결론을 내렸다. 저쪽은 판 굳히기에 성공했다고.

'이제 해외로 이 성과를 홍보하면서 글로벌 KPOP 팬덤을 쭉쭉 빨아들이겠군.'

정석 코스를 밟자면 분명 그럴 것이다. 이 판에서 잔뼈 굵은 대형 기획사다운 치밀한 판 짜기는 테스타의 골수를 빨아먹는 기초를 토대로 깔끔히 이루어졌다.

아, 타이밍도 테스타가 제일 약할 때로 잘 잡아서 뒤통수 후려갈기셨고.

그리고 이 순간, 그걸 당한 당사자인 우리는….

"슬슬 활동 마무리할 때네."

"예."

음, 딱히 반응하지 않았다.

그냥 3주간의 국내 스케줄 막바지에서, 앨범 홍보를 위한 단체 활동을 예정대로 끝내는 중이다.

왜냐고? 뭐, 일단 당장 저 신인 그룹을 견제하기 위해 단체 활동을 더 잡는 건 불가능했다. 지금도 최대한 짜낸 거니까. 아니, 애초에 말이다.

'반응하는 게 멍청한 짓이지.'

우리는 최대한 무시하는 기조로 가야 했다. 지금은 무슨 반응을 해줘도 저 그룹 화제성이 될 뿐이니까.

저쪽이 도전자, 약자, 신인, 라이징인 이상… 이건 당연한 구도다. 테스타가 무슨 제스처를 보여주든 상대측이 여론 프레임을 짜서 이미지를 구축하기가 너무 좋지 않은가.

'아마 사실 그걸 바라고 한 것도 있을 테고.'

우리가 신생 기획사에, 아티스트 입김이 강할 테니 뭐라도 조치할지 모른다고 생각했을 것이다. 아니면 테스타가 열 받아서 의미심장한 글이라도 하나 남겨주길 바랐을지도 몰랐다.

우리가 입 다물고 있어서 도리어 '이테르는 성공적 데뷔 족적을 남겼다' 정도로 끝난 것이다. 그게 옳았다.

물론 X발….

'그래도 열 받지 않은 건 아니겠지만.'

심지어 어제 큰세진이 필라테스 대신 복싱을 가더라고. 아마 샌드백 대신 다른 걸 갈기고 싶지 않았을까 싶다.

'어쨌든….'

그래서 일단 조용히 기다리는 메타를 선택한 테스타에게 지금 남은 건 원래 잡은 개인 활동의 연장선들뿐이었다.

가령, 예능 시리즈물에 출연한 녀석들.

"음, 아현이는 아직 낚시하는 중이지?"

"네…!"

아, 참고로 선아현은 놀랍게도 배 타고 낚시하는 프로그램을 하겠다고 나섰다. 심지어 상당히 와일드한 컨셉이라 제한된 용품으로 '살아남기' 컨텐츠에 가까운 느낌이던데….

"힘들지 않아?"

"다, 다들 친절하셔서… 열심히, 배우고 있어요…!"

"으음. 그래."

선아현이 체력이 좋은 데다가 원체 공포심이 없어서 의외로 적성에 맞았던 것 같다…….

'애초에 또래 관계에만 유리멘탈인 녀석이었지.'

그러다 보니 벌레를 맨손으로 잡거나 맨몸 잠수하는 등의 비위 상하는 일도 눈 하나 깜짝 안 하고 척척 해내서 중장년층에게 좋은 인상을 심은 모양이다.

　-꽃사슴 무슨 일이야
　-오 의외다 선아현 되게 무던하네?
　└3화 연속 시청 후기: 정정하겠음 무던이 아니라 미친 강철 멘탈임
　-왕자님인 얼굴로 저러기 있냐ㅠㅠㅠㅠ

　게임에서 히든 루트에서 보여줬던 의외성 있는 캐릭터와 연결되며 라이트 팬을 끌어모으는 효과도 있던 모양이다. 확실히 하루 종일 배 타면서 얼굴색 하나 안 변하는 선아현은 무슨 드라마 속 등장인물 같긴 했지.

　'멀미도 안 하나.'

　하기야 중고등학교 때 공중에서 빙빙 도는 동작을 매일 연습했을 놈이 뱃멀미를 하는 것도 웃기긴 하겠다. 어쨌든, 그래서 신인 그룹과는 별개로 테스타의 개인 활동 자체는 성공적이라는 뜻이다.

　"아, 세진 형께서도 오늘 오후에 드라마 촬영을 하십니다!"

　"오우!"

　"화, 화이팅…!"

　"…흠, 고마워."

　배세진도 이제 정식 촬영에 들어간 상태고 말이다. 제일 먼저 개인 스케줄 촬영을 다 끝낸 차유진은 대본을 들고 있는 배세진의 곁에서 얼쩡거리며 물었다.

　"형 촬영 좋아요?"

　"그, 괜찮긴 한데."

"The part, 형 배역 재밌어요? 어떤 종류의 사람이에요?"

"어… 주인공 친구."

배세진은 대본을 끌어당기며 무뚝뚝하게 대답했다. 차유진이 대본을 찢어먹을까 봐 불안하기라도 한 건가.

"친구도 여러 종류 있어요! 그런데 제 생각은 최고의 친구 아니면 part 작아요. 아니면 최악의 친구예요?"

"…둘 다 아닌데, 그, 짧은 시간에 둘이 깊은 인연을 만들긴 하거든."

배세진은 힘겹게 최대한 돌려돌려 말했다.

참고로 저러는 이유는 첫 미팅 다음 날 설명해 줬다.

─저기… 계약했어!

─와아아!

위풍당당하게 주먹을 들어 올리던 놈은 다음 질문에 굳은 것이다.

─아! 무슨 역을 맡게 되셨습니까?

─…….

─형?

─그, 비밀 유지 계약이 있거든? 정확한 배역을 말해주긴 힘들어! 너희를 못 믿는다는 게 아니라, 엿듣는 사람이 있을 수도 있고 그러니까 만일을 위해서…!

─진정해 세진아, 이해했으니까.

본인이 그렇다니 놔두고 있다. 그리고 배세진은 다시 진지한 얼굴로 차유진에게 완곡한 설명을 계속했다.

"그리고 조연은 조연인데, 인상 깊은… 여러 의미로 인상 깊은 장면이 있어서. 꽤 괜찮아."

"Umm."

"…주인공에게 각성의 계기를 주는! 그런 거라!"

참고로 원작 웹툰을 대충 읽어본 입장에선 후보가 몇 명 생각나긴 한다. 하나 같이 시즌 중간에 죽는 역할이긴 하지만.

'그래서 비밀 유지 조항에 저렇게 신경 쓰나.'

"OK. 형 좋으면 괜찮아요."

"그래!"

차유진은 어깨를 으쓱했고, 배세진은 황급히 대본을 덮더니 고개를 돌렸다.

"그런데 그것보다… 그 녀석들 저대로 두는 거야? 우리 따라 하는 그…!"

"음……."

화제를 돌리는 기색이 역력하지만 넘어가 줄까.

"일단 지금은 저희가 반응하는 게 그쪽이 원하는 거라 그냥 뒀는데요."

"그래. 그건 알겠는데… 앞으로도 이럴 수는 없잖아."

"형……."

"음, 저도 형 말씀에 동의요!"

"…!"

배세진은 약간 놀란 눈으로 뒤를 돌아보았다. 씻고 나온 큰세진이 탁자에 걸터앉았다.

"거기 아마 다음 컴백 때 '앗 생각보다 화제성 떨어진다' 싶으면 더 테스타 물고 늘어질걸요~? 일부러 스케줄을 겹치게 해서라도요."

배세진은 정색했다. 하지만 큰세진은 실실 웃었다.

"에이~ 근데 뭐, 우리가 벌써 다 알고 있는데요 뭘! 지금부터 준비하면 되죠."

그리고 놈이 나를 돌아보았다.

"그치 문대문대?"

그렇지. 나는 스마트폰을 내려다보았다.

[스페이서 권희승 : 문대 형님!ㅎㅎ 테스타 선배님들 이번 활동 또 전설이 되신걸 축하드립니다!!]

[스페이서 권희승 : 저희도 빨리 컴백하고 싶어서 열심히 준비 중!ㅠㅠ]

스페이서.

지난번에 미리내를 영린네 회사 신인과 붙여놨던 것처럼… 스페이서도 일부러 체급을 키워서 저쪽과 엮어줄 생각이었다.

'포지셔닝을 해줘야겠군.'

나는 스페이서의 프로필을 점검하면서 빠르게 생각을 마쳤다.

사실, 그게 아니더라도 권희승은 한번 만나볼 생각이었고 말이다. 테스타가 이번 앨범을 내면서… 드디어 회사에 실적이 생겼기 때문이다.

['테스타(★★★★★)의 앨범 : 〈Roll the Dice〉 발매!]
앨범 등급 : S
음원 순위 : 3위 (일간 최고)

음반 판매량 : 1,823,281장

총 수익 : 합산 중

아직 국내 홍보만 마치고 투어 등은 돌지 않아 표기가 이 정도지만,
중요한 건 다른 곳에 있다. 그렇게 성적과 수입이 잡히자마자 바로 회
사 등급에 반영되었다는 것이다.

[회사 등급(D+) → 회사 등급(B−)]

승급 성공!

쾌속이었다. 그만큼 부가적으로 뭐가 많이 변하고 보상으로 주어졌
지만, 그보다 가장 중요한 것은 이 팝업이다.

[미션 달성!]

미션 : 〈스타즈 오르빗 엔터테인먼트〉 B−등급 달성

−'■■■의 파편' 회수 가능

이게 달성됐다.

"……."

시스템의 파편. 건물을 붕괴시키고 나와 큰달의 몸이 바뀌게 만들
었던 '미션 실패'를 유발한 그걸… 저놈에게서 먼저 회수할 수 있게
된 것 같다.

'미션 실패'가 뜨기 전에.

스페이서와의 만남은 바로 다음 날 속전속결로 이루어졌다. 정확히는 스페이서 대표로 나온 권희승과 회의실에서 만난 것이지만 말이다.

"오오 희승 씨~ 이게 얼마 만이야!"

"아이고 형님!"

나는 오두방정을 떠는 큰세진과 권희승을 대충 보며 자리에 앉았다. 그러자 따라 하기라도 하는 것처럼 내 옆자리 의자를 밀고 한 녀석이 쓱 자리에 앉았다.

바로 차유진이다. 녀석이 팔짱을 끼며 숙덕거렸다.

"끝나고 점심 먹어요?"

아니, 넌 왜 따라왔냐.

"배고프면 그냥 숙소에 있지 그랬냐."

"심심해요. 저 스케줄 없어요."

"음."

그렇긴 하겠군. 차유진은 개인 스케줄이 유달리 빨리 끝났기 때문이다. 그냥… 3박 4일 동안 몰아서 찍고 왔거든. 어떻게 그게 가능했는가 하면, 녀석이 선택한 것이 무려….

[캠핑 일기 : 우리의 이야기는 성장한다.]

……이것이기 때문이다.

사연 있는 문제아들을 모아 캠핑을 하며, 연예인이 캠프 지도사로 출연해 그들의 사정을 듣고 함께 정신적으로 성장한다는… 공중파 예능이다.

대충 짐작했겠지만, 처음 런칭할 때 반응이 이랬던 프로그램이다.

-느그들 사정 안 궁금함

-그럴 시간에 학폭 피해자한테나 기회 더 줘라 ㅂ슨들아 가해자 감정이입 실화야?

-연예인이 무슨 전문가도 아니고 힐링 지도사 이지랄ㅋㅋㅋㅋㅋㅋ 그냥… 할 말이 없네

-또 억즙 짜내겠네 벌써 역하다

-사고 친 연예인도 지도사로 같이 나와서 사연 팔고 세탁하면 되겠는데? 캬 이중 세탁ㅋㅋ

-누가 기획했냐 나와

과연 공중파다운 구시대적인 발상이라며 신나게 까였지.

물론 막상 뚜껑을 열어보니, 그냥 미적지근한 일반 예능이라 시들시 들해지며 정착했지만 말이다.

-문제아라고 하는데 그렇게 심하진 않은 듯? 일진 이런 것보다 그냥 상담 필요한 애들임

-까보면 그 사정도 반은 주작일걸 벌써 쇼핑몰 운영자랑 배우 지망생 밝혀짐ㅋㅋ

　└에휴

홍보용으로 만든 과장된 사연을 말하는, 겉만 일반인인 참가자들도 함께하는 그거 말이다. 근데 이런 프로그램에 차유진이 출연한다는 소리가 들렸다?

-뭐 하려고?
-걍 워터밤이나 나와다오
-차고영 착하긴 한데 캘리놈이라 긍정충이잖아 가서 눈새로 욕만 처먹는 거 아니냐

팬이고 대중이고 할 것 없이 대체 저놈이 무슨 말을 할까 혼란스러워했다.
그러나 방송 당일.

[참가자 : 헐 차유진!]
[참가자 : 테스타 차유진이야? 맞아요? 헐, 여기 보여요? 차유진!]
[차유진 : …….]
[차유진 : 본 지도사를 그렇게 부르지 않습니다.]
[????]

군대 말투를 쓰는 차유진이 등장했다. 아무도 예상하지 못한 상황.
물론 어설프게 저런 말투 써 봤자 어색해서 더 얕보일 것이라 생각할 수도 있지만….

[참가자 : 저기요, 저희가 암벽등반 같은 걸 꼭 해야 하는….]

[차유진 : 끝날 때까지 질문하지 않습니다.]

[참가자 : (흡)]

이미 시스템 가상 세계에서 군대 예능 경험자인 놈은 관용구까지 능수능란하게 사용했다….

-이이게 대체 뭐임

그 사실을 모르는 시청자와 참가자들은 당황할 수밖에 없었다.

그 틈을 타서 차유진은 귀신같이 10대 후반 틴에이저들을 쥐락펴락하기 시작했다. 첫 임팩트 이후로는 살살 풀어줘야 하는 타이밍에 귀신같이 말을 경청하고 챙겨주며 정을 붙이게 해줬던 것이다.

-왜 말투는 교관인데 태도는 아메리칸 캠프 지도사인 거죠

-차유진 개웃기고 개훈훈하네…

-이게 아메리카 캠프 유경험자의 맛이냐

어쨌든, 그 독특한 말투로 한번 판을 잡은 차유진은 엄격함과 다정함, 개그와 진지함을 오가며 혹시 모를 이미지 논란까지 다 처리했다. 그리고 '다나까 지도사'라는 올드한 공중파 스타일 자막으로 밈까지 만들며 어마어마한 가성비를 챙긴 것이나….

'설마 계산한 건가.'

그건 아닌 것 같다는 게 더 대단한 놈이었다. 나는 이걸 고를 때 저 놈이 했던 말을 기억했다.

―저 이제 경험 있어요.

"……."

그리고 지금 그놈은 내 옆에서 뚱한 얼굴로 고개를 끄덕이고 있다.

"그리고 저는 이 대화 직접 들을 권리 가졌어요. 저 팀 멤버예요."

오냐.

감이 좋은 놈이니 순간 판단력으로 좋은 의견을 낼지도 몰랐다. 나는 차유진의 발언을 참고하기로 결정했다. 그리고 그때야 그새 인사를 마친 큰세진과 권희승은 희희낙락하며 회의실 의자에 앉았다.

권희승이 눈을 빛냈다.

"와, 그러면 문대 형이 우리 스페이서 프로듀싱을 해주시는 겁니까? 이야!"

그래. 그 이야기로 부르긴 했지.

"그 전에 확인은 하고."

"…넵?"

나는 깍지를 꼈다.

"믿을 수 있겠냐."

"…!"

"우리가 같은 소속사라고는 해도 결국 경쟁자라는 건 너도 알 거야.

그런데 내가 과연 스페이서한테 무조건 승승장구하고 좋기만 할 기획을 내놓을지 의심되지 않냐는 거지."

"……."

골드 2, 권희승은 입을 다물었다.

'역시.'

바보가 아닌 이상 의심은 해봤을 것이다. 테스타 셋은 아무 재촉도 하지 않고 천천히 대답을 기다렸다.

그리고 짧은 침묵 후, 녀석은… 머쓱하게 웃었다.

"어, 아뇨?"

"…!"

"근데 뭐 안 그러는 사람이 없지 않을까요, 형님?"

권희승이 허허 웃었다. 좀… 해탈한 것 같았다.

"저희 티원에 있을 때도 뭐… 회사한테 이득이 되는 쪽으로 직원분들이 다 계획 짰을 거 아녜요. 그러니까 애초에 저희한테 좋기만 한 플랜을 받은 적도 없고…."

녀석은 중얼거리더니 이내 엄지를 치켜들었다.

"사회라는 게 다 그런 거 아닙니까! 서로 상호 이득을 바라면서 하는 거죠!"

"……그러냐."

"그렇죠!"

과연 과거로 돌아오자마자 주식으로 돈 번 놈다운 현실 인식이다.

"그리고 형이 이렇게 말씀하시는 거 보니까 전 오히려 좋은데요? 이 계획 뭐가 우리한테 위험하고 형한테는 좋고 이런 거 다 알려주시는 거예요?"

"그래야지."

입 닫고 있다가 변수 생기느니, 고지하고 나서도 직접 본인이 오케이 하도록 만드는 게 깔끔하다. 난 다 말해줬는데 자기가 선택했다? 이건 나중에 다른 소리 못 하지 않는가.

'보험약관 같긴 하지만.'

약간 씁쓸하게 생각하고 있을 때였다.

"와."

"…?"

넌 왜 감탄하면서 한숨까지 쉬냐.

"후… 형, 그게 바로 세상 상위 1% 양심인데요? 자부심을 가지세요!"

"……."

"와, 형 무슨… 진짜 아닌 척하면서 사실 성인군자 아니세요?"

"맞아 문대가 좀 그렇지?"

아니다.

"그러니까요. 형한테 사실 이득도 없는데 우리 그룹 도와주시면서 그런 것까지 신경 쓰시고…."

그러니까 이 회사가 내 시스템… 아니, 그만하자. 나는 관자놀이를 누르며 입을 열었다.

"…아무튼, 그럼 이야기 시작한다."

"크으, 넵!"

권희승은 고개를 끄덕였다. 무슨 전략이 나올 것인지 기대와 긴장이 표정에 드러난 채로.

큰세진이 사람 좋게 웃는 얼굴로 입을 열었다.

"희승~ 이번에 데뷔한 원더홀 신인 그룹 알지? 이테르!"

"네넵."

관련된 논란을 아는지 권희승의 얼굴에 짧게 여러 예상이 지나가는 것 같았으나⋯⋯ 다음 말에 표백되었다.

"그 친구들이 우리 스페이서 프로모션에 큰 도움을 줄 거야!"

"⋯?!"

정확히는, 주도록 만들겠단 뜻이다.

그리고 몇십 분 후.

"⋯⋯."

폭풍을 맨몸으로 맞은 듯, 멍하니 회의실에 앉아 있던 권희승의 눈에는 초점이 없다. 아무래도 충격이 심한 모양이다.

"생각 충분히 해보고 대답해 줘도 괜찮아."

"아니⋯ 그,"

권희승이 침을 꿀꺽 삼켰다.

"이게 될까요?!"

"되니까 이야기했지."

"그, 그렇죠⋯⋯. 형이 말하면 되죠."

그렇게까지?

권희승은 이번엔 진지한 얼굴로 회의실 탁자를 내려다보기 시작했다. 이놈이 거의 무늬를 세는 게 아닌가 싶을 때쯤.

드르르륵.

"앗, 저 삼촌 동화 좀."

"그래."

권희승의 스마트폰이 울렸고, 녀석은 자리에서 일어나서 문을 닫고 회의실을 나갔다.

툭.

"……"

짧은 침묵이 흐른 후, 나는 입을 열었다.

"전화 본인이 건 거지?"

"아니. 진짜 온 건 맞는 것 같아."

"음."

바로 멤버들과 상의해 보려는 건 줄 알았는데.

사실 이 자리에 스페이서 멤버를 몇 명 더 부르려고 했는데, 권희승 본인이 일단 혼자만 나오겠다고 해서 의외였다.

"저 사람 리더예요?"

"스페이서? 거기는 리더 제도가 없긴 한데, 희승이가 1등이고 센터라 역할이 크긴 해."

"오우."

왜 날 보냐. 센터는 너잖아.

어쨌든, 나는 잠시 회의실에서 탁자를 두드리다가 시간을 맞춰 일어났다. 이쯤 됐으면 그 녀석도 슬슬 통화는 끝낼 때가 됐겠지.

"나도 잠깐 화장실 좀."

"오케이."

나는 권희승과 둘만 할 이야기를 위해 조심스럽게 회의실을 빠져나왔다. 하지만, 문을 닫는 순간 통로에서 권희승의 목소리가 작게 울리고 있다는 것을 깨달았다.

녀석은 아직도 통화 중이던 것이다.

"어어, 에이! 아, 우리 이번 곡 진짜 좋다니까. 진짜 믿어! 형 진짜 작곡에 재능 있는데 왜 걱정해!"

"……."

"프로모션만 잘 받으면 차트 들걸? 이제 회사도 좋으니까 우리 더 잘될 거야. ……어어. 작업 화이팅하고."

녀석은 타이르듯이 그렇게 말하더니 통화를 종료했다. 그리고 짧게 한숨을 쉬다가… 나와 눈이 마주쳤다.

"어, 음. 형님,"

당황한 모양이었다.

'…후.'

"미안하다. 들으려던 건 아니야."

"그러실 것 같았어요…. 흠흠."

권희승은 좀 민망했는지 답지 않게 말을 끌었다.

'젠장.'

나는 한숨을 참으며 다시 입을 열었다.

"…팀 분위기 좋은 것 같던데."

"그렇긴 해요."

권희승이 벽에 기대서 한숨을 쉬었다.

"근데 솔직히 막… 형들처럼 다 열심히 하는 사람들만 있는 건 아니거든요? 〈아주사〉 그 저희 시즌이 진짜 특이한 시즌이었던 것 같아요."

"……."

녀석은 약간 쪽팔린 대화를 들킨 김에 아예 확 말하기로 결심이라도 한 건지, 무심코인지 다음 말까지 했다.

"음, 그래서 저도 그때 데뷔했으면 어땠을까, 상상해 본 적도 있긴 한데…. 어쨌든 최종까지는 갔었잖아요, 저도."

아.

나는 이놈이 순간 뭘 떠올리면서 이 말을 하는지 깨달았다. 그냥 최종화 전체가 아니다.

'마지막 멤버 호명.'

내 1위 특전.

-박문대 참가자는 1등의 권한으로, 마지막 순위발표식까지 함께 올라온 14명의 참가자 중 한 사람을 함께 데뷔할 팀원으로 지명할 수 있습니다!

그리고 나는… 그 선택을 시청자에게 넘겼었다.

최대한 후폭풍을 없애기 위해서.

-제가 선택한 참가자는… 주주님들께서 선택하신 7위 참가자입니다.

하지만 사실 거기, 테스타 멤버로 불리지 못하고 남아 있던 참가자 중에 가장 나와 팀원으로서 친분이 깊은 건 이놈이긴 했다.

골드 2. 권희승.

그 자리에서 저놈이 기대를 안 했었을 리가 없다. 벌써 5년도 더 지난 지금도 떠오를 정도면.

'게다가 테스타가 보통 잘된 것도 아니고.'

하지만 녀석의 대화는 한탄으로 흘러가진 않았다.

"근데 상상할수록 깨닫더라고요. 전 그래도 지금 제 팀이 좋은 것 같아요. 에휴… 정이 너무 들어가지고."

"……."

"아까 저 통화한 형도 자신감이 되게 없긴 한데 되게 재밌는 사람이 거든요? 곡도 잘 만들고… 근데 요즘 저희 음원 성적이 그렇게 막 좋지는 않아서."

스페이서는 객관적으로 괜찮게 정착한 그룹이다. 대중성은 서바이벌 직후부터 자연스럽게 점점 떨어지며 음원 성적도 하락했으나, 음반 판매량은 차근히 늘어났고 해외 인기도 안정적으로 확보했다.

그러나 사람은 뭐든 상대적으로 비교하는 법이고, 스페이서가 가장 비교하기 편한 상대가 누구겠는가.

'테스타지.'

저놈들이 썩 일을 잘하는 것도 아닌 회사로부터 그렇게 비교하는 말을 한두 번 듣지는 않았을 것이다.

하지만 눈앞의 녀석은 어깨를 으쓱하며 이렇게 말했다.

"그러니까 잘 부탁드립니다, 형님! 다른 멤버들 의견을 들어보고 다시 말씀드려야겠지만… 일단 저는 무조건 도전해 보고 싶다로 결론 내렸거든요!"

"……."

"저희 스페이서 앞날이 아직 짱짱한 그룹인 걸 한번 증명해 봐야죠!"

"…그래."

"한번 사는 인생! 아니, 우리는 그… 흠흠, 기회가 한 번 더, 아무튼 그렇지만."

"……."

나는 피식 웃었다. 그리고 눈을 찡긋거리는 권희승에게서 시선을 돌렸다.

만난 순간부터 떠 있던 팝업이 여전히 보였다.

['■■■의 파편' 보유자 재확인]

'■■■ 파편 (1/4)'을 '회사용 〈System〉'으로 흡수하시겠습니까?

※일정 시간이 소요됩니다.

"……."

뭐, 어차피 그 신인 그룹 치우는 데에 저놈을 이용해 먹는 판이다.

회사 시스템 기능도 업그레이드할 겸 안 그래도 뽑아내려고 했는데, 저놈에게 직접 미션 실패니 뭐니 다 말해서 빚을 지울 필요까진 없을 것 같다. 그러니까… 이것도 나쁠 건 없지.

나는 말 없이, 조용히 상태창에게 응답했다.

'그래.'

그러자, 팝업이 빛나기 시작했다.

"……!"

"그럼 저희 슬슬 회의실 들어갈까요?"

권희승에 눈에는 보이지 않는지, 녀석은 별 반응이 없었지만… 팝업에서 뻗어 나온 빛무리는 권희승을 한 바퀴 휘감았다.

그리고 부드럽게 다시 팝업으로 돌아오는 순간이었다.

['■■■ 파편 (1/4)' 회수 완료!]

팝업의 내용이 그렇게 바뀌는 것 같더니, 곧 모든 팝업이 사라지며 매우 간단한 선으로 이루어진 새 팝업 하나가 떴다.

['회사용 〈System〉' 업데이트 중]

'끝인가?'

몸에 무슨 반응이라도 있을 줄 알았는데 그런 건 아닌 모양이었다. 대신 그 팝업을 좀 더 자세히 살펴보려던 순간이었다.

쾅!

"…!!"

"뭐, 뭐야?"

갑자기 회의실 문이 열렸다.

문을 연 것은 새하얗게 질린 얼굴을 한 큰세진이었다.

녀석이 외쳤다.

"사람 불러!"

뭐?

"유진이 쓰러졌어. 사람 불러!"

"…!!"

당장 회의실 안을 들여다보았다.

거기에는 의자 아래로 쓰러진 차유진의 모습이 보였다.

"……."

왜?

"박문대!"

"어."

나는 당장 발을 움직였다. 회사 사람을 불러서 응급실로 가는 게 가장 빠르다. 그러나 뛰어가면서도 생각했다.

이게 X발 무슨 일이지?

그 옆으로 시스템창이 사라지지도 않고 계속 따라왔다.

['회사용 〈System〉' 업데이트 중]

회의실에서 쓰러진 차유진은 순식간에 응급실로 이송되었다.

"차유진? 유진아!"

"내 말 들려?"

"……."

차에 실려 이동하는 내내 차유진은 미동도 없었다. 평소 활력과 기력이 사지 끝까지 터질 듯 차올라 있던 전신에서 아무런 반응이 없다.

물건 같았다.

이상했다.

"어쩌다 이렇게 됐어요?!"

"…그냥, 그냥 갑자기 확 쓰러졌는데… 다른 증상은 없었어요. 전혀."

원래 내 인생에 모든 X 같은 일은 갑자기 일어나는 건가. 무슨 얼어 죽을 놈의 분석이고 대응이란 말인가. 기를 쓰고 준비를 하려고 해도 결국 상황이 닥치면 쓸모없는 헛짓이었다는 게….

'아니.'

나는 허벅지를 눌렀다. 아직 제대로 검사도 안 해봤는데 벌써부터 잘하는 짓이다. 대가리야. X발. 생산적인 일을 하자.

'증상부터.'

나는 차유진의 얼굴로 손을 뻗었다. 그리고 녀석의 숨과 심장 박동을 체크했다.

"……."

"박문대?"

나는 숨을 내쉬었다.

"…호흡은, 안정적인 것 같은데."

"아…!"

내가 전문가는 아니지만 적어도 제멋대로 헐떡거리거나, 심장 소리가 너무 튀거나 얕지 않았다. 큰세진도 마찬가지로 팔다리를 주무르며 당장 체크를 시작했다.

"혈색도 그렇게 나쁘지 않은 것 같아. 좀 창백하긴 한데, 체온도 괜찮은 것 같지?"

"어."

체온도 그렇게 두드러지게 낮지 않다. 적어도 내가 느끼기에는 그랬다. 우리 말을 들은 것인지, 운전 중이던 매니저가 정신없이 중얼거렸다.

"그럼 그런 걸 수도 있어요. 그, 미주… 뭐였지, 아무튼 실신이요."

아.

"미주신경성 실신."

"아! 네, 그거…."

"……."

그건 극도의 스트레스나 긴장이 대부분 원인이다. 그리고 내가 이걸 아는 이유는… 이 회사 직원이 이걸 아는 이유와 똑같다.

"아이돌 중에 꽤 있거든요. 아무래도 활동기니까 테스타분들도 그럴 수 있어요. 지금 막 회사도 이동하면서 환경도 바뀌었고…."

"……."

그래. 여러모로 우리가 복잡한 상황인 건 맞다. …하지만.

'차유진이?'

그 '아주사'의 마이너스 투표에서 남들 다 죽상일 때 혼자 웃으며 넘기고, 카메라 폭력 루머 때문에 욕먹을 때도 스스로 멘탈을 관리하던 놈이?

'그런 차유진이 겨우 이 정도로 '극도의 스트레스와 긴장감'까지나 느껴서 정신을….'

아니, 애초에 이게 실신한 사람의 얼굴인가.

'잠든… 것 같은데.'

나는 옅게 숨을 쉬고 있는 차유진의 표정 없는 평온한 얼굴을 다시 쳐다보았다. 아무리 생각해도 부자연스럽다.

"…! 병원 도착했으니까 바로…."

"예!"

미친 듯이 달린 차는 얼마 지나지 않아서 회사 근처 응급실에 비밀리에 도착했고 차유진은 즉시 병원으로 옮겨졌다. 뒤따라온 회사 차량에서 나온 직원들과 함께 병원으로 쫓아 들어가며, 큰세진이 낮게 중얼거렸다.

"다른 애들한테 연락은… 조금 있다가 하자."

"……."

검진 결과가 나온 다음에 하자는 뜻이다.

"별일 아닐 수도 있잖아. 아니, 그럴 것 같아서."

"그래."

그러나 그 결과가 어떻게 나올지는 도무지 예상이 가지 않았다.

차유진은 아무 전조 없이 쓰러졌으니까.

그런데 뭐가 이상한 건지 지금도 모르겠으니까!

'…X발.'

나는 벽에 걸쳐 서서, 이 X 같이도 부자연스러운 상황을 곱씹기 시작했다.

그러나, 더 부자연스러운 일은 그다음에 기다리고 있었다.

"결과가 나왔는데, 그, 일시적인 의식소실 상태… 같다는데요."

"예?"

"이럴 경우엔 보통은 그냥 스트레스성이라는데, 정확한 건 뇌 쪽을 더 확인해 볼 수도 있다고 하지만… 일단 지금 해본 검사에서는 다른 이상 없다고 하셨고요."

"……."

돌려서 말하긴 했지만 결국 뜻은 하나였다.

현재로서는 원인 불명.

"어쨌든 곧 의식 돌아올 것 같다고 하시긴 했습니다!"

"휴우."

"예, 감사합니다."

그래도 일단 최악의 상황은 아닌 것 같다는 점은 다행이었다.

여기까지는 그래, 더 검사를 해본다고 치자. 문제는 그다음이었다.

"이제 멤버들한테 연락해야겠지."

"…그래."

나와 큰세진은 적당히 나눠서 멤버들에게 차유진의 현재 상태에 관해 이야기를 할 생각이었다. 회사 사람한테 듣는 것보다는 그게 나을 것 같았으니까.

하지만 그 과정에서 알게 된 것이다.

"…형도 그랬다고요?"

연락한 다른 멤버 대부분이 약하지만 비슷한 증상을 겪었다는 것을.

−아니, 완전히 쓰러진 건 아닌데 현기증 같은 걸 겪어서… 잠깐 촬영 멈췄거든. 그, 그것보다 차유진은!?

−……방금, 차에서 깜빡 잠들었다고 생각했는데 그게 아니었을 수도 있겠어. 이제 보니까 분명 졸리진 않았던 것 같아.

−최근 카페인 음료를 과다복용하여 생긴 부작용이라고 생각했습니다만…. 모, 모르겠습니다. 저는… 저도 바로 병원으로 가겠습니다!

'이게 뭐야.'

아직 배 타고 낚시 촬영 중일 선아현에겐 방해되지 않도록 문자로 남겨서 확인하지 못했지만, 벌써 세 명이었다.

나는 심각한 얼굴의 큰세진과 마주 보았다.

"넌,"

"난 멀쩡했어. 문대 너는?"

"나도."

하지만 이 정도까지 오면 다른 문제가 된다.

"식중독이나 감염 관련 문제일 수도 있으니까 한번 검사해 보자고 하시네."

우리는 다른 멤버들이 오기 전에 먼저 종합 검사를 받았다.

"형들!"

"래빈아."

그리고 당장 울 것 같은 표정으로 달려온 김래빈까지도 이어서 검사를 받았다.

그러나 우리 모두 결과는 깨끗했다.

"…스케줄 중인 멤버들 바로 부를 필요는 없겠다."

"……."

언론에도 따로 새어나가는 일은 없었다. 그거야 애초에 차유진에게 사고가 난 것도 병이 생긴 것도 아니었으니까. 말 그대로 갑자기 '정신을 잃어버린' 것일 뿐이다.

"……."

"저, 형. 이거."

부르는 소리에 고개를 들었다. 어느새 갔다 온 건지, 김래빈의 손에는 검은 봉투가 들려 있었다. 녀석이 거기서 음료를 하나 꺼내 내밀었다. 편의점 온장고에서 흔히 보이는 금색 홍삼 음료였다.

"여름에 웬 뜨거운 음료인지 생각하실 수도 있겠지만, 그래도 냉방이 강한 실내에 오래 앉아 계셨으니 이편이 나을 것 같아서…."

"…고맙다."

나는 조용히, 놈이 내민 홍삼꿀차를 따서 마셨다. 그러자 꿋꿋한 목소리가 들렸다.

"차유진은 괜찮을 겁니다. 이전에 연습생 시절 집안 내력과 관련해서 대화를 나눈 적이 있는데, 병환이 없는 것을 자랑한 적도 있고…."

"……."

날 위로하려고 하는 것 같다. 나 참.

나는 희미하게 웃었다.

"그래. 아까도 말했지만, 의사도 차유진이 곧 깨어날 것 같다고 했으니까. 너도 너무 걱정하지 말고. 워낙 건강한 녀석이잖아."

"…! 예……."

김래빈은 간신히 고개를 끄덕이더니, 조용히 옆에 앉아서 자신의 음료를 홀짝거리기 시작했다. 큰세진이 등을 두드려 주는 것이 슬쩍 보였다.

"……."

나는 벽에 등을 기대고, 생각했다.

그래. 차유진은 건강한 놈이다. 신체, 정신 양면에서 모두 상위 1% 수준이라고 볼 수 있는 놈인데, 갑자기 전조 없이 쓰러졌다라….

'그리고 하필 우리 그룹 중에 과반수가 비슷한 타이밍에 실신할 뻔했다는 거지.'

근데 아무도 건강 문제는 없다고 하는 것이다. 심지어 차유진도 지금까지의 검사에서는 그렇다. 그럼 남은 가능성 중에… 가장 의심스러운 건 무엇인가.

'초자연적인 개입이지.'

나는 고개를 허공으로 비틀었다.

['회사용 〈System〉 업데이트 중]

"……."

생각해 보면, 말이다.

내가 권희승에게 있는 '■■■의 파편'을 흡수하자마자 이렇게 된 것 아닌가? 그리고 이렇게 정신을 잃는 건….

'내가, 시스템이 만든 가상세계에 들어갔을 때 나타나는 증상이랑 비슷한 것 같은데 말이지.'

아직도 잘 기억난다. 그때 뜨던 망할 상태창 팝업이 말이다.

−Enjoy your daydream :)

−Enjoy your reality :D

코인으로 만든 백일몽, 그리고 시스템의 세계. 물론 위쪽은 상태창이던 큰달이 날 살리기 위해 만든 기회에 가깝지만….

'잠깐.'

나는 그 순간, 이 상황을 물어볼 만한 인물을 찾았다는 것을 깨달았다.

'큰달.'

바로 백일몽을 만들었던 상태창 당사자다.

잠시 후.

[네, 형! 무슨 일이세요?]

다행히 응답이 늦지 않게 돌아왔다.

'후.'

[혀, 형 설마 지금 병원이세요? 무슨 문제 생기신 건 아니죠?ㅠㅠ]

'나한테는 없는데, 다른 놈들한테 생겼다.'

[예?!]

나는 그간의 일을 간략히 설명했다. 비명과 걱정으로 가득 찼던 팝업의 반응을 대충 생략하고 본론으로 넘어가자면… 이거다.

'그래서, 혹시 차유진의 의식이 시스템에 잡혀 있지 않냐는 거지.'

원리는 모르겠지만, 타이밍이 너무 절묘하니까. 그리고 상황에 심각성을 인지한 팝업으로부터 빠릿한 반응이 돌아왔다.

[일단 바로 형 상태창부터 확인해 보겠습니다!]

그래. 나는 기껍게 고개를 끄덕였다.

하지만 잠시 후.

[저, 형. 지금 아예 이 상태창, 그리고 시스템 자체가 안 움직이는데요…]

녀석은 의외의 소식을 가져왔다.

'안 움직인다고?'

[네! 아예 기능이 멈춘 것 같은데…]

[지금 업데이트라고 표기되죠? 그러면서 아예 자체 재구성 중이라 그런 것 같아요. 왜, 저희도 앱 업데이트하면 못 쓰는 것처럼 이게 구동이 안 되는 상태라서요.]

"……."

그럼 차유진의 정신이 시스템의 공작으로 어딘가에 빠져 있을 가능성은 없다는 뜻인가?

아예 시스템이 멈췄으니까?

[네!]

그리고 이 녀석은 나름의 가설도 하나 덧붙였다.

[차라리 정말로 연관이 있다면, 업데이트 과정에서 일종의 오류가 발생한 게 아닐까 해요.]

하지만 그건 다시 말하자면, 이 '회사용 〈System〉'이라는 걸 업데이트하는 데에 테스타가 영향을 받는다는 뜻이다. 즉, 상당히 안 좋은 의미로도 들릴 수 있는데 말이지.

'…설마 테스타를 이 회사용 시스템의 일부로 취급하는 거냐?'

[그, 그렇다기보다는… 이 시스템이 지금까지 다뤄본 게 테스타 앨범뿐이라 그쪽에서 일방적으로 과한 의미를 부여한 게 아닐까 합니다….]

"……."

어쩐지… 좀 찌질한 느낌이군.

[이쨌든, 특별히 이상한 수작질은 발견하지 못했습니다 형!]

'그래.'

그렇다면… 정말 별거 아닐 테니 다행일 테지만 말이다.

'아무튼 고맙다. 깨어나면 연락하마.'

[넵! 너무 걱정 마시고요ㅠㅠ]

나는 큰달과의 대화를 끝낸 후, 아직도 떠 있는 업데이트 팝업을 보았다. 그리고 한숨을 참으며 물어보았다. 혹시 대답이 돌아올까 해서.

'얼마나 걸리냐.'

놀랍게도 뭐가 뜨긴 했다.

[※업데이트 중 이용이 제한됩니다.]

'X발.'

아는 이야기다.

'그냥 다짜고짜 기다리라는 거냐.'

설마 정말로 연관이 있어서 업데이트 내내 차유진이 뻗어 있는 거라면, 업데이트 끝나는 즉시 이 망할 시스템을 뽑아낼 생각을 하는 중이었다.

"얘들아. 청우 형 지금 스케줄 끝나서 바로 오신대, 그리고…."

"……으."

큰세진의 말이 멈췄다. 그리고 놈의 말을 멈추게 한 소리는, 나나 김래빈에게서 나온 것이 아니었다.

병실 침대에서 나온 것이다.

"…!!"

"차유진…!"

우리는 당장 벌떡 일어났다.

"회사, 아니 의사를…!"

"기다려!"

문에 가까이 서 있던 큰세진이 잽싸게 사람을 부르러 뛰쳐나갔다. 그리고 나와 김래빈은 당장 침대로 향했다. 거기에는….

눈살을 찌푸린 차유진이 몸을 옆으로 비틀고 있었다.

깨어난 것이다.

"차유진!"

몸을 꿈틀거리던 차유진은 손으로 얼굴을 뭉개듯이 쓸어내리며 웅얼거리고 있었다.

"*빌어먹을 두통이*…."

"……."

영어?

"너 많이 아프냐."

그 순간, 차유진이 움직임을 멈췄다. 손을 내리자 렌즈를 끼지 않은 생눈이 드러났다.

꿰뚫듯이 눈이 마주쳤다.

"*한국인? 난 911 부른 기억은 없는데, 당신은 대체 누군데 날 여기로*…."

…뭐?

하지만 차유진은 알아서 시선을 더 돌리더니 다른 누군가를 알아보았다.

"래빈?"

"차, 차유진! 너 몸은 괜찮아?"

다만 놈은 이번에도 당황하는 기색이었다.

"김래빈 왜 미국에 있어?"

"……."

서긴 한국이야!"

가 무슨 국제 납치라도 당했다고 생각하는…. …잠깐.

구가 브라우니 같은 거 줬어? 초코칩쿠키나?"

의야?!"

빈은 혼란에 빠졌다!

순간, 차유진이 원색적인 영어 욕을 몇 마디 입안으로 중얼거리
니 한숨을 쉬었다. 그리고 또 혼자 중얼거리는 것이다.

"아… 됐어. 한 번이면. 그냥 한국 돌아가기 전에 약 기운 빼면 괜찮
아. 어차피 우리가 더 이상 KPOP 보이 밴드도 아니고."

이쯤 되니 김래빈은 겁에 질렸다. 녀석이 내 팔을 잡으며 외쳤다.

"무, 문대 형. 차유진이 이상합니다!"

나도 안다.

"이상한 건 김래빈 너야."

그러나 차유진은 정말 약을 한 사람이라도 상대하듯이 단호하게 대
꾸했다. 그러더니 나를 돌아보며 뒷머리를 휘저었다.

"혹시 문대… '문대 형'? 당신이 뭣 모르고 대마초 먹은 김래빈이랑
나를 병원에 데려왔어요?"

그리고 차유진은 웃었다.

"감사합니다."

"……."

"음, 한국에는 말 안 할 거죠? 어차피 스티어는 끝났으니까."

그 순간. 나는 여기 앉아 있는 '차유진'이 누구인지 알아차렸다.

―스티어.

테스타가 아닌 스티어.

내가 박문대의 몸으로 〈아주사〉에 참가하기 전, 원래 〈아주사〉에서
데뷔했던 그룹의 이름이었다.

'…X발.'

그리고 '스티어 차유진'의 얼굴 옆 허공에서, 팝업은 갱신되었다.

['회사용 〈System〉' 업데이트 중]
―완료까지 D-30

의료진은 차유진의 상태를 '스트레스성 착란'이라고 판단했다. 연예
인이라는 게 워낙 별꼴을 다 보는 업계에 종사하는 직업군이다 보니,
과거에도 비슷한 사례가 몇 건이나 있던 것이다.

"잠을 못 주무셔서 갑자기 정신 차려 보시니까 물건을 막 던지고 계
신다거나 하는…."

일단 깨어났고, 검사상으로는 건강한 상태니 심신에 안정을 취하면
괜찮아질 확률이 높다는 애매한 판정.

"알겠습니다. 감사합니다 !"

하지만 일단 전문가가 '이전 사례들'에 대한 코멘트를 준 것만으로도
안심이 되는지 김래빈의 표정이 좀 나아졌다.

"저, 죄송하지만 잠시⋯."

그리고 큰세진은 의료진과 따로 또 대화를 시작했다. 아마도 '만일 차유진이 몇 시간 안에 저절로 괜찮아지지 않았을 상황에 취할 조치'를 물어보려는 것 같았다. 직원들은 그 옆에서 뛰어다니고 전화를 걸며 미친 듯이 일하는 중이다. 절반은 회의 잡고 절반은 긴급히 스케줄을 조정 중이겠지.

'난장판이군.'

그리고 그쯤 오니, 이 '스타어' 차유진도 상황의 이상함을 깨달은 것 같았다. 최소한 여기가 미국이 아니라는 것쯤은 의료진과 직원들이 한국어를 쓰며 우르르 들어오는 순간 눈치챘을 것이다.

"문대야, 일단 네가 유진이랑 여기 있을래? 분담을 그렇게 하는 편이 나을 것 같아."

"⋯그래."

그리고 본인 입장에선 낯선 녀석들이 자신을 잘 아는 것처럼 굴고 있다는 것도.

그러나 이놈은 검사하는 동안 난동을 부리진 않았다.

─테스타에 대해서 설명해 달라고요? 글쎄요.

─Oh⋯, 아뇨. 전 자고 있었는데.

단지 그리 협조적이진 않은 태도로 가만히 묻는 말에 적당한 대답만 했을 뿐이다.

'상황을 살피는 건가.'

그때였다.

쾅!

"얘들아!"

"…!"

다급히 문을 열고 등장한 것은 바로 스케줄 중이던 다른 멤버였다. 다만, 큰세진에게 곧 올 것이라 예고 받았던 류청우는 아니었다.

"세진 형!"

헉헉거리고 있는 배세진이었다. 있는 힘을 다해 뛰어왔는지 문고리를 잡고 숨을 고르는 놈은 벌겋게 얼굴이 상기되어 있었다.

"촤… 촬영이 일찍 끝나서, 후, 일단 왔는데… 차유진 깼어?!"

"예!"

아무래도 전전긍긍하다가 끝나는 순간 연락이고 나발이고 당장 온 모양이었다. 녀석은 김래빈과 인사하며 성큼성큼 차유진에게 다가갔다.

'류청우가 먼저 올 줄 알았는데.'

아무래도 촬영장 거리가 가까워서 배세진 쪽이 먼저 도착한 모양… 잠깐만.

'…배세진?'

나는 문득, 무언가를 깨달았다. 내가 〈재상장! 아이돌 주식회사〉에 참가하지 않았던, 박문대의 몸에 들어오지 않았던 그 이전 삶. 그때 당시에… 배세진도 스티어로 데뷔를 해서 활동을 했었다.

짧게.

—'아이돌 주식회사' 출신 이세진, 마약유통 혐의로 검거.

“…….”

마약 공급책으로 9시 뉴스에 뜨기 전까지는… 말이다.

물론 스티어의 활동이 소속사와 팬덤 문제로 초반부터 그리 순조롭진 않았다는 것도 사실이다. 그러나 저 마약 뉴스가 치명적으로 스티어의 커리어가 꼬이는 시발점이었다는 것은, 누가 봐도 확실했다.

“…….”

그리고 지금 병실에 앉아 있는 게…….

“Oh.”

…그 '스티어'의 차유진이라면.

'X발.'

나는 당장 침대로 더 가까이 다가갔다. 배세진이 나보다 떨어진 곳에서 걱정스럽게 질문하는 소리가 들렸다.

“너, 너 괜찮아?”

차유진은 대답하지 않았다.

단지 예상치 못한 장소에서 뜬금없는 물건을 보기라도 한 것처럼, 배세진을 응시했다. 그리고 입을 열었다.

“이세진?”

“…!? 얘, 얘 왜 나한테…….”

“내 생각엔 당신들 사람을 잘못 고른 것 같은데, 정말로 내가 이 약쟁이…….”

“…!”

이런 망할.

"입 다물어."

나는 '차유진'에게 황급히 목소리를 낮춰 속삭인 뒤, 배세진에게 다가갔다.

"지금 막 깨어나서 애 상태가 좀 이상한데요. 자기가 미국에 있다고 하고."

"마, 맞습니다!"

김래빈이 격렬히 동의했다.

"아! 브라우니나 초코칩쿠키 이야기도 했습니다! 활동기라 간식을 자제하던 것이 스트레스의 원인이 된 걸까요?"

그건 아니다. 그러나 안타깝게도 배세진의 눈은 진지해졌다.

"그, 그런가? …아! 이 앞에 빵집 있잖아! 사 올 테니까 기다려!"

"…! 과연! 저도 함께 가겠습니다!"

그리고 둘은 우당탕탕 병실을 나서기 시작했다. 브라우니와 쿠키를 있는 대로 쓸어올 기세였다.

쿵!

"……."

차라리 다행인가.

'후.'

나는 닫힌 문을 바라보다가, 한숨을 참으며 간병인용 의자에 앉았다. 도무지 상황이 감당이 안 된다.

'그래도… 대화부터겠군.'

마침 조용해졌으니 지금이 좋겠다고 생각했다. 그러나 문제는 그렇게 타이밍을 보고 있던 건 나만은 아니었다는 점이다.

가자가 자기 할 일로 분주해진 병실 밖. 그리고 사람들이 나가며 조용해진 병실 안. 녀석은 상황을 살피다가… 관심이 분산되는 순간에 행동에 나선 것이다.

"저기요. Umm, '문대 형'?"

"……."

나는 고개를 돌렸다. 김래빈이 부른 내 호칭을 기억해 알차게 써먹은 '스티어 차유진'이 병석에 앉은 그대로 입을 열었다.

"당신은 여기서 무슨 미친 일이 벌어지는 중인 건지 알죠?"

"……."

"내가 스페셜 브라우니라도 받아먹고 무슨 웃기는 KPOP 환각을 보고 있는 걸지도 모르겠지만."

놈이 손가락으로 자신의 머리카락을 가리켰다. 금발.

"난 이제 염색을 안 하거든."

그 순간이었다. 놈이 손을 뻗어 내 어깨를 잡더니, 갑자기 상당히 위압적으로 머리를 들이밀었다.

"…!"

"그리고 당신은 날 알아봤어. 내가 '스티어'라고 말할 때, '약쟁이'라고 말할 때마다, 넌 날 알아봤다고."

"……."

차유진은 내 어깨를 잡은 손을 떼지 않았다. 그리고 눈을 마주친 상태 그대로, 반대편 손으로 어깨 옆 팔뚝을 느리게 툭툭 쳤다.

"빌어먹을 '테스타'가 뭔진 모르겠지만, 이게 무슨 유의 Prank쇼라면 고소당할 준비하는 편이 나을 거야. 난 사인한 기억 없으니까."

"……."

후.

나는 깊게 숨을 쉬었다. 착잡했다.

'이걸… 일단 갈기고 시작할 수도 없고.'

상황이 상황이다 보니 화도 안 나긴 한다.

'그냥 X 같군……'

나는 두통을 참으며 입을 열었다.

"일단."

"흠?"

"굳이 해체한 KPOP 그룹 멤버로 미국에서 그런 걸 할 새끼가 있겠냐."

"…!!"

"그리고 넌 약 안 먹었어. 김래빈도 안 먹었고."

대체 미국에서는 왜 멀쩡한 브라우니에 약을 처넣는 건지는 모르겠
다만 말이다.

'차유진'의 눈이 약간 커졌다. 내 어깨를 잡은 힘이 약간 풀어진 순
간, 나는 대강 놈의 손을 떼어냈다.

"하지만 네 말 중 맞는 게 하나 있긴 한데."

"What?"

"미친 일이 벌어지긴 했다."

"…huh?"

나는 얼빠진 놈의 손을 도로 침대 위로 던져줬다. 내가 베풀 수 있
는 최대한의 친절이었다.

새로운 멤버. 새로운 활동. 새로운 전개.

나는 빵집에 간 두 녀석에 돌아오기 전, 차유진에게 스티어가 아닌 '테스타'의 활동 양상에 대해서 간략하게 정리해 말했다.

물론 이놈의 반응은 예상대로였다.

"내 생각엔, 세 가지 가능성이 있는데 들어볼래요?"

"뭐."

"당신이 약을 했거나, 내가 약을 했거나."

"두 가지인데."

"아니면 둘 다 했거나."

망할.

'이 새끼는 왜 약무새가 됐냐.'

나는 대가리를 부여잡고 싶은 것을 간신히 참았다.

"왜 하필 다 약인데. 환각이니까? 그게 약 증상이냐?"

"그렇다던데요."

"……."

직접 해본 적은 없다는 뜻이군. 다행히 그 정도로 막 나가진 않았던 모양이다.

"그럼 내가 미친 건가? 이봐요, 당신 미국에서 응급실 비용이 얼마가 나오는 줄 알고 함부로 미친 사람을 병원으로 데려왔어요?"

"아니라니까."

나는 관자놀이를 누르며 묵묵히 말했다.

"일단 창밖을 봐."

"What?"

"눈만 돌리면 되잖아. 보라고."

나는 블라인드를 살짝 열었다. 그리고 차유진은 말 그대로 시선만 살짝 돌려서, 밖을 확인했다….

"…!"

"한국 맞아."

창밖으로 보이는 한글 간판과 익숙한 도시 전경. 서울이었다. 지금은 미국에 있다고 했지만 이놈도 분명 서울을 거점으로 몇 년이나 지냈을 테니 못 알아볼 수는 없을 것이다.

"Holy…."

드르륵.

차유진은 창문을 열어서 확실히 공간까지 확인한 뒤에야, 태도를 조금 바꾸었다.

"*당신 진심이야?*"

"어."

이게 진지하게 진실일 가능성을 약간 고려하기 시작했다는 뜻이겠지.

"그러니까 우린 병원비 걱정 안 해도 된다. KPOP 보이그룹이니까. 회사에서 비용처리 할걸."

"……."

"너는 지금 '테스타'라는 그룹이고. 우리는 네 멤버야."

"헛소리."

"*헛소리 아니고.*"

나는 브라우니 구매에 성공했는지 병실로 뛰어오는 발소리들을 들으며, 덤덤하게 중얼거렸다.

"딱 반나절만 있으면 너도 인정할 수밖에 없을 거다."

"출발합니다."

"넵!"

신체가 건강하며 특별히 폭력적 돌발행동이나 발작 증상이 없는 차유진은 일단 퇴실했다. 물론 사흘 정도의 스케줄은 전부 취소한 상태였다.

"유진아, 어디 불편한 곳은 없고?"

"네. 저 괜찮아요."

차유진은 앞자리에서 온화하게 묻는 류청우에게 매우 얌전히 대답했다. 그러나 곧 어딘가 불편한 표정으로 고개를 돌리고 중얼거리는 것이다.

"이런 *X같이 이상한 세상⋯*."

"말."

차유진은 '네가 무슨 권리로?'라는 듯한 표정으로 나를 돌아봤으나, 곧 순순히 대답했다.

"Sorry. 자유가 된 지 몇 달 돼서요."

"⋯⋯."

나는 기억한다. 마지막까지 스티어의 이름으로 유닛 활동을 하던 셋을. 류청우, 김래빈 그리고 차유진.

그 유독 열심히 그룹 생활을 하던 놈들도 해체 이후로는 소식이 없었던 것을 기억했다. 그리고 그 녀석 중 이 '스티어 차유진'은, 활동이 끝나자 바로 본국인 미국으로 돌아간 모양이었다.

하지만… '자유'라.

'어지간히 아이돌 생활이 별로였나.'

하기야 '맡은 일을 끝까지 제대로 했다'와 '맡은 일이 좋았다'가 같은 의미일 수는 없다.

'하긴, 상황이 어지간히 X 같긴 했다만.'

알면서도 어쩐지 뒷맛이 씁쓸했다.

"여긴 우리가 이사한 숙소야. 오래 지내지 않아서 안정에 도움이 안 된다면 꼭 말해!"

"OK."

차 안에서 내내 말없이 창밖을 보고 있던 차유진은 숙소에 도착하고서도 특별히 말수가 늘진 않았다. 그냥 그럭저럭 대강이라도 숙소의 몰골을 확인하는 것 같기는 했다.

사건은 다음이었다.

"저희 뮤직비디오 재생 목록인데, 혹시 차유진이 시청하다 보면 더 빠르게 정신을 차리는 것에 도움이 되지 않을까 싶어서 가져와 보았습니다!"

"괜찮네!"

"오랜만에 우리도 보겠다."

그래서 테스타의 첫 데뷔 뮤직비디오, 〈마법소년〉부터 쭉 연속 시청이 시작된 것이다.

"……."

사실, 이걸 보여주는 게 맞는 방법인지는 좀 고민을 했다만….

'안 보여주면 이놈이 납득을 할 것 같지가 않다.'

차유진은 안 그런 것 같지만 의외로 지극히 현실주의자적인 놈이었다. 친분이 없는 이 상황에서는 본인이 납득할 만한 증거물이라도 나와야지만 협조하는 시늉이라도 해줄 것이다.

그리고 아니나 다를까,

"…이거."

"차유진! 이 곡에 대해서 하고 싶은 말이 있어?"

"어떻게 했어?"

"…?"

─아 어지러워~

놈이 찍은 것은… 푸른 하늘이 인상적인 학교 운동장, 야구복을 입고 웃으며 춤을 추는 테스타가 화면에 가득 찬 뮤직비디오.

'하이파이브'다.

본래 〈아주사〉 데뷔 그룹의 첫 타이틀곡으로 회사에서 준비했던 곡으로, 더 컨셉에 맞지 않게 애매한 디스코풍으로 나올 예정이었던 곡이었다…, 하지만.

"원래 회사가 디스코풍으로 가자고 했는데, PPT까지 써가면서 설득했지. 시원하게 락으로 가자고."

"……."

"그리고 래빈이가 편곡했어."

차유진은 말없이 〈하이파이브〉 뮤직비디오를 다 시청했다. 그리고 그다음 뮤직비디오도, 그다음도.

결국 〈Better me〉에 도착한 순간.

"OK, 인정할게요."

"…?"

"테스타."

스티어 차유진은 고개를 들었다. 한국식 발음으로 '테스타'를 발음한 놈의 얼굴에는 깨달음도 당혹스러움도 아닌, 묵직한 무언가가 있었다.

그림자 같은.

"……"

…어쩐지 기분이 썩 상쾌하진 않았다.

'그래도 일단 출발선에는 섰다.'

이제부터 이놈이 돌발행동을 안 하도록 잘 제어를….

"…??"

"지금 차유진이 뭐라고 말하는 겁니까?"

…물론 이쪽에도 좀 설명을 한 다음에 말이다.

몇 분 후.

"그러니까… 이 유진이는 문대가 문대가 되기 전에, 건우 형일 때 유진이라는 거지? 음? 이 표현이 맞나?"

"맞는 것 같은데… 어, 맞아."

류청우와 배세진이 혼란스럽게 대화를 나눴다. 아무리 별일을 나 겪었다지만 이건 또 처음 겪는 케이스다 보니 다들 당황한 모양이었다.

하지만 동시에 안심도 한 것 같았다.

"…어쨌든, 차유진이 아픈 건 아니라니까… 다행인 건가?"

"원인을 파악한 건 그렇긴 하죠."

김래빈은 멍하니 중얼거렸다.

"그래도 문대 형께서 참가하시지 않은 〈아주사〉에서 데뷔했다니… 그다지 상상이 가진 않습니다."

"그러게~ 난 데뷔 못 했을 것 같은데. 아, 혹시 누가 데뷔했는지 물어봐도 괜찮은가?"

큰세진이 질문했다. 순수한 의문도 있고, 이 차유진을 약간 파악해 보려는 시도도 있는 것 같았다.

그러자 차유진은 씩 웃으며 탁자에 턱을 괬다.

"안 괜찮아요."

"…!"

"당신들이 들어도 별로 의미 없어요. 그러니까 난 말 안 해요. got it?"

분위기가 순식간에 얼어붙었다.

띠디딕, 띠딕, 띠디디딕!

디리링!

대문에서 허겁지겁 비밀번호를 누르는 소리가 나더니, 머리가 헝클어진 인영이 문 안으로 황급히 들어왔다. 드디어 낚싯배에서 퇴근한 선아현이었다.

'차유진이 쓰러짐, 깨어남, 퇴원함, 상태 체크 중, 헐 유진이 기억 바꿈'으로 요약할 수 있는 메시지를 연달아 확인했을 녀석은 완전히 헐레벌떡 달려온 기색이 역력했다.

"얘, 얘들아, 나 왔…"

"……"

"……"

"저, 저기…?"

"아현이 왔구나."

"어서 와 아현아. 고생 많았다…"

그러나….

숙소의 분위기는 당장 깡소주를 불어도 이상할 게 없는 개판이다. 탁자에 술이 없을 뿐이지, 누구 하나가 당장 뛰쳐나가서 사 온다고 해도 말리지 않을 것처럼 개같이 망한 것 같은 분위기.

초상집이 따로 없었다.

"유, 유진이는……?"

"……음."

게다가 차유진은 자리에 없다. 스티어 차유진은 일방적으로 자기 말을 마친 후, 자신의 방이라고 들은 곳으로 들어가 버린 상태기 때문이다.

—더 할 말 없어요.

'망할.'

한마디로 나가리다.

"일단 아현이 너도 앉아서 좀 쉬어. 놀랐겠다."

"네, 네···."

나는 선아현에게 자리를 비켜준 후, 다시 묵묵히 찬물을 들이켰다. 참고로 차유진의 룸메이트는··· 아직 이전 숙소와 똑같다.

배세진이라는 뜻이다, X발.

"30일··· 이라고 했지? 그동안 우리가 잘, 흠, 잘해보면··· 될 거야."

녀석은 마치 사태의 심각성을 인지한 것 같이 고개를 끄덕이고 있지만, 진짜 문제는 모르고 있다.

'그놈은 네가 마약상인 줄 알고 있다···.'

룸메이트의 어마어마한 오해를 알 리가 없는 배세진은 그저 맏형으로서 막내 중 하나가 기억이 돌아올 때까지 잘 챙겨주겠다 결심하는 모양새다.

"그래. 세진이 말이 맞아."

맞지 않다. 멱살이나 잡히지 않으면 다행이다.

나는 관자놀이를 눌렀다.

'···대체 왜 '업데이트'라면서 뜬금없이 차유진에게 스티어 때 기억이 생긴 건지, 아니면 스티어 차유진이 저기 들어간 건지는 모르겠지만.'

일단 다시 플랜을 짜보자.

'일단 배세진에 대한 오해부터 풀고···.'

···근데 저놈이 과연 내 말을 믿을까? 아니, 사실 믿어도 문제였다. 그럼 진실도 아닌 누명 때문에 자기 그룹은 치명타를 먹었다는 뜻 아닌가.

'그 와중에 여기서는 또 운 좋게 마약상 안 되고 잘 풀린 꼴을 봐야 하고.'

비교하면 괜히 더 꼴 받아서 비협조적으로 나올지도 몰랐다.

'후….'

옆에서 배세진이 중얼거리는 소리가 들렸다.

"어쩌면 당연한 걸지도 몰라."

"……."

"저 차유진의 입장에서는… 갑자기 깨어나 보니까 낯선 환경인 거잖아."

"예……."

그때였다. 비교적 말을 아끼며 상황을 지켜보던 큰세진이 어깨를 으쓱하며 나섰다.

"뭐… 그렇게까지 걱정 안 해도 될 것 같은데요?"

"…??"

"세, 세진 형?"

"뭐 좀 다른 경험을 했다고 해도… 어쨌든 유진이는 유진이 맞죠? 그러니까, 한 19살까지는 똑같이 컸을 거잖아요."

"그래서?"

"그럼 아무래도 성격이나 이런 건 몇 년 동안 변해도요."

큰세진이 곁눈질을 했다.

"웬만하면 입맛은 비슷할 것 같지 않아요?"

"…!"

배세진과 김래빈이 쓸어온 브라우니와 초코칩쿠키를 향해서였다.

똑똑똑.

"잠시만 들어갈게."

류청우가 부드럽지만 단호하게 말하더니, 몇 초 후 차유진이 들어간 방문을 열었다.

끼익.

문 안으로는 아직 완전히 풀지 않은 짐들 사이, 침대 위에 아무렇게나 누워 있는 차유진이 보였다. 놈은 팔 하나로 얼굴을 가리고 있다가, 그대로 입을 열었다.

"…Now that's going too far."

"응?"

"나는 대답 안 한다고 말했어요. 두 번."

차유진은 팔을 내려서 눈을 드러냈다. 그리고 이젠 두리번거리지도 않고 바로 지목했다.

나를.

"저 사람도 아니까, 저 사람한테 들어요."

순간 시선이 내게 쏠렸다. 흠.

나는 팔짱을 꼈고, 큰세진은 넉살 좋게 방 안으로 걸어 들어갔다.

"잠깐만, 유진아. 그거 다시 물어보려고 온 건 아니야. 그냥 대화 좀 하려고 온 거지."

"대화요?"

"그럼~ 그래도 지금 같은 집에 살고 있는데, 안면은 터놓고 있어야 너도 편할 거 아니야~ 어떤 상황인지도 알아야 하고!"

큰세진이 씩 웃으며 바닥에 앉았다. 차유진이 침대에서 몸 각도를 바꿔서 살짝 고개를 까닥였다.

"그런 건 괜찮아요."

"그렇지? 여기 언제까지 있어야 하나~ 막 그런 건 또 궁금할 것 같아서. 그냥 내 생각이야!"

그리고 큰세진은 굳이 대답을 듣지 않고 편안한 어조로 대답을 정리해서 말하기 시작했다. 나한테 들었던 것들, 그리고 지금까지 우리가 겪었던 기묘한 상황을 적당히 잘라서 간추린 큰세진의 말은 이해하기 편했다.

"…그래서, 우리는 아마 네가 30일 정도만 여기 있지 않을까 하고 생각해."

"……."

차유진은 반박하지 않긴 했다.

다만 끝까지 들은 후, 다소 뚱한 얼굴로 입을 열었다.

"That's really…."

"너드하다고 하려고 했지? 유진이답네~ 유진이다워."

"……."

차유진은 잠시 물끄러미 큰세진을 보았다. 그리고 웃음을 터뜨렸다.

"Hey,"

"응?"

"당신이 아는 차유진은 나 아니에요. 그런 방식으로 이야기하는 건 예의 아니라고 생각해요."

"…!"

옆에 선 김래빈이 더 움찔거렸다.

"아, 그래?"

하지만 큰세진은 당황하지 않고 말했다.

"그럼 선을 지키는 걸로 할까?"

"Sure. 표현 좋네요. 선을 넘지 마요."

차유진은 미소가 남은 얼굴 그대로 다시 침대에 누우려 했다. 그러나 큰세진의 말은 끝나지 않았다.

"하지만 원래 선은 상호존중으로 지키는 거 알지? 부탁할게. 너한테도 우리가 〈아주사〉 때 같이 참가한 정도의 인연은 있잖아~"

"……."

차유진이 멈칫했다. 그 순간, 류청우가 손을 내밀며 말했다.

"그래. 서로 기본적인 예의를 지키고 존중하자는 뜻이야."

"……."

"유진아."

차유진은 침대에서 몸을 일으켰다. 아마 녀석은 방에 들어온 면면을 훑어보는 것 같았다.

'인연이라.'

사실 이놈 입장에서 배세진은 마약으로 그룹을 날린 놈이고, 큰세진은 학교 폭력으로 프로그램에서 자진 하차한 놈일 것이다.

'나는 아예 참가자도 아니었지.'

그러나 그런 코멘트는 일절 없었다.

대신, 녀석은 그냥 손을 들어 올렸다.

"……."

그리고 류청우와 악수했다.

"알았어요."

"고마워."

류청우가 빙그레 웃었다. 가장 넉살 좋은 녀석과, 차유진이 가장 얌전한 반응을 보인 녀석을 연달아 밀어붙여서 일단 테이블로 끌어내는 작전이었다.

'일단 1차 완료.'

그제야 방의 분위기가 조금 풀렸다.

그 순간, 배세진이 눈짓을 했다. 김래빈이 봉투를 후다닥 내밀었다.

'2차 돌입.'

"…! 차유진, 너 지금 두 끼째 공복이야. 이거라도 먹고 있어!"

"……."

바로 브라우니와 쿠키다. 차유진은 눈앞에 들이대진 봉투 안을 들여다보더니, 황당하다는 듯이 물었다.

"Brownie? 설마 병원에서 김래빈 정말 샀어?"

"…? 그래!"

"Oh,"

그 순간, 차유진은 가볍게 실소 비슷한 것을 지은 것 같았다. 친한 친구를 보듯이 말이다.

아니라는 걸 깨달았는지 금방 지나가긴 했지만.

'…스티어 때도 친하긴 했나 보군.'

물론 이 타이밍을 놓칠 순 없다. 나는 당장 손을 뻗었다.

그리고 요구했다.

"하나만."

"…예?"

긍정인지 질문인지 모호한 반응이군. 나는 봉투 안을 보지도 않고 손을 집어넣은 채, 집히는 대로 브라우니를 하나 꺼내서 포장을 뜯었다. 그리고 입에 밀어 넣었다.

'…달아.'

일종의… '약 안 넣은 멀쩡한 일반 브라우니 인증' 퍼포먼스다. 이러는 것도 웃기긴 하다만….

'김래빈이 사러 갈 때 배세진도 같이 갔잖아.'

이 자식이 하도 약 이야기를 많이 한 것도 그렇고, 혹시라도 꺼림칙하다고 안 먹을까 봐 말이지. 나는 브라우니를 삼킨 뒤 고개를 끄덕였다.

"맛있네."

"…문대 형이 그러시대! 그렇다면 확률적으로 네 입맛에도 맞을 가능성이 더 커졌어!"

"……OK."

그리고 결국, 차유진은 거절하진 않았다. 녀석은 손을 뻗어 봉투를 통째로 받아 든 뒤, 어쩐지 샐쭉한 표정으로 포장을 확인했다. 그리고 하나씩 까서는 덥석덥석 입에 털어 넣기 시작했다. 속도가 호쾌하기까지 했다.

그리고 그 광경을 테스타는 지켜보는 중이다.

"……."

"……."

'어쩐지 야생동물한테 생고기 먹이는 분위긴데.'

어쨌든 단 걸 먹으면 기분 좋아지는 게 이놈의 생물학적 메커니즘이면 뭔가 반응이 오긴 할 테지. 그렇게 생각하면서 조금 참아보기로 했다.

그리고 몇 분 후.

"저녁은 피자 먹을래? 불고기 피자?"

"저 피자 좋아요."

"오케이~"

놀랍게도 이 대화는 방금 일어난 것이다.

즉, 확실히… 분위기가 누그러들었다.

'이게 간식 덕인지는 모르겠다만.'

어쨌든 차유진은 침대에 앉은 채로 브라우니와 쿠키를 모조리 다 먹어치우긴 했기 때문이다. 그리고 사람들이 자신의 '그룹'에 관한 질문을 더는 하지 않는다는 것을 확인하자, 천천히 평소에 알던 차유진과 유사한 태도로 돌아왔다.

'비록 대화의 수준이 저차원이 되긴 했다만.'

그래도 이게 어디냐 싶다.

"콜라."

"Oh, thanks."

"아, 지금 상황이나 우리에 대해서 궁금한 점 있으면 뭐든 편하게 물어봐."

"알았어요."

결국 스티어 차유진은 다 같이 한 상에서 피자를 먹으며 가벼운 스몰토크를 하는 수준까지는 오긴 했다. 그리고 그 와중에 은근히 현재 우리의 상황에 관해서 이야기할 기회도 왔고.

"아, 우리는 지금 거의 활동기 마무리하는 중이야. 스케줄 몇 개 남은 징도?"

물론 이놈의 대답은 뻔했다.

"하지만 난 이 팀이 아니에요. 활동 안 해요."

"으음."

"그래."

안 하겠다는 놈한테 윽박지를 수도 없는 노릇이긴 했다. 연습량도 만만치 않을 테다가, 다행히 테스타는 단체 활동이 거의 끝난 상태기도 했다.

'차유진은 개인 활동도 일찍 끝냈지.'

한마디로 정리하자면, '그렇다면야'.

"우리 투어가 다음 달부터지?"

"네."

조금 휴식기를 가진다고 생각해도 마이너스까지는 아니었다. 차유진만 계속 개인 활동이 없으면 이야기가 좀 나오긴 하겠지만, 그것도 한 달 정도는 건강 문제로 커버할 수 있을 것이다.

그러니까… 문제는 하나다.

"…저희, 리얼리티는 어떻게, 하죠…?"

"……"

바로 야심 차게 준비하고 있던 테스타의 단체 리얼리티, 그게 엎어지게 생겼다.

'X발.'

멤버 하나가 안 찍는데 무슨 수로 단체 리얼리티를 찍는단 말인가.

"촬영 일정은… 못 미루겠지."

"예."

이것도 간신히 성사시킨 것이다.

심지어 이번 리얼리티는 구성상 건강 문제로 누구 하나가 빠지기도 애매했다. 혹시 빠진다고 해도 나중에 촬영분을 따로 삽입하기라도 해야 하는 수준. 안 그러면 불화설이나 이적설이 뜰지도 모르는 그런… 종류의 프로그램이란 말이다.

그러니까 말이다. 나는 입을 열었다.

"…일단 찍고."

"찍고?"

"한 달 뒤에 차유진이 돌아오면 유진이 분량만 따로 챙겨 넣자. 어떠냐."

"……."

이게 최선이다.

그러나 옆에서 김래빈이 우울한 목소리로 중얼거렸다.

"돌아온 차유진이… 자기만 빼고 재밌는 거 찍었다고 화낼 것 같습니다……."

"……."

"…오, 설득력 있다. 래빈아."

"감사합니다…."

나는 한 손으로 얼굴을 가렸다.

'망할.'

애초에 X발 회사에 시스템 같은 걸 적용해서 이 지랄이 나게 만든 내 잘못인가.

'그런데 이걸 적용 안 했으면 앨범을 애매하게 조졌을 수도 있지….'

이게 또 미칠 노릇이었다. 아니, 그리고 낭상 싱싱내며 후회해 봤자 무슨 소용이 있는가. 지금은 필요한 건 해결책이다.

'굴려라….'

대가리를 굴리자.

나는 뇌를 짜내며 침묵하다가, 잠시 후에 입을 열었다.

"확률적으로 말이지."

"……?"

"차유진이 돌아왔을 때… 지금 기억이 있을 확률도 있다."

"으응, 그렇… 겠지?"

시스템의 가상세계에서 이 녀석들이 기억을 되찾았을 때, 거기서 만든 기억도 사라지진 않은 것처럼 말이다.

'그렇다면.'

"지금 차유진이 리얼리티에 참가하는 게 그나마 최선이지."

"…!"

"하지만… 저 차유진은 활동에 참여하지 않겠다고 했습니다만."

"일단 한번 말은 꺼내 보려고."

이건 무대 활동은 아니니까, '스티어 차유진'이 대가로 원하는 게 있다면 거래로 처리할 수 있지 않을까 해서 말이다.

그리고 원래 따로 하려던 말도 있었으니까.

"또 할 말 있어요?"

나는 베란다로 나갔다.

차유진은 유리창을 반쯤 연 채로, 홀로 바깥을 보고 있었다. 그리고 대단히 반기는 것 같지는 않은 표정으로 나를 돌아보았다. 나는 담담히 입을 열었다.

"네 룸메이트에 대해서 말할 게 있어서."

"……"

그리고 차유진은… 한숨을 쉬었다?

"*Hey, 난 바보가 아니에요. 당연히 저 사람은 마약과 관계가 없겠죠.*"

"…!"

"*내 생각에 당신은 '스티어'를 꽤 잘 아는 것 같은데, 저 '룸메이트'를 멤버로 취급하는 걸 보면 명백하죠. 하지만.*"

녀석은 건조하게 말했다.

"안 궁금해요."

"……"

"*물론 내가 알던 사람이 아니니까. 나는 그를 함부로 취급할 생각은 없어요.*"

그리고 내 어깨를 두드렸다.

"*하지만 선을 넘지는 마요. 알죠? 당신도 선을 지킬 필요가 있어요.*"

놈은 그 말을 남기고 베란다에서 나갔다.

"……"

나는 녀석이 서 있던 베란다 창가에 섰다. 여름치고 냉랭한 밤바람이 불었다.

그리고 직감했다.

'안 통했겠군.'

거래고 나발이고, 저 녀석에게 지금 뭐든지 테스타 활동에 관한 이야기는 안 통했을 것이다.

"후."

차라리 말을 안 꺼낸 게 다행일지도 모르겠다.

하지만 아무도 예상하지 못했다.

그놈의 '선'을 넘을 일이 그렇게 빠르게 일어나리라고는.

〈14권에서 계속〉